LA DANZA DE LOS BUITRES
EL GRAN FESTÍN

EDITORIAL
SHANTI NILAYA

La danza de los buitres; el gran festín
D.R. © 2024 | Xicohténcatl Delgado Santiago
1a edición, 2024 | Editorial Shanti Nilaya®
Diseño editorial: Editorial Shanti Nilaya®
Diseño de portada: Leslye Atziri Ortega García

ISBN | 978-1-963889-00-0
eBook ISBN | 978-1-963889-01-7

La reproducción total o parcial de este libro, en cualquier forma que sea, por cualquier medio, sea éste electrónico, químico, mecánico, óptico, de grabación o fotocopia, no autorizada por los titulares del copyright, viola derechos reservados. Cualquier utilización debe ser previamente solicitada. Las opiniones del autor expresadas en este libro, no representan necesariamente los puntos de vista de la editorial.
El proceso de corrección ortotipográfica de esta obra literaria fue realizado por el autor de manera independiente.

editorial.shantinilaya.life

LA DANZA DE LOS BUITRES
EL GRAN FESTÍN

XICOHTÉNCATL DELGADO SANTIAGO

EDITORIAL
SHANTI NILAYA

DEDICATORIA:

*Este libro está dedicado
A la mujer que Dios puso en mi camino,
Al ángel que me ha cuidado y que
Me reconstruyó desde mis astillas
A la mujer que amo y que tanto
Me inspira cada día, con quien deseo
Soltar un día mi último suspiro:*

A Leslye Atziri Ortega García.

DEDICATORIAS:

A mi padre, **don Salomón Delgado,**
Ejemplo de lucha, **(qepd)**
A mi madre, **María de los Ángeles** *(qepd),*
Mi forjadora de vida.

A mis hijas, **Flor Adriana, Cynthia Azucena
Cristina Jazmín, Gabriela Ixchel** *y*
Lilyanne Abril,
Luces de mis ojos.

*En tu honor, post-mortem,
Tío querido, Ramón Delgado.*

ÍNDICE

....

PRIMERA PARTE   21
LA DANZA DE LA LLUVIA
Emprendiendo el vuelo

SEGUNDA PARTE   99
ANOTHER BRICK IN THE WALL
De Europa a África

TERCERA PARTE   261
A RITMO DE DANZA ESPIRAL
En consonancia con la muerte

CUARTA PARTE   313
CON TONO A "EL HUAPANGO DE MONCAYO"
Con sabor a nostalgia

QUINTA PARTE   325
LA DANZA DEL PASODOBLE
Retorno a la fiesta

SEXTA PARTE   353
UNA DANZA ÁRABE: KHALEEGY
¡Desde los tiempos de Alí Babá, no todo lo que brilla es oro!

SÉPTIMA PARTE   373
A RITMO DE TANGO
"Por una cabeza"…¡llena de dinero!

OCTAVA PARTE   403
EL FRENESÍ: OBERTURA SOLEMNE 1812 Op. 49
¡Para el nómada que todos llevamos dentro!

NOVENA PARTE   427
EPÍLOGO

PRESENTACIÓN

La creatividad es una acción innata en el ser humano, es su origen y su sino, su cuna y su delirio. La humanidad siempre ha contado historias, unas más descabelladas que otras, historias al fin que son parte de la vida porque ninguna puede estar desligada de experiencias vivas del narrador y por lo tanto le pertenecen a la realidad vivida por aquél porque están en su ADN. Como corolario, se seguirán escribiendo historias cada vez más inverosímiles a lo largo de la vida de la humanidad. Es un fenómeno infinito indisolublemente ligado a otro lógico o quizás inverosímil, las ganas de hablar siempre, y porque además, entre más compleja sea la vida, más intrincadas serán las historias. Este proceso tan profundo es el cimiento de la literatura actual.

La historia contenida en estas páginas es el decurso de una vida llena de inquietudes, en la que el denominador común es la energía de un hombre, el protagonista, cuya expresión más aguda es la hiperactividad. No hay otra forma de entender lo que se narra en diferentes tiempos, en sus recuerdos incluso de infancia y adolescencia, en sus diferentes fases juveniles hasta llegar al centro del relato de un hombre maduro en un viaje peligroso en tiempos de decadencia humana, de ambiciones por conseguir dinero fácil, tanto de un lado como del otro, es decir, del lado de la víctima y del victimario. Gran paradoja de esta historia.

Este relato nos pone en contexto sobre las posibilidades que explora un ser humano cuando busca sueños en geografías que pudiendo ser reales, acaban siendo solamente una quimera. Es como cruzar un desierto con un litro de agua en la mano y un par de sandalias bajo un sol abrasador. ¿Dónde termina la imaginación y comienza la realidad o viceversa? Para ello nos coloca en el conocimiento de un continente lejano e insólito, África en su aspecto multifacético, de pobreza, de abundancia, de miseria humana, de actos generosos y también de martirio. Hace un parangón al mismo tiempo, con su México del cual es originario. Su mirada ávida capta cada detalle vital y lo plasma.

La adrenalina que es parte de este relato, adereza cada capítulo en diferentes dosis junto con las emociones que en carne viva experimenta el personaje central, Ramón Santiago desde el momento que comienza su aventura. Cada capítulo tiene un nombre que evoca en la misma línea del título un movimiento artístico, combinando la danza con la música. Eso nos lleva a dibujar en nuestro rostro un enigma que sólo podremos resolver hasta leer cada uno y darle sentido lógico, coherente y acomodar el relato con un enfoque cronológico.

La pregunta inicial arranca con el título mismo, ¿por qué una danza? ¿De qué buitres habla?, ¿un festín? ¿Cuáles movimientos o partituras musicales sirven como títulos? ¿Cuál es la razón del autor? Es decir, este modelo nunca experimentado antes, tiene una razón de ser, más allá de la artisticidad que represente Una danza espiral, El Huapango de Mocayo o la mismísima Obertura Solemne 1812 de Tchaikovsky. Sin duda que de este ensayo hay una manifestación de que la experiencia humana de cada persona está ligada con las emociones musicales y su contenido, lo que denota un significado como se trata de plantear en este relato de largo aliento que acaba siendo una novela en toda la extensión de la palabra.

La influencia de diversos autores contemporáneos se esbozan en cada capítulo, el formato mismo que rompe con una novela lineal, al más puro estilo de la novela contemporánea que apadrinan Juan Rulfo y Gabriel García Márquez, nos lleva por el laberinto de los detalles que le van dando forma hasta reconocer el verdadero inicio de la obra, sus partes intermedias y su final que termina justo a ritmo de música de arpas porque así es como se despide al protagonista. Entonces es al final y sólo al final que entendemos este crucigrama literario.

Se combina al mismo tiempo un estilo epistolar utilizando los modernos correos electrónicos, en una época en la que las redes sociales apenas empezaban a nacer, es decir que la comunicación estaba muy limitada a principios del presente siglo y eso mismo transforma esta aventura en un desafío contemporáneo por la premura de los hechos y la lentitud de las comunicaciones. Eso mismo vuelve este drama aún más intenso. No hay forma de evitar ponerse en la piel del protagonista y vivir con él cada escena con una alta carga de adrenalina.

Sus antagonistas pertenecen a otra realidad y se convierten en verdaderos adversarios que sólo tratan de sorprender a Ramón Santiago, quien demuestra con entereza y sangre fría que iba completamente preparado para lo que fuera a enfrentar en un mundo totalmente desconocido para él. Sale bien librado de cada prueba, de cada pregunta inquisitiva, de cada amenaza y al final salva lo más preciado y regresa a México.

Sin embargo, la curiosidad que mató al gato, en feliz frase vox pópuli, es la misma que lleva a Santiago al mismo destino por una segunda e incluso una tercera vez. No hay salvación posible porque "va tanto el cántaro al agua, que termina por romperse". ¿Hay una enseñanza al respecto? Sin duda alguna, la vida te puede dar tantas oportunidades como sea posible, sin abusar de las mismas, con un límite y cada ser humano debe intuir cuál es el suyo porque sobre pasarlo puede implicar graves riesgos, tal y como nos los manifiesta Ramón Santiago en esta novela que se antoja para disfrutarla con una copa de vino al lado y la música de la novela de fondo.

X.D.S.

Hasta en las flores existe la diferencia de suerte.
Unas embellecen la vida y otras adornan la muerte.

Héctor Góngora

PRIMERA PARTE

LA DANZA DE LA LLUVIA
Emprendiendo el vuelo

Al sonar el timbre y al abrir la puerta, Flor Adriana recibió con profunda extrañeza un paquete de buen tamaño que había llegado de un destino para ella bastante familiar, el remitente contenía un nombre, Johaira G. Malele, de la ciudad de Kano, Nigeria, allá por los confines del mundo. Firmó de recibido en la hoja del mensajero y en cuanto cerró la puerta de su casa –a donde dentro de poco, llegarían sus tres hermanas de la escuela en compañía de su madre–, su corazón dio un vuelco al tiempo que se aceleraba desacompasadamente su ritmo cardíaco. ¿Qué noticias llegaban?

La curiosidad la mataba. Con su respiración entrecortada, sin esperar a nadie más, abrió cuidadosamente el paquete. Se dio cuenta de que el peso se debía a que era papel y una prenda que reconoció al instante, un cinturón de piel café, ligeramente maltratado, cuya hebilla marcaba muy bien las iniciales R.S. Separó el sobre de una carta del paquete principal de hojas. Éste estaba atado en cruz con una cinta blanca y a su vez, organizado perfectamente con siete clips de presión en igual número de divisiones, todas ordenadas por números de páginas. Eran cerca de 350, la dimensión promedio de un libro.

Mientras sus ojos brillaban, comenzó a leer presurosa la misiva de presentación que en resumen le pedía a toda la familia que leyera de principio a fin el documento que les enviaba por encargo de su padre Ramón Santiago, quien hacía unos meses había viajado a Nigeria, África, el cual era su segundo viaje a tan exótico país y quien aparentemente había desaparecido porque no se tenía noticias de él, hasta que llegó este paquete. Algún indicio había de contener.

Mientras acariciaba las iniciales del cinturón evocando su figura paterna y pasaba una y otra vez sus dedos entre las decenas de hojas, tratando de confirmar la veracidad del material, su corazón ahora, saltaba de alegría incontrolable acompañado de una lágrima que se desprendió discretamente –en medio de la incertidumbre–, porque por fin sabrían qué había sucedido con ese trotamundos incorregible, aventurero sin remedio, su progenitor.

· ·

Kano, Nigeria, Noviembre, 15 del 2010.

"Soy la señorita Johaira G. Malele, monja enfermera nigeriana de la Santa Iglesia Católica adscrita a la prisión No. 56 de la Ciudad de Kano, Nigeria, destino temporal de su padre Ramón Santiago, quien me pidió una obra de caridad que es comunicarles noticias de su viaje. Se me ha permitido hablar con él tres veces por semana como una forma de darle la atención durante el tiempo que ha vivido en cautiverio, nueve meses, dos semanas y tres días contando hoy. He aprendido a conocerlo muy bien, sobre todo, a escucharlo porque al parecer es un consuelo para él ya que no desea hablar con nadie más. Al tercer día de saber de sus penas y sus temores, a hurtadillas decidimos que yo llevaría papel y pluma escondidos entre mis ropas y escribiría todo lo que me contara sin perder un hilo de sus relatos. A esas alturas me parecía un hombre muy interesante, con muchas vivencias,

experimentado y tan viajado que podría dársele el mote de viajero empedernido y sin remedio. Y él por su parte, feliz porque sabía que al menos su historia no se evaporaría en la nada".

"Por favor, lean todas juntas, con mucho detenimiento y paciencia su historia, escrita en estas letras desgarbadas porque no hubo tiempo de más; si acaso en la soledad de mi habitación fui completando gran parte de sus relatos con base en los recuerdos de todo su historia; tal vez ustedes, como su familia directa, acaben teniendo una mejor percepción de él que quizá sea diferente a la que yo tengo ahora. ¡Qué bien ha hablado de ustedes en cada diálogo, siempre capaz de decir un poema en honor de ustedes porque las considera sus flores más delicadas, sus amadas hijas! Gran parte de lo que cuenta en pinceladas fugaces es algo inverosímil desde mi muy humilde opinión aunque tengo la certeza de que, -lo que en medio del dolor me compartió-, lo vivió tal cual. Igual estoy segura de que así le hubiera gustado que se escribiera todo aunque ya no tuve tiempo de compartírselo para retroalimentar su historia. Afiné esta narración estando a solas para tener más claro el contexto. Sin embargo, he tratado de ser lo más fiel posible a su relato de largo aliento."

"¡He aquí la historia!"
....

Ojalá que pasar la aduana nigeriana de regreso a México sea un trámite sencillo, no quiero arriesgar más el pellejo como lo hice ya en las semanas que permanecí en este peligroso país, *pensó Ramón*, -con el aliento contenido y su sistema nervioso a punto del colapso, habiendo resistido estoicamente *más de un mes una experiencia por demás, en extremo riesgosa y llena de peligros-, mientras caminaba rumbo a la caseta de inspección aduanal, a lo largo de una enorme fila de pasajeros, casi todos de raza negra, alegres por viajar, sudorosos por el calcinante calor del verano que caía como plomo desde las 10:15 de la mañana sobre el aeropuerto internacional Nnamdi Azikiwe de Abuja, la capital de Nigeria.*

No tuvo tiempo ni de comprar algún souvenir de tan exótico país. Nunca pudo salir a la calle él solo de compras debido a las advertencias de sus amigos locales. Quería irse de ahí, pero ¡ya! Estaba plenamente consciente de sus culpas por sus acciones desmedidas y temerarias por lo que el nerviosismo que ya experimentaba, delataba su inseguridad justo a punto de pasar por la zona de revisión. Deseaba en lo más profundo de su alma que nada que llevara consigo pudiera significarle algún problema, estaba seguro de que así era. Escapar de aquel infierno –en todos los sentidos-, en el que había vivido las últimas cuatro semanas era lo más importante a estas alturas. Lo demás, ya era ganancia.

Realizó unos breves ejercicios de respiración profunda y sintió gradualmente que comenzaba a recuperar el aplomo perdido en las últimas 24 horas de intensidad emocional. Trató de contener el sudor que comenzaba a perlar su frente, sus sienes y las palmas de sus manos. Eso sí lo podía delatar por completo. Ni siquiera el desvelo de la noche anterior lo sentía pesado. Empezó a recordar poco a poco ese mismo lugar, exactamente treinta y un días antes, justo cuando cruzó esa misma línea al entrar al país, que a esas alturas le parecía el más extraño, polémico, conflictivo y multifacético del mundo, Nigeria, en las costas del África occidental y muy cerca de la línea Ecuatorial, donde los calores húmedos de la costa son tan intensos que superan los 50 grados centígrados bajo la sombra.

Aún retumbaban en sus oídos las palabras del oficial nigeriano cuando le preguntó a su entrada, semanas antes,
 -¿cuántos días planea usted quedarse en este país?*, y sin saber exactamente por qué, como con un profundo presentimiento, la escueta respuesta que él mismo dio comenzó a intranquilizarlo, sobre todo porque ese detalle lo había pasado por alto y no reparó en el tiempo real de estancia.*
 -Dos semanas, oficial.
 -Muy bien, *contestó el funcionario.*
 -¿Y a qué viene usted por aquí desde tan lejos?*, preguntó a Ramón. Éste, sin inmutarse y sabedor de antemano de lo que tenía que responder, dijo,* vengo gracias a una invitación que recibí de un amigo mío originario de este país para presenciar su coronación entre los miembros de su tribu. Su crónica me dice que tuvo la suerte de ser elegido como el jefe de los Igbo. Aquí traigo la invitación correspondiente, ¿gusta verla?
 -Claro, permítame revisar su documento. Qué interesante, estoy seguro de que le encantará lo que va a conocer por aquí, conozco muy bien este tipo de ceremonias, son celebraciones que duran días y días, se llevará muy gratas sorpresas y más si es un invitado especial que llega del extranjero, ¿es la primera vez que viene a Nigeria?", *inquirió el oficial, al tiempo que revisaba con detenimiento la carta que Ramón le extendió.* Sí, señor, es la primera vez y espero que no sea la última, *contestó Ramón, inquieto un poco ya por tantas preguntas.*
 Nunca creyó que sería relativamente complicado ingresar a un país africano, exigiendo visa para entrar —después sabría por qué—, y comportándose muy estrictos con las normas migratorias. Además, el inglés que hablaban los nigerianos le sonaba a Ramón un poco raro, con un acento muy diferente a cuantos

había escuchado en su vida del aprendizaje de ese idioma, menos siendo hispanohablante. Quizá era porque el inglés local estaba cargado de los sonidos musicales de las lenguas autóctonas del país, como el hausa, la segunda lengua oficial más importante de Nigeria. Ya al paso de los días lo averiguaría un poco mejor, puesto que desde un principio le costó mucho trabajo acostumbrarse a comprender bien lo que hablaban en el inglés local porque parecía un híbrido y obviamente la lengua autóctona era imposible de entender.

El oficial no dijo nada más, simplemente se concretó a revisar a detalle el pasaporte así como la visa nigeriana que le había sido expedida a Ramón en la Ciudad de México una semana antes. Al percatarse de que todo estaba en orden selló con fuerza el permiso de entrada a Abuja, la capital de Nigeria, en cuyo aeropuerto internacional se escuchaba el bullicio que es tan natural en un lugar de estos, no obstante ser de madrugada. El golpe del sello en el pasaporte le hizo dar a Ramón un ligero sobresalto y rápidamente se apresuró a retirarse de ahí. Good luck, my friend, *fue lo último que alcanzó a escuchar, al tiempo que se enfiló a recoger su equipaje en el carrusel de la sala de llegadas. Tan pronto como identificó su maleta que había documentado con tan preciadas pertenencias, esperando que todo estuviera en orden...... y de pronto, sus recuerdos quedaron truncados cuando escuchó que el oficial que tenía enfrente volvía a preguntarle, ¿*qué hace usted aún en Nigeria? Su permiso para permanecer aquí, de acuerdo con su pasaporte, era de solamente dos semanas. Tuvo que haber tenido una razón muy fuerte para estar con carácter de ilegal por otras dos semanas.

Hasta ahí se dio cuenta de que, por estar ensimismado en sus pensamientos, la larga fila que tenía enfrente se había esfumado porque todos los pasajeros iban con rumbo a las escaleras eléctricas que conducían a la sala de espera. Y le tocaba su turno que por cierto era el antepenúltimo de la fila. Las pasajeras atrás de él no lo apresuraban porque seguramente no tenían prisa.

Pronto se desvanecieron sus esperanzas de que el paso por aduana sería sencillo. Todo lo contrario. Un ligero estremecimiento estuvo a punto de hacerle desfallecer. No deseaba estar ni un minuto más en ese infierno del que había escapado de puro milagro. Y disimulando a duras penas sus más recónditos pensamientos, se aclaró la garganta para tratar de ganar tiempo y así, tener sus ideas más claras y precisas para responder sin generar sospechas de ningún tipo. ¿Quién chingados me manda a no estar a lo que debo estar atento? ¡Qué pendejo me estoy viendo!

Tragó saliva, amarga saliva cuando escuchó nuevamente las palabras del oficial nigeriano, martillándole los oídos.

—Repito señor, porque parece que no me está escuchando, usted se encuentra en calidad de ilegal en mi país, así haya sido por tres días, pero en realidad ya son más de quince, está usted metido en un gran problema, no sé cómo no se dio cuenta o qué fue lo que ocurrió, o a qué viajó aquí. Debe explicarme esto o tendré que tomar otras medidas y usted sabe a qué me refiero.

—Permítame, por favor.

—Apresúrese que no tenemos todo el día.

Ramón trató de coordinar sus pensamientos. De todas las posibilidades de ser detenido, nunca reparó en el detalle de que él mismo se colocó en una trampa a su entrada al país. Nadie es adivino y aunque ahora pensara que debió haber reportado al principio permanecer un mes, nunca imaginó una estancia superior, simplemente el plan era una semana y por eso dijo que dos semanas, ¿pero cuatro? En qué maldita cabeza cabe ser aún más previsor? Su cerebro se encontraba embotado momentáneamente sin atinar a responder algo que tuviera lógica y coherencia.

El oficial que tenía enfrente era un hombrón de cerca de 1.90 metros de estatura y parecía rebasar los cien kilogramos de peso. Era un hombre corpulento y eso le imprimía más temor a Ramón, quien era un hombre de baja estatura, ya que apenas si alcanzaba a medir 1.65 metros, de complexión regular, recio, pero con claras desventajas físicas. Su situación no era nada halagüeña.

Ahora sí, el sudor se apoderó copiosamente de su frente y empezó a resbalarle por su rostro compungido, delatando de manera abierta sus nervios que a esas alturas, estaban literalmente destrozados. Pareciera que su comprensión del inglés nigeriano también se estaba desmoronando y sólo escuchaba significantes sin sentido. El oficial siguió hablando al no recibir una respuesta inmediata,

-Sin embargo, le otorgaré el beneficio de la duda, ¿me puede explicar cuáles son sus razones? Acompáñeme, en una oficina podrá explicarme con más detalle sus motivos. Su avión todavía tardará unos 45 minutos más en despegar a Londres, así que, tiempo tenemos de sobra.

Aquel diálogo entre el agente aduanal y Ramón, hizo que éste albergara serios temores de desesperanza y de pronto su cabeza se llenara de dudas al mismo tiempo que en su espina dorsal le recorriera una y otra vez el mismo miedo que experimentó cuando llegó por primera vez a Nigeria. El desasosiego era real y lo tenía casi paralizado. No era posible que la despedida fuera igual que la "bienvenida", es decir, con triple carga de adrenalina.

Siguió al oficial ligeramente encorvado, en actitud de derrota, casi arrastrando los pies como anticipando su caída, mientras se decía a sí mismo una y otra vez, "¿por qué rechingaos tengo yo que estar como un estúpido parado aquí enfrente de un cabrón que podría arruinarme la vida si acaso intenta detenerme por mi calidad de ilegal en Nigeria por tan sólo dos semanas? No he cometido ningún delito en realidad, -al menos eso creo porque desconozco las leyes locales-, no me he robado nada ni he engañado a nadie. Al contrario, vine a realizar una tarea colosal. Eso es todo, pero no puedo argumentar esto aquí. Seguro que iría a la cárcel, conociendo un poco más la idiosincrasia nigeriana. Sé que tampoco es muy legal lo que estoy haciendo, pero tampoco es un crimen. Como dicen mis amigos abogados, lo que no está prohibido, al menos tácitamente está permitido. Ahora lo más importante, qué diablos decirle, qué chigaos explicarle. Estoy en un callejón sin salida, ¡hijo de puta! Para colmo no creí que se me fuera a presentar tan inesperadamente este imponderable, no lo vi venir siquiera, por concentrarme precisamente en mi salida de aquí, con mis pinches ansias de largarme de aquí. Perdí la noción de las cosas. Me enfoqué sólo en lo material y perdí de vista la ley. Lo pasé por alto incluso cuando cambié la fecha de mi boleto de regreso. ¡Qué pendejo soy! Pero algo me dice y estoy seguro de que el Senador Abubakar sabía algo de antemano, él conoce a la perfección su país, por eso me dio su tarjeta, ¿pensó acaso en un problema como éste?".

Ramón Santiago sabía que sus sentidos tenían que estar agudizados a su máxima potencia para salir al paso de ese atolladero. No era la primera vez en su vida que tenía problemas colosales, aunque nunca de carácter internacional y mucho menos al otro lado del mundo. Claro que siempre hay una primera vez, pero ésta era para infartarse. Tenía que encontrar una solución, y pronto, si quería salir de ahí. En ese instante entendió una vez más que la mente humana sometida a presión es capaz de construir una salida, una fuga, una respuesta, urdir incluso una buena mentira que pareciera creíble. A su cabeza llegó la clara idea de un hombre perseguido por un león que es capaz, –con tal de salvarse de ser devorado–, de romper el récord humano de velocidad porque es lógico que sus piernas atraerían toda la energía necesaria para eludir a la fiera. Su cerebro tenía que ser más veloz que un atleta.

Su mente volvió a volar al pasado a la velocidad de la luz. Su memoria empezó a recorrer cada paso que emprendió desde el momento que había iniciado tan loca aventura. Sólo a alguien como él podía ocurrírsele vivir tan temerario lance. ¡Maldito internet!, ¡Maldito mundo! ¡Perra suerte!" *Masculló entre dientes.* "Todo pasa por hacer caso de cosas que parecen tan fáciles como bonitas. Bien dicen que no todo lo que brilla es oro o que, si algo parece tan bueno, seguro que no es real. Además, esto no fue nada fácil. Nada es lo que parece, pero, ¿quién más podía realizar este trabajo tan sumamente delicado? Pinche vanidad, aparte; ya no modestia. *Y se respondió a sí mismo:* Nadie más.

Siguió pensando, tratando de justificarse a sí mismo por lo que hizo en las últimas semanas en el Continente Negro. Hablo inglés y francés, algo de italiano, tengo lengua ágil, soy sociable, amiguero a morir y además, preparación jurídica. Una cosa muy importante es que tengo cojones, razones suficientes para haberlo hecho yo mismo. Siempre los he tenido, para una empresa colosal de esta naturaleza me preparé de alguna manera toda la vida sin saberlo. Por supuesto que también debo confesarlo, no hacerlo sería faltar a la verdad, soy ambicioso y siempre he querido ser rico. Y por supuesto, el dinero fácil –aunque esto ya no lo sea–, siempre llama a cualquier ser humano y es capaz de hacerlo cometer cosas que rayan en la irracionalidad o en la locura; sin embargo tengo mis justificaciones porque muchos otros intentan ser ricos mediante la comisión directa de delitos, arriesgando el pellejo en cada refriega o ser de plano un delincuente de cuello blanco que es lo que hacen los políticos en países donde campea la corrupción, incluido obviamente mi México. Yo elegí una tercera opción, podría decirse que una opción híbrida y por ello mismo me justifico plenamente.

En otras palabras, cualquier otra persona más cuerda le hubiera llamado a esta actitud desafiante ante el mundo, por su nombre real con cada sílaba en su lugar, "AM-BI-CIÓN" a esa serie de actos que casi culminaron con la muerte de Ramón.

Cualquiera diría que todo eso fue parte de una urdimbre que el destino o la vida le tejió y que ya él sólo tomó la decisión más descabellada de su vida.

De otra forma, estaría muy tranquilo en su casa viviendo su vida que hasta esos meses y años, había transcurrido con mucha pena y algo de gloria, bajo las asechanzas del estudio, de las aventuras imaginarias que coleccionaba en su mente tras tantas lecturas de un gran número de narradores de todo el mundo, unos más locos que otros, en prosa o en verso pero aventureros imaginarios al fin. Todos se encontraban en su biblioteca, unos cuantos miles que había reunido por más de veinticinco años.

Y si decidió que su gran aventura, quizá la de toda su vida, la realizara fuera de su propio continente, entonces sería África, la gran desconocida, olvidada, marginada, vilipendiada, incomprendida y explotada; y al mismo tiempo, paradójicamente el lugar donde se han acuñado cientos de historias, desde los grandes safaris en su sabana y en sus selvas inexpugnables, sus grandes minas de diamantes, su riqueza petrolera, las dictaduras, las guerrillas y los grandes movimientos libertadores, los terribles genocidios, las hambrunas apocalípticas, y paradójicamente también, el probable génesis de la vida porque aseguran muchos expertos que en ese continente gigante, brotó por primera vez la vida y que incluso ahí existió el Edén Bíblico con nuestros primeros padres, todo un dodecaedro romántico, dramático y sobre todo, mágico: África, pues. No otro lugar porque en vez de generar temor, provoca curiosidad e inquietud a hombres como Ramón Santiago, algo a la medida de sus más grandes apetitos oníricos.

§

"No lo abras, no lo abras", una voz dentro de sí le gritaba cuando vio por primera vez ese correo. Ramón tenía escasos meses que había empezado a utilizar el internet de forma más profesional y propiamente los correos personales como un medio más de comunicación, a pesar de que esta nueva herramienta tenía ya en el mundo cerca de cinco años al despuntar el tercer milenio, tiempo de cambios mundiales profundos no sólo en la vida tecnológica sino política y económica. Su amiga Míriam Sánchez le había enseñado el camino de esta forma tecnológica de comunicación rápida, una vez que ingresó a su correo en la computadora oficial de su trabajo. Ramón lo comprendió hasta que se dio cuenta de que a un correo electrónico se podía accesar desde cualquier máquina, siempre y cuando tuviera internet y la contraseña. Este conocimiento nuevo para él lo cautivó desde un principio. Su generación apenas estaba despertando a estas realidades.

El título del correo era demasiado sugerente y atractivo…y no lo abrió, a pesar de llamarle poderosamente la atención. En esa construcción de fantasías que Ramón solía hacer por mero placer catártico, recordó las grandes aventuras de los personajes verneanos, aquellos que vivieron entelequias, recorridos fabulosos por diversas partes del mundo y se vio a sí mismo como uno de ellos. Solía decirme: No de balde fui un fanático de las obras del genio futurista francés Julio Verne. Como este escritor, pocos. Esos franceses son tremendos, ¡de todo hacen una revolución, incluso desde la imaginación! *Le llamaba fuertemente la atención sobre todo, por encima de "Veinte mil leguas de viaje submarino" o "De la tierra a la luna", "Las cinco semanas en globo", obra por excelencia si se trataba de aventuras extraordinarias, precisamente con parte del recorrido en África.* Sería genial vivir algo así en vivo y a todo color, en carne propia, que el viento roce tu rostro, sentir muy de cerca esa pasión por viajar, recorrer lugares, vivir riesgos y toda clase de peligros, en medio de esa fauna salvaje, por tierra o por aire en lugares exóticos, dominar esos paisajes desde las alturas a un velocidad que permita disfrutar cada cuadro…..en suma, llevar la ficción a la realidad, invirtiendo el orden de las cosas…", *llegó a pensar tras tentador título en su bandeja:* "HELP ME TO LEAVE AFRICA"…..*Ayúdame a salir de África.*

Había escuchado y leído desde su tierna infancia historias, cuentos y relatos verídicos sobre África. No se diga todo lo que como común denominador sabemos poco o mucho sobre Egipto y su monumental cultura llena de misterios, con historias de poder, de leyendas faraónicas milenarias, de esclavitudes condenables hoy día, de mitos, arte, pintura, arquitectura propia de antiguos genios, de un mundo que aún no acaba de descubrirse del todo porque el desierto es el más fiel vigilante de sus recónditos secretos. Quizá por estas y muchas otras razones, le atraía el continente ¿inexplicablemente?

Amaba nombres egregios como el de Patricio Lumumba, de quien sabía de memoria su biografía de libertador de, precisamente El Congo de parte de esta narración sobre Kosombo; o incluso el de un contemporáneo sudafricano, quien de preso político por 27 años, poco después logró ser presidente por la fuerza de la voluntad y del perdón, Nelson Mandela, una historia forjada en epopeya que narró en un libro magistral que es un poema a la vida libre de discriminación y racismos, "El largo camino hacia la libertad", ¿algún eco de Gandhi? ¡Sin duda alguna! Esos eran sus héroes, todos originarios de África.

Supo de historias de misioneros como el señor Elpidio Méndez, un amigo de la familia, un cristiano con convicciones, que se fue para ya nunca más volver. "Que se lo han comido los leones", *escuchó decir en la iglesia bautista donde asistía con sus padres y hermanos durante su infancia todos los domingos.* Pobre de don Elpidio, tan buen hombre que era. *De igual forma, se enteró de historias de monjas que habían viajado a África en calidad de misioneras de su religión, de las cuales nunca más se supo nada.*

Había leído historias de aventureros y muchos otros más que tenía grabadas en la memoria. Así que, por lo pronto le hizo caso a la voz de la cordura. No, no abrió ese correo electrónico por esa primera vez. Era preferible reflexionar antes de actuar porque proceder de manera arrebatada, –Ramón lo sabía–, siempre tiene un precio.

Y consultó con algunos de sus más cercanos amigos su opinión, Guillermo Torre, David Contreras y Beatriz Garza. Todos ellos sabían de antemano que Ramón era un aventurero con grandes expectativas. Un tiempo de su juventud, cuando aprendió las técnicas del alpinismo después de tomar varios cursos, le creció la semillita por escalar montañas, –siguiendo el ejemplo paterno–, empezando por la que se asentaba en su lugar de origen, luego escaló una las montañas más altas de México y, un día, también soltó su sueño ideal, conquistar el llamado Techo del Mundo, el Everest. Así de soñador, loco y aventurero era.

Las diferentes voces que escuchó tuvieron distintas facetas. "Te sugiero que deseches esos correos, son pura basura, a pesar de que nunca he sabido noticias anteriores de algo parecido", *sugirió uno*. "Para poder salir de dudas, es necesario que lo abras. Debes enterarte de qué se trata y si no te convence el asunto, entonces deséchalo, pero ya sabiendo de antemano de qué se trata"; *dijo otro, como predisponiéndose a la propia curiosidad de Ramón, siempre inquisitivo.*

Y no faltó quien dijera que todo le parecían verdaderas pendejadas, que era mejor dejar las cosas así, sin moverlas, sin alborotar las aguas porque siempre puede haber algo oculto y muy oscuro. Además, agregó, "nadie te regala algo a cambio de nada". *Como Ramón sintió que no estaba convenciendo a ninguno de sus amigos, planteó entonces –como una acción de reforzamiento–, que había recibido un segundo correo electrónico, mismo que tenía todavía un título aún más sugerente:* "MI VIDA POR 3.9 USD MILLONES". *El remitente era el mismo, Kosombo Michael. A pesar de eso no hubo ninguna respuesta, pero se sintió en el ambiente que algo se había movido dentro de sus corazones y de su cerebro. Sin embargo, ahí quedó el asunto, por tan sólo unos cuantos días, nada más.*

Transcurrieron un par de jornadas y Ramón, encontrándose verdaderamente confundido, luchando entre la razón y la emoción, entre la cordura y la locura, entre la pasión y la indolencia, prefirió seguir su propia corazonada y al término de una semana, por fin, estando frente a su computadora, con cierta indecisión, abrió el primer correo, dando rienda suelta a su curiosidad, que a esas alturas estaba ya incontenible, como el reconcomio que ataca inexorablemente un cuerpo indefenso, como el caballo sin rienda o un galgo tras su presa.

Empezó a leer cada línea, primero escéptico por el mensaje que estaba comprendiendo plenamente. Su inglés era bueno y mucho más el que leía. Así, enseguida acertó la naturaleza del asunto tan delicado que le estaba cayendo entre las manos. Ya conocía de antemano muchas historias de cuando, como dicen en el pueblo, la curiosidad mató al gato, pero a pesar de eso, siguió.

Era más grande la curiosidad y la locura que la cordura. Y a medida que avanzaba en cada línea, sentía que el corazón se le desbocaba de la emoción. Algo dentro de él mismo le gritaba que eso podría ser totalmente cierto, aunque el escepticismo amenazaba con triunfar ante semejante hecho. Parecía tan bueno como para ser cierto.

Los comentarios y opiniones de los demás siempre cuentan a la hora de tomar una decisión importante de vida. Se acordó de Emile Durkheim, el teórico de esas ideas sobre la 'presión social', la que te conduce a algún punto bueno o malo, positivo o negativo, pero presión social al fin porque una persona puede sentirse acorralada para tomar una decisión, "que si ya estás grande, ¿cuándo te casas? que si ya te casaste, ¿cuándo el primer hijo?, que si ya nació el primero, ¿cuándo la parejita?, que si los 15 años de la hija, yo soy el padrino", *y eso tratándose de asuntos mucho muy familiares, no se diga otras cuestiones tales,* "¿cómo que vas a estudiar filosofía? Te vas a morir de hambre, mejor estudia medicina", *o ya de plano, cuando estudiaste algo que le acomoda mejor a la familia,* "¿cuándo vas a obtener tu título universitario?, o ya te estás tardando sin novia, o, deberías viajar para conocer un poco más", *pero ya de plano, algo así como,* "no me salgas con burradas, tu fiesta de despedida de soltero, es tu fiesta de despedida de soltero". Carajo, siempre hay que complacer a los demás, pero no, a la chingada, mi vida es mi vida.

Enseguida desechó todo. Pensó que Durkheim, con toda su grandeza teórica, también pudo haberse equivocado y que sus amigos estaban errando en sus argumentos. Ésta era una oferta demasiado tentadora para salir de pobre como para ignorarla así nada más como así, olímpicamente. Total, no perdía nada con responder a ese primer e-mail. Alguna luz habría de asomarse.

Probar. Lo peor que podría pasar es que fuera una broma de humor negro y ya. Como para olvidarse del asunto. Y para darse más confianza pensó decididamente que Dios o la suerte estaban de su lado, más que nunca.

Esa fue su perdición. Responder una vez sería suficiente para obtener una primera respuesta y alimentar más las esperanzas, la emoción, la sospecha, el desatino, quizás. Una primera respuesta y las ansias se apoderarían de él, de su mente, de su espíritu. Querría realizar lo que le pedirían para obtener un beneficio directo. Salir esa misma tarde. Cumplir seguramente con los requisitos que le solicitarían. Ayudar al pobre hombre que estaba pidiendo auxilio desesperadamente. Conocerlo personalmente. Solidarizarse con su causa. Decirle que quería, que deseaba, que debía y que podía ayudarle. Formar parte de un futuro negocio que se vislumbraba muy ventajoso. Cumplir y que le cumplieran.

La "botella" con su mensaje había atravesado los inmensos océanos de la red y llegado a su destino desde un lejano punto geográfico del planeta. Era el destino programado y el rescatista que Ramón ya se sentía que era, se apresuraba a salir. Tenía que llevar a cabo su misión. Sentía que había nacido para eso sin razonar si el remitente era quien decía ser, un militar caído en desgracia en su país y que necesitaba el auxilio de un extranjero para acometer una tremenda misión o un verdadero farsante. Todas las probabilidades cabían.

En realidad sus líneas no revelaban mucho y era muy difícil descifrar un mensaje oculto de tal magnitud. En sus respuestas, Ramón decidió ser claro y pedir más información sobre el tema con la finalidad de que ni él ni sus amigos dudaran de la sinceridad del asunto, sobre todo sabedores que este mundo está lleno de personas mentirosas que saben sacar provecho a la primera y *más si se trata de un país que se encuentra a casi 12 mil kilómetros de distancia en línea recta, mediando el Océano Atlántico. Sabía de antemano que un fraude no mide distancias. Con todo ello, el primer mensaje generó varios correos de intercambio mutuo durante dos semanas hasta que llegó un correo del abogado mismo de Kosombo, contratado específicamente para dar detalles más precisos de esa operación, que podría incluir dos opciones de un viaje corto y uno muy largo. Ramón contaría con todos los pormenores del mismo, las alternativas y todo lo que fuera conveniente para que la misión tuviera éxito. Previamente hubo una importante llamada telefónica desde el otro lado del mundo. Era el abogado de Kosombo quien le llamaba. El motivo de tan breve llamada fue para comunicarle que en adelante él, como el abogado de Kosombo Michael retroalimentaría la misión con toda la información necesaria y que revisara tres veces al día su buzón para dar respuesta expedita a cada mensaje. Atendamos al primer correo, antes que otra cosa.*

. . . .

>From: "cox ambition benson"
<coxbenson@eudoramail.com>
>Reply-To: coxbenson@eudoramail.com
>To: ramsantiago_67@hotmail.com
>Subject: PROCEDURE
>Date: Tue, 23 Apr 2002 23:08:12 -0900
>My dear friend:
>Te saludo con respeto y al mismo tiempo, siguiendo las instrucciones de tu socio el Teniente
>Coronel Michael Kosombo, me permito presentar ante ti las opciones que tienes para el >aseguramiento de tu fondo.

> 1) Siguiendo mi análisis contigo acerca de la llamada telefónica de ayer por la tarde respecto >de las condiciones y opciones para recibir tu fondo, deberías venir a Nigeria y abrir una cuenta >aquí, >para lo cual yo te daré asistencia para reservar exitosamente >el fondo que luego será > >dirigido a tu >cuenta de México de acuerdo >con tus instrucciones.
>
> >2) La segunda opción, es que tú comprometas los servicios de un correo diplomático, >disponible >a una compañía de seguridad financiera que resguardaría el fondo mencionado y >lo >trasladarían a Ámsterdam que es su centro de distribución desde donde mueven todas las >maletas cubiertas con un seguro para evitar cualquier contratiempo hasta que éstas sean >reclamadas por ti.
> > Por favor, elige cuál de las dos opciones se acomoda mejor a ti.
>
> >Llámame inmediatamente después de que recibas este correo.
>
> >
> >Saludos,
>
> >BARRISTER COX BENSON.

Cuando terminó de leer el correo electrónico ya era tarde para dar marcha atrás. Todas sus defensas cayeron de golpe. Y como si una inmensa maquinaria dentro de su ser se hubiese echado *a andar como un reloj exacto a partir de ese momento, con todos los engranes dando vuelta, ya nada ni nadie habría de detener a Ramón Santiago en su intento por ir hasta el fin del mundo con tal de conseguir su objetivo. Sabía desde ya que no iba a ser una empresa nada fácil, pero estaba consciente también de que la voluntad es capaz de mover montañas. Y su voluntad, –mucho se preciaba a sí mismo–, él mismo decía que era de hierro, un hierro forjado bajo los golpes lapidarios de martillo en el yunque y al rojo vivo del fuego de la vida. Así que era la hora de demostrarlo y saber de una vez por todas de qué estaba hecho.*

Desechó totalmente de un tajo la segunda opción que le dieron, la de viajar solamente a Ámsterdam, Holanda para hacer ahí la operación apoyado en un sistema de correo diplomático y después viajar solo a México ya con el dinero en sus manos, lo cual representaba menos riesgos. No se detuvo siquiera a pensar un instante esa posibilidad, para Ramón era mejor asegurar todo personalmente, con un viaje que le garantizara al mismo tiempo seguridad económica para él y su familia.

Pensaba que si lo hacía de otro modo, algo podría fallar y no serviría de nada tanto esfuerzo. No deseaba que todo se redujera a un simple, aunque no tan simple viaje a Europa. Quería llegar al fondo del asunto y tratarlo de ser posible, de manera personal con quien ahora se decía era su amigo, Michael Kosombo, el gran teniente coronel que había sido Ministro de Guerra en el Congo y que había caído en desgracia por la ambición de los grupos de poder en su país, una historia como tantas en África.

Así que de inmediato se dispuso a responder el correo, sabedor de que era como comprar un billete de la lotería, por el que podría haber premio mayor o quedarse como siempre, con las manos vacías. El azar de la suerte nunca fue lo suyo pero en esto pensó que todo podría tenerlo bajo su completo dominio, siempre y cuando se aplicara e hiciera bien su tarea. La suerte sería lo de menos. *Su mensaje fue sencillo, escueto, apenas para confirmar que había recibido su e-mail de auxilio, presentarse, darle a entender al destinatario quién era Ramón, a qué se dedicaba y ponerse a sus órdenes, diciéndole si podía ayudarle en algo, que con mucho gusto contara con él. Sentía que no había necesidad de algo más. Con eso bastaba por lo pronto.*

Apagó la computadora y mientras se iban cerrando los programas, cual si fuera una fiel mascota, acarició el teclado y la pantalla. Estaba satisfecho con la decisión que había tomado. Sólo el tiempo diría si obró bien o estaba rotundamente equivocado. El tiempo, -*suspiró Ramón*-, ese viejo maestro que nos enseña en carne propia nuestros errores y nuestros aciertos como seres humanos, el tiempo que sólo necesita correr para abrirnos los ojos y darnos cuenta si erramos o acertamos en el blanco, será el que me lo diga.

§

Pocas horas después sintió como una picadura en el fondo del corazón que podría estar en un craso error, así que lo primero que hizo para no dar palos de ciego fue platicar nuevamente con sus amigos sobre su descarnado descubrimiento en la red. Todos y cada uno de ellos se encontraban pasmados por la noticia. Apenas si podían creerlo. Así que a partir de ese momento, cuando menos ya la duda empezó a apoderarse de ellos como una mancha voraz que todo lo penetra.

Y aun cuando había todavía lugar para el escepticismo, acabó triunfando la curiosidad sobre todos ellos, incluso sobre el más incrédulo de los cuatro amigos, Guillermo Torre, *quizá el más desconfiado de ellos. Estudiar, leer, conocer y analizar antes que actuar era su premisa y todos lo sabían perfectamente.*

Había sido un fuerte equipo de trabajo, amigos de parranda, de sueños y de la construcción hombro con hombro, de un futuro para todos, compañeros de generación en la vida política de su tierra, estrategas unos, soñadores otros, loco el que quería mover todo sin rendirse, Ramón Santiago. Por sobre todo, amigos en las buenas y en las malas. Y por otro lado, los golpes de la vida les había enseñado a desenvolverse así, con base en el binomio de la teoría y la praxis. Ni un solo paso sin antes saber en qué terreno estaban todos pisando. Porque tal vez podría convertirse en un campo minado o en arenas movedizas y una vez adentro, nadie podría salvarlos. Salvo que los esperara realmente el Edén, en tanto quizás, valdría la pena intentar algo.

    Echadas las cartas de la suerte sobre la mesa, se asignaron tareas cada uno. Así obra un buen equipo de trabajo, una banda o incluso una pandilla. Beatriz Garza, concienzuda estudiosa de las estadísticas, de la política y la sociedad, de las prospectivas, embelesada por los números con significado, mujer inteligente, estaría encargada de estudiar cuáles eran los pormenores de las últimas noticias de Nigeria y el Congo, países involucrados en la operación, de acuerdo con los correos de Kosombo, de averiguar hasta el más mínimo detalle que pudiera encontrar. Quizás en el curso de la investigación saltara algo que no cuadrara, un resquicio que diera más luz al asunto. Además, los buscadores por internet eran buenos, veloces, iban al detalle, aunque no pudieran aún sustituir una buena biblioteca.

David Contreras, historiador y amante nato de los libros de historia, joven culto, inteligente y estudioso, un verdadero ratón de biblioteca tendría que recopilar todo el pasado reciente de ambas naciones desde su independencia política hasta la actualidad, con el fin de saber con una mayor precisión si era verdad lo que el correo electrónico estaba afirmando desde el principio. Una base histórica sería importante para poder moverse mejor, a mayor información, más alto grado de certidumbre en la toma de decisiones.

Guillermo Torre, politólogo brillante, observador de la vida pública, lector incansable y un hombre muy joven, inteligente y culto, sería el encargado de analizar la situación política y económica para determinar costos y posibles soluciones a la oferta africana que implicaba un verdadero laberinto, un reto inconmensurable. En pocas palabras, tenían que buscar y encontrar información pertinente y significativa para cruzarla entre sí para poder corroborar en la medida de sus posibilidades la certeza de la oferta africana. Y finalmente, Ramón tendría que hacer los ajustes necesarios en una agenda que se antojaba apretada para sus escasos recursos económicos e incluso políticos, pero confiando siempre en su buena suerte, solía repetir ante los demás, "c'est la vie". ¿Quién podría imaginarse que tras de esta aventura, esa amistad se fortalecería tanto que pasaría a convertirse en una hermandad, aún más fuerte que el granito?

§

Desde el primer momento que se enteró de la noticia, de la oferta grandiosa que significaba hacerse rico, en la soledad de su habitación, Ramón empezaba a sentir el frenesí del dinero fácil, aquel que podía conseguirse sin mucho esfuerzo, ideas que militaban contra el sentido común e incluso contra la educación recibida desde su infancia y que alteraba sus creencias religiosas del famoso camello que siempre puede pasar por el ojo de una aguja contra el rico intentando entrar al reino de los cielos. Así pensaba que alguien que se hiciera rico, su religión lo condenaba por el simple hecho de serlo, sin pensar que una riqueza sí se puede hacer por medios lícitos sin perjudicar a nadie, intentando ganar el cielo con buenas obras y, tendría el dinero para conseguirlo. Claro que éste no era el caso, sin embargo cumplía con un requisito vital de que nadie saldría lastimado.

Ideas que subían y bajaban de su cabeza, que se barajaban como un juego de naipes que incita a la suerte, al azar, a la fortuna o a la condena. Ideas contradictorias entre sí, paradójicas, cómplices y suaves como el algodón, duras y ásperas como la roca, ideas al fin que bullían en su cerebro y lo embotaban, colocándolo en un estado de delirio.

Internalizar un estado de riqueza real que resuelva la vida para siempre de cualquier ser humano, debe implicar el pago de cualquier precio y Ramón estaba dispuesto a pagarlo. Siempre pensaba que su decisión no era inherente a un delito, al menos no para él, no obstante que viajaría a uno de los países más corruptos del mundo. Aunque no sabía a ciencia cierta, si en verdad sería poco el esfuerzo al invertir, si es que así se le puede llamar, prácticamente su propia vida en semejante aventura, como si su vida fuera un recurso renovable como el dinero mismo o cualquier objeto material, ¿qué acaso se le puede llamar inversión poner tu vida como garantía en una loca aventura como ésta? Eso sólo lo hacen los locos y los desquiciados. Y este mundo está lleno de ellos.

Sin embargo, su imaginación empezó a correr desbocada, pensando cómo utilizar tanto dinero que nunca soñó podría *llegar a tener en sus manos, no al menos con el trabajo común porque eso no entraba en su realidad, no a menos que hiciera lo que regularmente hacen algunos personajes ricos de México, los hombres que no tienen escrúpulos con tal de amasar una gran fortuna, quienes roban cínica y descaradamente desde una posición privilegiada del gobierno o en la iniciativa privada, pero siempre con ventajas respecto de los demás. Era claro que tenía una idea completa sobre cómo en su país se construyen fortunas desde cero hasta cien bajo el amparo del poder político. Y la iniciativa privada y el poder público siempre irán de la mano, en un maridaje perfecto con tal de preservar sus canonjías. Así matan dos pájaros de un tiro, ganan poder político y poder económico. ¡Qué pinche ecuación tan perfecta! ¡Chingá! ¡Eso es perrón! ¡Estos no tienen un pelo de pendejos!*

Por supuesto que no todas las personas pueden cuadrar bajo este estigma, sin embargo siempre pensaba que una persona rica de México difícilmente puede hacer fortuna como una rica de los Estados Unidos de América, es decir, porque inventó algo, generó un bien para la humanidad y se hizo rico a base de la explotación de sus ideas, no de sus semejantes. Por supuesto que no todos los ricos de Estados Unidos lo han hecho por los medios legales, hay que recordar cuántos depredadores hay entre ellos cuando se trata de explotar la riqueza de otros países, como el petróleo, los minerales preciosos, incluso la vida humana cuando compraban y vendían esclavos como si fueran mercancías.

Ramón siempre pensó que el día que tuviera dinero para considerarse rico, sería porque se lo ganó a la buena, gracias a su talento y a su esfuerzo, pero jamás como producto de una acción ilícita. Sus sueños de juventud para hacer grandes cosas si tuviera una cantidad considerable de dinero empezaron a correr como locos en su mente. Recordó cómo muchas veces pensó, por ejemplo, en tener una hacienda muy bien acondicionada, con cría de animales como alimento, buenos cultivos en tierras acondicionadas para el riego artificial, con trabajadores que él pudiera coordinar, en una cooperativa, con pagos muy justos para una vida decorosa.

De todos modos eran ideas de hacendados y éstos nunca tuvieron buena fama en México. Había leído y conocía las grandes teorías de aquellos que alguna vez pensaron en una igualdad en la organización social y política, conoció en sus ideas, teorías y libros a Marx y a Engels, a Bakunin y a Kropotkin, incluso la lucha social en México de un hombre negado por la historia oficial y que Ramón idolatraba, Ricardo Flores Magón.

Pero en particular, durante su juventud le impactó la lectura del "México Bárbaro" de la esclavitud inmisericorde que había descrito hacía poco más de un siglo John Kenneth Turner, al filo de la Revolución Mexicana, tantas veces interpretada en la teoría pero muy pocas veces respetada en la práctica por la clase política mexicana. El salvajismo y la inhumanidad con que trataban a los campesinos y trabajadores de la época final del Porfiriato, dejó una honda huella en su espíritu. De cualquier forma, sabía perfectamente que su situación había variado escasamente.

De igual forma recordaba la lucha de dos grandes revolucionarios que sentían en su misma sangre el dolor de la desigualdad social, lo que los incitó a ir a la Revolución por exigir mejores condiciones de vida para el pueblo mexicano, Pancho Villa y Emiliano Zapata, por cierto que los dos únicos líderes mexicanos que se encuentran en el gran salón del Parlamento de la República Popular de China, en medio de grandes líderes del mundo.

Recordaba claramente la ironía con que, el que consideraba un maestro de la literatura, la del realismo mágico, Juan Rulfo, cuando trazó en un extraordinario cuento, "Nos han dado la tierra", la crítica demoledora de la reforma agraria mexicana y el reparto de tierras a los campesinos. Mira que darles las peores tierras para el cultivo, pinches tierras de tepetate duro como el pavimento. ¿Quién diablos podría obtener una buena cosecha en semejantes tierras inútiles? *Sabía muy bien que la figura del ejido en México había fracasado rotundamente. Y ése era el resultado paradójico de la Revolución que quiso ser social y acabó siendo sólo un reacomodo de fuerzas y grupos políticos con unas cuantas migajas para el pueblo.*

Así que sus ideas evolucionaron y entonces se concentraba en soñar con un lugar ideal que él mismo pudiera diseñar y manejar con mano firme pero ante todo justa, justa como no lo había visto en los libros de historia. Después de todo, Ramón había nacido bajo el signo zodiacal de Libra y sabía que todos los libranos son justicieros por ley. O al menos, eso piensan los fanáticos de los designios de la astrología aunque Ramón no creyera en los horóscopos a pie juntillas, cuestionando, ¿cómo diablos van a regir a miles de millones de seres humanos doce figuras zodiacales? Es como si dijéramos que hay sólo doce destinos para todos los habitantes de la Tierra, lo cual es un absurdo.

De cualquier forma, sin averiguarlo a ciencia cierta, Ramón intuía que, seguramente los revolucionarios del mundo habían sido de una u otra forma libranos empedernidos. Tendría que hacer una investigación al respecto para confirmar su hipótesis. Él sabía que todas esas teorías de igualdad, fraternidad y justicia social eran ideas fabulosas que, si se podían poner en práctica de corazón, se podría erradicar de este mundo la pobreza que le dolía cada vez que se daba cuenta de un caso de manera personal o a través de los periódicos o los medios electrónicos.

Pensaba que realmente era muy sencillo que reinara la prosperidad en el planeta si tan sólo cada ser humano pudiera llevar a cabo las enseñanzas del maestro Jesucristo, dar amor a *los demás, pero no un amor de palabras sino un amor de hechos, mediante el cual cada uno hiciera algo bueno por el otro, siendo semilla en todo momento. Sobre todo que, quienes siempre lo han tenido todo se inclinaran por una sola vez en su vida, no para humillar al pobre o desvalido sino para tenderle la mano y poder ayudarle, incluyendo a los políticos que a veces, cuando la locura los acosa, se sienten los omnipotentes.*

Estaba convencido de que es muy poderoso el conocimiento que nos brinda el llamado Libro de los libros, pero hacemos caso omiso de cuanta lección tiene contenida la Biblia entre sus bellas y filosóficas páginas. Por eso, cada noticia que implicara la pobreza le laceraba el corazón y él, Ramón, sentía que podría ser un instrumento formidable de Dios para ayudarle a vencer ese y otros problemas que van inherentes a la pobreza, o sea que sería como lo dice el Evangelio: "Semilla para Renacer" *al menos eso pensaba lleno de optimismo porque se daba cuenta de que todo el siglo XX estaba lleno de contradicciones entre muchos avances tecnológicos, acompañados de guerras inhumanas.*

Hacía ya mucho tiempo que se había preguntado cómo podría conseguir mucho dinero, suficiente dinero para ayudar a la gente. De la idea de la hacienda pasó a una etapa mayor porque en sus sueños sólo quería ayudar al mayor número posible de personas. No sólo a su familia que por obvias razones estaba también considerada. Si se quedaba solamente con la idea de la hacienda perfecta, algo así como el diseño que hizo Tomás Moro de su Utopía, pues pensaba que poca gente podría beneficiarse de sus buenas ideas y acciones.

Por eso le atrajo por un tiempo la participación política. Sabía que no se puede estar sólo esperanzado a que las cosas nos caigan como maná del cielo. Había que salir a buscar opciones y soluciones a los muchos problemas de su país, de la gente de su pueblo y de su región. Sabía que la política es buena por naturaleza, la quintaesencia de la nobleza humana,

—eso aprendió como una fórmula en sus clases de política—, el interés de hacer algo por los demás, de manera desinteresada. A través de ella se podían resolver tantas cosas y también de llevar a cabo sus más caros anhelos.

Siempre supo que el hombre es bueno por naturaleza y solidario con las mejores causas, a pesar de la lectura de tantas atrocidades causadas por el ser humano a lo largo de la historia, paradójicamente con una época de la mayor civilización en los últimos 500 años. Por ello a veces se pensaba como un hombre muy ingenuo ante la maldad del mundo. Y aunque acababa pensando que también era un sueño, su utopía, eso lo mantenía permanentemente inquieto y lleno de sobresaltos. A pesar de todo, estaba dispuesto a contribuir con ¿su granito de arena en las mejores soluciones? Y no era un granito, pensaba utópicamente, sino que se tenía que multiplicar porque él mismo decía: "Hay que aportar más que un grano de arena porque a ese paso, no vamos a terminar nunca".

Ramón también recordaba que cuando se asomó a ese mundo sórdido de la política mexicana, su alma se estrujó dolorosamente porque se dio cuenta de que no era verdad todo lo que había imaginado cándidamente durante su juventud. Supo en carne propia que en política hay intereses personales, que unos se quieren devorar a otros y que, la democracia se había convertido en una aristocracia disfrazada, donde quienes más dinero invertían, mejor les redituaba en resultados, yendo de cargo en cargo, de puesto en puesto, de componenda en componenda. Vio con sus propios ojos cómo la política había pasado de ser un instrumento de desarrollo y de progreso, a un simple objeto personal de ambiciones desmedidas. Vio el descarnado panorama de que la política sólo era un cúmulo de intereses personales, nunca colectivos y esa sola idea agitaba sus más caros anhelos. Cada campaña era un canasto lleno de *promesas dignas de un país de primer mundo que, al final se quedaban en el mismo canasto sin cumplirse.* Él no quería sólo formar parte del ajedrez que jugaban los políticos, menos ser un simple peón. Y confiaba que si no llegaba a rey, como mínimo tenía que ser un alfil para tomar decisiones de cierto peso.

El humanismo era precisamente el punto que se encontraba al final de una agenda política desdibujada en todos los niveles y en casi todo el país. La descomposición política que percibía, lo orillaron con mayor fuerza a emprender esa aventura. Así, ni siquiera tenía que tomar una posición política para poder ayudar a toda la gente que lo rodeaba. Sentía que su postura era válida y que sus duendes de la fortuna habrían de ayudarlo hasta la exacerbación en su locura.

Quizá era lo mejor porque eso conjugaba con sus ideales de no querer nunca ser cómplice de un sistema corrompido desde sus raíces. Cualquier cosa, menos ser parte de esos grupos de poder que sólo se reparten las ganancias en un afán de ambición desmedida. La política era ahora solamente un instrumento sin fuerza ni brillo, que pertenecía a los abismos del infierno. Justo por eso la clase política mexicana era una de las más desprestigiadas en todo el orbe. En algún muro de su México leyó algo así que después supo era de Max Weber: "El paraíso está poblado de poetas, mientras que la disputa por el poder está regida por los demonios". Por eso no le importaba ya salir de un país corrupto a otro peor de corrupto porque lo peor ya lo conocía, entonces, ¿qué tan profunda podía ser la corrupción en el país destino de sus objetivos?

Recordó también que cuando era adolescente y estudiaba la escuela preparatoria, una idea le angustiaba por sobre todas las demás. Pensó casi todos los días, durante cerca de tres años completos, qué pasaría si de pronto se agotaran los alimentos y la humanidad no tuviese ni qué llevarse a la boca para vivir. Eso no podía pasar. Pero era parte de sus inquietudes en pro de la humanidad. Era obvio que el fondo del asunto era por la falta de dinero para emprender, para la siembra y la cosecha de alimentos y todo lo que esta logística gigantesca implicara.

Por eso siempre estaba atento a las noticias, a que no se vislumbrara siquiera una catástrofe de tal envergadura. Sería una hambruna de dimensiones apocalípticas y luego, tuvo al respecto noticias precisamente de países pobres de África que enfrentaban este tipo de males un día, un año, una década, generaciones enteras de africanos comiendo apenas un mendrugo de pan si bien les iba. Y luego ver en reportajes, fotografías de cuerpos esqueléticos deambulando por los caminos, cimbraban su conciencia hasta la médula. En realidad, África sí enfrentaba una catástrofe y tal había sido el perfil de su historia. Se preguntaba siempre, ¿por qué el resto del planeta ignoraba a África, continente olvidado, explotado, vilipendiado hasta la ignominia? ¿Si sus habitantes eran vistos como animales de presa con la venta de esclavos, sus riquezas como propias al ser arrebatadas de su suelo? ¿Cómo podía esperarse ayuda humanitaria de parte de la comunidad internacional? Contradicciones estúpidas de la vida moderna, ¡paradójicamente la época del más grande desarrollo para la humanidad! ¿Qué acaso no existe un karma colectivo ante este tipo de conductas? Quizá la migración ilegal sea un tipo de facturas que los países ricos deben de pagar....

Realmente le angustiaba tratar de imaginar cómo podían producirse tantos y tantos alimentos todos los días para tantos seres humanos a lo largo y redondo de todo el planeta. Sí era posible porque casi todo mundo tenía comida, excepto muchas familias africanas. Éstas y otras ideas lo agobiaban casi hasta agotarlo físicamente. Sentía que en cualquier momento podría derrumbarse. Era como pensar en aquellas cosas que los seres *humanos no van a poder conseguir nunca aunque se esfuercen por alcanzarlo. Ni siquiera en mil años más de progresos, como viajar al pasado en vivo para componerlo o mejorarlo. No, eso nunca. Pero había cosas que sí se podían lograr, que estaba en sus manos, en las manos de cualquiera a quien le sobrara dinero, siempre y cuando tuviera la voluntad de ayudar a sus semejantes.*

"Mmmmmm, lo primero que haría con casi cuatro millones de dólares……., que es lo mismo que no sé cuantos millones de pesos, ¡una fortuna!, guau, lo primero, lo primero……, ah, ya sé, organizar una súper fiesta con todos mis cuates, amigos, compadres y conocidos para celebrar en grande mi nuevo estatus económico, ah, pero antes, me compraría una casa enorme, que llene mis nuevas necesidades, una casa bella, cómoda y con ciertos lujos. Por supuesto que también, adquiriría el auto de mis sueños, uno para mí solito, para mis paseos domingueros y uno para la familia. Ya no sé ni qué marca me gustaría, pero de que serían nuevos, sin duda alguna. Y eso sin dejar de comprar una súper motocicleta como de unos mil centímetros cúbicos, ¡que corra de verdad! Me interesa que sean medios de transporte seguros y eficientes. Con eso me sería suficiente. Y luego, ya con esos dos puntos cubiertos, me dedicaría a celebrar todo un mes por mi nueva vida de rico, en mi nueva casa, totalmente a mis anchas, y con mujeres, cuántas caerían a mis pies ahora….. No, no y no. ¿Qué pendejadas ando pensando? Estoy mal. Eso no. Esas son frivolidades, excentricidades que no caben en mi forma de ser ni de pensar. "¡Cálmate Ramón, no enloquezcas!" *Manotazo de por medio.* "Semejante tipo de fatuidad y jactancia sólo me rebajaría a la categoría de los riquillos del mundo que andan llenos de soberbia, todos cargando petulantemente joyas y rodando autos lujosos, como aquel hijo de líder sindical que bañó en oro su Masserati, mientras mucha gente no tiene ni qué comer. No, definitivamente no. Si voy a obtener esa suma fabulosa, será para ayudar a las mejores causas de vida. Estoy harto de conocer la historia de las injusticias, de las que muchas veces yo mismo he sido la víctima. Así que ya es tiempo de hacer algo de justicia. Eso es precisamente lo que nos enseñó nuestro loco Quijote, a no rendirse aunque se rían de ti y de tus actos justicieros. ¡No, no, no! Haré lo que tenga que hacer, ganaré mi dinero y haré lo que pueda por los demás. Creo que es lo más razonable. Muchas veces la teoría y los sueños están peleados con la práctica y con la cruda realidad. Hay que cambiar ese paradigma si realmente queremos hacer algo. Muchos golpes y no otros motivos te despiertan de un frentazo. Acuérdate Ramón, nunca lo olvides, estás en México y en este país todo puede pasar, incluso lo increíble o como le llamó Artaud, lo surrealista. ¿Dónde diablos he vivido eso?"

Estaba harto de saberse residente de un país como México que clasifica todavía a sus habitantes en ciudadanos de primera, de segunda, de tercera y hasta de quinta, incluso el arte popular nos lo restriega en la jeta, "¿recuerdas la famosa canción de El quinto patio?" El caso es que en México, más que en otros países se nota a leguas y con los ojos cerrados esa enorme desigualdad social, esas injusticias que son como cuerpos esqueléticos, cuya carne apenas se asoma como en una radiografía, injusticias que queman conciencias o las apagan para siempre, pero injusticias que no dejan de existir como un duro recordatorio de la condición tan miserable que vivimos como país. Son muy pocos los habitantes que tienen todo. Y muchos, los que nada poseen, más que el suelo que pisan y el aire que respiran. Ramón concluyó que era hora de hacer unos cuantos cambios, dinero en mano. Y lo haría como pudiera.

§

El resultado de las tareas asignadas entre los cuatro amigos fue realmente sorprendente. Todos ellos llegaron con tiempo a la cita, diez días después a entregar los pormenores de sus pesquisas. Todo coincidía, absolutamente todo. Sin faltar un ápice a los informes detallados que cada uno presentó y comentó, comenzó su análisis Guillermo.

-"La cosa está que arde en el Congo. La guerrilla se ha apoderado prácticamente desde los últimos dos años del país, manteniendo en jaque al gobierno que fue descabezado tras el asesinato del presidente Laurent-Désiré Kabila y a toda su familia. Eso fue un suceso demasiado cruel. Obviamente la economía del país está por los suelos. Hay un gobierno temporal en el país, pero la situación parece estar fuera de control porque aunque hay un gobierno, no hay gobierno. Las agencias internacionales sueltan muy poca información sobre estos países y las razones son muchas porque van desde la censura, hasta la falta de acceso a esos lugares por parte de los periodistas, enviados especiales o los canales de comunicación. ¿Qué raro, verdad muchachos?", *soltando un dejo de ironía en su comentario.* "Estuve buscando, sobre todo, nombres de figuras claves en nuestra historia, funcionarios, empleados y gente que trabajó para Kabila. Lo más sorprendente Ramón, y que te confieso, nunca creí encontrar, aquí está el nombre de tu héroe, se llama tal y como firma en el correo electrónico que recibiste, Kosombo Michael, Teniente Coronel de las fuerzas armadas, asignado al servicio administrativo del ejército en su calidad de

Viceministro de Guerra. Todo parece indicar que fue uno de los hombres de más confianza del presidente a juzgar por las tareas que se le asignaban. Si esto es verdad, entonces estamos ante una tarea que se antoja verdaderamente colosal y yo no sé hasta dónde nos conduzca el hilo de esta madeja o si al menos, tenga fin."

-"Se los dije amigos queridos, yo tenía la corazonada de que esto era verdad", *comentó Ramón, esbozando una sonrisa enigmática de oreja a oreja, y más convencido que nunca de que la razón le asistía por enésima vez.*

-"Por lo que respecta a tu destino de viaje, Nigeria, ya saben amigos, la historia de explotación y de miseria que siempre se repite en estos países. Unos cuantos ricos, entre ellos los gobernantes, los empresarios y los países que no dejan de exprimirlos, como el Tercer Mundo que no pueden dejar atrás. Hace cinco años eligieron al primer presidente democrático desde que Nigeria alcanzó su independencia política en 1963. Pero al parecer Olesegun Obasanjo no está cumpliendo con sus promesas de campaña cuando era candidato". "¿En dónde he visto esto, amigos, en dónde, me pregunto?, *dijo Guillermo con un tono aún más irónico que la primera vez.* "Nigeria se encuentra entre los países más corruptos del mundo, se ubica en el segundo lugar, apenas superado por un país asiático. Esto me llamó mucho la atención porque éste es un pan de todos los días en México y es una aureola que nos distingue ante el mundo. Ya sabemos que al México bronco se le une el México corrupto. Pero pues Nigeria se encuentra peor. Tiene una calificación de 1.3 de un total de 10. En México apenas si superamos el 3.5, considerando que hay países que están por encima del 9 de calificación. Así que estos datos me hicieron mucho ruido. Ya ustedes sabrán cómo interpretarlo. Al parecer, entre más pobre es un país, mayor grado de rapiña y de corrupción existe. Es una fórmula matemática lógica. Así lo entiendo porque la gente que se corrompe cree que por medio de acciones ilegales que les proporcionen dinero fácil, va a hacerse rica y la verdad es que con esos actos, lo único que consiguen es atrasar más a su país a pesar de que habría detractores de esta idea. Este fenómeno se ha repetido incansablemente en México. Por eso no crecemos como país. Y me imagino que en Nigeria sucede lo mismo o algo muy parecido. Unos cuantos, si acaso el 3 por ciento de los nigerianos se benefician de la riqueza que poseen, que por cierto es inmensa, otro punto de comparación con nuestro país, sin contar con que durante décadas han sido saqueados por manos extranjeras, aunque a decir verdad, ¡aquí en México no cantamos mal las rancheras!" *Y por supuesto, tenía que comentar cuál era su opinión acerca de un viaje de semejante naturaleza.* "Mira Ramón, si hubiese otra solución que no fuese el viaje, sería genial, porque viajar a un país como éste implica muchas cosas, entre otras, un riesgo muy grande para ti, ya que irías solo y tu alma. Así que ya estando allá, me pregunto, quién podría ayudarte en caso de necesitar auxilio. Y por supuesto, para rematar, los costes económicos también son elevados porque es un viaje prácticamente al otro lado del mundo, tu vida estaría en juego." *terminó diciendo.*

La información que fluía ya como torrente de agua, empezaba a aclarar el panorama general del problema.

-"Bueno, bueno, sobre la cuestión económica para financiar este tremendo viaje, después hablaremos" *dijo Ramón, como para no perder de vista el motivo de esa reunión. Así que para abordar el asunto desde otra perspectiva, mirando a Beatriz, le preguntó,*

-"¿Tú qué encontraste, Bety?". *A lo que ésta dijo,* "Mira Monchito, traje fotocopias de las noticias que recabé día con día en los periódicos de los últimos treinta y seis meses. Pero de manera general, en resumen puedo comentarles que la situación ha sido muy inestable en los dos países. Sobre todo porque la población civil se queja mucho de la guerrilla en El Congo, pero también de la conducta de los integrantes del ejército formal. Las investigaciones oficiales del gobierno congoleño revelan que la guerrilla congoleña está recibiendo mucha ayuda de Uganda, su vecino país, y que así sucedió desde el principio porque el fin era derrocar al gobierno, como efectivamente aconteció. Tener muchos frentes abiertos es una pésima idea y el Congo los tiene. Por ello el riesgo de tu amigo Kosombo es muy grande. En lo que respecta a Nigeria, hay verdadera efervescencia política por los cambios que la gente desea tener pronto. Es un cambio similar al que México vivió al inicio de este nuevo siglo, es decir, lleno de expectativas, de esperanzas, de sueños por un nuevo país. Sus habitantes vivieron como un país, tanto tiempo dependiente de otras naciones, ocupaciones, fuertes intereses económicos y oscuras intenciones por parte de quienes sólo veían objetivos comerciales y políticos, tanto que en poco más de cuatro décadas de independencia no han logrado convivir como una nación.... supuestamente ¿democrática? El colonialismo aún lo llevan en su ADN, como algo que no pueden sacudirse así nada más porque sí. Eso sigue funcionando en la mentalidad de las personas y cuesta mucho esfuerzo cambiar ese tipo de paradigmas, yo creo que es lo que más trabajo da lograr con una persona, ahora, ¡imaginemos cambiar el chip de todo un país! ¡Cuánta razón tiene Memo en su investigación!", *acabó diciendo Beatriz.*

-"Quién iba a poder con semejantes condiciones de pobreza", *comentó David.*

-"Pues queridos amigos, no son sólo las condiciones de pobreza y de explotación por parte de los antiguos colonizadores durante más o menos un siglo. Es también la falta de democracia que están viviendo, a pesar de que el actual presidente nigeriano llegó al poder con la bandera electoral de la democracia. Y entonces se generó una gran expectativa porque todo mundo pensaba que con la democracia, como la clásica panacea, se iban a poder resolver todos los problemas como por arte de magia. Y pues obviamente, se equivocaron. Sus problemas son históricos y estructurales, de viejo cuño, enraizados en lo más profundo de la raíz de sus pecados, su corrupción. Ahora mismo, la pobreza se agudizó, las grandes desigualdades son más grandes, y aunque es un país petrolero por excelencia, 'los veneros del diablo´, como dijo nuestro poeta López Velarde, ¡Tu tocayo, Monchito! Pues adivinen qué país ya sentó ahí sus reales para proteger sus propios intereses," *remató Beatriz.* "No, ni nos digas. Ya sabemos qué país es como el ajonjolí de todos los pinches moles", *argumentó Guillermo.* "Y por supuesto", *continuó Beatriz,* "hoy sólo reina una gran decepción entre los nigerianos. Después de tantas promesas de su presidente, al parecer hay pocas esperanzas de salir adelante, a esa realidad te vas a enfrentar, Ramón", *concluyó.*

David redondeó el informe de los dos amigos anteriores. Sus datos sirvieron para cruzar la información que se pretendió desde un principio. Esa era una buena técnica para tratar de comprobarlo todo. Si algo no encajaba, forzosamente tendría que salir a la luz, por descarte o por error. Lo primero que manejó por considerarlo de capital importancia fue que México como país no contaba con una representación diplomática de ningún tipo, es decir, no tenía ni un consulado y mucho menos una embajada, así se tratara de la capital de Nigeria, Abuja. "Eso es espeluznante", pensó Ramón, sin querer, mientras una mueca de disgusto se dibujaba en su rostro.

Y esto se debía seguramente a que ese lejano país africano no representaba ningún interés estratégico para México en ningún sentido, a pesar de que ambos eran países muy similares, como el ser petroleros, contar con muchas riquezas, el haber sido colonizados por largo tiempo, población similar en cuanto a crecimiento y tener una tierra fértil, pero además, Nigeria significaba también otro tipo de riquezas. Lamentablemente eso era en el ámbito histórico y material. "¡No puedo creer que haya tanta falta de visión de nuestros políticos! ¡Mira que ignorar un país con un perfil similar y ni siquiera poner un consulado ahí!", pensó Ramón. ¡Ah, pero recuerda que es México! Se dijo a sí mismo.

Así que, si se realizaba el viaje y surgía algún problema, a pesar de tantas similitudes, Ramón no tendría a quién recurrir para solicitar ayuda de manera oficial, infortunadamente. Ante la adversidad hipotética, estaría literalmente, solo ante el mundo. Y esa idea no era nada halagüeña para ningún integrante del equipo. Seguramente que tampoco para el más aventurero que era el propio Ramón Santiago, cuyos deseos de viajar eran más grandes que sus temores, dicho sea de paso.

Sin embajada en Nigeria, en pleno corazón de África, la siguiente más cercana de México está a tres mil kilómetros de distancia en Marruecos, en el mero norte del continente. Este dato textual alarmó a todos porque sabían ya con mayor precisión el intenso peligro que implicaba viajar bajo dichas circunstancias. Si de verdad algo malo ocurría o de plano, fallaba la operación,

¿cuál sería la alternativa de Ramón en caso de riesgo total?, *se preguntaron todos en ese momento a la par que sus latidos se aceleraban. Ninguno atinaba a responder con precisión algún argumento que calmara el ánimo de los presentes. Sus rostros compungidos lo decían todo. Pero mientras digerían poco a poco esa información, David continuó con su informe lo más detallado que pudo.*

—Pues como les he dicho ya, las cosas están muy cabronas porque no ha sido nada fácil la vida de esos pueblos. Todo lo contrario, se las ven negras cada día. Históricamente hablando, han experimentado una vida colonial por muchas décadas y generaciones, -unos 80 años, otros, más de cien-, con el pie en el cuello por parte de sus colonizadores que, como deben imaginar todos ustedes, han sido europeos. Esas conquistas sólo han dejado estelas de sangre, dolor, sufrimiento y muerte. Eso deja solamente sentimientos negativos y a pesar de que hoy día se puede decir que son independientes, viven peor que en América Latina. El viejo fenómeno de dictaduras y golpes de estado se reproduce todavía más en África que en cualquier otra parte del mundo, porque no tienen cimentada una cultura de la democracia. El ADN de las dictaduras lo llevan cargando unos cuantos "iluminados" que acaban siendo un lastre y en el peor de los casos, un títere de los poderes fácticos mundiales, ustedes saben a cuáles me refiero. Pinche historia de mierda, ese patrón se repite en todas las injusticias mundiales. Ni El Congo ni Nigeria tienen una historia, aunque sea mínima de democracia. Para ellos es un fenómeno nuevo y en realidad, lo que realmente sucede es que, apenas empiezan a crecer o a fortalecer a un gobierno, cuando ya surge un nuevo líder sintiéndose Mesías, reclamando sus prebendas, quién sabe a quiénes se parecen. Guillermo tiene razón en todo lo que nos presentó hace un momento. Desde que El Congo se hizo independiente en 1960, su historia ha sido de sangre, lágrimas y violencia, pasando su evolución histórica y política por diferentes nombres como República de Zaire y distintos gobernantes, desde el célebre Patricio Lumumba, Kasavubu, el dictador Mobutu, de quien se dice acumuló una inmensa fortuna como jefe de estado por más de treinta años, hasta que al final, comenzando el milenio, llegó al poder Laurent-Désiré Kabila, de quien ya tenemos conocimiento por nuestro héroe Kosombo. En 1998 vivieron la Segunda Guerra del Congo, conflicto que ocasionó más víctimas que el genocidio de Ruanda de 1994, -vergonzoso episodio de la humanidad-. Esta guerra del Congo fue financiada por la extracción de minerales del propio país, pero de manera ilegal. Kabila fue asesinado en enero de 2001, y esto coincide plenamente con la información de tu socio, Kosombo Michael. Sin embargo, hasta la fecha sigue en el poder el propio hijo de Laurent-Désiré, Joseph Kabila. Por lo tanto, si Kosombo efectivamente es quien dice ser, pues entonces está peleado o al menos distanciado, con el hijo de su antiguo jefe.

Ramón interrumpió el informe de David para preguntarle su opinión sobre el viaje mismo, y qué pasaría si de pronto en lugar de viajar solamente a Nigeria, tuviera también que hacerlo a El Congo. David dijo que eso sería un suicidio... Que no recomendaba de ninguna manera el viaje al África central porque el problema de la inseguridad era real, muchos extranjeros con negocios en el Congo habían sido ya advertidos desde meses atrás que tenían que abandonar cuanto antes el país. Otros más fueron extraídos por los gobiernos de sus países, los menos recibieron auxilio en sus propias embajadas. Era imposible estar ahí. Ni pensar en una visita turística, mucho menos si hay alguien del país involucrado en una operación tan peligrosa como la que estaban tratando. No y definitivamente no, arremetió David, con voz de trueno. Ya más calmado, musitó:

-Mira mi hermano, si en verdad se tiene que viajar, yo te recomiendo con toda seguridad que sea sólo a Nigeria. Yo no creo que haya necesidad de hacer un segundo viaje más lejano. Hacerlo implicaría varias cosas de extremo peligro. En primera está el riesgo, y en segunda está el gasto. Y aún sin saber realmente a ciencia cierta cómo sería Nigeria. Por otro lado, considerando que aún no conseguimos suficientes recursos para el primer destino, qué pasaría si por alguna razón te quedas varado en uno de esos países y tú sin dinero. Por eso también es un doble riesgo. Para movilizarte en esos lugares, seguramente debes de contar con el capital suficiente y saber moverte. No sabemos aún si tendrás un guía o quién te acompañará en ese viaje mortal. Y acerca de las representaciones diplomáticas de México en África, ya comprobé con datos en la mano de la Secretaría de Relaciones Exteriores que sólo se cuenta con cinco en todo el continente, Marruecos al noroeste, Egipto al noreste, Etiopía y Kenia en la costa oriental y Sudáfrica en el último extremo sur. Y todas quedan casi a la misma distancia lejana de más o menos cuatro mil kilómetros. Por lo tanto, no tendrás ayuda oficial en caso de necesitarla, a menos que acudas a cualquier otra representación diplomática, como la de España que sí existe en Nigeria, pero en la práctica real no sabemos cómo reaccionen otros países a la petición de ciudadanos que no son compatriotas, por muy cercanos que parezcan en cuanto a la raza. Alguien con más experiencia en este tipo de viajes nos podría decir qué podría pasar al respecto.

Todos los presentes se quedaron sumamente pensativos. El silencio reinó en todo su esplendor. Hasta ese momento cada uno por su cuenta estaba dimensionando el tamaño del viaje, por no pensar también en la altura de la catástrofe, que sería colosal en caso de haber una sola falla. Por ello, nada podía estropearse, al menos en la teoría, la cual es siempre muy lejana a la realidad.

La tarea de investigación aportó muchos otros datos. Los amigos reunieron documentos probatorios, noticias periodísticas, notas y pasajes de la historia de ambos países para dar un contexto más completo. Armaron un gran expediente y se alistaron para la segunda parte del plan, quizá la más difícil para poder llevar a cabo con éxito esta aventura, el financiamiento. Ramón tenía en sus manos cuando menos dos cartas fuertes. Tenía que pensar a quién de sus amigos se lo propondría. Ambos amigos tenían el dinero suficiente, pero faltaría ver hasta dónde llegaría también su visión, su criterio y su espíritu de inversionistas. No sería fácil convencer a uno o a otro.

§

Durante esas semanas de preparación se dio un intercambio interesante de e-mails entre el Teniente Coronel Michael Kosombo y el aventurero Ramón Santiago. De dicha información se desprendía que todo iba muy bien. Kosombo confiaba ya plenamente en su socio de México y había aceptado que cuando todo finalizara y ambos pudieran estar de regreso en México, juntos realizarían grandes negocios que les ayudara a incrementar su fortuna o al menos vivir cómodamente en México. Escribieron sobre detalles de la operación y de cómo Kosombo había optado por vivir con su familia una vida de libertad, alejado de los problemas de su país, problemas que al principio, pensaba *que nunca cesarían, sobre todo cuando el golpe de estado de El Congo estaba reciente.*

Michael Kosombo contó, así mismo, la forma en que realizó su viaje obligado desde el Medio Oriente, concretamente de Israel hasta Nigeria, pasando por puntos que no tenía considerados, escalas obligadas en Europa que debió hacer por la premura de un viaje de regreso interrumpido mucho antes del tiempo planeado. Dichas escalas eran no sólo para despistar a sus probables vigilantes sino también para averiguar cómo mover el dinero de la forma más segura posible. En una palabra, Kosombo se sinceró con Ramón y así, ambos ganaron una confianza mutua para poder realizar juntos la aventura que estaba por llegar.

De igual forma le recomendó que no dejara de estar en contacto permanente con el abogado que le había recomendado para que lo auxiliara en la misión, en todos sentidos desde su misma llegada a Abuja, un abogado muy capaz como Barrister Cox Benson, quien se encargaba de asuntos diversos y Kosombo y Ramón deseaban que su caso tuviera prioridad. Así que Kosombo le pidió a Ramón que le llamara siempre a dicho abogado y que siguiera sus instrucciones al pie de la letra.

La presión de Kosombo para apresurar el viaje llegó en un e-mail, cuando Ramón le confesó que tenía algunos problemas financieros para dicho viaje. Habían transcurrido ya un par de meses desde que había comenzado el contacto a distancia. Era necesario, de acuerdo con Kosombo, tener ya algo en firme, como su fecha de salida, y su visa para ingresar a Nigeria –por motivos de seguridad, de acuerdo con el protocolo oficial-, los boletos de avión listos, los regalos enlistados, todos comprados. De otra forma, le explicó claramente, que pensaría que no era serio y entonces Kosombo se vería obligado a buscar a alguien más que le ayudara. Para él era una prioridad salir cuanto antes de El Congo y le confirmaba ya a su amigo mexicano que estaba casi listo para abandonar su país, para siempre.

Ramón pensó que si Kosombo lo descartaba de ser parte de esta loca aventura no sería justo porque ya había invertido un gran esfuerzo y trabajo en el caso y entonces le explicó al Teniente Coronel que estaba trabajando en el asunto y que, de ninguna manera lo dejaría solo en África. Para sus adentros Ramón sólo masculló, ¡éstas son mamadas! *Como si adivinara su pensamiento, Kosombo aceptó esperar un tiempo prudente que no rebasara las dos semanas, por lo que el tiempo apremiaba y Ramón sentía que su dinero y su gran oportunidad se le iban de las manos. Tenía que pensar en una solución radical para obtener los fondos que le permitieran realizar el viaje con tranquilidad y convencer a Kosombo de que él era su mejor opción.*

Esos días casi le secaba el cerebro a Ramón por estar pensando todo el tiempo cómo conseguir recursos económicos. Y empezó a maquinar algunas ideas. Al final todo lo dejó en manos de Dios porque siendo tan religioso como su madre María de los Ángeles, pensó que si de verdad tendría que viajar, Dios le proveería los medios necesarios para su loca aventura. Si no era su camino desafiar al destino, entonces Dios obraría de una manera muy sabia para impedirle el viaje. Así que pensó en una máxima de su gran amigo, el psicólogo culto y desfachatado, Raúl del Prado: "¿quieres algo? ¡Olvídalo! El Universo te responderá!" Porque lo olvidó.....y...... la ley de la atracción en acción....

§

Sus profundos recuerdos fueron abruptamente interrumpidos por el agente aduanal que había llamado por radio ya a otros dos agentes, incluyendo a su jefe inmediato. Todo se complicaba porque Ramón nunca pensó que se vería de frente a ese atolladero, lo que le hacía imaginarse dentro de un laberinto, como el ratón que ya no quería queso sino salir de la ratonera en la que se había metido. Al menos así se sentía en esos momentos de angustia.

La mañana anunciaba nuevamente un calor inmisericorde como en los últimos días. Ramón, originario de una zona fría y acostumbrado a las bajas temperaturas, ante semejante clima adverso se veía sumamente afectado. El sudor perlaba su frente totalmente y eso no le favorecía en nada si quería salir airoso de esta última etapa de su viaje. Tenía que pensar algo convincente, y no delatarse en el último peldaño hacia la salida, ¡pero ya! Su cerebro dio vueltas y más vueltas al asunto en fracciones de segundos, tenía que encontrar el resquicio que le asegurara largarse de ahí. Era imposible salir corriendo como un delincuente a pesar de que reconocía sus propias culpas y estaba consciente de su situación actual. Se repetía a sí mismo que ésa no había sido una acción maligna, sino todo lo contrario, una acción noble en beneficio de un ser humano y de sí mismo. Mientras le invitaban a pasar a una sala especial y sentarse, Ramón hilvanó unas cuantas palabras, "espere oficial, déjeme explicarle por favor".

Su cerebro se encontraba embotado. Un rayo fugaz pasó por su cabeza cuando recordó que los primeros días en Abuja observó desde el auto en el que viajaba con el Senador Innocent

Abubakar, -su anfitrión-, *un enorme edificio muy moderno ubicado en la zona del gobierno federal. Se distinguía no sólo por el tamaño, -calculó cerca de quince pisos- sino porque tenía en la parte frontal, letras que se alcanzaban a leer a más de 900 metros de distancia, que se trataba de la Federal Office for the Fight against Corruption o lo que es lo mismo, la Oficina Federal de la Lucha contra la Corrupción.*

Le pareció muy curioso que Nigeria, quizá uno de los países más corruptos del mundo hubiera tenido que emprender una lucha anticorrupción desde las esferas oficiales y que los resultados fueran tan pobres, claro que sin saber desde cuándo habían emprendido esa lucha. Por los pocos días que había vivido en ese exótico país africano, la experiencia de su propio país le había enseñado ya que la corrupción estaba en todas partes y que era el monstruo de las mil cabezas porque aquí cortabas una y allá nacían cinco. Era una especie de ser inmortal. "A la chingada con la trasparencia y la honestidad, eso no servía para maldita la cosa", *pensó como quizás pensaban los nigerianos y de paso los mexicanos.*

La mejor prueba de este fenómeno la tenía ya cuando supo que tenía que llevar regalos a los funcionarios involucrados en la transacción, así como dinero para pagos diversos en diferentes cantidades. Una evidencia más era que Ramón, un mexicano común estaba ahí, a tres mil kilómetros de distancia para sacar dinero de África, llevarlo a América, por las buenas o por las malas. Eso le empezó a dar claridad en el cerebro para poder dar una explicación convincente a los funcionarios aduanales. Y creyó saber por dónde empezar, utilizar el mismo impulso del sucio tema de la corrupción para tirar los dados sobre el tablero y salir ganando. Y por supuesto, ¡no quedarse empantanado! Los minutos siguientes serían determinantes para su destino.

§

En estado solitario, vacilante ya en grado mínimo, con la ausencia de sus amigos, pensando si debía acudir por ayuda financiera con su viejo amigo de la juventud, Emilio Robles, de quien guardó siempre gratos momentos, como cuando ambos compartían el placer de las lecturas, de las conferencias, de los libros y de las competencias oratorias, Ramón tomó el auricular y marcó directamente al número de su oficina. Las empresas de Emilio eran prósperas porque éste había tenido la audacia y la visión en el negocio de los abarrotes, luego se extendió a los productos de belleza, y con los textiles sus negocios florecieron aún más en una zona donde éstos eran venta segura y lo hacían proclive a crecer, ya que el clima del altiplano mexicano era de templado a frío. Luego supo que cotizaba ya en la Bolsa Mexicana de Valores y que continuaba en franco crecimiento. Así que se podía decir que Emilio era un hombre rico. Su fortuna era considerable y era prácticamente una figura pública. Ya era un jugador de ligas mayores desde que entró a la Bolsa y formaba parte del gremio de empresarios más destacados del país.

Ramón no contaba para su aventura, más que con un auto usado que muy bien vendido, apenas si le podría resolver el problema de la transportación aérea y los alimentos de un par de semanas en el extranjero. Sabía que podía perderlo todo y quedarse sin nada a su regreso si es que la operación fallaba, pero estaba decidido a todo. Sólo habría que conseguir el resto del dinero y no le quedaba más remedio que jugarse el todo por el todo, además de que esto significaría contar con un aliado poderoso para poder operar la llegada de dinero sospechoso al país y combinarlo con dinero 'limpio'.

Así que cavilando muy profundamente, analizando los papeles que tenía entre las manos, el expediente completo que reunió el grupo de amigos, pensó en la oferta que tendría que hacerle a su amigo para que éste aceptara integrarse a la aventura. La llamada entró hasta la tercera vez que marcó, interrumpiendo sus pensamientos.

-Mi querido amigo Emilio, ¿cómo estás? Habla Ramón.

-Muy bien Ramón. ¡Qué gusto saber de ti! Aquí ando algo estresado con tantas actividades que me demanda el negocio. Ya sabes cómo es esto.

-Me da gusto que todo esté caminando a las mil maravillas. No se puede esperar otra cosa de un mago de las finanzas.

-Ni creas que esto es así, porque como ya sabrás, esto cuesta bastante trabajo, pero se puede obtener un buen margen de ganancias. Todo negocio sólo camina si estás encima, al pendiente de que todo marche como un relojito. Todo mundo conoce de memoria el refrán: al ojo del amo, engorda el caballo. Ese criterio de magos, hay que seguirlo al pie de la letra, mi amigo.

-Me imagino que a veces no puedes ni dormir.

-Es correcta tu apreciación. Sin embargo, algunas veces me duermo con un problema en la cabeza, pero amanezco con la solución, sonando en campanas. Yo creo que, como dicen los psicoanalistas, el cerebro sigue trabajando mientras uno duerme. Oye, ¿habrá locos como nosotros en el mundo?

-Pues son los gajes del oficio. Claro que debe de haber, si no, ¿qué mundo sería éste? Y precisamente te busco porque amigo, estoy un poco angustiado porque ya que no sé qué hacer con un proyecto que traigo entre las manos, dame por favor una hora de tu valioso tiempo porque necesito exponerte con toda calma un negocio que puede beneficiarnos a ambos.

-¿De qué se trata el asunto?

-Te reitero que este asunto debe ser tratado con absoluta discreción y debo comentártelo personalmente. Lo único que te puedo adelantar es que se trata de una inversión en un lugar lejano. Pero estoy seguro de que te va a interesar.

-Mmm, sale vale, Ramón. Aquí te espero a las cinco de la tarde hoy mismo en mi oficina nueva. Déjame darte la dirección porque apenas cambié de domicilio por cuestiones estratégicas. Toma nota.

Después de que intercambiaron los datos, se despidieron. Cuando colgó el aparato, reinaba en el ambiente de la habitación de Ramón un aroma a rosas. Su cuerpo parecía despedir un halo de esperanza después de la llamada. Sabía que ya había clavado en el cerebro de su amigo el aguijón de la curiosidad o, mínimo de la duda. El resto consistía solamente en convencerlo de que le financiara, de ser posible, todo el viaje. Sólo así se podría generar lo que sería a final de cuentas una feliz connivencia. Y se quedó pensando en porcentajes, esperando que llegara la hora de la cita con Emilio.

Pasadas las cuatro horas que faltaban para la cita, Ramón llegó muy puntual al edificio. Todavía le parecía increíble que estuviera a punto de conseguir quién le patrocinara ese viaje tan caro al África. Así que antes de entrar a la oficina de su amigo, repasó mentalmente los cálculos que había hecho y revisó que había llevado consigo todos los papeles necesarios en su portafolios para convencer, de ser posible, al ser más escéptico de que la oferta africana era genuina.

Emilio le indicó a su secretaria por el intercomunicador que hiciera pasar cuanto antes a Ramón y aquél lo recibió en la puerta de su elegante oficina, el espacio apropiado para un empresario de su categoría, ya que contaba con un escritorio bastante grande, fabricado de cedro, con un fino acabado brillante, como el resto de los muebles en una combinación que denotaba el buen gusto de Emilio, al fin, hombre de mundo; una credenza donde estaban colocadas múltiples fotografías en las que posaba Emilio, muy elegante, con diversos personajes de la política nacional, de la farándula y de la empresa. La mayoría eran famosos. Por supuesto que también se encontraba la fotografía familiar de Emilio al lado de su esposa y sus tres hijos. A un costado había un par de archiveros y enfrente del escritorio, un buen librero provisto de muy buen material. Un biombo precioso, con motivos japoneses separaba la oficina de una amplia sala de juntas. Remataban la decoración de la oficina varias plantas de ornato, colocadas estratégicamente, siguiendo seguramente los lineamientos del Feng Shu. El lugar era realmente acogedor, tanto que Ramón pensó que un lugar así, invitaba a trabajar con esmero.

Emilio se sentó en el cómodo sillón con descansabrazos mientras le ofrecía agua a Ramón a la par que un cigarrillo. Ramón nunca había fumado, de forma tal que amablemente sólo aceptó el vaso de agua al tiempo que se sentaba sobre la mullida silla que Emilio le señaló.

-Perdóname amigo, pero me hice adicto al tabaco desde la última vez que secuestraron a mi hijo.

-No sabía lo que te había pasado. Lo siento mucho.

-Sí, no te preocupes. Casi nadie supo porque así lo decidí, en realidad fue una estrategia policíaca muy bien planeada. Fue un asunto de familia que es mejor que quede así, entre amigos. Es mejor no hacer ruido si nada se va a arreglar mediáticamente. Yo recuperé a mi hijo y todos en santa paz, con eso estoy feliz porque una vida humana no se compra con nada y tampoco tiene un precio. Ya ves cómo está el país, de cabeza. Así que desde entonces la nicotina ya no me abandona.

-Pues qué fuerte estuvo eso. Y sí, es como tú dices Emilio, las cosas están cada día peor. Y en verdad que siento mucho el problema familiar.

-Todo pasa muy rápido y lo más importante es que se solucionó, pero, bueno, bueno, vamos al grano porque el tiempo apremia. ¿Qué carajos te traes entre manos? Me dejaste realmente intrigado cuando me llamaste. Perdona la premura, pero ya sabes cómo soy, el tiempo es oro.

Tomando el portafolios, Ramón se acercó al escritorio y depositó todos los papeles que extrajo con parsimonia. Estos estaban perfectamente ordenados por tema. Calculó fríamente cada movimiento de forma tal que Emilio lo apresurara por la curiosidad que, seguramente ya le estaba royendo el cerebro. ¿Plan con maña? Sí, como tenía que ser para un caso de esta envergadura.

-Mira amigo querido, voy al grano, el asunto que te traigo tiene que ver con África…

-¿Cómo África? ¡No inventes!

-No invento, es la pura realidad, despepitada palabra por palabra.

-Vaya, vaya. Sí que te fuiste lejos, ¿eh?

-Pues acuérdate que vivimos ya en la famosa aldea global, así que ahora podemos estar de aquí al otro lado del mundo en cuestión de segundos o de horas, dependiendo de lo que quieras hacer. Comunicarte o viajar. Hoy día ya no hay lugar posible para esconderse. Podrías intentarlo, pero al final la presa cae bajo la presión del cazador.

-Tienes razón. Mis negocios así me lo dictan. Pero supongo que me estás hablando de un contacto que representa tentativamente una inversión a distancia o realmente no sé de qué se trate. Me tienes en ascuas y no soy adivino.

Mejor suelta la sopa.

—Es simple. Permíteme explicarte a detalle el asunto. Hace nueve semanas, a principios de marzo de este año recibí este correo electrónico. Revísalo, tú dominas bien el inglés. Y de una vez, te entrego una copia de la investigación que durante estas semanas hemos realizado un grupo de amigos y yo, en torno a esta oferta.

—A ver, déjame ver eso. ¿Dices que este correo viene de África? Ah, ya lo leí. Concretamente viene de Kinshasa. Esto está en....

—...En El Congo, o más bien, la República Democrática del Congo, su capital. Mira, para abreviar, te explico qué fue lo que ocurrió desde la primera vez que supe que esto era algo más que una simple aventura.

Ramón mostró entonces a Emilio cada documento recabado durante el proceso de investigación con sus amigos. Explicó a detalle desde el principio, cuando vio el correo electrónico ENVIADO DESDE ÁFRICA por primera vez, sus propias dudas y la forma en que fue resolviéndolas. Era a finales de abril y había transcurrido poco más de dos meses desde que todo empezara, y fue cuando Emilio empezó a comprender los alcances de lo que él bautizó a partir de ese momento, 'El Safari Africano'.

§

Mientras Emilio revisaba los documentos con minuciosidad, Ramón empezó a recordar sus intentos por conseguir préstamos con varios amigos con resultados tan desalentadores. Habló con uno y otro y en todos encontró la misma respuesta, "no puedo mano, la cosa está difícil". Ramón y el grupo de amigos que sabían de la aventura se apresuraban a buscar otras soluciones, vender los autos de todos, hipotecar la casa de Guillermo, organizar algún evento para recaudar fondos o lo que fuera necesario hacer. Sin embargo, cada solución implicaba un problema y el tiempo –ese viejo cabrón implacable-, era lo que ya no tenían, el asunto apremiaba y cada día se diluían las posibilidades de concretar el viaje. La solución tenía que ser rápida y concreta. Otra solución no cabía. Así que imaginaron más escenarios. El común denominador de los amigos era de clase nada privilegiada, casi llegando a media y por eso, entre otras posibles soluciones, pensaron en repartir el paquete entre varios, porque así, como dijera David, el pinche muertito pesa menos. Ramón tenía dos ases bajo la manga, pero no quería utilizarlos sino hasta que de verdad viera que era absolutamente necesario. Así que barajó esas posibilidades y compartió sus más recónditos pensamientos con Guillermo, David y Beatriz. Apostarían a los ases si fuere necesario. Uno se llamaba Enrique López y el otro, Emilio Robles.

Para Ramón era mejor omitir que Emilio había sido la segunda opción para el financiamiento del viaje. Recordaba con cierta frustración cómo su amigo Enrique López, un hombre con recursos económicos, dueño de algunos negocios en el ramo de los electrónicos y de los combustóleos, se había arrepentido de ayudarle en el último momento cuando casi lo había persuadido de apoyar la operación. Su explicación fue simplemente que había tenido un atorón con unos pedidos en Estados Unidos de América. Por esa razón Enrique le presentó a Ramón a una amiga que se interesó por la epopeya, Carolina Rodríguez. Sin embargo, Ramón no confió mucho en ella. Y las cosas nunca se concretaron. Pero éste intuyó que había un trasfondo atrás de esa negativa. Conocía muy bien a Enrique y éste siempre le había tendido la mano cuando aquél lo necesitó. Cuando menos así había pasado hasta su presente.

Ese episodio hizo más cauteloso a Ramón para explicarle a Emilio todo el proceso del viaje sin ocultarle las implicaciones, los riesgos, los pros y los contras. Todo con tal de involucrarlo en el mismo y que decidiera aceptar financiarlo convencido de que todos podían ganar, ya con el dinero depositado en las cuentas mexicanas. La transacción no tenía tintes de ser un asunto fácil.

Y lo supo con mayor conciencia cuando semanas antes, su amigo Enrique le pidió que fuera a verificar toda la información al JP Morgan Bank, a través del cual se realizaría la operación, de acuerdo con uno de los últimos e-mails que recibió de Kosombo Michael. Esa investigación tenía que realizarse en la ciudad de México, donde dicho banco tiene una sucursal porque la casa matriz se encuentra en los Estados Unidos de América. Sin embargo, no siguió más adelante en ese proceso porque justo en esos días Michael le informó que hubo cambio de planes y que toda la operación sería triangulada desde Nigeria hasta México pasando por el Bank of America, también de los Estados Unidos. Enrique entonces jugó un papel muy importante en la operación porque aunque no se comprometió a apoyar con el financiamiento, sí se convirtió en un factor de apoyo y de asesoría por sus conocimientos en las finanzas internacionales y sus propios contactos fuera del país. Esta suma fue decisiva para Ramón y le dio la posibilidad de mirar el asunto desde otra perspectiva. Podría decirse que Ramón estaba convirtiéndose en un experto en historia del África y sobre todo, un perito en transacciones comerciales y monetarias internacionales. Gracias a Enrique supo con mayor profundidad que este tipo de operaciones financieras puede aparecer en el sistema financiero como un posible delito, entre el que destaca el lavado de dinero a nivel internacional, mismo que es un problema muy severo y muy penado en muchos países, ya que implica ante todo la realización de posibles traspasos de fondos sospechosos de financiar actividades internacionales, como el terrorismo, sobre todo en los Estados Unidos de América. Pero el resto de los países de América Latina no se salvan de este problema, entre los que destaca México.

El meollo del asunto está primero en la ubicación de los fondos que se encuentran en tránsito porque las fuentes podrían ser numerosas y siempre hay que demostrar que son fondos legales; el segundo problema, le explicó Enrique, está en el ocultamiento de las transacciones, el disfraz que hay que ponerles para que parezcan legales, -por ejemplo, proyectos de desarrollo comunitario-, y por último, la integración de todos los fondos que, quizá se puedan realizar en variadas operaciones, para tener al último todo integrado en una sola cuenta.

Así, Ramón fue tomando más y más consciencia de que se enfrentaba al mayor reto de su vida, que esta gran operación no sólo le podría costar bastante cara, sino incluso podría perder la libertad si las cosas no se hacían a la perfección. Lo que Ramón ignoraba hasta ese momento es que en realidad estaba poniendo en riesgo incluso, su vida misma. La jugarreta que el destino le tenía reservada aún no comenzaba, sino que estaba a la espera a la vuelta de la esquina.

§

Sumamente pensativo y aún con los papeles en la mano, la voz de Emilio interrumpió los pensamientos de Ramón cuando le dijo:

-Muy bien Ramón, he revisado detalladamente todos estos documentos que me estás presentando. Hay aquí una exhaustiva investigación histórica, política, económica, estadística e incluso geográfica. Hiciste la tarea muy bien.

Desconocía todos esos datos interesantes de lo que pasa en un continente como África. Ni siquiera ubicaba al Congo en esa geografía. Ya sabes, en la escuela a veces te distraen otras cosas mientras tu maestro de geografía trata de enseñarte cómo es el mundo. Pero bueno, bueno, vayamos a nuestro punto, me estabas hablando de un documento al principio, me parece que es un correo electrónico que me decías te llegó de Kinshasa, capital de la República Democrática del Congo. Sí, así es. Ahora dime cómo puedo yo ayudarte porque me doy cuenta que para eso me buscaste.

-Mira, es fácil adivinar. Efectivamente, debo aclararte que no hice la tarea yo solo. Tengo un grupo de amigos, uno de los cuales ya conoces, somos cuatro en total, y entre ellos y yo diseñamos un plan completo para realizar esta operación, con tu gran experiencia como viajero me gustaría que lo revisaras para darle el visto bueno. Quiero que leas con detenimiento este correo electrónico que te dejé al final porque precisamente es la clave de todo.

-Veamos qué te traes entre manos....Oye, está en inglés y aún no lo domino del todo.

-No te preocupes, sólo dime qué parte no comprendes y yo te la traduzco.

-De acuerdo.

Emilio empezó a leer el e-mail que Ramón le puso en las manos, que a la letra decía más o menos lo siguiente:

· ·

>From: "kosombo michael"
<michaelkosombo@yahoo.com.cn.>
>Reply-To: kosombomichael@yahoo.com.cn
>To: xidels7@hotmail.com

>Subject: Help me to leave Africa
>Date: Tue, 5th Feb. 2002 23:08:12 -0900

"Kinshasa, febrero 5, 2002

>Dear friend:
>Te podría parecer fuera de lugar este mensaje que te estoy enviando a tu correo >personal, pero quisiera presentarme y explicarte por qué lo estoy haciendo. Soy >el Teniente Coronel Kosombo Michael, soy ciudadano congoleño de la >República Democrática del Congo en África central y estoy en la búsqueda de >una solución para un problema personal muy grave que tengo. Encontré tu >dirección de correo electrónico en una lista de contactos del Ministerio de >Comercio de mi país y por eso decidí escribirte, si así quieres verlo, al azar ó por >una corazonada. Pero permíteme primero explicarte con detalles de qué se trata >este problema y tú puedes tomarte tu tiempo para pensarlo detenidamente. Si >te conviene, tomas la oferta, y si crees que no, pues seguiré buscando a quien >pueda ayudarme.

>Te escribo desde mi país, donde me encuentro en grave peligro por las >circunstancias que rodean mi caso. Aquí, hasta el año pasado, tenía a mi cargo >las fuerzas armadas de mi país en mi calidad de Vice Ministro de Guerra y bajo >las órdenes directas de mi presidente Laurent-Désiré Kabila. Sin embargo, hace >nueve meses mi presidente fue asesinado por su propia escolta que lo traicionó. >Aun no descubrimos quién o quiénes son los autores intelectuales de este >suceso infame que afectó la vida de millones de congoleños ya que era la >primera vez que se elegía a un presidente democráticamente, después de >muchos

años de sufrir gobiernos corruptos, dictatoriales y antidemocráticos. >Sospechamos que fueron las fuerzas oscuras de la guerrilla que no quieren el >progreso del Congo, pero hasta este momento no sabemos nada a ciencia cierta sobre el cerebro de esta operación. Fue quizá una conspiración desde el extranjero. Lo que sí es un hecho es que >este golpe de estado cambió todo y entre otras cosas, quienes colaborábamos >para el gobierno de Kabila, nos convertimos de la noche a la mañana en los >nuevos enemigos del actual gobernante.

>Pero el problema que a mí en lo personal me ocupa, quiero decirte que cuando >ocurrió el asesinato yo me encontraba fuera del Congo en una misión especial >de compra de armamento en el Medio Oriente. Por lo tanto, llevaba conmigo en >bonos al portador trece millones de dólares para la operación que me encargó el >presidente. Al enterarme del asesinato, traté de regresar lo más rápidamente >posible a mi país, pero tuve la idea antes, de visitar Nigeria en el África >occidental, donde tengo buenos amigos, para depositar en una caja de >seguridad del Banco Central de Nigeria, todo el dinero a mi nombre.

>El problema es que tuve que regresar a mi país para rescatar a mi familia y >tratar de huir a cualquier otro país porque me convertí en un perseguido >político. Sin embargo, me quedé atorado aquí y sin muchas posibilidades de >salir en el corto plazo. Bueno, en realidad sólo tengo una única posibilidad, pero >necesito la ayuda de un agente extranjero para sacar el dinero de la caja de >seguridad del Banco de Nigeria. Sólo así podría salvar a mi familia y tener >dinero suficiente para iniciar una nueva vida fuera de África. Pero tiene que ser >alguien que me ayude en mi plan, y sobre todo, que sea honesto. Tú puedes >obtener un gran

beneficio si me ayudas.
>Espero alguna respuesta de tu parte. Si te interesa te daré más información en >cuanto reciba tu primer e-mail.
>Truly yours,
>Lt. Michael Kosombo

· ·

Entrecerrando los ojos, Emilio miró dubitativamente la cara de Ramón y le preguntó a quemarropa si él tenía la certeza de dicha oferta de acuerdo con la investigación realizada. Al mismo tiempo inquirió la parte más interesante del tema.

-¿Y dónde entramos nosotros Ramón? Porque supongo que ahora habrá, en caso de que acepte ayudarte, un nosotros en lugar de un solo tú.

-Claro Emilio. Por eso mismo vengo a saludarte. Con las manos en una buena oferta tanto para ti como para mí. Revisa por favor este segundo correo que es el meollo del asunto. Éste fue el correo que nos ancló definitivamente al tema porque lo recibí tan luego como yo respondí. Debo ser sincero contigo al manifestarte que primero dudé por muchos días y que por supuesto, tuve mis propias vacilaciones al principio. Ocupé algo de tiempo en lo que me decidía, pero tras el análisis correspondiente, la información recabada por todos los amigos, la cruzamos y cotejamos para verificar hasta donde nos fue posible, y así llegamos a la conclusión de que todo es verídico. Revísalo con calma.

Emilio tomó el documento impreso todavía con sus caracteres en tinta a color. Era bastante claro lo que se leía. No había lugar a dudas. Era una oferta bastante tentadora. Aquí nos daremos una idea con mayor precisión del por qué cuando Ramón leyó este segundo correo por primera vez, su corazón saltó de entusiasmo. Y aún estaba fresco ese recuerdo de hacía unas cuantas semanas.

>From: "kosombo michael" <michaelkosombo@yahoo.com.cn.>
>Reply-To: kosombomichael@yahoo.com.cn
>To: xidels7@hotmail.com
>Subject: My life for three million nine hundred thousand USD
>Date: Tue, 15 Feb. 2001 23:08:12 -0900

"Kinshasa, febrero 15, 2002

>Mr. Ramón Santiago.
>Dear friend:

>Te agradezco mucho estimado Sr. Santiago que me hayas respondido con >prontitud a mi petición. Te aseguro que este asunto de vital importancia para >mí, también será para tu propio beneficio.
>De acuerdo con lo que te expliqué la primera vez que te contacté, te dije que >abundaría en más detalles sobre la operación. Como he visto tu seriedad en el >asunto, no quiero más dilaciones porque el tiempo no es precisamente nuestro >aliado. Este es un asunto de extrema urgencia y confidencialidad. Así que lee >con atención lo que te estoy ofreciendo a cambio de tu valioso apoyo.
>Mi oferta consiste en que tú me ayudes a sacar el dinero de África a cambio de >recompensarte con un treinta por ciento del total del dinero que tengo >guardado en Nigeria, los trece millones de dólares. Un porcentaje jugoso, libre de cargos. El actual presidente >desconoce la

existencia de este dinero que, además estaba destinado para >compra de armamento que iba a servir para exterminar la guerrilla congoleña, y >en cuyas escaramuzas siempre hay víctimas colaterales, entre los que figuran >principalmente niños, mujeres y ancianos. Así que por ese lado, no deberías de >sentir remordimientos por esta acción. Así ayudas a salvar la vida de toda una >familia, mi familia, lo cual representa una acción noble y buena, y al mismo >tiempo te ayudas a ti mismo ganándote muy buen dinero. Piensa si la oferta que >te hago te conviene, para que me respondas de inmediato porque el tiempo >apremia y no podemos perder días valiosos que cuentan como el oro. Te pido >que, si aceptas, me lo hagas saber de inmediato para que pueda explicarte con >más detenimiento otros detalles de la operación. Estaré en contacto.

>Saludos,

>Lt. Michael Kosombo

. . . .

Más intrigado que nunca, Emilio le pidió a Ramón que acabara de explicarle con sus propias palabras la parte final del asunto porque si seguían revisando más documentos, iba a tomar más tiempo y la noche caía ya. Sería mejor abreviar. Sobre todo porque, le recalcó, el tiempo es oro y acababa de mirar que dentro del paquete de papeles, había por lo menos unos 30 correos electrónicos entre los que había escrito Michael Kosombo, los de Cox Benson, el abogado recomendado por aquél y los que había respondido el propio Ramón. Emilio manifestó

además que estaba casi convencido e intuía ya por dónde iba su amigo al haber explicado todo el asunto con lujo de detalles. Ramón entonces, esgrimió los argumentos más contundentes a la hora de la verdad. Puso su mejor cara y le soltó de un tajo :
-Emilio, mi hermano del alma, tú podrías jugar un papel muy importante en esta historia. No es mero humanitarismo lo que nos mueve a apoyar a este señor que, ni conocemos en vivo porque hasta ahora es sólo un ser virtual para nosotros. Pero precisamente por esa razón podríamos nosotros ayudarle a realizar su sueño de abandonar África para siempre junto con su familia y ser nosotros depositarios de su confianza para ayudarle a hacer inversiones que desea hacer en América, bueno, aquí en México, ¿no crees ? También podríamos nosotros vernos beneficiados con ese porcentaje que manejó en su segundo correo. Imagínate, es el treinta por ciento de trece millones de dólares. Mira, tengo aquí el cálculo ya hecho. El total es tres millones novecientos mil dólares, que, bien aprovechados podríamos repartirnos entre tú y yo a partes iguales, cincuenta y cincuenta, ¿te parece ?

Emilio lanzó a Ramón una mirada con un brillo especial, ése que solamente se refleja en los ojos humanos cuando algo deleita al cerebro de una manera muy peculiar. Emilio, como hombre de negocios acostumbrado a lidiar con grandes cantidades, reaccionó vivamente interesado en la oferta del ahora llamado Safari Africano. De reojo Ramón pudo ver cómo Emilio se relamió los labios imaginando tal cantidad en sus cuentas para incrementar sensiblemente su fortuna.

-La oferta es muy buena y además es muy generoso de tu parte, pero dime, seguramente que para un ofrecimiento de tal envergadura, debe haber algo muy importante que yo deba de hacer porque no creo que la tarea esté concluida.

—Pues mira Emilio, a pesar de que la tarea está en gran parte concluida, al menos en el papel, todavía falta la parte esencial de la operación porque hay dos posibilidades para ayudar a Kosombo, una es viajar a Holanda y desde ahí operar la transacción por medio de correo diplomático. Sin embargo, hemos analizado bien esa opción ayudándonos entre todos, incluso con la asesoría de un amigo que tiene ligas empresariales y hemos llegado a la conclusión de que la mejor opción para asegurar todo es viajar directamente hasta Nigeria y cumplir con los requisitos que nos piden, los cuales quizá sean muchos para nosotros, pero desde tu perspectiva tal vez no sean demasiados. Mira, ya sólo te pido que revises esta lista de regalos y requisitos que me envió en un correo el abogado que contrató Kosombo en Nigeria poco antes de partir hacia el Congo. Nuestro amigo congoleño me pidió encarecidamente que confiara por completo en Barrister Cox Benson, abogado nigeriano especialista en derecho financiero, con quien ya establecí contacto vía telefónica. Por cierto que me costó mucho trabajo entenderle a su inglés por su fuerte acento africano. Por eso le pedí después de las tres llamadas que le he hecho que me confirmara por e-mail todo lo que me pidió telefónicamente. Él me explicó que los regalos son para los funcionarios que me van a ayudar en esta operación y cada uno será entregado a quien deba, de acuerdo con el orden jerárquico que ocupen en el Ministerio de Finanzas y en el Banco Central de Nigeria. Por eso me dijo que son absolutamente indispensables. En realidad no debería viajar sin esos regalos conmigo.

Emilio tomó la lista de regalos que Ramón tendría que llevar consigo en caso de viajar. Era una lista un poco larga, por lo que Emilio frunció el ceño y empezó a mover los ojos, dando claras muestras de estar haciendo cálculos mentales.

-Veamos, nos piden cuatro laptops, eso es lo más caro. Quieren un juego de cinco relojes de la mejor marca, lo cual no significa que tengan que ser Rolex, ¿verdad? Una videocámara japonesa de preferencia, una cámara fotográfica, si es digital, tanto mejor para ellos. Quieren también un juego de plumas, ah, carajo, y de la marca Mont Blanc, si son finos estos camaradas. Desea una palm y un par de botellas de la mejor bebida que tengamos en México. Y por último, quieren también un pago por $4,000.00 dólares por concepto de seguro al banco. Pues mi buen Ramón, esto nos va a salir un ojo de la cara. Ahora dime, ¿con cuánto dinero cuentas ya para este viaje? Porque considerando esta pequeña lista, más aparte los gastos de los boletos de avión, transporte local, hotel y comida, que es lo que te han dicho, sin saber a ciencia cierta el número de días a permanecer en Nigeria, la cantidad es considerable.

Ramón, un tanto nervioso, pero recuperando rápidamente el aplomo porque sabía que esos instantes eran suyos o de nadie, dijo pausadamente.

-Mi querido Emilio, las cosas no han sido fáciles para nosotros, quienes hemos emprendido esta investigación. Hacíamos una cosa u otra. Decidimos que era mejor asegurar con toda la información a nuestro alcance este viaje y dejar al último el aspecto del financiamiento. Así que, como tú muy bien lo sabes no contamos con capital para hacer una inversión de esta naturaleza. Por eso acudí a ti, por la amistad y la confianza que nos tenemos.

-Ve al grano amigo, estoy seguro de que he acertado en lo que pensé desde el principio. No tienes un solo dólar, ¿verdad?

-A decir verdad, no. Por eso te pido que seas tú quien financie este viaje con la promesa de hacerte beneficiario de la mitad del porcentaje que me han ofrecido. Yo sé que es una decisión difícil de tomar, y más en estos tiempos que corren de crisis en México, pero también sé muy bien que tienes la capacidad para responder a este tipo de ......desafíos.... en forma de inversión....

-Déjame pensarlo muy bien. Debo hacer cálculos amigo. No creas que este asunto sólo implica invertir, hay más cosas que quizá no has pensado. Como por ejemplo, si yo acepto financiarte este viaje, sé perfectamente que voy a embarrar de mierda a mi empresa, por el simple hecho de que es dinero cuyo origen no conocemos en realidad. Y obviamente ya sabes que cuando circule debe tener toda la fachada de ser dinero limpio. En otras palabras, hablando en mexicano, hay que lavar todo este dinero, venga de donde venga, mi amigo.

-Ya lo leíste en el correo de Kosombo. Son fondos para la compra de armamento, fondos que ya no se utilizaron y que es preciso sacar de África. Es decir, ya es dinero marcado de un gobierno en conflicto.

-Y para las autoridades de cualquier pais del mundo, dinero en gran cantidad como éste, se vuelve sospechoso, por lo que hay que acreditar su origen. ¿Habías pensando en ese detalle? Por otro lado, ¿tienes ya un plan de viaje, fechas de salida, llegada, hotel, quién te espera por allá?

-Aquí lo tienes. Me vine preparado por si acaso concretábamos este negocio. La verdad sea dicha, estamos a principios de mayo, urge que salga cuanto antes para Nigeria o se nos seba el asunto. Si es la próxima semana, tanto mejor.

-Óyeme, sí que la supiste armar. Primero me envuelves en este asunto y luego pides el apoyo casi de inmediato. O sea, como dicen en mi pueblo, ¡limosnero y con garrote! Ja, no te creas amigo, pero ya estoy viendo que ni oportunidad para pensarlo, esto es de decidir ya.

-Sorry my friend, pero como dice mi compadre Bernardo, si vas a ayudar a tu amigo, que sea cuanto antes para que no haya lugar a dudas.

Ramón miró disimuladamente el reloj de pared de la oficina. Habían transcurrido ya poco más de dos horas desde que llegó a la cita con Emilio. Hábilmente la plática se centró al final en los beneficios que se podrían obtener. Ramón sabía perfectamente que esos instantes eran decisivos. La respuesta estaba en el aire. El ambiente se tensó ligeramente. Ramón sintió un estremecimiento porque pensó de inmediato qué haría en caso de que Emilio decidiera no apoyarlo, o sea, no financiar el viaje dándole la espalda. Pero poco a poco se fue relajando y, súbitamente, Emilio tomó el auricular. Le pidió a su secretaria que le comunicara con su agente de viajes. Ya con su agente en la línea, empezó a pedir unos boletos viaje redondo a Abuja, la capital de Nigeria de acuerdo con el plan de viaje de Ramón. El viaje sería vía Londres necesariamente porque no existen vuelos directos de México a África a ninguno de los países del continente negro. Estuvo en la línea telefónica con el agente cerca de media hora en lo que acomodaban el itinerario. Al terminar simplemente le dijo que pasara a recoger su boleto a la dirección que le anotó en una tarjeta.

-Te veo mañana mismo en la ciudad de Puebla para comprar todos los regalos. Nos vemos a las doce horas en la entrada del hotel Reforma que se encuentra sobre la Av. Cinco de Mayo. Tú sabes llegar allá. Si voy a ayudarte es mejor que sea cuanto antes, para salir de dudas y ejecutar algunas buenas inversiones en México. Estoy dispuesto a ayudar a Kosombo. Y que sea por el bien de todos.

Ramón esbozó una sonrisa de felicidad que llevaba escondida una señal de triunfo. Tomó nota del dato y dándole un abrazo de agradecimiento, se despidió rápidamente de Emilio.

Abandonó con cierta premura la oficina. Deseaba correr a casa para contarles a sus amigos que la operación seguía viento en popa y que la parte financiera ya no era un problema. Contaban con un aliado poderoso para lo que se viniera encima. Estaba seguro del éxito. Y con esa idea en mente manejó con una gran sonrisa los veinte kilómetros hasta la capital del estado.

§

Antes que otra cosa, cuando llegó a casa escribió un e-mail breve y conciso a Michael Kosombo en el que Ramón le avisaba que partiría el día 20 de mayo a las diez de la noche en un vuelo comercial británico. Le enviaba su itinerario de viaje para que supiera de su seriedad. Posteriormente se comunicó telefónicamente con sus amigos David, Guillermo y Beatriz para darles la excelente noticia que acababa de recibir. Todos se alegraron naturalmente, en extremo. Y se dispuso a irse a la cama. Eran muchas emociones para un solo día y el insomnio amenazaba con invadirlo. Deseaba dormir al menos cinco horas. Tenía que estar despabilado al otro día.

A la mañana siguiente abrió su correo y descubrió en su bandeja el siguiente e-mail del Teniente Coronel Kosombo:

>To: ramonsantiago67@hotmail.com
>Subject: KOSOMBO, THIS IS MY NEW EMAIL BOX
>Date: Fri, 10 May 2002 04:09:07 -0400 (EDT)
>THIS IS MY NEW EMAIL BOX.
>DEAR SANTIAGO
>THANKS FOR YOUR EFFORT SO FAR.

>Puedo entender desde mi particular sentido de razonamiento que el abogado Barrister Cox Benson está >muy ocupado siempre con diversos asuntos.

>Como un asunto de suma urgencia, siempre deberías llamarle con el fin de evitar que él se ->tome otros casos que lo distraigan de tus encargos. Él debe darte preferencia, atención y >servicio a ti. Mantente en contacto siempre con él, siempre.

>Escribe a mi correo un mensaje para que me avises que llegaste a Europa, desde Londres >podrías escribirme porque necesito la certeza de tu llegada para estar listo para salir de El >Congo. En caso de que cancelaras el viaje o pospusieras la salida, tendré que pedirle a alguien >más que me ayude con esta operación, pero ya no podrías verte beneficiado. Por eso es >importante toda comunicación que nosotros tengamos. Tan luego aterrices en Nigeria, Cox >Benson me llamará para hacerme saber que llegaste bien.

>Yours faithfully,

>LT. MICHAEL KOSOMBO

. . . .

§

Los días pasaron rápidamente. Ramón anduvo muy ocupado poniendo en orden todos sus asuntos. No podía dejar ningún pendiente. Sus clases en la escuela preparatoria donde enseñaba serían cubiertas alternadamente por sus amigos. Hizo las llamadas pertinentes a Nigeria. El contacto final con Cox Benson tenía que ver con detalles relacionados con su encuentro inminente en la capital de Nigeria, la actual ciudad de Abuja.

Ya únicamente faltaban las despedidas, los abrazos y los besos. Ramón tuvo quizá el mayor pleito en su vida con su pareja, un día antes de la partida. Ella le replicó que era mejor que no fuera, que ella no confiaba en esas supuestas promesas. Y prácticamente puso en una disyuntiva a Ramón, cuando le manifestó que si se largaba así nada más como así, que mejor ni regresara porque se iba a perder el cumpleaños de su hija menor Gabriela y sus otras tres hijas se quedarían también esperando a su padre que les fallaría en caso de que algo saliera mal, más aparte, ella misma no le prometía esperarlo. Le dijo como remate que quizá otro hombre sabría valorar mejor lo que ella representaba en su vida. Ramón se dio cuenta del ardid de su mujer y le dijo que quería probar fortuna y arriesgarse porque era lo mejor para la familia. Su mujer ya no dijo más. Sabía de la terquedad de que Ramón era capaz, siempre obstinado. Sabía que aunque era un hombre bueno, siempre había aspirado a tener fortuna y poder realizar todos sus sueños de grandeza.

Así que se rindió y no le dijo nada más. Ramón sabía también de lo que era capaz su mujer, y de lo que no. Así que tomó sus riesgos y haciendo caso omiso de los reproches de la señora, continuó preparando sus maletas para el viaje. La suerte estaba echada. *Pensó que si todo salía bien, hasta podría buscarse otra mujer que fuera más comprensiva que la suya. Pero de inmediato desechó ese pensamiento. Era tonto.*

En vez de pelear, era mejor salir con sus hijas para disfrutar buenas horas de su tierra con sus seres más cercanos. Como de su sangre que eran las cuatro, las amaba profundamente y deseaba con todo su corazón que todo saliera a la perfección para regresar con ellas, con el triunfo en las manos. Cada una tenía una característica diferente, cada una tenía una marca de su padre, eran mujeres fuertes, empeñosas, traviesas, muy inteligentes. Ramón tendría que cumplirles a como diera lugar a Flor, Cynthia, Cristy y Gaby.

Y exactamente a la semana del encuentro entre los dos amigos, ahora socios, llegó la fecha de la salida, hasta ahí afortunada. Ramón estaba listo para el viaje. Había adquirido junto con Emilio todos los regalos, excepto las computadoras portátiles porque tenía que hacerse un pedido especial. Emilio prometió que se las enviaría por servicio de paquetería para que llegaran poco después a Nigeria. Hicieron una elección minuciosa. Los relojes de marca Nivada eran realmente bellos. A cualquier persona con un ligero sentido de la belleza le hubieran gustado sin miramientos. Estaba incluido en el equipaje una pequeña videocámara, para que no fuera problema transportarla durante ese pesado viaje. Y el resto de los regalos cumplían perfectamente con los cánones establecidos en el correo de Cox Benson.

El aeropuerto quedaba a escasas dos horas de su tierra, así que Emilio se ofreció personalmente para llevar a Ramón a tomar el avión. En el camino por tierra a través de la autopista México-Puebla fueron charlando sobre diversos tópicos, entre los que destacaron las posibles inversiones que podrían realizar juntos. Le explicó el sistema de seguro de vida que él mismo tenía junto con su esposa en caso de muerte y que era cobrable hasta por un millón de dólares.

Después empezó a recomendarle sobre la posibilidad de invertir en la compra de stands en el World Trade Center de la ciudad de México, que se encontraban a muy bien precio y que bien podría rentar cada vez que hubiese ferias y exposiciones. Las ganancias anuales eran muy buenas. De igual forma le explicó que otra forma de inversión podría ser la compra de acciones a distintas compañías, buscando las que pudieran tener mayor éxito para poder acceder a un cobro de dividendos en el corto plazo.

En realidad, explicó Emilio, las posibilidades son muchas si cuentas con un importante capital y visión para poder desarrollarte. Precisamente por eso había decidido involucrarse en el negocio, porque le daría la oportunidad de apuntalar su propia empresa y ayudaría a un par de amigos, a Kosombo y a él mismo, a Ramón Santiago, su amigo de toda la vida.

Con esta conversación durante todo el trayecto, llegaron por fin al aeropuerto justo a la hora de documentar su maleta tamaño mediano donde Ramón transportaba parte de los regalos y ropa suficiente para una semana de viaje. En la maleta pequeña que llevaría consigo en la zona de pasajeros cargó los regalos más costosos y delicados. Emilio acompañó a Ramón hasta el área de revisión de equipaje y una vez ahí, todavía le hizo algunas recomendaciones.

-Pues mi querido amigo, te deseo la mejor de las suertes en este viaje y que todo sea un éxito. Ya únicamente en tu escala en Londres, te recomiendo que no salgas del aeropuerto porque esa ciudad inglesa, aunque sea la capital, es un poco peligrosa. Hay algunas áreas propias para el turismo, pero sería mucho mejor que te quedaras en el aeropuerto, aunque sé que son muchas horas de espera, doce para ser exactas. Sería mejor que no te arriesgaras. Ni por el Big Ben ni por Picadilly Circus. Sería mejor asegurar la operación y después ya te podrás dar el lujo de viajar todo lo que quieras.

-No te preocupes Emilio, si no veo la necesidad me quedaré en el aeropuerto esas diez o doce horas. Veré mientras tanto qué puedo hacer ese tiempo. De todos modos me traje tres libros para los tiempos de ocio que tenga. Gracias por todo y estaremos en contacto permanente por e-mail y por teléfono. Si puedo, te envío correo desde Londres. Y de todos modos, te llamo en cuanto haya llegado a Abuja. Hasta pronto.

Un abrazo selló el pacto de fe entre dos amigos entrañables, confiados en una aventura incierta que ahí comenzaba exactamente, en el momento de pasar la revisión aduanal y el punto de seguridad sin mayores problemas. Todavía a lo lejos Ramón se despidió de Emilio agitando la mano y enfiló rumbo a la sala de espera.

Ya únicamente tendría que esperar 90 minutos para abordar el inmenso avión trasatlántico de British Airways. En su boca se esbozó una sonrisa porque pensó para sí, "¿viajar tan lejos y no visitar Londres y sus lugares turísticos más simbólicos, aunque sea por unas cuantas horas? Emilio debe estar loco." *Y se fue silbando la tonadita de "Europa" de Carlos Santana.*

¿Qué pensaba Ramón cuando el avión despegó de la pista? Sus pensamientos volaron en el tiempo. Su mente permaneció en blanco extasiado al contemplar desde la ventanilla las enormes dimensiones de la ciudad más grande del mundo que a medida que la nave ascendía, rápidamente aquélla empequeñecía hasta convertirse en un enjambre de luces cada segundo, más remoto. A esa hora nocturna, pasadas las diez de la noche, de ese lunes 20 de mayo, la actividad en la ciudad que no duerme era febril. Ramón sólo tenía que esperar las once horas que dura el vuelo para llegar a Londres, hacer su escala y llegar a Abuja el miércoles por la madrugada.

Cerró los ojos cuando el avión se encontraba ya a más de siete mil metros de altura. Trató de descansar. Las últimas horas habían sido demasiado agitadas. Se revolvió en el lujoso asiento del avión de quinientos pasajeros. Se cubrió con la manta que la azafata le entregó, pero realmente su sistema nervioso se encontraba indispuesto.

"¿Será o no será cierto?, ¿estaré cometiendo un inmenso error?, ¿la estoy cagando?, ¿habré obrado correctamente?" *Pensaba Ramón durante todo ese viaje. Sus dudas se incrementaron a medida que el avión devoraba la distancia. Claramente podía observar en su pantalla personal que tenía situada, como cada pasajero, en la parte trasera del asiento que tenía enfrente, la trayectoria del avión. Cruzaron todo el Golfo de México, pasaron a un lado de La Florida y el recorrido se ciñó a lo largo de la costa este de los Estados Unidos de América. La distancia era larga en el inmenso Océano Atlántico.*

Esta ruta le trajo recuerdos imborrables del pasado, de su primer viaje al extranjero, precisamente en la costa oeste de este mismo país, cuando viajó con su pareja y su hija mayor por un período de seis meses. Imborrables momentos llegaron a su memoria llena de anécdotas, como cuando recorrió en auto manejando prácticamente toda la costa oeste de los Estados Unidos, desde Vancouver en el sur de Canadá, hasta Tijuana, México. Era un fanático del volante.

Tenía muy claro el recuerdo de la California que ya conocía, de Oregon y del estado de Washington. Esa época en la que se había planteado la disyuntiva de ahorrar un poco de dinero para regresar a casa con unos dólares extras para estrenar auto, o viajar y conocer lugares que de otra forma nunca conocería. Se decidió obviamente por lo segundo porque le hacía eco a lo que había escuchado siempre de su abuela materna, Doña Rosa, cuando solía decir acorde con su filosofía oaxaqueña, "De esta vida sólo te llevas lo que te comes y lo que viajas, cuando mueres". Y su abuela había sido una valiente viajera aún ya a su avanzada edad.

Viajar fue también una manía, una costumbre o un hábito que le contagió su padre Don Salomón, quien le había contado algunas anécdotas de su vida, el viaje que no pudo realizar nunca a Japón cuando tenía todo listo para salir por cuestiones de enfermedad de un familiar cercano. De todos modos el ser "pata de perro" lo llevaba en la sangre.

Sin embargo, recordaba con cariño los viajes que hicieron en familia a lo largo y ancho del país. Recordó cómo observó por primera vez en su vida, a la edad de ocho años la inmensidad del mar en las costas de Veracruz, ese mar que lo dejó impactado por su tamaño y que lo hacía buscar a la distancia, donde sólo se mira la línea del horizonte pegada extrañamente al cielo, el otro lado, los Estados Unidos de América, porque en su lógica geográfica infantil, para él tenía que verse esa tierra, tal y como se la imaginaba después de haber estudiado varios mapas de México y los Estados Unidos en la escuela primaria.

De hecho, con el tiempo conoció la gran mayoría de los estados de México, salvo contadas excepciones. Entre su trabajo y sus actividades académicas Ramón se convirtió en un viajero incansable. Viajó lo mismo en autobús que en automóvil, de aventón o como pudiera hacerlo. Nunca tuvo un impedimento para hacerlo, ni siquiera el aspecto económico y ahora pensaba que esa misma determinación lo había empujado a conseguir los recursos para este gran viaje, incluso fuera del continente. Siempre pensó que la vida lo preparó para el viaje más importante que tenía que hacer. No obstante, nadie sabía qué le deparaba esa locura.

Por todas estas razones, desde muy joven siempre se sintió atraído por los viajes, sobre todo al extranjero. Siempre se había quejado con sus amigos y con su familia de que no quería llegar a *los treinta años y no hubiera podido viajar fuera de México, en todo caso, a cualquier destino. Y efectivamente así ocurrió con su primer viaje al extranjero.*

Recordó también para su anecdotario cómo en su primer intento de viajar fuera de México, le fue negada la visa de turista, -acompañado por su madre que siempre lo apoyaba en todo-, en la ciudad de Guadalajara para poder viajar a los Estados Unidos de América precisamente un año después del terrible terremoto de 1985 que devastó a la ciudad de México y que impidió que pudiera solicitar su visa en esa inmensa ciudad. Viaje frustrado en plena juventud. Sin embargo, como dicen por ahí, "no hay mal que por bien no venga, ya que ese revés, lo llevó a su primera campaña política y electoral, lo cual le hizo adquirir una buena experiencia política porque conoció además, toda la geografía de su estado, es decir, viajó cada día por seis meses aunque sólo hubiera sido a su entidad federativa. De cualquier forma, significó viajar, conocer gente, aprender y reconocer a su gente.

Volviendo al viaje en curso, le rogaba a Dios con todo su corazón que todo saliera bien. Estaba seguro de que la fe de su madre le estaba acompañando, aunque sus padres no supieran exactamente a qué viajaba tan lejos. Era mejor que permanecieran en la ignorancia de los motivos y las circunstancias. Su madre se encontraba delicada de salud y aunque su padre era un hombre fuerte como un roble, no quería ocasionarles ninguna preocupación. Entre menos preocupada estuviera su familia era mejor, pensó para sus adentros.

Por eso se organizó muy bien con sus amigos, y cada uno de ellos, Guillermo, Beatriz, David y el propio Emilio estarían monitoreando todos sus movimientos a la distancia, ya sea por vía telefónica o por e-mail. El objetivo de comunicación expedita y continua tenía que cumplirse. Y así se haría desde la Casa

Verde, el bunker que ofreció para tal fin otra gran amiga del grupo, María Robles.

Desde Londres, Ramón tendría que escribir para reportar que todo caminaba en perfecto orden. De igual forma tenía que comunicarse con su amigo Kosombo para darle a saber que ya estaba en Europa. La emoción le embargaba aunque no dejaba de sentir ligeros estremecimientos. Éste no era un viaje común de un simple turista. Había una misión que cumplir y Ramón sentía que nada ni nadie tenía por qué impedírselo. Su fe era inquebrantable.

Las horas transcurrieron lentas. Era la primera vez que Ramón viajaba por aire en un vuelo trasatlántico. Ignoraba a ciencia cierta cómo se daba la organización de los husos horarios, pero sabía bien que la hora de llegada a Londres sería aproximadamente al mediodía, hora local. Ya no supo si al final se quedó dormido, seguramente que sí, por un par de horas si acaso, tal vez menos porque cuando despertó, la luz del mediodía hirió sus ojos, sintiéndose además, sumamente cansado.

Había adelantado previamente su reloj las seis horas que eran necesarias. Quería arribar a su destino intermedio sabiendo ya con precisión la hora de llegada. Su reloj marcaba las 11:40 de la mañana cuando el capitán de la aeronave anunció que iniciaban el descenso ya sobre la ciudad de Londres, la que para Ramón le traía recuerdos literarios maravillosos como las obras de Agatha Christie, Shakespeare y George Orwell, entre otras celebridades de las letras universales, pero otros tan dolorosos como la resistencia inglesa ante los embates alemanes con sus bombardeos de la Segunda Guerra Mundial sobre destinos paradigmáticos de la ciudad. Y por supuesto, toda la parafernalia que existe en torno a la monarquía tan respetada en esos lares.

SEGUNDA PARTE

ANOTHER BRICK IN THE WALL
De Europa a África

Todo fue un solo acto, descender del majestuoso avión, cargar con su equipaje de mano y pasar por el área de aduana hacia la salida. No hubo mayores problemas para entrar a la ciudad de Londres. Como era pasajero en tránsito, demostrado por su boleto de avión a Abuja, no hubo más preguntas por parte del agente aduanal. El Aeropuerto Internacional Heathrow a esa hora del día tenía un movimiento interminable de pasajeros. La gente se movía febrilmente de un lado para otro por sus pasillos. Ramón buscó afanosamente la salida al metro londinense. Bullían en su cabeza planes para conocer todo lo que se pudiera en tiempo récord en esa histórica ciudad. Su preciada maleta llena de regalos ya estaba documentada para ser recogida hasta Abuja. Pronto se situó en la estación Paddington. Ansiaba llegar al centro de Londres pasando por alto las recomendaciones y advertencias de Emilio.

Desde el principio del viaje pensó que no podía desperdiciar esas horas valiosas en la primera ciudad europea que visitaba en su vida. Le serviría de descanso y de un medio distractor antes de llegar de lleno con los operadores del Safari Africano, de tranquilizante quizá, pero el caso es que no tenía que pensar en esas horas distintas a cuanto había vivido hasta entonces. No quería que sus nervios se convirtieran en un manojo incontrolable. El caso era olvidarse un poco a qué iba realmente para poder disfrutar Londres a sus anchas.

Una chica que también era viajera en el mismo avión del que acababan de descender, lo había estado observando, y muy decidida lo abordó justo enfrente de la taquilla del metro, era mexicana, ella también estaría en Londres como ciudad de tránsito. Se presentó con él, le dijo que era michoacana y que viajaría a Berlín, Alemania esa misma noche, su nombre era Lucero y le pidió que si podría recorrer con Ramón las horas que estuvieran en las calles londinenses porque viajaba sola y no quería exponerse a algún giro inesperado en esa ciudad que apenas estaba conociendo.

Igual que a Ramón, le contaron que Londres era una ciudad peligrosa. Aquél la observó un tanto extrañado, sin embargo, comprendió perfectamente su petición y empático como solía ser, aceptó que se fueran juntos. A final de cuentas se percató de que él había inspirado cierta confianza en Lucero para que le pidiera eso. A esas alturas, nuestro hombre lo que menos sentía era miedo porque apenas estaba llegando a la antesala de su destino final.

Mientras compraban sus boletos para un día completo, lo que les salía más económico, se dieron cuenta de que de todos modos no iba a ser difícil aprender en unos cuantos minutos a andar en ese laberinto que a final de cuentas era tan similar al Metro mexicano, en el cual Ramón se movilizaba como pez en el agua, observando simplemente las rutas que estaban marcadas con mucha precisión en el folleto que tomó en la taquilla. Lucero le confesó que nunca había viajado hasta la fecha en el Metro de la Ciudad de México. De manera que para ella, era una experiencia novedosa. Ahí comprendió Ramón por qué Lucero le pidió que viajara con él.

Los nombres de las estaciones eran totalmente ajenas a su idiosincrasia como mexicanos, porque donde debía decir Moctezuma, Cuatro Caminos, El Rosario o La Raza, él leía Bethnal Green, Mile End, Stockwell o Westminster, donde Ramón, guiándose certeramente con el mapa, decidió descender porque era una estación céntrica y podría recorrer a pie varios puntos de interés turístico. Todos los Metros del mundo deben tener la misma lógica de organización, *pensó. Decidió primeramente que fueran al lugar más simbólico de Londres, el mundialmente famoso Big Ben, muy cerca del centro. Ahí aprendieron que ése no es el nombre del inmenso reloj que domina a la ciudad, sino el de la campana que se localiza dentro del mecanismo del reloj. Interesante descubrimiento personal porque cuando se genera un lugar común o un nombre común que convertimos en clichés, ya nada lo puede cambiar y a veces, incluso morimos con ellos, es decir, en el error. Por supuesto, el edificio del Parlamento inglés, que respira siglos de historia, es muy viejo cual hermoso, con una arquitectura única. Eso le hizo recordar que algunas crónicas de guerra cuentan cómo muchos aviadores alemanes durante la Segunda Guerra Mundial procuraban respetar los lugares más simbólicos de la ciudad de Londres cuando soltaban su mortífera artillería.*

Lucero y Ramón quedaron muy impresionados por ese encuentro fantástico con Europa. Lo estaban viviendo al máximo en ese momento, después, sólo Dios sabría. Pudieron contemplar también extasiados el igualmente famoso Río Támesis cuyas aguas se encontraban revueltas, quizá por la lluvia constante que cae sobre la ciudad. Observaron impactados The London Eye, el Ojo de Londres, una estructura gigantesca similar al mecanismo de una rueda de la fortuna pero tamaño monumental. Tenían que aprovechar las pocas horas de las que disponían.

Este primer encuentro con Europa casi le hizo olvidar su misión a Ramón. Caminó despacio con Lucero al lado, disfrutando cada paso y sus pensamientos indudablemente se centraban en la cultura inglesa, en sus escritores, sus pensadores, sus filósofos, sus arquitectos y escultores, sus aventureros, incluso sus piratas. La charla entre ambos fue amena y llegó a notarse una camaradería que pareciera ser de años.

Ramón pensaba en la capacidad de un pueblo para convertirse en imperio –la Commonwealth Británica-, durante muchos años que alcanzaron siglos, hablaron de sus güevotes para hacer tantas cosas en el mundo entero y los lugares recónditos a los que llegaron y conquistaron, cualesquiera que hayan sido sus motivos o razones. Eso sí, no se les podía negar el valor para hacerlo. Sobre todo cuando recordó de sus lecturas de historia universal, la manera en que enfrentaron dos guerras mundiales que tocaron violentamente su territorio y la férrea defensa de la ciudad a cargo de fuertes liderazgos.

Recorrieron los alrededores del lugar, no querían perder de vista las estaciones del Metro para no perderse y así, regresar a tiempo al aeropuerto. De todos modos la caminata se extendería por cerca de siete kilómetros ida y vuelta sobre la ribera del Támesis que coincidía con muchos sitios de interés turístico. No podían faltar las fotografías e hizo varias tomas con una de las cámaras que llevaba para regalo, sobre diversas calles céntricas que olían a historia, Saint James Park, en Sloane Square, Waterloo y algunas otras. El caso era llevarse algunos recuerdos en imagen.

El tiempo se les fue como agua entre las manos y cuando se dieron cuenta, ya era muy tarde, el día estaba cayendo y aún no habían comido en forma. Así que comieron muy rápidamente porque Ramón aún tenía que asegurar su e-mail a México cuanto antes, dar a conocer a sus amigos que todo estaba bien y de paso contarles que decidió recorrer parte de la ciudad, ¿qué más pudo haber hecho en más de once horas y qué pudo haberle pasado a él cuando venía de, quizás la ciudad más peligrosa del mundo, la ciudad de México?

Tenía, así mismo que confirmar que Cox Benson lo esperaría en Abuja. Aprovecharía también la oportunidad de escribirle a

Michael Kosombo para confirmarle que estaba a la mitad del trayecto y que se verían en un par de días más. Se sentía feliz por poder apoyar a quien consideraba ya su mejor amigo en la distancia. Todo se había conjugado en una feliz coincidencia y estaba decidido a llevar a cabo su misión hasta el final.

Le costó trabajo encontrar un Internet público, pero al fin, en la calle Hamilton lo consiguió. No tardó ni media hora y cumplió su cometido. Así comenzaba el monitoreo por parte de sus amigos, rastrear a Ramón y saber dónde se ubicaba. "¡Qué caro es Londres!" *Pensó Ramón*. "Mira que pagar tres libras esterlinas por media hora de uso de computadora. La gente debe ser rica en este país."

Después, en medio de un mar de lamentaciones por la brevedad del tiempo, después de comprar algunos suvenires para sus hijas y sus padres, postales, llaveros y recuerdos en miniatura del National British Museum, donde según cuentan las malas lenguas, hay mejores vestigios de algunas culturas que en sus lugares de origen como Egipto, de donde hacía decenas de años, obtuvieron incluso obeliscos y el sarcófago de la sacerdotisa Henutmehhyt.

Ramón pensó, "Bueno, ¿qué podían esperar los egipcios de parte de los ingleses, si a los mexicanos hace casi 500 años nos volaron el penacho de Moctezuma que ahora se exhibe en Austria, entre otras lindezas con las que han traficado?" *Con todos estos pensamientos, el recorrido, las fotografías con Lucero y las compras, tuvieron que abordar el Metro de regreso al aeropuerto. Picadilly Circus y el London Bridge tendrían que esperar hasta la siguiente visita. El reloj marcaba casi las 9:00 de la noche. Ahí Ramón se despidió de Lucero con un abrazo y le pidió que se cuidara mucho en Alemania.*

Después, fue al sanitario para asearse un poco porque con tantas emociones, tenía ya más de 24 horas sin bañarse y se sentía un poco incómodo. Cómo lamentó que no hubiera baños para tomar una ducha en el aeropuerto. Serían una gran bendición para él, pensó. En una hora más estaría despegando rumbo a su más extraña y prolífica aventura. Tenía que estar muy alerta a partir de ahí.

§

Mientras la nave despegaba y ascendía por los aires anglosajones, Ramón pensaba que este viaje no tenía parangón con ninguno de los anteriores que había realizado en el pasado, fueron seis horas de emociones encontradas, como un cincel machacando los minutos a cada nueva milla que, -en su pantalla de ruta-, el avión transcontinental devoraba sobre el Mediterráneo, luego el Sahara y por último, la inexpugnable selva nigeriana. Ora caminaba entre nubes, ora se sentía en una prisión, con un pesado grillete rodeando sus tobillos.

 Sus múltiples pensamientos lo tenían confundido. ¿Qué atención le podía prestar a la película que proyectaron en la moderna pantalla que tenía enfrente, empotrada en el asiento del pasajero de adelante? Tampoco tenía muchas ganas de dormir, simplemente no podía, el insomnio le acosaba a pesar de que moría de cansancio, pero el insomnio parecía ser más fuerte y acabó al final acribillado por éste por escasas dos horas.

 Recordó que había dormido muy poco la noche anterior en el vuelo previo. Quizá esta vez su cuerpo exigiera descanso y finalmente pudiera dormir. Pensó que fue como una maldición la de Emilio cuando éste le contó que nunca podía dormir en los aviones, ni siquiera en vuelos de más de quince horas. "Ni pedo", pensó. "Nadie me obligó a venir, ahora me aguanto".

 El tiempo no se detiene, al contrario, la sensación que sentía era que cuando menos prisa tenía, parecía que éste caminaba más rápido. Sobre todo cuando una persona no se quiere enfrentar a algo desconocido como lo que se le venía encima a Ramón, una especie de torbellino sobrehumano. Y él sin saber a dónde iba a parar esa aventura del tamaño del diablo.

Esta historia comenzó realmente cuando Ramón al abrir y cerrar los ojos por unos instantes, dejando escapar un suspiro que intentó ser de alivio, se dio cuenta de que el Boeing 750 directo desde Londres hasta Abuja comenzó a aterrizar en tierras africanas. No supo con precisión cuánto durmió, sólo sabía que sus párpados estaban muy pesados a esa hora y deseó de mil amores estar en su cama de México. En ese preciso instante pensó en sus hijas que con besos y abrazos se despidieron de él, sin saber ellas exactamente a dónde iba su padre. Trató de imaginar en un globo terráqueo la enorme distancia que ahora le separaba de su país, ya que nunca había estado tan lejos de su patria.

Ahora le separaban 12,370 kilómetros de distancia desde México, y eso sin contar el rodeo que tuvo que hacer por Europa. Cuando se abrieron las compuertas, el olor a tierra tropical húmeda le llegó de golpe, una ligera brisa caía a las cuatro de la madrugada sobre la zona del aeropuerto internacional de la capital de Nigeria "Nnamdi Azikiwe", hora en que el avión posaba su gran figura en tierra. El vuelo nocturno había sido relativamente tranquilo, sólo alterado por los pensamientos de Ramón. La hora de la verdad se acercaba. Al mismo tiempo el calor semihúmedo que se resbaló desde la compuerta del avión, hizo que la sensación de peligro fuera más fuerte todavía y que le penetrara por las fosas nasales.

Súbitamente, Ramón experimentó un pánico incontrolable. Ya no quería descender del avión, sentía que le faltaban fuerzas. ¿Cómo pudo haber llegado hasta ahí, tan lejos de la amada patria? Recordó la película "Expreso de medianoche" en la que un viajero estadounidense trata de transportar droga oculta bajo sus ropas, es atrapado y condenado de por vida en Turquía y el terror se dibujó en su rostro en forma de una mueca totalmente descompuesta. Pero tenía también la certeza de que no había marcha atrás.

Por fin África, la tierra de los orígenes según algunos de los científicos que aún discuten dónde empezó la vida de los primeros hombres y mujeres de este planeta. Era por lo tanto un retorno a sus supuestos orígenes, esos que empezaron su aventura de nómadas hace miles de años y que acabaron llegando al continente americano. "África tiene que ser diferente", *pensaba Ramón mientras descendía por las escalerillas empapadas por la brisa de la madrugada,* "un lugar donde seguramente la magia se cuece aparte".

Y no se equivocaba. Era la tierra del olvido donde por siglos se acunaban indomables, como un cáncer infinito, la pobreza y el hambre. Se dirigió a la zona de descarga, sus manos temblaban ligeramente cuando identificó y tomó su equipaje del carrusel y se dirigió a la salida. Confiaba que todo estaba exactamente calculado para ese viaje y que cargaba con lo indispensable en ambas maletas. Por si acaso, al tiempo que salía, apretujó contra su cuerpo su equipaje, por el instinto que lo acompañaba siempre que viajaba a ciudades grandes. Pensaba como siempre que nunca está de más ser precavido y tomar todas las medidas necesarias para evitar un disgusto o una sorpresa. Llegar a un lugar desconocido y a ciegas es como entrar a la boca del lobo.

A esas alturas llevaba ya dos días sin dormir, por lo que experimentaba un profundo cansancio. Su cuerpo estaba perlado de un sudor muy fuerte, y a esa hora crucial con un clima tropical soporífero, se sentía más vulnerable que nunca. Los párpados, pesados como loza, los abría la adrenalina que empezaba a avanzar locamente por todo su cuerpo, de pies a cabeza. Los fuertes latidos de su corazón y su pulso arrebatado le anunciaban que se acercaba la hora de la verdad.

Nervioso, caminó hacia la enorme sala donde se arremolinaba la gente presurosa por llegar a casa. Sólo miraba personas de raza negra, decenas apretujadas rumbo a la salida, por unos cuantas personas blancas que quizá no llegaban a la docena. El panorama era contrastante. "Sería demasiado aburrido que hubiera en el mundo un solo tipo de raza y de color", *pensó Ramón. Ese contraste era la belleza misma. Eso sí, el único latino en medio de ese conglomerado lleno de bullicio era él.*

El ambiente que le rodeaba le provocó vértigo y no sabía exactamente si era por sus pensamientos desbocados, por el calor que empezaba a ahogarlo de más de 38 grados Celsius o por los borbotones de gente a su alrededor. Miró el reloj, eran las 4:30 de la madrugada. La hora de la verdad estaba cada vez más cerca. Por fin pisaba suelo africano con todo su esplendor. Sentía que sus rodillas apenas si lo sostenían. Pero su orgullo era mayor y se dio fuerzas como pudo en medio de ese mar de emociones.

Una pregunta empezaba a taladrar en el cerebro de Ramón, "¿a qué hora viene el chingadazo? ¿A qué pinche hora?" *Sin mayores problemas se dirigió a la Aduana como todos los pasajeros, cerca de cuatrocientos que viajaron en el mismo Boeing 747. Buscó en la sala del Aeropuerto Internacional de Abuja la fila para visitantes extranjeros y hacia allá se dirigió. Al ser mucho menos pasajeros, la espera sería más corta.*

—Hi, Mr. Santiagou, ¿cómo le fue de viaje?
—What? Sorry, say again please?

El acento nigeriano había sido un problema muy duro para Ramón desde el principio cuando hizo las primeras llamadas telefónicas desde México a Nigeria, y ahora tenía que enfrentarlo directamente con los hablantes nigerianos, una colonia británica todavía hasta la década de los sesentas en el siglo veinte. Esas dificultades se debían, lo supo después, por el fuerte acento nigeriano y la combinación de las lenguas autóctonas, hausa, ibo y yoruba.

-¿Cuánto tiempo planea quedarse en Nigeria, Mr. Santiagou?

-Déjeme ver, quince días a lo sumo, *respondió Ramón, pensando solamente en la semana que en realidad tenía calculado permanecer ahí, más una semana de gracia, por si acaso.*

Rápidamente terminó el breve diálogo con el agente aduanal acerca de la pregunta sobre el motivo de su visita, así como su explicación sobre la coronación de un jefe tribal, y la consecución con el permiso que le concedieron tras haber dicho que sólo estaría quince días. Pero algo que sí le preocupaba a Ramón era que ya no sabía si le estaban hablando en inglés o en el idioma local, el hausa, la segunda lengua oficial de este país, a pesar de que nunca la había escuchado.

Su experiencia en el manejo de lenguas extranjeras le indicaba que ese inglés era muy extraño y muy diferente a cuantos había escuchado en su vida. El caso es que su problema era quizá su oído, que andaba fallando o el acento nigeriano que le pareció extremadamente fuerte ahora que lo estaba escuchando en vivo, a diferencia de las conferencias telefónicas que sostuvo con Cox Benson.

Tratando de aparentar la calma que estaba lejos de sentir, Ramón caminó hacia la salida del aeropuerto con cierta parsimonia. Sin embargo, debajo de su trémula máscara, había una tormenta de emociones que amenazaban con denunciar su verdadero estado. Seguramente su contacto ya le esperaba afuera. Había un verdadero hormiguero de personas confundiéndose unas con otras, literalmente pisándose entre ellos mismos, o rozándose codo a codo.

Cuando su corazón palpitaba más acelerado que nunca conectándose con su cerebro ante la intermitente pregunta,

"¿a qué hora viene el chingadazo?", *una mano le tocó desde atrás el hombro izquierdo provocándole un enorme sobresalto, poniéndole aún más los nervios de punta. Cuando volteó el rostro difícilmente pudo confundir a Cox Benson, tal y como se autodescribió en el penúltimo correo electrónico:*
"Soy negro, de color negro intenso, estoy totalmente rasurado de la cabeza, muy delgado, bien parecido y de estatura mido 1.77 metros. Iré vestido de blanco desde los pies hasta los hombros, con camisa manga larga. Tendremos una clave de identificación para que no hables con la persona equivocada, [La raíz cuadrada de noventa y siete es.... Nueve punto ocho]", *que significaba el número de días que habían estado en contacto desde la primera vez por teléfono.*

De todos modos era imposible confundir a Cox Benson con alguien más a pesar de estar rodeado de cientos de personas de raza negra en su gran mayoría, menos de una docena de blancos, nadie de ninguna otra raza y Ramón, quien era al parecer el único hombre de origen latino en ese inmenso país de habitantes de raza negra. Cox era el único que encajaba en la descripción del e-mail. Y obviamente el abogado intuyó a la primera quién era Ramón por su origen étnico, siendo el único a esa hora en el aeropuerto.

"¿A qué hora viene el chingadazo?", se seguía preguntando mientras *la adrenalina recorría cada vez más rápido el cuerpo de Ramón; cuando salieron de la sala, su frente y sus sienes estaban perladas de sudor, las yemas de sus dedos sudaban copiosamente tras el intercambio de un saludo informal con Barrister Cox Benson, para luego dirigirse al estacionamiento. Por supuesto que él sentía que sus sentidos se habían puesto automáticamente en alerta máxima. Un mal presentimiento lo envolvía a cada instante con mayor fuerza.*

Tres minutos después estaban fuera del aeropuerto y cuando salieron al estacionamiento al aire libre, atiborrado de vehículos, subrepticiamente volteaba a todos lados para tratar de ubicarse bien en el lugar o distinguir algún movimiento sospechoso entre las filas de autos estacionados y no tener una sorpresa tan temprana. El golpe podría llegar desde ahí. Nada era seguro ya a partir de esos momentos. El estrés comenzó a hacer presa de Ramón.

La ligera brisa combinada con algo de neblina que caía del cielo aún continuaba intermitente, envuelta en la penumbra de esa hora tan anticipada del día que estaba por nacer. Y a pesar de que la madrugada estaba fresca, el calor ya empezaba a sentirse tan sofocante que el resultado era un coctel climático muy explosivo para Ramón. Eran poco más de las 5:00 de la mañana. Por fin iba a sentir la realidad del clima caluroso de la línea del Ecuador, un lugar especial del planeta. Con todo y ese panorama, el chingadazo, como Ramón le llamaba a una posible desventura con sabor amargo, no llegaba.

Esos calores asfixiantes, en esos momentos, era lo que menos le preocupaba a Ramón porque estaba a la expectativa, con los ojos y el cuerpo convertidos en vigías, en radar, en cámaras, en escáner y hasta en aparato de radiogoniómetro. Todo el equipaje fue colocado por Cox Benson en la cajuela del viejo Mercedes Benz. Ramón no lo quiso hacer personalmente porque pensó que si lo hacía, sería el blanco de un ataque mientras acomodaba las maletas. A ese extremo llegaba su delirio persecutorio de autoflagelación y él creía que estaba en lo correcto.

Así que dejó que Cox Benson, solícito como se vio, lo hiciera todo. Abordaron el auto clásico que parecía de colección por lo antiguo y ambos se colocaron en el asiento trasero. Cox le dijo al chofer que podían partir al hotel. Mientras el auto enfilaba rumbo a Abuja, por la gran Avenida Bill Clinton, -"ah, por lo visto aquí adoran al expresidente estadounidense, ya tendría tiempo de comprobarlo"-. *Ramón se dio cuenta de que el aeropuerto se encontraba enclavado en plena campiña, alejado de la ciudad capital de Nigeria a una distancia aproximada de cuarenta kilómetros.*

*Por los olores de la campiña tropical, Ramón intuía que afuera del auto había un verde paisaje que se olfateaba a lo largo de la carretera porque apenas se podían distinguir las sombras de lo que parecían ser árboles. Eso lo tenía también con las mismas palabras desde que bajó del avión, "¿*a qué hora viene el chingadazo?" *Pero éste no llegaba......¡aún! De entre sus expectativas y emociones no sabía cuál era más fuerte en ese momento.*

En cada camino de terracería que desembocaba a la carretera imaginaba a un grupo de criminales que detenían el auto, que lo sacaban a empellones, lo golpeaban, lo despojaban de todo lo que llevaba en ambas maletas y que ese mismo día estaría de regreso en el aeropuerto sin un dólar en el bolsillo, golpeado y más humillado que cuando fue asaltado en la ciudad de México, hacía algunos años, herido y abandonado en una zona peligrosa en plena madrugada.

Pero no, era demasiado y su ser se sacudió, tratando de alejar los pensamientos negativos que podrían atraer malos augurios. Era quizá una especie de paranoia, pero con una base firme. El auto seguía su marcha sin mayores contratiempos y para alivio gradual de Ramón, no pasaba nada conforme el automóvil se acercaba a la gran ciudad capital.

Intentaba entablar una buena conversación con Cox, haciendo un esfuerzo sobrehumano por mantenerse a la expectativa al mismo tiempo y tratar de descubrir algo oculto, algún indicio, alguna señal de alerta en las palabras de Cox Benson. No saltaba nada. El cansancio que traía lo olvidó por completo y simplemente lo intercambió por una fuerte dosis de adrenalina.

Trató de adaptar su oído al inglés que se le dificultaba por teléfono, era el inglés local de Nigeria.

-¿Y cómo te fue de viaje? Cuéntame Santiagou.

-Pues mira Cox, en primer lugar fue un viaje bastante pesado. Éste es mi segundo día consecutivo viajando después de tomar dos aviones, atravesar prácticamente la mitad del mundo para llegar hasta acá. Mi estancia en Londres también fue un poco cansada porque caminé bastante para conocer todo lo que pudiera en unas cuantas horas que tuve por la escala del vuelo. Me siento cansado y sucio. Creo que apesto más de la cuenta, jajajajaja, tú disculparás si te llega fuerte mi mal olor. Me urge llegar al hotel para darme un buen duchazo y descansar un poco antes de ver a nuestros contactos. ¿Qué planes hay para hoy? Creo que a pesar de mi cansancio vengo eufórico y un poco acelerado. Tú comprenderás cómo me siento.

-Tranquilo Santiagou. Hay que hacer las cosas bien. Todo toma tiempo. Primero iremos a tu hotel, te bañas, descansas un rato. Luego vamos a tomar nuestro lunch. ¿Te parece? Quiero mostrarte algunos lugares que te van a gustar de esta ciudad.

-¿Sabes algo de Kosombo?

Tu socio sabrá que llegaste bien en cuanto lleguemos al hotel. Le hablaré desde el teléfono celular.

-Muy bien Cox. Gracias por tu apoyo.

-De nada viejo, ya sabes. Para eso me contrató Kosombo, para atenderte bien durante tu estancia aquí. ¿Te funcionó bien la carta que te envié donde decía que me coronaban? ¿Tuviste algún problema en la embajada de Nigeria en la ciudad de México para que te aprobaran la visa?

-Ningún problema. Todo salió perfecto. La señora embajadora se portó muy bien conmigo. Sólo me pidieron como medida precautoria que les presentara mi boleto de avión viaje redondo porque me explicaron que ellos no se hacían responsables por algo que me pudiera ocurrir aquí. Desde entonces me vengo preguntando muy extrañado, ¿qué acaso es muy peligroso tu país? Digo, más allá de lo normal en las grandes ciudades y te puedo decir que conozco muchas urbes muy grandes, donde incluso he vivido y he enfrentado situaciones complicadas, pero no me imagino cómo puede ser Nigeria en este campo.

-No, pero depende de quien se trate. Por ejemplo, en el caso de un extranjero sí lo es un poco. Pero eso se resuelve fácilmente si tienes amigos aquí. Por eso lo recomendable es no salir nunca a la calle solo. Alguien local debe acompañarte siempre.

-Ah, caray, ¿qué podría ocurrir si salgo a pasear solo en Abuja?

Pues mira, se nota a leguas que tú eres extranjero por tu color claro de piel, eres latino y por lo tanto extranjero. Nigeria es un país con población cien por ciento negra, tal y como a mí me ves. Así que cuando tú salgas solo, cualquiera se daría cuenta de inmediato que eres fuereño porque te destacas de inmediato, todos voltearán a verte y lo vas a notar más tarde que salgamos. ¿Cómo crees que te identifiqué muy rápido en el aeropuerto? Digamos que eso no es lo peor, sino que la gente pobre de aquí se imagina que todo extranjero anda cargando en sus bolsillos un millón de dólares. Así que imagina lo que te podría ocurrir estando solo y lejos de tu país. Por eso es mejor no tentar a la suerte y prefiero que nos aseguremos de que estés bien en todo momento. Ese es parte de mi trabajo, asegurar que tu estancia sea lo más cómoda y agradable posible hasta sacar exitosamente el negocio que te trajo hasta acá.

-Pues muchas gracias nuevamente Cox.

Y mientras la conversación continuaba, Ramón jamás dejó de estar a la expectativa, atento a cuanto pudiera ocurrir a su alrededor. Como dice el refrán, con un ojo al gato y otro al garabato nunca bajó la guardia. Terminaron de recorrer la distancia total del aeropuerto a la ciudad de Abuja en menos de una hora. Eran poco más de las cinco y treinta de la mañana y empezaba a distinguirse un poco más el entorno. La ciudad se vislumbró a la distancia. Esto le devolvió poco a poco el alma al cuerpo de Ramón y se sintió ligeramente más relajado. Ya de día los gatos dejan de ser todos pardos, *pensó.*

En la entrada de la ciudad se encontraba uno de los orgullos de los nigerianos, su monumental estadio de fútbol donde juega su famosa selección verde esmeralda. Y más adelante Ramón percibió las primeras casas de la ciudad, muy sencillas que parecían más chabolas que viviendas decorosas. Ello le hizo levantar nuevamente la guardia porque en esas zonas abundan los delincuentes. Y Ramón no se sentiría a salvo sino hasta llegando al hotel.

Empezaba a despuntar el alba cuando entraron de lleno a la ciudad. Fue hasta esos momentos que Ramón respiró un poco más aliviado porque supuso con fundamento que el golpe que esperaba en el trayecto, cuando menos no se dio ya a campo abierto. Si así hubiese sido, quizá habría sido peor. El contacto con Abuja coincidió con el despunte del alba acompañado de un calor que era más intenso conforme transcurrían los minutos.

La entrada de la ciudad era polvorienta. Se notaba que no había llovido en mucho tiempo. El polvo de las callejuelas se colaba al auto por doquier. La ciudad de Abuja los recibió con un clima un poco seco a diferencia de la llovizna que se sintió en el aeropuerto. La ciudad había sido designada como la nueva capital de Nigeria desde hacía poco más de diez años, pero seguía en permanente construcción, literalmente hablando.

Había obras de construcción de calles y edificios por doquier, era el signo de la pujante ciudad. Por eso muchas de sus calles estaban empolvadas y sin pavimentar. La antigua capital, Lagos, construida en plena costa, era ya insuficiente para albergar a casi veinte millones de habitantes y un crecimiento desmesurado y sin organización, sobre todo en la periferia de la ciudad.

Se dirigieron al *Abuja Sheraton Hotel & Towers*. El lujoso hotel de tres estrellas, se encontraba enclavado en un barrio de clase media sobre *Ladi Kwali St. Way*. Y hasta el momento de solicitar una habitación Ramón recordó que tenía que empezar a calcular el tipo de cambio de dólar a la moneda local, el naira, muy devaluada, extremadamente, a grado tal de que cuando Cox hizo el primer cambio de los primeros 300 dólares en 15 billetes de veinte, recibió un paquete grande de naira que fácilmente llegaba a una libra de peso y más o menos cerca de 200 billetes de todas las denominaciones. El tipo de cambio era de cien naira por un dólar.

Por eso viajar dentro de Nigeria era muy difícil porque implicaba llevar dinero que no podía ocultarse fácilmente a menos que se tuviera que llevar una maleta especial para cargarlo. Todo pago por cualquier servicio tenía que hacerse con dinero en efectivo solamente. Incluso tampoco manejaban monedas metálicas, sólo billetes desde la más baja hasta la más alta denominación. Esta realidad de llegar a un país del así llamado Tercer Mundo golpeó el rostro de Ramón como una bofetada.

Enfrentaba desde ese momento un panorama que nunca imaginó en sus más recónditas pesadillas. Parte del dinero personal de reserva que tenía para esa transacción lo tenía depositado en su cuenta bancaria y con su visión occidental viajó confiando en la existencia de cajeros automáticos en cada banco.

Cuando le asignaron su habitación en el segundo piso, Ramón pudo percibir que Cox Benson no lo perdía de vista en todos sus movimientos, parecía que su labor era vigilarlo de *cerca*. *Pasaban las seis de la mañana cuando entraron al cuarto y Ramón pudo recostarse brevemente en la cama, sintió la gloria misma a lo largo de todo su cuerpo, por el agudo cansancio acumulado, amortiguado sólo por la intensa adrenalina de los últimos minutos.*

Al mismo tiempo que Ramón probó las mieles de la comodidad de un cuarto de hotel medianamente regular, Cox empezó a desnudarse en un instante, quedándose en un short que traía debajo del pantalón. La sorpresa dejó mudo a Ramón, porque el abogado asumió que estaba en su propia habitación, siendo que había una sola cama en la misma.

Entonces para no alertar a nadie ni despertar sospechas, fingió que no le importaba. No quiso ni imaginar otras cosas pero estaba aterrado por dentro. Ramón se levantó un instante de su cama para quitarse los zapatos que sentía le lastimaban los pies. Cox aprovechó ese fugaz momento para acomodarse en la cama para dormitar un rato. Al parecer estaba desmañanado más de la cuenta.

Por lo tanto, Ramón ya no regresó a la cama. Así que, finalmente harto de estar pensando a qué hora vendría el chingadazo, decidió mejor darse su tan anhelado baño porque después de 48 horas, sentía que apestaba a zorrillo por todas partes y máxime que Ramón era delicado al extremo para el aseo personal. Preparó su ropa limpia y le avisó a Cox que iba a ducharse.

Disimuladamente guardó entre su ropa limpia sus pertenencias más valiosas en caso de sufrir el asalto tan esperado: su pasaporte, su boleto de avión y tres mil dólares que llevaba en efectivo. Si iban a robarle mientras se bañaba, Ramón pensó cándidamente, les bastaría con los regalos que llevaba en las dos maletas que había dejado en el clóset.

Sin embargo estaba inquieto porque de todos modos sabían que era considerable la cantidad que llevaba consigo en efectivo para la operación financiera y que seguramente no se conformarían sólo con los valiosos objetos sino que con toda certeza, buscarían lo demás.

Así que un baño, que para Ramón representaba un ritual de placer que le prodigaba siempre a su cuerpo, esta vez fue para él una tortura a pesar de la frescura del agua resbalando por su maloliente cuerpo. Y tuvo que bañarse en tres minutos lo que le habría tomado unos quince, al menos, por el nivel de inmundicia que sentía acumulada.

Se vistió raudamente medio secándose y salió a la habitación, donde encontró plácidamente descansando a Cox Benson, incluso roncando como un oso. Al parecer nada había pasado durante su breve ausencia y respiró aliviado. El golpe se había pospuesto, pero cuando menos ya estaba limpio, o eso sintió relativamente.

§

Cox Benson se quedó profundamente dormido en la cama, así que Ramón optó por sentarse en la única silla que se encontraba en la habitación, todavía sin poder descansar como hubiera deseado. Por tanto, ese tan anhelado descanso reparador se pospondría unas horas más. Eran cerca de las nueve de la mañana cuando Cox despertó y le dijo a Ramón que ya había pedido desde mucho antes el desayuno al cuarto, que consistía en un té caliente y pan tostado con mermelada.

Después de parlotear un largo rato, con anécdotas del viaje y algunas menudencias de Cox Benson, a las doce en punto salieron del cuarto, sin dejar de asegurar todas las cosas que le preocupaban a Ramón. Irían a almorzar cerca de ahí. Ramón no dejaba de tomar todas las precauciones posibles. La paranoia no lo abandonaba.

Una vez en la calle iba atento a todo, a las personas, a las referencias, a las casas de alrededor. Todo era nuevo para él. Sus ojos eran una cámara fotográfica. No quería que ningún detalle le pasara por alto. Sabía que ante cualquier emergencia tenía que estar muy alerta. Estaba plenamente consciente de que su gobierno no podría auxiliarle porque no existía en Nigeria, embajada alguna de su país, lo sabía de memoria.

Cómo envidiaba en ese sentido a los estadounidenses porque el suyo era un país de primera, cuya política de no dejar a nadie desprotegido, se cumple no sólo en la guerra sino en tiempos de paz, en cualquier parte del mundo. El norteamericano común tiene el respaldo absoluto de su gobierno, mientras no sea un ciudadano non grato; en cambio un pobre mexicano podría quedar muerto en un lugar como ése y ni quién preguntara por él.

Ramón imaginó que tomarían sus alimentos en un buen lugar a pesar de que el entorno se veía sucio y terroso. A esa hora del día circulaban sobre las calles, personas de todo tipo, usaban ropas sencillas, por lo que pudo observar que eran pueblo clase baja. No avanzaron ni dos cuadras cuando Cox, sabiendo a dónde irían, pararon y éste le indicó a Ramón que se sentaran en un lugar al aire libre, donde había varias mesas y sillas de plástico al mejor estilo de los puestos ambulantes de cualquier calle o pueblo de México, así entre la tierra roja de Abuja.

Y en efecto, era una fonda callejera, con su mobiliario organizado para sus clientes entre el negocio y la calle arcillosa. A Ramón no le extrañó en absoluto el lugar porque en sus costumbres, ¿cuántas veces no había comido en la calle, ya sea en la ciudad o en un pueblo, y cualquiera lo vería tan normal como caminar en la calle? No le dio importancia y se dispuso a disfrutar su comida.

Entonces le preguntó a Cox cuál era la comida tradicional de Nigeria porque le gustaría probarla. Como una especie de respuesta, Cox se apresuró a pedir dos platos de semovita para indicarle que ése era un platillo tradicional del país, que era delicioso porque estaba hecho a base de carne de puerco, con muchas especias y era bastante grasoso. Algo especial de Nigeria para el mundo.

Mientras esperaban la comida ordenada le explicó un poco acerca de la comida africana hecha a base de mariscos como las sopas okra, egusi, y eba/gari, todas condimentadas con buenas verduras. De igual forma Ramón vio en el menú un platillo con el nombre Inyan y Cox dijo que se hacía con batata o ñame, un producto que era difícil conseguir en otras partes del mundo.

Cuando llegó el platillo, el mesero colocó en la mesa una pequeña bandeja con agua y le entregó a Cox una botella con jabón líquido. Ramón se sorprendió y esperó a que Cox procediera como era conveniente. Observó entonces que el abogado inclinó la botella y se enjabonó las manos cuidadosamente. Luego procedió a enjuagárselas en la bandeja cuidando no salpicar la mesa.

Aún no comprendía por qué lavarse las manos en la mesa y no en el baño cuando el mesero llegó con los platillos calientes. Cox le pidió a Ramón que hiciera lo mismo que él acababa de hacer. Esperó y entonces continuó lo que Ramón consideraba era un ritual. Por simple deducción, el establecimiento no contaba con agua corriente, a menos que esa fuera la costumbre para asearse las manos antes de sus alimentos.

En la mesa estaban los dos platillos de comida que a simple vista se veía deliciosa, además de que olía muy bien, pero no observó ningún cubierto o algo que se le pareciera. Al lado *de los platillos sólo estaba un plato más pequeño que contenía una gran bola que parecía de masa de maíz. Cox tomó la bola, la moldeó en forma de sope y metió las manos al plato utilizándola prácticamente como una cuchara.*

Al momento Ramón pudo darse cuenta de que la comida era muy condimentada, pero también estaba hecha con mucha grasa. A fin de cuentas era carne de puerco. Más por el hambre que por la curiosidad Ramón actuó de la misma forma sin olvidar el viejo refrán "A la tierra que fueres, haz lo que vieres". *Sus manos estaban llenas de grasa por la comida, pero la clave para poder manejar el resto de los utensilios era sólo utilizar una sola mano, sin permitir que se ensuciara la otra. De esta forma podía comer y beber agua.*

Y probó por primera vez comida africana, un platillo que le supo a gloria porque no sólo estaba hambriento sino que en verdad estaba hecha para los paladares más exigentes, sin dejar de hacer mención que estaba un poco picosa y si algo le gustaba a Ramón era el chile en sus comidas. La culminación del ritual consistió en enjabonarse nuevamente y enjuagarse la mano con el agua y la bandeja. Cox, como católico que era se persignó y dio gracias a Dios por tan deliciosa comida. Ahí supo Ramón que al menos en cuestiones religiosas ya tenían una coincidencia importante que podría ser vital para el futuro de su operación financiera.

Más tarde regresaron al hotel. Ramón entonces tomó las cosas con mayor tranquilidad porque a su retorno a su habitación se dio cuenta de que todo estaba en perfecto orden, todo estaba intacto, tal y como él lo había dejado. Sin embargo su instinto de supervivencia le indicaba que no debería de bajar la guardia ni un solo instante porque el golpe podría llegar en el momento más inesperado, justo cuando él se confiara.

Una vez dentro de la habitación, Cox Benson llamó a Michael Kosombo y le comunicó que todo había salido muy bien y que Ramón se encontraba en buenas manos. Kosombo dijo que estaría reuniéndose con ellos el siguiente fin de semana porque las cosas no habían salido como esperaba y tuvo algunos contratiempos. Le encargó a Cox que contactara al Senador nigeriano Innocent Abubakar para proceder a la segunda parte de la transacción. Urgía que eso pudiera finalizar cuanto antes.

Esta llamada le recordó a Ramón que aún no se reportaba a México con sus amigos, quienes seguramente se encontraban preocupados por no tener aún noticias de él. Le pidió entonces a Cox que le indicara desde dónde podía llamar. Cox lo condujo a la recepción del hotel y desde ahí llamó, primero a Emilio y después a David. Tardó muy pocos minutos porque la señal tenía mucha interferencia. Lo que Ramón ignoraba en ese momento es que comunicarse a México sería un triunfo en lo sucesivo.

La telefonía celular apenas empezaba a desarrollarse y era muy cara, por lo que lo más conveniente era llamar desde un teléfono fijo. En cuanto le contestaron, Ramón pudo darse cuenta de la alegría que generó del otro lado de la línea, y sobre todo pudo visualizar la sonrisa en los labios de David cuando le dijo que lo había logrado. Tan luego como terminó, pagó por la llamada y regresaron a la habitación.

El hecho de que le hubieran permitido llamar a México le alegró enormemente porque significaba que el plan marchaba casi a la perfección hasta ese momento y que aparentemente no había peligro a la vista. El alma le regresaba al cuerpo poco a poco. Mientras la comunicación fluyera de un lado al otro del mundo, podría decirse que estaba del otro lado. Por otra parte, Ramón sabía que aunque era poseedor de una salud inquebrantable, no estaba exento de contraer alguna enfermedad por sufrir *una fuerte carga emocional y eso era precisamente lo que tenía que evitar a toda costa.*

El abogado entonces le dijo a Ramón que tenía que salir porque debía de cumplir algunos encargos de Kosombo y que al otro día estaría de regreso con el otro anfitrión allí en Abuja. Le pidió que se preparara para finiquitar el negocio de su socio Kosombo y que podía disponer del resto del día para descansar, que le sugería que cuando tuviera hambre, pidiera servicio al cuarto y ahí mismo podría comer sin contratiempos.

En cuanto Cox salió de la habitación, Ramón aseguró el cuarto como pudo, no sólo con la cadena de seguridad de la puerta sino que colocó un par de muebles para reforzar la entrada y los aseguró de tal manera con la cama que si alguien intentaba forzar su entrada tendría que despertarlo necesariamente. En todo momento pensaba que nunca estaba de más ser precavido y más aún ante esas circunstancias extraordinarias.

Por fin, cayó en la cama así, vestido porque el cansancio le vencía y de todos modos, quería estar preparado con ropa de calle ante cualquier contingencia que se presentara, por si tenía que salir corriendo. Cada minuto la paranoia iba cediendo a la tranquilidad, pero de cualquier forma era precavido. Sintió que el sueño reparador tras tantas horas de angustia, había llegado. Cerró los ojos y no supo nada de sí, hasta la siguiente madrugada. Metafóricamente esa noche se murió.

§

Poco después de las cinco de la mañana Ramón despertó con los latidos del corazón acelerados. Sintió que el sueño había sido pesado, pero no obstante, tuvo la sensación de haber experimentado una especie de pesadilla. Había resucitado bajo ese estado de somnolencia en el que los seres humanos solemos despertar algunas veces, sobre todo cuando soportas en los hombros una intensa carga emocional. Su subconsciente parecía atormentarlo tratando de mantenerlo alerta, que no bajara la guardia porque sería fatal que lo agarraran con los calzones abajo.

Tuvo de pronto la sensación de que estaba en su casa en México, en su cama descansando. Súbitamente recordó que estaba muy lejos de la madre patria y apenas podía creer que hubiese pasado ya más de veinticuatro horas vivo y, al parecer, con todas las pertenencias en su poder porque todo se veía aún en orden. Al menos nadie intentó entrar a la habitación, ya que la barricada improvisada de muebles sobre la puerta estaba intacta.

Estar con esa incertidumbre era la causa del sueño intranquilo que había tenido. Su visión fue tornándose un poco diferente y ahora lo veía casi como un milagro y sentía que ahora sí, las cosas estarían mejor. Se aflojó un poco el cinturón del pantalón que le estaba presionando más de la cuenta, se odió a sí mismo por haberse quedado dormido tan incómodamente. Encendió el televisor para mirar las noticias matutinas de acuerdo con su vieja costumbre de toda la vida, pero estaba lejos de mirar las noticias cercanas a su realidad, así que sólo pudo sintonizar algo familiar como *CNN*.

De inmediato se dispuso a darse un duchazo antes de que llegara Cox Benson. Tenía la boca reseca y recordó que había dormido gran parte de la noche, inquieto pero con ganas de levantarse a beber un poco de agua. Finalmente pudo más el cansancio que la sed nocturna. No había bebido agua en más de doce horas. El calor de la noche lo había deshidratado ligeramente. Y bebió como un cosaco el litro que tenía en la botella de plástico cortesía del hotel.

Ése era el día de la Verdad. De pronto, unos toquidos suaves en la puerta alertaron sus sentidos. Se dio cuenta de que eran *ya las siete de la mañana y abrió con mucha precaución después de retirar la barricada que había colocado en la puerta. Era el servicio al cuarto que llevaba el desayuno ordenado por Cox la noche anterior. Recibió la charola, dio diez naira de propina y cerró nuevamente con cuidado.*

Indudablemente que sus reacciones de desconfianza correspondían al de un hombre intranquilo, pero difícilmente Ramón aceptaría que, muy en el fondo de su ser se encontraba desesperado. Sólo un par de veces en su vida había sentido fuertes depresiones tales que le hubiesen hecho desear la muerte. Las razones vistas en la perspectiva del pasado tenían más sentido en ese momento crucial porque se relacionaban con la pérdida del amor.

Así que pensó que esta situación presente tendría que animarlo en lugar de derrotarlo a pesar de que notaba la diferencia abismal de una depresión por amor y una muy distinta depresión o melancolía por la distancia tan lejana de su patria, o el peligro, quizá el olor a muerte que rondaba a su alrededor. Un cambio de actitud más positiva se antojaba en esos instantes como un imperativo. A final de cuentas, los sobrevivientes son los que se adaptan a todas las adversidades y él ya era un sobreviviente.

Decidió poner su mejor rostro para el resto del día; tomó el té a sorbos y se fue al baño a realizar su ritual habitual. Fiel a su costumbre mientras estaba sentado en el inodoro, hojeaba un libro de los tres que había cargado para el viaje. Ahora sí podría bañarse a sus anchas a diferencia de la mañana anterior y tomarse todo el tiempo que le pegara la gana. Su cuerpo se lo exigía ya por el intenso calor de la noche que le había hecho sudar constantemente.

Sin embargo, a pesar de que había una tina en el baño, prefirió no utilizarla. Sólo le extrañó mucho encontrar dentro de la tina una cubeta volteada bocabajo. No entendía para qué podían usarla. Concluyó su aseo personal y se vistió rápidamente.

Revisó que todos los aparatos que había trasladado desde México estuvieran en orden. Terminó su té mientras comió el pan tostado y se dispuso a esperar a Cox Benson.

Apenas se había acomodado frente al televisor cuando escuchó nuevamente que tocaban a la puerta. Al abrir vio parado frente a sí a un hombre negro de gran estatura, rechoncho de unos 95 kilos y muy sonriente con una dentadura blanca casi perfecta que contrastaba con su color de piel. Su indumentaria le llamó mucho la atención porque portaba un ropaje que le cubría cuan largo era hasta por debajo de las rodillas y que Ramón supuso era tradicional de Nigeria, al más puro estilo musulmán.

Era el mismo traje que había visto en el aeropuerto entre algunos pasajeros. La vestimenta del hombre era color verde limón que combinaba con el color ébano de su piel, lucía con elegancia el largo y ancho traje comúnmente conocido como bubú. En la cabeza portaba un gorro tejido de fibra sintética con múltiples colores en forma de medio cubo que le cubría todo el cráneo. Atrás venía con él Cox Benson.

-Good morning, I assume you are Mr. Santiagou?
-Oh, yes, yes I am.

Ramón supuso que se trataba del Senador Abubakar. El acento de su inglés era marcadamente autóctono. Pensó que quizá sus raíces africanas eran más profundas; así lo delataba su ropa y su estilo. Y por cuestiones de sobra conocidas de peso, tuvo que adaptarse muy rápido al estilo de su nuevo interlocutor.

-Mucho gusto Señor Santiagou. Soy el Senador Innocent Abubakar. Estoy aquí para ayudarle en sus propósitos financieros. ¿Me permite pasar?

—Adelante señor Senador. El gusto es mío. Me alegro que haya llegado temprano para poder realizar la operación que me hizo viajar a su país.
—No se preocupe. Yo voy a facilitarle muchas cosas mientras permanezca con nosotros.
—Muchas gracias Senador. Usted me será de gran ayuda.
—Vamos al grano, porque ya sabe que el tiempo es oro. Se me ha informado que trajo usted todos los regalos que se le pidieron, ¿verdad?
—Sí señor, permítame un minuto. Aquí los tiene, *dijo Ramón mientras le extendía la maleta abierta sobre la cama.*
Veamos. Una videocámara marca Sony, es muy buena, excelente. Dos cámaras fotográficas Olympus, cinco relojes Nivada, tiene usted muy buen gusto señor Santiagou. Un juego de plumas Mont Blanc, muy finas, ¿eh ? Una palm y dos botellas de whisky. ¡Qué bien ! Todo parece estar en orden.
—No Senador, no es whisky. Ésta es una bebida cien por ciento mexicana que se llama tequila.
—¿Tekuila ? Ajá, aquí dice tekuila.
—Así se escribe, pero en español se pronuncia tekila y se escribe tequila.
—De acuerdo, tekila diré. ¿Y no falta algo más ?
—Sí señor. Las cuatro laptops que solicitó no pude transportarlas personalmente, sino que las enviaron por paquetería al siguiente día de mi salida de México. Deberían estar llegando a Abuja en un par de días más. No se preocupe, son de buena marca y de las más modernas en el mercado actual, Toshiba.
—Excelente, señor Santiagou. ¿Algo más ?
—Sí, el dinero. Aquí tiene $4,000.00 dólares por concepto de seguro al banco. Sólo que me era imposible traerlos en efectivo, por razones obvias y pues todo está en cheques

de viajero. Usted mejor que nadie sabe cómo están las cosas en el mundo. Hay delincuentes incluso abajo de las piedras, y en un viaje internacional, peor tantito.

-Pero señor Santiagou, era necesario que los trajera en efectivo porque aquí es muy difícil hacer ese tipo de operaciones. No tenemos un sistema bancario moderno.

-Sorry. No sabía y por eso viajé así. Usted sabe, reitero que fue por cuestiones de seguridad personal. Imagínese que hubiese perdido ese dinero en efectivo durante mi viaje. No habría forma de recuperarlo. En cambio, con este tipo de cheques, la cosa cambia.

-Entiendo, entiendo. No se prepocupe. Tendremos que recurrir a nuestros amigos del sector financiero.

-Me quita un peso de encima.

-Bueno, pues vámonos si está usted listo. Aquí se quedará su abogado el Señor Benson. Él no necesita ir con nosotros porque yo soy el contacto directo en el Ministerio de Finanzas. Yo le ayudaré en toda la operación.

-Estoy listo. Adelante.

Un tanto extrañado por la decisión intempestiva del Senador Abubakar para que Cox Benson permaneciera en el hotel de la habitación de Ramón, éste salió de ahí siguiendo al senador. Se fue inquieto porque dejaba sus efectos personales, por lo tanto tomó nuevamente las precauciones necesarias y guardó consigo su boleto de avión, su pasaporte y el dinero en efectivo que conservaba celosamente en su cartera. Ignoraba en qué momento quizá tendría que salir poniendo tierra de por medio. «Era mejor prevenir que lamentar», *pensó.*

Afuera del hotel los estaba esperando el chofer del Senador en un Mercedez Benz moderno color gris plata. Ambos se acomodaron en el asiento trasero. Ramón alertó sus sentidos nuevamente, observando con disimulo cada movimiento del Senador. Salieron del estacionamiento rumbo al Ministerio de Finanzas de la República de Nigeria. Por fin iba a poder comprobar que esta operación era real y no ficticia como lo había discutido en el pasado con sus amigos.

El auto avanzó por Ladi Kwali St Way y después dobló en National Christian Centre. Ramón era buen observador y de hecho tenía una memoria fotográfica para los lugares que visitaba. Para esto es menester decir que ni el mismo Ramón sabía que cuando un ser humano se encuentra bajo amenaza mortal, su cerebro va a recordar todo lo que viva y experimente, con precisión de una fotografía.

Incluso, ocasionalmente llegó a alardear entre sus amigos que le bastaba con ir una vez a algún destino, -el que fuera-, y era capaz de regresar solo, sin guía y sin perderse, exactamente al mismo sitio una segunda ocasión, por muy intrincado que fuera el lugar, pueblo o ciudad porque poseía una especie de radar interno que le ayudaba. «¿Por qué creen, amigos, que los antiguos nómadas sabían con mucha precisión a dónde ir y por qué rutas avanzar en sus viajes ? ¡Su ADN de viajeros les mostraba el camino en automático y esa herencia precisa la hemos recibido directamente quienes somos viajeros por excelencia!»

Así que Ramón « encendió » su cerebro a su máxima potencia. Sabía que de esta habilidad podría depender su vida en un momento determinado. Abría los ojos desmesuradamente para captar cada detalle de las calles, y se valía también de la vista periférica, simulando en parte, curiosidad de turista y sin dejar de ver de reojo al Senador Abubakar de cuando en cuando. Sus ojos se convirtieron prácticamente en una videocámara con una potente memoria.

El viaje parecía transcurrir sin mayores contratiempos. Ese hecho tranquilizó un poco a Ramón, pero nunca bajó la guardia. Cuando pasaban por la Independence Avenue, Ramón viró la cabeza a su izquierda y observó extasiado las cuatro altísimas y esbeltas torres de una mezquita que remataba sus puntas en éxtasis arquitectónico perfecto apuntando en dirección al azul del cielo de esa mañana, era la mezquita más grande que Ramón había visto en su vida, pero en realidad era la primera y por lo mismo le pareció colosal.

Esta construcción religiosa, el nicho de oración de los musulmanes de Nigeria, tenía una gigantesca cúpula dorada con motivos arquitectónicos religiosos, tenía además cuatro entradas al frente de cada uno de los altos muros que caían en forma oblicua hasta el suelo y su diseño especial en conjunto prodigaba un verdadero regalo a la vista. Era hermosa por donde se le viera. El Senador Abubakar, esbozando una sonrisa socarrona, le dijo entonces:

—¿Asombrado, Señor Santiagou? Supongo que sí porque esa mezquita, es la más grande de toda África, es la Nigerian National Mosque que utilizamos para nuestras oraciones, y nuestro orgullo, claro, para quienes somos musulmanes. Y yo soy musulmán.

—¡Oh! Es la primera vez que conozco a un musulmán. Así que es un honor, señor Senador. Esa mezquita es asombrosamente hermosa.

—Gracias, señor Santiagou. En verdad que los caminos de Alá son inescrutables. Imagínese nada más cómo uno de sus hijos que soy yo, está aquí para ayudarle a usted en una labor muy noble. Por eso debemos dar gracias a Alá. Supongo que usted es cristiano.

—Sí, en efecto señor. Soy católico por tradición. Mi país practica el catolicismo en su gran mayoría y heredamos junto con los genes la práctica religiosa de los españoles, los conquistadores de México. Bueno, fue una herencia dura, sangrienta y dolorosa. Las nuevas creencias no se pueden asumir de la noche a la mañana, menos si son ajenas e impuestas porque, por un lado el conquistador llevaba una cruz y por el otro, la espada. Imagínese, hace casi 500 años estábamos en esas escaramuzas que le dieron su perfil actual a mi país. Y no podemos negar ni una ni otra porque ambas son parte integral de nuestro ser, como padre y madre. Negar una sola es maldecir un 50% de nuestra integridad. Y eso se vuelve una paradoja inadmisible, una contradicción estúpida. No puedo arrancarme de mi ser mi mitad española y mucho menos mi mitad indígena. Sólo que algunas personas no comprenden esta profunda simbiosis histórica y su postura es negativa y maniqueísta. Actúan conforme a sus conveniencias. Imagínese que su madre ataca a su padre o viceversa frente a usted y él o ella le habla mal de su otro progenitor, ¿acaso no se va a enojar? pues es exactamente lo mismo.

-Interesante. Porque aquí sucede algo parecido aunque no tan fuerte como en su caso. La mitad de la población de mi país practica el Islam y considerando que somos un poco más de ciento viente millones de habitantes, pues somos muchos musulmanes. Existen otras inclinaciones que hacen de Nigeria un país multirreligioso.

-Yo soy muy respetuoso de todas las creencias, señor Senador. Entonces supongo que hay otras religiones que se practican en Nigeria.

-Sí señor, existe la libertad religiosa en la constitución de la República Federal de Nigeria. Por eso hay muchos cristianos también y unos cuantos de otras religiones tradicionales propias de África, incluyendo las prácticas locales,

muchas de las cuales son francamente autóctonas. Procuramos que nadie se pelee sobre este tema o que alguien se sienta superior al otro porque eso no es así. Entre otras cosas que son un poco raras, usted debe de saber que aún existen rituales de brujería y magia negra. Sin embargo, ocasionalmente hay conflictos creados por la intolerancia de ciertos grupos minoritarios.
-¿En verdad hay brujería y magia? Eso sólo lo he visto en el cine.
-No sabe cuánto se asombraría de las cosas que pocas personas ven. Incluso, del tema que me habla de conquistas, a los esclavos africanos que se llevaron de muchos países de este continente, exportaron todo, incluidos los ritos de magia y brujería, por supuesto que los traficantes no lo sabían al principio. Aunque usted no lo crea, en países como Estados Unidos de América se da, precisamente porque esa herencia nunca la pudieron matar. Cuando reaccionaron ya era demasiado tarde. De hecho fue para los oprimidos una especie de protesta o de resistencia ante la imposición arbitraria de la esclavitud, que podríamos decir, fue una institución que llenó de ignominia a la raza humana, aunque fueran otros tiempos. Y en un país casi cien por ciento negroide como Haití, es hoy la capital de la magia y la brujería, así de pequeño como es, es trascendental en ciertos aspectos. ¿Ha escuchado la frase de que no hay enemigo pequeño? ¡Voilá, ahí lo tiene!
-Me parece increíble que esas cosas se sigan viendo en el siglo XXI.
-Ésas y muchas otras que le dejarían el ojo cuadrado. Por eso aquí, nunca hay que pelearse con alguien que practique esas suertes de nigromancia. Lo podrían convertir en...

—Ya no siga señor senador, sí que suena peligroso, aunque no deja de ser interesante y atractivo. Es como un perfil adicional de los muchos que tienen como nación. Incluso como continente me da la impresión de que hay muchas costumbres y tradiciones similares.

—Ciertamente, señor Santiagou, por eso viajar es vital para conocer otras culturas, que no son otra cosa que diferentes dimensiones de la raza humana. Y de las pocas riquezas que nos vamos llevar cuando partamos al otro mundo.

—Yo he reflexionado profundamente en esto: muchas veces no nos damos cuenta los seres humanos de que, a pesar de las aparentes diferencias, somos más parecidos de lo que imaginamos, pero ya ve que incluso el color de la piel ha sido motivo de discriminación, de guerra y de muerte. Somos más tontos de lo que también creemos y no obstante, la arrogancia es una parte muy patética de la humanidad, aunque aclaro que no toda.

—Me gusta mucho su manera de pensar, señor Santiagou, se ve que le apasionan las cosas de la vida que van más allá de lo común.

—Pues es muy interesante la diversidad cultural y religiosa, y en efecto, me encanta viajar y conocer otros lugares, personas, gastronomía y por supuesto, mujeres.

—Ahora entiendo por qué se aventuró a viajar a África, digo, aparte del negocio con su socio Kosombo, no pudo evitar la tentación de conocer este lado del mundo.

Tiene toda la razón, señor Senador, es usted un conocedor del alma humana. Eso sólo lo puede lograr un político con una alta sensibilidad.

—¡Favor que usted me hace, señor Santiagou!

—Oiga, hablando de temas diversos e interesantes, quiero imaginar que también hay diversidad política en Nigeria, ¿verdad, señor Senador?

—Efectivamente señor Santiagou. Usted parece ser un hombre muy inteligente y además observador. Dígame qué tanto investigó de mi país antes de venir para acá.

Ante tal pregunta, sintió una especie de disparo a bocajarro, por lo que Ramón levantó completa su defensa que poco a poco había ido bajando durante la conversación. No le gustó nada el giro que la misma había tomado al tocar temas sensibles para cualquier nigeriano. Frunció ligeramente el ceño. Sabía que había un doble fondo atrás de esa « inocente » pregunta. Y prefirió evadir la intención con una respuesta ambigua.

Pensó que sería mejor que no apareciera como un hombre inteligente porque por experiencia de vida, siempre había escuchado a su padre las palabras de que « a veces es mejor navegar con bandera de pendejo», las cuales encerraban mucha sabiduría, ya que era por su conveniencia.

—No mucho, señor Senador. Me enteré apenas de lo indispensable para poder viajar sin contratiempos a este país que me parece muy interesante. Es de esos países que no hay que dejar de conocer aunque sea una vez en la vida. Nunca había estado en una nación musulmana. De hecho nunca había salido de mi continente. Por eso para mí esto es toda una novedad. Le puedo decir que sólo leí un poco acerca de sus costumbres, su lengua y obviamente, todo lo relacionado con el tipo de cambio de la moneda local y las cuestiones financieras básicas que son de suma importancia para llevar a cabo exitosamente mi misión.

Esos son temas interesantes que investiga cualquier turista, ¿no cree, señor Senador ? De lo contrario, cualquiera podría perderse en un país desconocido, sin abundar en la información básica que le permita sobrevivir.

-Pues yo podré ser su guía de manera informal mientras usted permanezca en mi país. Eso sí, de una vez le aclaro que al único lugar que no podrá entrar nunca es precisamente a esa mezquita porque está prohibida la entrada para aquéllos que no son musulmanes. Siento mucho que sea así porque adivino que tenía intenciones de conocerla por dentro, como dice usted, en calidad de turista, pero sépase que Alá no está para turismos de ninguna especie, -ni para los ricos-, dicho con todo respeto para usted. Alá sólo quiere que los musulmanes le ofrezcamos nuestro mejor esfuerzo para con nuestros semejantes, con la Tierra y con los animales, y aunque usted no podrá visitar esa mezquita, se llevará los gratos recuerdos de un buen musulmán que convivió con usted durante su estancia en Nigeria. Sin embargo, y para que no se quede con las dudas porque me da la impresión de que usted es muy curioso e inquieto, acerca de la mezquita puedo compartirle que tiene un poco más de dieciocho años de construida, bastante reciente, ¿no ?, tiene una gran biblioteca para el estudio del Islam y una moderna sala de conferencias. Pero para que no pierda las esperanzas, me visita en alguna otra ocasión, si un día usted decide convertirse a mi religión, con gusto podré conducirlo al interior de este Templo de Alá para que entre a adorarlo y, como remate, visitar también La Mecca, por supuesto, donde sólo los musulmanes podemos ir. Ahora que, pensándolo bien, supongo que eso es algo difícil de realizar, ¿verdad señor Santiagou ? Lo digo porque si usted, por ejemplo me pidiera convertirme al cristianismo, sería francamente imposible que yo lo aceptara. Sé ser leal a mis creencias.

Ramón asintió con la cabeza al mismo tiempo que daba las gracias en señal de respeto. Se acercaba ya a lo que parecía ser el centro financiero de la ciudad de Abuja, que se podía distinguir por los enormes y modernos edificios, todos en colores claros. Ahí consideró apropiado preguntar nuevamente por la ciudad, la que parecía estar en permanente estado de construcción, con decenas de trabajadores por doquier, vigas, revolvedoras de cemento, retroexcavadoras, manos de chango, camiones de carga, tramoyas, entarimados, cables y herramientas.

-Señor Santiagou, Abuja tiene ya diez años como la nueva capital de Nigeria. Nosotros queríamos dar una buena impresión hacia el exterior, usted sabe, una mejor imagen para que haya más inversiones desde el extranjero. Así que una buena medida que adoptamos fue cambiar la capital de Lagos que ahoga a quien la visita por ser tan enorme, con veinte millones de personas viviendo ahí, todas hacinadas en medio de un mugrero, lo reconozco. En cambio, Abuja es una nueva ciudad, con empuje modernista y aquí está asentada la sede del gobierno federal. Por eso usted mira construcciones por doquier incluyendo casas, edificios y negocios así como calles y avenidas. Éste es el nuevo país que deseamos heredarles a nuestros hijos. ¿Usted tiene hijos?

-Sí señor. Tengo cuatro hijas que son mi motivo de vida.

-Ah, pues así como usted seguramente quiere lo mejor para ellas, de la misma forma, nosotros deseamos lo mejor para las nuevas generaciones nigerianas. Que no le quepa la menor duda al respecto. Yo aún no me comprometo con ningún hijo porque siento que debo estar preparado para un momento especial como ése.

-Sí, entiendo perfectamente.

-Quizá un día usted pudiera traer de visita a sus hijas a Nigeria. Éste es un buen país para vivir. Se lo garantizo.

Ramón no dijo más pensando en lo que acababa de decir Innocent Abubakar y que para aquél rayaba en la locura total. « Vaya pendejada del Senador, mira que traer a mis hijas a este infierno. Estaría yo loco para hacerlo. Si a duras penas ando yo aquí solo arriesgando el pellejo, ¿cómo podría traer a mis hijas a este lugar ? Ni siquiera como destino turístico. Para empezar, Flor odiaría la pobreza y Cristy, Cinthya y Gaby estarían muy incómodas e inseguras. No puedo pensarlo ni de broma.»

-Oiga senador, una duda asalta mi inmensa curiosidad de su país.

-Dígame con toda confianza, si puedo se la resuelvo.

-¿Por qué la gran Avenida que conduce del aeropuerto a la capital tiene el nombre de Bill Clinton ? Es simple curiosidad, ¿eh ?

-Ja, ja, ja, no se preocupe por preguntar esas cosas, señor Santiagou. Mire, es muy sencillo, nosotros admiramos al señor Clinton, de hecho en toda África se le reconoce como a un gran líder mundial, y por si fuera poco, cuando fue presidente de los Estados Unidos de América, ayudó mucho al pueblo de Nigeria en muchos acuerdos comerciales e incluso ayuda humanitaria. Otros países del continente podrían decir algo parecido. Así que, en honor a él, como un homenaje a su compromiso por Nigeria, decidimos bautizar esa avenida con su nombre. Fue un gran acto que aún recuerdo porque su visita fue toda una apoteosis. Su cuerpo de seguridad es de primera y lo protegen muy profesionalmente. Usted los conoce mejor que yo, me imagino. La ciudad fue invadida por 48 horas por su cuerpo de élite. Literalmente, una mosca no se movía sin que ellos lo advirtieran. Fue impresionante.

-Pues le puedo decir que una vez visitó mi país y justamente llegó a mi Estado junto con su esposa, lo cual fue todo un honor. Yo, más por curiosidad de conocer a un par de celebridades mundiales acudí al evento masivo en su honor. Y recuerdo muy bien que la capital fue tomada por el Servicio Secreto, tomada en su totalidad desde tres días antes. Claro que protegen a sus presidentes como verdaderos profesionales. Es toda una anécdota.

El diálogo que era ya muy fluido entre ambos personajes fue cortado por el rechinido de las llantas al frenar justo enfrente de un edificio color blanco de diez pisos aproximadamente, donde se podía oler cierta austeridad. Ambos pasajeros se apearon del vehículo y se aprestaron a introducirse al mismo. Ramón, alerta ante cualquier posible eventualidad que se presentara, siguió al Senador Abubakar conforme avanzaba hacia la gran entrada con una gran puerta de cristal.

Después de registrarse con los vigilantes que observaron con gran detenimiento y curiosidad a Ramón, se fueron a la zona de los elevadores. La oficina del ministro se encontraba en el séptimo piso y hacia allá se dirigieron. El edificio parecía nuevo, pero su olor delataba una edad mayor. Era un olor a madera que se confundía con el aroma del barro viejo. Sin embargo, se notaba que trataban de darle un mantenimiento regular y el olor a viejo se disimulaba muy bien por debajo de los retoques hechos con maestría.

Todo marchaba muy bien. Tomaron el elevador y se dirigieron al séptimo piso. El pasillo los llevó directamente y entraron a una oficina suntuosa en cuya puerta se leía Private Secretary. Pasaron a la sala de espera y el Senador se anunció con el secretario privado. Había diversos motivos africanos en sus paredes, una máscara alargada de un metro, multicolor, tallada de una sola pieza, objetos de ornamento elaborado en maderas finas, verdadero deleite escultórico para la vista, así como una foto del presidente Olesegun Obasanjo en la pared, lo que tradicionalmente se practica en las dependencias de gobierno.

Si Ramón identificó el retrato de éste último fue porque durante la investigación con sus amigos tuvo frente a sí la misma imagen proveída del internet. El lujo podía percibirse en forma discreta, como si se tratara de ocultar lo que era muy evidente, la existencia de la riqueza que se genera en un gobierno como el nigeriano. Ramón sabía perfectamente que este país era muy rico, sólo que era muy desigual. Aguardaron no más de cinco minutos cuando el secretario salió para saludarles y hacerles pasar a su oficina.

-Hello my dear friend, how are you? Espetó el secretario particular a Ramón.

-Muy bien señor secretario. Me da mucho gusto conocerle. Es un placer. Permítame estrechar su mano.

-¿Cómo estuvo su viaje, que entiendo estuvo largo, verdad?

-Sí señor, bastante largo. Salí de México el pasado lunes y apenas ayer aterrizó mi avión en Abuja.

-Interesante, ¿eh? ¿Ya descansó como es conveniente?

-Sí señor secretario. Anoche dormí muy tranquilo.

-Me da mucho gusto. Siéntase muy a gusto aquí y estése tranquilo. Nigeria es un lugar muy especial y debe disfrutar su viaje. Espero que sus guías hagan un buen trabajo. Me han contado, su abogado Cox Benson y aquí el senador que usted se adapta muy bien en otro país.

-Me ha gustado viajar siempre señor y es por supuesto un placer conocer un país distinto de los que ya conozco.

Sobre todo si es un país ubicado en otro continente. Siempre he sido muy curioso y quiero saber todo de golpe. Espero no acabar aburriendo al senador por tantas preguntas.
 -Pues ojalá que se lleve los mejores recuerdos de Nigeria.
 -Gracias señor.
 -Me alegra poder atenderlo en su asunto financiero. Tengo indicaciones precisas de que usted va a realizar una importante transacción desde el Banco Central de Nigeria. Aquí estoy para servirle junto con el senador. Pero vayamos por partes. Trae consigo un encargo especial que se le solicitó, ¿verdad?
 -Claro que sí señor. Se refiere usted a una serie de..... apoyos? Quiero decir, algunos objetos que son importantes para facilitar la transacción....

El secretario observó a Ramón un tanto intrigado, -como tratando de adivinar la intención debajo de las palabras que sonaron a cierto señalamiento encubridor de prácticas oscuras-, antes de responder con firmeza:

 -Quiero que sepa que es solamente una pequeña atención de usted hacia algunos amigos que trabajan aquí en el Ministerio y que son clave para facilitar el asunto. De esa forma no habrá ningún problema.

El senador, parsimoniosamente y con una sonrisa enigmática en el rostro, empezó a poner sobre la mesa el portafolios de Ramón donde llevaba todos los regalos y verificó con el susodicho frente al secretario, que había cumplido con toda la lista que incluso iba ahí mismo. Éste entonces, los tomó uno por uno, fue revisando los modelos y marcas y los depositó en la parte inferior de un librero. Cuando hubo terminado, cerró con las puertas corredizas los dos entrepaños.

Después le dio una palmada en el hombro a Ramón y le pidió que se sentara mientras empezaba a preparar los documentos para la transacción. Se veía más que satisfecho. El ambiente que se había generado en la oficina era de cordialidad y respeto. Se olía en el ambiente buena vibra. Eso hizo que Ramón se sintiera con mayor confianza y aunque deseaba descartar que esta operación fuera un fraude ante las evidentes pruebas, no quería echar las campanas al vuelo. Antes tenía que estar seguro y aprender del ejemplo que le había puesto su amigo Enrique Cervantes acerca de la desconfianza a la hora de realizar este tipo de operaciones. Todo puede ser tan perfecto, -*le había confiado*-, que son capaces de montar una escena de teatro involucrando agentes del gobierno que en realidad son los verdaderos defraudadores.

El secretario se disculpó por un instante y se dirigió a la oficina del ministro, cerrando la puerta tras de sí. Cinco minutos después salió e invitó a pasar al senador Abubakar. Ramón permaneció solo durante cerca de quince minutos cavilando detenidamente por los acontecimientos recientes, hasta que el secretario salió acompañado del Senador.

De ahí, pasaron todos a una sala de juntas adjunta de la oficina del ministro. Tenían que afinar detalles para que la operación fuera un éxito. El secretario colocó sobre la mesa ante Ramón un legajo enorme de documentos, eso fue lo que vio a primera vista. La carpeta estaba muy bien organizada, con títulos, subtítulos y también contenía algunas divisiones en color amarillo. Los legajos variaban de tamaño, por lo que intuyó que había mucho por leer. A final de cuentas, la mañana se prestaba para esta tarea.

Mientras el secretario la abría y revisaba cada papel, Ramón empezó a imaginar nuevamente con sueños de grandeza todo lo que podría hacer ya con su parte de dinero en las manos. Siempre había soñado con irse de vacaciones a las Bahamas, adoraba las blancas playas de esa región geográfica del planeta, playas parecidas a las de Cancún, pero en otra parte del Caribe, rodeado de *hermosas mujeres locales, bajo la protección de una sombrilla en medio de palmeras, con un coco helado con vodka en las manos y contemplando la vista al mar que se le presentara en la playa.*

El calor que se colaba por el gran ventanal de la oficina a esa hora del día, cerca de las doce, contribuía a aguijonear la imaginación de Ramón, quien sentía que necesitaba en ese momento, al menos un vaso de agua, ya que por lo pronto se dio cuenta de que no podía tener su coco en sus manos, no durante ese día, pero quizá para la noche, a manera de celebración. Y hasta podría salir a recorrer Abuja y conocer la ciudad de noche, acompañado por supuesto de Cox Benson.

Sin que Ramón lo advirtiera, el senador Abubakar lo había estado observando detenidamente y relamiéndose los labios, le dijo a bocajarro en forma de susurro que adivinaba lo que estaba pensando en esos momentos y Ramón tuvo que limpiarse disimuladamente las pequeñas gotas de saliva que inadvertidamente el Senador le soltó en el momento de hablarle, sobre sus mismos labios y parte de la mejilla izquierda, porque aunque fue un susurro, la emoción del momento le ganó y pues casi invade el espacio vital de Ramón.

Éste pensó que eso era una descortesía, sobre todo viniendo de parte de un hombre que se supone está preparado académicamente y que entiende por sentido común que esos son detalles que todos los seres humanos debemos cuidar cuando hablamos con un interlocutor frente a frente. Cuando reaccionó se dio cuenta de que no había respondido a las palabras del Senador y cuando intentó regresar la mirada, el secretario interrumpió todas sus intenciones.

-Aquí tiene usted señor Santiagou, necesito que revise estos documentos minuciosamente y firme donde le estoy marcando con la pluma. Quizá tenga alguna duda, así que pregúnteme todo lo que desee saber y con gusto le responderé. Por mi tiempo, no se preocupe ya que tenemos toda la mañana con el espacio que me di para usted. El señor ministro sabe de su visita tan importante y me ha dado indicaciones precisas de darle a usted prioridad. ¡Ah! Y no vayamos a olvidarnos de un pendiente más acerca de los requisitos, recuérdelo usted.

-¿Se refiere al dinero que debo pagar por adelantado como un seguro especial para la transacción del monto total?

-Exactamente a eso me refiero señor. La cantidad porcentual debe corresponder con el monto de la transacción. Estamos hablando de trece millones de dólares y aquí el porcentaje es del punto uno por ciento, lo que nos da una cantidad de…… déjeme hacer el cálculo….. trece mil dólares en total, ni un dólar más ni un dólar menos. Supongo que tenemos todo completo porque se le informó en su oportunidad a través de su abogado.

Los ojos de Ramón, con las pupilas encogidas casi salen de sus órbitas cuando escuchó la cantidad. Él sabía perfectamente el monto que le habían dicho por uno de los tantos correos electrónicos que le había mandado Cox Benson, el abogado encargado de facilitarle todo, supuestamente, no de fastidiar las cosas.

Tenía muy presentes los guarismos, cuatro mil, no más, a menos que hubiera perdido de vista algún e-mail que no hubiese leído por un error suyo. Pero no, porque también recordó la llamada telefónica de Cox donde le informaba la misma cantidad y al no estar seguro de lo que había escuchado le pidió a Cox que se lo confirmara por medio de un email. Pensaba que no podía ser tan idiota, no ante ese asunto de tal magnitud.

No podía haber cometido semejante torpeza en el intercambio de información. No se sentía bien consigo mismo, al contrario, nunca se había odiado a sí mismo por un descuido tan imperdonable, -fuera de quien fuera-. Y si la culpa era de Cox, no comprendía por qué razones no le había comunicado esta información tan delicada o era acaso que el abogado nigeriano estaba demostrando con esa acción, impericia, dolo, novatez o todo al mismo tiempo.

No sabía qué pensar exactamente en ese instante. Su reacción fue de angustia o desesperación, su cuerpo vacilante se cimbró desde lo más íntimo de su ser con una sacudida profunda. Tenía que recuperar el aplomo rápidamente. En el fondo sabía que con tantas exigencias de ese tipo a su cuerpo, en esas horas tensas, habría de dejarle secuelas, quizá profundas. No quería regresar a México con el estrés acumulado o, mucho peor enfermar de diabetes mellitus, terrible enfermedad que había acabado con la vida de varios miembros de su familia.

Apretando sus puños, respiró profundamente hasta que su diafragma se combara, cerró los ojos para concentrarse y se dio ánimos desde la base de su cerebro para convencerse de que todo estaba bien y ese pequeño bache tendría que resolverse para bien de todos. Atraer energía positiva antes que otra cosa.... de donde fuera y como fuera...

Su duda era ahora, mientras tragaba saliva amarga como el ajenjo, si les comentaba en ese instante que sólo llevaba consigo los cuatro mil dólares que el Senador ya tenía en su poder. Así que éste, adivinando lo que Ramón estaba sufriendo por dentro, velozmente le dijo:

-No se angustie Sr. Santiagou, dígale al secretario cuál es su situación y lo resolveremos rápidamente. Quizá acepten hacer toda la operación con los cuatro mil dólares de adelanto y después podrían deducir el resto de la misma cantidad que será transferida. La diferencia de 9 mil dólares es en realidad muy poca, considerando el monto final de los 13 millones.

-Bueno, debo comentarle señor secretario que sólo cargué conmigo con cuatro mil dólares en cheques de viajero, no tuve ninguna otra noticia de que me hayan pedido más dinero, a menos que hubiera perdido alguna notificación por correo electrónico. Y quisiera ver la posibilidad de que con este dinero pudiera empezarse la operación que, una vez que esté avanzada, después puedan deducir el dinero restante del total que se irá a transferir, como indica el Senador. Yo creo que es una buena alternativa. El dinero lo tienen ustedes, de todos modos.

Con ojos entrecerrados que transparentaban cierta incredulidad en el secretario, respondió simplemente:

-Bien, confiamos en su palabra. Sin embargo, no le doy muchas esperanzas, pero le prometo que lo intentaré, haré mi mejor esfuerzo para ayudarle. Le debo advertir que en caso de una respuesta negativa, ¿cuánto tiempo cree que necesite para resolverlo? Se lo pregunto porque de eso depende la rapidez o atraso de la transacción. Ya no es cosa mía sino del mismo sistema financiero de Nigeria. Piénselo y me contesta en un momento, mientras tanto, si me hace favor de empezar a firmar cada uno de estos documentos para acreditar el dinero a su nombre. Vamos a requerir de su identificación oficial que es su pasaporte, más las fotografías que también le solicitamos con anticipación. Necesitamos así mismo el número de cuenta de su banco en su país, ya que es ahí donde se depositará la suma total. Es preciso que sepa que la operación será triangulada vía el sistema bancario de los Estados Unidos de América, concretamente el Bank of America. En otras palabras, el dinero saldrá del

Central Bank of Nigeria directamente al banco americano y de ahí a su banco en México. Ese es el procedimiento estándar. ¿Tiene alguna duda hasta aquí?

-Permítame por favor, revisar los documentos con detenimiento y le diré entonces si tengo alguna duda. ¿Sería tan amable de obsequiarme un poco de agua, por favor? Este calor está intenso y pues yo, acostumbrado a otras temperaturas, siento que me aso.

-Con mucho gusto, señor Santiagou. Disculpe por la descortesía, en un momento le damos agua.

Ramón bebió del agua que le ofrecieron y enseguida tomó cada papel con nerviosismo. No sabía exactamente qué más sentir en ese momento crucial de su vida, ¿emoción, temor, felicidad, dulzura, tranquilidad, insatisfacción? No lo sabía a ciencia cierta todavía. Sólo se dejó llevar por el desasosiego del momento. Nunca se había imaginado que podría tener en una sola cuenta reunida una cantidad tan fabulosa como trece millones de dólares.

Jamás, ni trabajando noche y día en México podría llegar a reunir esa fantástica cifra, a menos que fuera por medios ilegales, como muchos mexicanos lo habían hecho. Porque se dice que la corrupción es una práctica añeja, ligada intrínsecamente a la forma de ser del mexicano y de su ADN, su modus operandi, su medio de vida, un mecanismo que seguramente ha aceitado la maquinaria de la administración y de los miles de negocios que cada día se realizan en un país de más de cien millones de personas, ...ah, casi igual a las que tiene Nigeria, ¡qué gran coincidencia!

Y aunque estaba consciente de que no todo el dinero sería suyo, cuando menos ya podría presumir de haber tenido en su poder tan exorbitante suma de dinero, ¡¡¡aunque sea temporalmente....!!!. Mientras entregaba su pasaporte y las fotografías solicitadas, sus dedos empezaron a despedir el tan conocido sudor que se le presentaba cada vez que enfrentaba situaciones embarazosas o de mucha presión.

Uno por uno sus ojos se posaron sobre la superficie de decenas de papeles, contratos, cláusulas y condiciones, repartidos sobre la mesa de trabajo de caoba. Siempre había temido tener que realizar un trabajo que no fuera de su incumbencia y en ese momento no tuvo más remedio que aceptar el de abogado y contador temporal para observar cada detalle. Era muy importante revisar, sobre todo las letras pequeñas, -la trampa en cualquier tipo de contrato, que muy bien lo sabía por experiencia propia y ajena-.

En ese momento se arrepintió de no haber estudiado Derecho, una carrera de prestigio mundial, pero también se congratuló de haber estudiado Lenguas. Sin embargo, sentía que esa era parte de la gran ventaja de tener muchos amigos abogados y contadores y haber podido entablar conversaciones sobre temas tan diversos como la delicadeza de revisar documentos contractuales, con un enfoque jurídico y contable. Tenía además, por su formación cultural en oratoria y por diversos trabajos que le obligaron a aprender de ambas áreas, un enfoque mediano sobre estos temas.

Ramón sabía que en todo contrato hay siempre letras que por lo regular son más pequeñas, -las que nadie lee por flojera o comodidad-, para leerse casi con lupa, para poder enterarse del contenido y de las condiciones ocultas, las que son parte del misterio de los posteriores problemas legales, cuando estos se presentan. Ahí está la clave para evitar futuros conflictos entre las partes. Los recovecos podrían estar escondidos entre algunas cláusulas, sobre todo las que contenían un inglés muy técnico, no precisamente el que aprendió en la escuela.

Así, quisquillosamente tenía que proceder, aún cuando se tardara todo el día revisando y cotejando. El secretario le dio la confianza del tiempo, así que tenía que aprovecharlo. Además, tenía que aparentar ante los nigerianos que tenía enfrente que, de verdad era escrupuloso, como cualquier hombre de negocios del planeta y sabía lo que estaba haciendo hasta ese momento. No era momento para vacilaciones.

Las palabras que más le llamaron la atención en ese mundo de papeles, fueron oil y pipeline que aparecían por todas partes, y enseguida confirmó que la operación se iba a justificar por medio de los negocios de la industria más grande de Nigeria, el petróleo, igual que en México. Razón por la cual se sintió un poco incómodo porque tenía pleno conocimiento de los fuertes intereses petroleros que los estadounidenses tenían en ese país africano. Entonces imaginó que tendría que moverse desde el fondo de una cueva de lobos que vigilaban todos los caminos hacia la salida.

No sería una empresa fácil y desde ese momento cuidó todos los detalles so pena de dar a entender que no tenía una imagen clara de la operación. Le vinieron a la cabeza muchas ideas descabelladas. Entre otras, pensó en que el lavado de dinero era un asunto sumamente delicado en cualquier parte del mundo, –pero si en medio se insertaban intereses norteamericanos–, el asunto ganaba otro matiz, nada fácil porque esos tipos no se andan con juegos, los conocía muy bien. Así que prefirió omitir cualquier pregunta comprometedora y siguió adelante con sus observaciones y lectura de cada documento.

–Muy bien señor secretario. Todo está en orden, todos los documentos son oficiales, no sólo porque están membretados sino porque cuentan con sellos y firmas de nuestro amigo el señor Ministro de Finanzas y pues aquí, no tengo más preguntas y sólo me resta contestar a usted una que me formuló hace unos minutos. Yo considero que necesitaré un par de días para resolverlo, no más. Debo hacer unas llamadas y no habrá mayor problema. Es cuanto le puedo decir. Sin embargo, supongo que debemos esperar a que usted me confirme si nos aceptan los cuatro mil dólares para empezar la operación. Considerando que he realizado un viaje de más de trece mil kilómetros por aire, considero que debe otorgárseme el beneficio de la duda, de lo cual es lo que menos espero de ustedes, señor secretario. No pensará que sólo he viajado como turista, sino con toda la intención de cerrar un gran negocio en el que todo mundo salga beneficiado. He cumplido con todos los requisitos, más no se me podría pedir hasta este momento.

-Me parece perfecto Mr. Santiagou. Yo le informo por medio del Senador esta misma tarde, pero usted prepárse de todos modos y pues estaremos al pendiente de ese dinero. Usted debe estar consciente de que su operacón ya está en trámite y tomará más o menos el mismo tiempo, unas 72 horas en días hábiles para que nos confirmen que todo está en orden. Como hoy es viernes, entonces, será hasta el próximo miércoles por la mañana que tendremos la notificación, misma que se le hará saber inmediatamente la recibamos.

-Gracias señor secretario.

-No tiene por qué darlas. Aquí fue un verdadero placer haberle atendido y, por supuesto, haberle conocido. Gracias por ser un hombre de palabra.

Ramón y el Senador Abubakar salieron de la oficina más tranquilos, como quien ha hecho la buena labor del día, y ¡qué labor! Les esperaba un largo fin de semana y Ramón pensó que bien podría aprovecharlo conociendo algunos lugares de interés en la ciudad, por supuesto, después de resolver el enigma del dinero adicional que tenía que conseguir a como diera lugar, que ya tenía entre manos junto con su posible solución. El Senador, siempre inquisitivo, adivinando los pensamientos de aquél, le espetó:

—Tranquilo señor Santiagou. Hay muchas horas de diversión por delante. Así que haga lo que tenga que hacer en su hotel y paso por usted a las cinco de la tarde para saber la respuesta del señor secretario acerca del dinero. Pida una buena comida que le repare las energías convenientemente. Ya me contó Cox Benson que degusta muy bien la comida nigeriana.

Desandaron todo el camino de regreso. Ramón iba ensimismado. El Senador respetó su silencio porque sabía que estaba atormentando mentalmente a su reciente amigo. Cuando llegaron al hotel se despidieron y Ramón enfiló a su habitación donde el abogado Cox Benson le aguardaba con paciencia de espartano.

§

Ramón trató entonces de conservar la calma cuando penetró a la habitación. Iba echando chispas por los ojos y maledicencias por la boca. Iba evaluando qué tanto valdría la pena reclamarle a Cox Benson su estulticia de no comunicarle la cifra verdadera que implicaba un aumento considerable de la cantidad de dinero que tenía que aportar, —más del triple—, ni por correo electrónico y mucho menos por vía telefónica durante las tantas y tantas conversaciones sostenidas a través del Atlántico, llamadas que por cierto le iban a resultar en un ojo de la cara.

Pero considerando que Cox Benson era tanto el abogado de Michael Kosombo como el suyo, por lo tanto, el empleado de ambos, pues tenía todo el derecho de exigirle profesionalismo en su trabajo, aunque a decir verdad, eso ya sería a toro pasado. Así que respiró hondo y empezó su andanada de críticas contra Cox. Éste apenas si atinaba a balbucear unas cuantas disculpas, diciendo que había tenido una gran carga de trabajo en los últimos meses y que por tanto, era un detalle que reconocía haber pasado por alto. Recordó que en algún momento el Senador Abubakar seguramente se lo comentó vía telefónica, sin embargo Cox se distrajo y llegó a pensar que sí había comunicado esta información en el último minuto.

-Pues eres un verdadero cabrón Cox, porque ahora resulta que me encuentro en un verdadero aprieto y tú eres el único responsable de esta situación. Hubieras visto la cara de pendejo que puse frente al secretario del Ministro de Finanzas, un tipo bastante agradable que quizá me eche la mano, pero sin la certeza de que podamos iniciar la operación todavía hasta tener la cantidad completa que corresponde al punto uno por ciento del total, o sea, trece mil dólares, ¿escuchas bien? T-R-E-C-E--M-I-L-, ¿comprendes, Cox Benson? ¿Qué cantidad me dijiste al final que debía traer en efectivo?

-Cuatro mil dólares.

-Ahí tienes entonces, un error de esa dimensión no lo puede cometer un profesional como tú, debes tener conocimientos mínimos de matemáticas. Si no viajé de Camerún o de Marruecos, ¡vengo desde México que se encuentra del otro lado del mundo! ¡Chingada madre! Nunca me manejaste porcentajes, sólo me dijiste la cantidad y ahí está el correo como prueba irrefutable.

-Ufff, ¡La cagué! Creo que tienes razón, te pido mis más sinceras disculpas por este terrible error mío. Lo siento mucho. Seguramente que en cuanto lo supe, me ocupé en otros asuntos y debí olvidarlo, y no es disculpa, pero también por esos días mi esposa enfermó y tuve que atenderla de emergencia. Quizá esa fue la razón.

-Entiendo, entiendo. Ya no te mortifiques. Sólo quería desahogarme porque de todos modos ya estoy más que metido en el ajo y ahora salgo porque salgo, sólo que me va a costar un huevo que mi socio me envíe este dinero. Anda siempre ocupado y lo primero que debo hacer es localizarlo. Así que esa será mi tarea mañana a primera hora. Bueno, por la diferencia de horario de seis horas, para mí será de madrugada. Así lo agarro fresco y podré resolver más rápido este asunto.

-Pues mi amigo, manos a la obra. Yo te ayudo a entablar los contactos.

-Es lo menos que puedes hacer para no quedar mal con Kosombo. Y de entrada no le diré nada sobre este error. Podría costarte la chamba Cox y como no le conozco bien, no sé a ciencia cierta cuál sería su reacción.

-Te lo agradezco mucho Mr. Santiagou.

Ambos personajes estrecharon su diestra en señal de reconciliación y se prepararon para salir a comer. La tarde caía pesadamente sobre la ciudad, sobre todo considerando que el calor, a medida que avanzaba el verano, aumentaba más y más.

Ramón Santiago estaba acostumbrado a climas fríos, propios de tierras elevadas a más de 2,500 metros sobre el nivel del mar, –donde vivía–, y sentía que esos 38º del Ecuador de ese día, lo mataban porque lo sacaban de su pecera. Le pedía al cielo que la temperatura no ascendiera más y se portara benigna con él, que tuviera un poco de misericordia. Total, nada perdía con desear un mejor clima mientras permaneciera lejos de su país.

§

Una mano muy fuerte sacudió a Ramón desde su hombro izquierdo, ensimismado profundamente en sus pensamientos, parecía como si hubiesen transcurrido horas lo que en realidad eran minutos, antes de abordar el vuelo hacia Londres.

-Señor, le estoy preguntando nuevamente cuál es su explicación para haberse retrasado más de dos semanas, casi tres con estatus de ilegal en mi país. Tiene que ser muy convincente conmigo si desea salir de aquí en los próximo 25 minutos, antes de que su avión despegue.

-Usted disculpe, señor agente, estoy pensando cómo poder explicarle lo que me ocurrió justamente tres días antes de salir de Nigeria.

-Explíquelo nada más, no necesita tanta palabrería.

-Pues mire usted, yo vine a la coronación de un jefe de una tribu aquí en Nigeria, tengo la invitación correspondiente, permítame mostrársela.

-Vamos a ver su documento.

-Tome usted. Revísela con calma. En tanto, le puedo decir que asistí a este gran acontecimiento, nuevo para mí, con toda la solemnidad que implica este evento para la tribu Nagaru. El nuevo jefe de la tribu, el señor Cox Benson fue siempre muy amable conmigo desde que nos conocimos hace muchos años, ya viejos amigos, usted debe saber. Imagínese que yo vengo como su invitado desde el otro lado del mundo, América. Con mayor razón iba a contar con otros invitados especiales. Y tuve la gran oportunidad de conocer a grandes personajes, incluso de la política nacional durante ese magno evento.

-Bueno, como que su historia ya se está alargando y ya sólo le restan 20 minutos. Digo, a mí no me importa que pierda el vuelo, pero a usted sí debiera importarle. Así que mejor vaya al grano.

-Bueno, le seré muy honesto, desde esos grandes banquetes del evento de mi amigo, cuyo festejo duró una semana, como usted sabe no son de uno o dos días, tuve ligeras molestias estomacales. No sé si algo me hizo daño, pero de pronto mi estómago lo resintió mucho. Creo que sus alimentos son muy condimentados. Y debo decirle que no tengo un sistema digestivo delicado sino que es muy fuerte y es muy difícil que algo me haga daño. Además yo consumo mis alimentos con mucho picante y aquí pude descubrir magníficos chiles de una gran calidad.

-Debo entender que, ¿estuvo enfermo del estómago una semana?

-Un poco menos, sin embargo, pasó algo más.

Con estos argumentos, lo que Ramón hacía era ganar tiempo para sondear el terreno y, si todo era como él lo pensaba, esgrimir el argumento más importante, uno que no dejara lugar a dudas ante el agente aduanal, aprovechando una vieja táctica de tomar el impulso del adversario para hacerlo caer con su mismo peso. "¡Mil gracias, Sun Tzu!", Pensó tras un suspiro profundo. Y en este caso ese impulso lo podía tomar del rasgo característico del pueblo nigeriano: su inmensa corrupción.

§

La noche transcurrió en medio del intenso calor. Fue una noche cargada de estrellas, pero también una noche como para querer olvidarse del clima tropical. Sin embargo, era poco menos que imposible hacerlo porque al calor se asocian, regularmente otras molestias como insectos, los más molestos, los mosquitos y pronto estos bichos empezaron a hacer acto de presencia en forma abrumadora.

Ramón pasó la noche casi en vela, pensando en la fortaleza de los habitantes de esas tierras para poder soportar climas tan extremos, al mismo tiempo que en medio de la oscuridad, tirado en la cama, espantaba con las manos los mosquitos con su molesto y exasperante zumbido cerca de sus orejas.

*Llegó a la conclusión de que a Nigeria la asolaban entonces, no sólo la pobreza y la desigualdad cruda y extrema, sino también una situación política inestable y por si fuera poco, un clima caluroso extremo, tropical, sí, pero fuerte; así que se preguntaba irremediablemente, "¿*cómo poder vivir con tranquilidad en un lugar de estos? *Esto parece más un rincón del infierno que una parte de la Tierra, la vida es casi inhóspita en Nigeria en zona urbana, no me quiero imaginar cómo será en el campo e incluso en la selva, ¡carajo!"*

Habían transcurrido algunas horas sin que Ramón lo percibiera, medio adormilado y con la pesadez de la noche… prefirió levantarse alrededor de las tres de la madrugada, ya que tenía además, que estar despierto para poder llamar a México a su amigo Emilio y así poder obtener el resto del dinero para asegurar la transacción.

De manera que, aprovechando que los botones del teléfono de su habitación no servían aunque hubiese señal, acudió a la recepción del hotel y desde ahí solicitó que le transfirieran la llamada a su cuarto. Quería refrescarse con una caminata.

Era penoso tener que hacer todas estas diligencias por tener un teléfono descompuesto. Tan terriblemente atrasado estaba el país. Mientras aguardaba la llamada, pensó en sus argumentos, ...cuando de pronto, del otro lado del océano escuchó la voz categórica de Emilio.

-Hola mi amigo, qué gusto saber de ti. ¿Cómo va hasta el momento el Safari Africano?

-Muy bien Emilio, aquí preparando la cacería, ya sabes cómo es esto, bajo condiciones estrictas de seguridad por razones más que obvias. Hasta el día de ayer todo va cuadrando, el tema es real, existe tal y como te lo platico. Ayer estuve en las oficinas del Ministerio de Finanzas, en un edificio elegante y moderno. Bueno, lo que pasa es que esta área se encuentra en el Centro de gobierno de la capital de Nigeria y todo es muy reciente. Así que están tratando de dar la impresión de ser un país que busca el progreso y la modernización. A ello se debe que me llevaran ahí esta mañana. La verdad es que el lugar causa un gran efecto en un visitante extranjero. Aproveché para hacer unas tomas fotográficas que ya verás en su momento.

-Mira qué bien amigo, estás empezando a moverte en un mundo que en adelante, si todo sale bien, pronto será tu mundo.

-Es correcto mi estimado Emilio, por ello me estoy aplicando con toda la actitud como mandan los cánones, muchos de los cuales tú me has enseñado sin que te des cuenta.

-Ah, canijo, conque espiándome.

-No mi amigo, ¡cómo crees! Soy muy bueno para aprender sobre la marcha, ¿cómo le dicen por ahí cuando aprendes a escuchar un instrumento musical sin un maestro en forma?

-De oído, creo.

-Exactamente, tú lo has dicho. Lo único que tengo que hacer es pelar el oído y lo demás fluye solito.

-No hombre, pues vas muy bien. Mira, llegado el momento, yo mismo te voy a entrenar para que seas un verdadero zorro de las finanzas. En tanto, tenemos que resolver lo que tenemos ya en las manos por ahora, así que dime cómo vamos para que podamos definir la siguiente estrategia.

-Pues de manera general te puedo decir que vamos muy bien. Me he reunido ya con las personas indicadas a través del Senador Innocent Abubakar, quien llegó con el abogado de Kosombo. Y aquel me trasladó al Centro Financiero de Abuja. Una vez ahí, nos dirigimos al Ministerio de Finanzas e hice entrega de todos los regalos y del dinero. Luego me mostraron todos los papeles necesarios que están a mi nombre y revisé cuidadosamente cada uno. En todos están ligando una operación con petróleo, o sea que desde ahí están ya justificando la procedencia del recurso. Es obvio que todo está en orden, tan sólo por el lugar en el que estuve, primero con el secretario del Ministro de Finanzas y ahí mismo me percaté de que hubo un ligero error en el monto a pagar para desatorar la lana. Un error que tuve que aclarar porque no es imputable a mí, sino al abogado Cox, quien confundió el orden y la importancia de los puntos que llevan los números.

-No te entiendo mi amigo, le estás dando muchas vueltas al asunto.

—Bueno, te diré concisamente que no son 4 mil dólares sino que son 13 mil dólares lo que debía pagar hoy. O sea que no era .01% sino .1%.

—Óyeme, Ramón, ahora sí se pasaron de cabrones esos amigos, ¿cómo que es el triple del dinero que te llevaste desde México? Se supone que todo estaba claro cuando revisamos la lista y supervisamos punto por punto. Yo mismo verifiqué la cantidad que decía el correo. No podía haber falla posible. ¿Estás seguro de que no te están mintiendo o tratando de sacar más dinero, porque como ya vieron que sí les cumplimos, ahora se les antojó una tajada más grande? Suele pasar en casos en los que a primera vista dicen una cosa, pero cuando se dan cuenta de que sí hay recursos, avientan el anzuelo para sacar más.

—No lo creo Emilio. El secretario se portó a la altura, mucho muy serio cuando me aclaró el error.

—¿Y qué dijo Cox? ¿Reconoció que es un pendejo de marca?

—Así es Ramón, lo reconoció plenamente, ofreció disculpas y ahora busca la manera de enmendar su error.

—O sea que él va a poner la diferencia, ¿o qué chingaos?

—No Emilio, aunque quisiera, no es un hombre que tenga esas posibilidades porque como abogado, no cuenta ni con vehículo para moverse, imagínate si va a tener para poner la diferencia de los 9 mil dólares.

—¡Carajo! Ya sabía yo que algo no me gustaba de todo este misterio. No te lo dije porque confiaba que todo fuera real.

—Es real Emilio, sólo que este pequeño error nos va a causar un retraso. Mira, yo puedo contribuir, tengo mi vehículo, véndelo y al menos Así aporto la mitad.

—No, no Ramón, no se trata de eso, sino de un factor de confianza con esos amigos. El dinero en todo caso no es problema, el pedo es que esto no se convierta en un barril sin fondo y al rato nos salgan con otra pinche jalada. Ese es el verdadero problema. Por lo demás, no te preocupes, me enfoco hoy mismo a resolverlo para poder enviarte la diferencia.

-¡Mil gracias mi querido amigo!

-Ni lo digas, si ya nos metimos a esto, ahora salimos hasta el final juntos, a como dé lugar. Estoy contigo.

Ramón respiró aliviado, sentía que un peso se había deslizado de sus espaldas y entonces sus temores se fueron despejando, no había de otra, Emilio había comprendido lo mismo que él, si ya se había hecho el esfuerzo, el viaje, los gastos y afrontaba un serio peligro, lo mejor era cerrar con todo y culminar el negocio con Kosombo.

El siguiente paso ya les diría qué más tenían que hacer, esperando que no se tuviera que volver a improvisar, aunque muy en el fondo, aún con la esperanza en su corazón, sabía que algo no cuadraba del todo, a pesar de que trataba de convencerse a sí mismo de que todo estaba en orden hasta ese momento. Entonces, su cuerpo extenuado recordó que era muy tarde y que había interrumpido su sueño para hacer la llamada. Sus pasos recorrieron los pasillos de vuelta a su habitación.

Ya casi al final de la madrugada, después de lidiar como pudo, con agua fresca, con ventiladores, con el aire acondicionado, con un paseo por la terraza por el calor intenso que no cesaba ni por la hora, Ramón cayó pesadamente dormido. Su ropa era ligera, así que prácticamente sólo tuvo que dejarse caer en la cama.

A la mañana siguiente, ya muy tarde, pasado el medio día Ramón apenas si pudo abrir los ojos sólo para darse cuenta de que ni Cox ni el Senador habían llegado, que nadie lo había molestado, quizá intuyendo que tenían que dejarlo descansar, ya que habían sido horas muy intensas.

Ramón casi se atragantó la comida que estaba saboreando con verdadera fruición cuando el Senador Abubakar llegó de improviso y le soltó a bocajarro, aquella tarde ardiente de verano que no habían aceptado el pago de solamente cuatro mil o de 13 mil dólares por el depósito y que la regla era clara e inalterable en el sistema financiero del país y del Banco Central de Nigeria. No había error posible sino una falta de comunicación entre Cox y Ramón previo al viaje desde México.

Así que, mostrándole documentos le dijo que en realidad se requería un pago total por la cantidad del uno punto cero por ciento del monto final de la transacción y no del punto uno por ciento, que, viéndolo fríamente llegaba a la fabulosa cifra de $130 mil dólares.

El monto era una verdadera fortuna para Ramón y de la cual no disponía ni la décima parte, no en esos momentos, no en sus cuentas, no en México, ni siquiera podía saber si su amigo Emilio podría costear la suma, si a duras penas lo convenció de pagar el complemento de los 13 mil dólares que se había discutido esa madrugada. Tendría que hablar clara y directamente con él para convencerlo y decirle que todo marchaba perfectamente, pero que era necesario un envío más pero más grande.

—¿Está usted seguro, señor senador? ¿No hay un error en el cálculo? Me apena decirle que me pone una inmensa piedra en el camino para poder desatorar este asunto, ya que se sale de mis manos. Ese pequeño punto que antes estaba después del cero y que ahora aparece antes, es un galimatías gigantesco.

Al momento, Ramón recordó una historia anecdótica de un punto colocado erróneamente, una figura famosa de Cristo en Guanajuato que originalmente iba a medir 1.5 metros pero que a final de cuentas se convirtió en 15 metros porque "a alguien se le olvidó" colocar el punto entre el 1 y el 5, vaya situación que ahora sentía que estaba viviendo por un miserable punto, ni tan miserable.

—Bueno, mire, deje platicar con ellos nuevamente para ver qué se puede hacer, yo no sé a ciencia cierta si alguno de ellos se equivocó o están obrando de mala leche; quizá no sea algo cerrado o concluyente, sin embargo llegan a ser muy estrictos en temas financieros.

—Se lo encargo mucho, señor senador. No me gustaría que por una increíble falta de comunicación, nuestro negocio se cayera y menos después de viajar casi medio planeta para acá desde mi país. Un pinche punto ya nos puso en el mayor aprieto. Sorry, senador. Usted disculpe mis groserías.

—No se preocupe, señor Santiagou, entiendo su molestia porque no es poca cosa lo que está aconteciendo, sobre todo por lo que está en juego a estas alturas.

Quedando en silencio, Ramón, antes de comunicarle algo, intuía la reacción de Emilio, quien se había propuesto ser desde México la parte desconfiada, la parte que no facilitara las cosas así nomás como así y que intentara ver todo más fríamente, sin los apasionamientos de Ramón, con mayor objetividad. Ambos se jugaban algo importante en el Safari Africano y los dos estaban conscientes de su papel y de su esfuerzo.

Pero a final de cuentas, Emilio arriesgaba dinero, capital reunido con todo su esfuerzo y su trabajo durante años de empeños y sin embargo, algo recuperable en caso de que se pudiera perder. No obstante, no podría adelantarse un juicio sobre quién arriesgaba más porque Ramón ponía en juego su propia vida, lo único que en realidad tenía porque no poseía ni un céntimo en su bolsillo.

Se acomodó nuevamente sobre la silla que tenía colocada

frente a la pequeña mesa del cuarto, ya que con la impresión de la noticia sintió cómo su trasero, cuan firme era se iba resbalando en señal de desaliento. Había dejado de comer. Trató de aparentar cierta seguridad y empezó a diseñar en la cabeza un plan que le permitiera obtener esos recursos que ahora eran una tarea impostergable o convencer a los funcionarios de liberar el recurso y con el mismo, pagar el monto adicional, no sería mucho sacrificar parte del capital de Kosombo. El tiempo apremiaba y Ramón sabía que entre más tiempo permaneciera en Nigeria más gastos iba a generar.

La primera semana de su estancia se había agotado ya y estaba comenzando la segunda. Su preocupación se centraba ahora en que no contaba con más dinero para poder solventar sus gastos de hotel de manera inmediata. Había cometido el craso error de entregar todo el dinero al secretario del ministro sin calcular sus propios gastos. Estaba muy arrepentido de haber obrado instintivamente, sin razonar ni calcular meticulosamente las cosas. Bueno, de todos modos ese dinero era para ese fin, así que tuvo que ver cómo resolver su insolvencia momentánea. Tendría que recurrir al dinero de su tarjeta, fondo que tocaría sólo si se presentaba una emergencia, y aunque en estricto sentido, aún no lo era, casi se acercaba a un punto muerto. Tendría que evaluar toda la situación, tomando en consideración todos los factores en juego.

Ahora estaba pagando las consecuencias de una manera cruda y dolorosa. Así que tomando fuerzas de flaqueza tuvo que comunicarle al Senador que iba a tratar de solventarlo, pero que no contaba con mayores recursos por el momento, que parte de su dinero estaba depositado en su banco de México, pero tenía que ver la forma de disponer del mismo.

Para sorpresa de Ramón, el Senador reaccionó muy positi-

vamente a la información y simplemente le respondió que no se preocupara, que él podía apoyarlo en esos momentos difíciles y que de antemano dejaría pagados sus gastos con cinco días de anticipación en el hotel, que no tenía que preocuparse por nada más que por conseguir ese dinero para poder destrabar el asunto financiero que lo mantenía ahí atascado como en terreno cenagoso.

En cuanto salió el senador, Ramón tomó el auricular y pidió a la operadora que lo comunicara a México proporcionando el número telefónico de Emilio. Colgó y comenzó a elaborar sólidos argumentos capaces de derrumbar toda posible oposición por parte de Emilio. No habían transcurrido ni doce horas desde la última vez que hablaron para abordar el tema de los trece mil dólares y ahora tenían que hablar forzosamente para tocar el tema de una cantidad adicional para la operación, y sin dejar de considerar para sus gastos personales.

Sabía que Emilio se reiría por sus tribulaciones pero sí lo ayudaría para sus gastos básicos. Sólo que al mismo tiempo, tendría que sondear el terreno para plantearle el tema del dinero diez veces mayor que se necesitaba para desenmarañar todo ese enredo. Sin embargo, pensaba si no mejor lo haría hasta tener la certeza.

Si el golpe anímico había sido contundente para Ramón, no se imaginaba cómo sería para Emilio. Ante todo tenía que ser muy franco con él y compartirle todas sus suspicacias, sus impresiones reales del caso, en suma, de que tenía que decirle toda la verdad de cómo había observado hasta ese momento la operación completa, la revisión de todo el papeleo que había hecho escrupulosamente, reiterarle que no había habido ninguna falla de este lado y que volvieran a revisar juntos los documentos, los correos, los comunicados. No podía ni decir verdades a medias, ni mentir ni mucho menos inventar fantasías. La verdad peladita como *solían decir en Totolac, sus abuelos. Y recordó una vieja frase de tan ínclito filósofo, Alexander Pope: "El que dice una mentira no sabe qué tarea ha asumido, porque estará obligado a inventar 20 más para sostener la certeza de esa primera". Entonces, Ramón no quería caer en esa trampa mortal que lo condujera al precipicio en el que de por sí, ya se sentía desde que llegó a Nigeria y vio todo el panorama.*

Nervioso como solía ser cuando enfrentaba situaciones difíciles, sonó el teléfono e instintivamente las yemas de sus dedos empezaron a soltar el tan conocido líquido sudoríparo y sentía que se le resbalaba de la mano izquierda el manófono. Tuvo que limpiarse la mano para poder sostener con firmeza el aparato. Mientras esperaba la respuesta de Emilio se limpió de nueva cuenta el sudor que ahora perlaba su frente. Por un instante vaciló queriendo colgar, sin embargo pensó que era mejor agarrar de una buena vez al toro por los cuernos.

Estaba nervioso, pero tenía que demostrarle y convencer a Emilio a través de la línea invisible que cruzaba el Atlántico que tenía que enviarle más dinero. La inversión aumentaba, así que la recompensa tenía que ser directamente proporcional al tamaño del riesgo financiero y en ese momento justo, cuando escuchó la voz de su amigo, su cerebro pareció sentir ese extraño placer neuronal que experimentaba cada vez que creaba lo que Ramón consideraba una idea feliz. Tenía que ser inteligente, cauto y audaz a la par, como un zorro. Su cerebro le dictaba una probable salida para convencer a Emilio: ofrecerle a cambio de los $130 mil dólares, la mitad de su mitad y con eso librarla, total que ya saliendo del atolladero y con el dinero en la mano, era mejor tener un 50% de algo que un cero por ciento de nada.

§

"La guerra es una maldición eterna en la vida de la humanidad, carga con ella a cuestas a pesar de los avances en cada cultura, en cada pueblo y entre naciones. No importa el grado de civilización o de conocimientos de los grandes pueblos, el fantasma de la guerra parte desde sus entrañas en forma de odio, encono, maledicencia hasta llegar a la violencia. No hay empatía entre los seres humanos. Su semilla pasa de generación en generación, recorre las venas de cada persona, y ésta se vuelve sedienta pero lo peor de todo es que a cada nuevo avance de la ciencia y de la tecnología, sólo se perfeccionan los mecanismos para matar más gente y de manera más efectiva y rápida. Es la historia que se repite como una noria y nos deja lecciones que nunca hemos aprendido porque a un nuevo motivo para no ir a una guerra, aparece otro y regresamos a otra más. Por eso, las razones para provocarla son estúpidas, muchas veces, en otras no hay justificación posible y en las más, jugará como factor principal la ambición de posesión, de poder y de dinero. Tal es el destino de algunos países que definitivamente viven en conflicto permanente, y me pregunto, ¿qué tipo de adultos serán nuestros hijos? Cuando crezcan sólo sentirán terror ante cualquier amenaza. No, esto no es vida, esto es el puto infierno en la Tierra, una mierda de vida si se le puede llamar así, una vil porquería y la única manera de dejar esto muy atrás es salir del país, no hay más remedio. La amenaza contra nuestras familias es permanente, ¡maldita sea! Es cierto que nadie elige nacer en un determinado país, sí, "geografía es destino", como dicen por ahí, pero me pregunto, ¿qué acaso no hay misericordia en el cielo? ¿Por qué nos envía al infierno? Aquí sólo hay guerras, hambre, pobreza. Yo no debí haber nacido aquí, fue injusto. Por eso hay tanta migración, y estamos llenando las calles de Europa como sea, de muchos africanos, toda una ensalada de colores, de ideologías y de religiones. Como si en el Congo no se generaran riquezas suficientes para toda una nación. De algún modo todos los migrantes tendrán que acomodarse en algún punto del mapa europeo porque aunque algunos de ellos son partidarios de apoyar solidariamente y otros se resisten, al final los europeos acaban recibiéndonos. No, yo creo que tendré que irme a otro lado, porque en mi caso no puedo estancarme en Europa, sino que debo salir a otra parte más lejana y olvidarme del infierno para siempre. No hay otra alternativa. Me gusta, por ejemplo, América, norte, centro o sur podría ser lo mismo, espero no equivocarme. Mi familia lo merece".

Éstas eran algunas de las reflexiones que afloraban de la cabeza de Michael Kosombo, el hombre, el padre de familia, el esposo, el militar y funcionario público que fue sorprendido por el estallido de la guerra civil de la República Democrática del Congo mientras se encontraba en misión comercial en Tel Aviv, lugar cuya fama era la de producir las mejores armas para combatir guerrillas. Zapatero a tus zapatos.

Y su fama era merecida porque el derecho de existir de Israel ha sido severamente cuestionado. Así que su vida misma como país ha sido una guerra constante y ello ha hecho de sus ciudadanos, mujeres y hombres fuertes, además de profesionales en lo que producen. ¿Qué mejor lugar para adquirir armamento de primera, llevando una buena cantidad de dinero desde el extranjero?

La decisión estaba tomada y las órdenes presidenciales eran estrictas, la compra de armamento por 13 millones 333 mil dólares americanos. Armamento de apoyo y armas de montaña principalmente porque el objetivo era contener la guerrilla congoleña que combatía desde los países vecinos de la República Democrática del Congo, principalmente desde Uganda, Ruanda y Angola, entonces se tenían que fortificar las fronteras.

"¿Pero cómo lograr una misión de esta envergadura, una que quizá me costara la vida? Tengo que pensar en un plan de rescate y fuga. Entrar al Congo ya como cualquier ciudadano simple sería una primera encrucijada, pero obviamente que no puedo dejar a mi familia a la deriva, sólo yo puedo ir por ellos al rescate y luego emprender la huida. Como seguramente estamos ya boletinados todos los exfuncionarios de Kabila, tendré que ir con toda cautela. Ya sé que regresar al Congo es algo así como una misión suicida. Sin embargo, no tengo de otra. El nuevo gobierno hará su trabajo de espionaje como suelen hacerlo en las dictaduras. Ya soy enemigo del nuevo régimen. Ajá, ya lo tengo, creo saber cuál es el camino, aunque sé que esa ruta conlleva muchos riesgos, pero el que no se arriesga, no cruza el mar. La mejor vía puede ser Nigeria, concretamente el Banco que me recomendó mi amigo el Senador Innocent Abubakar. No recuerdo el nombre del Banco pero estoy seguro de que recibirán estos bonos al portador. Esa es la ventaja de viajar con valijas diplomáticas. Y eso es todo, debo pedir ayuda de alguien con el mismo perfil que pueda auxiliarme a sacar el dinero de África y llevárselo a América. El primer riesgo es el depósito bancario. No quiero que vayan a pensar que es dinero sucio y me lo confisquen las autoridades. Tendré que ingeniármelas para que acepten este dinero en mi calidad de exfuncionario del Congo. Espero que la fama que tiene Nigeria de ser uno de los países más corruptos del mundo me sirva para esta misión. Yo creo que Abubakar me servirá a modo. Total, chingue a su madre el diablo".

Era finales de enero de un año difícil, apenas el segundo del nuevo milenio, inmediatamente Kosombo puso manos a la obra y comenzó su plan. No sería nada sencillo burlar la vigilancia en su propio país, habiendo depositado primero, los bonos al portador a una cuenta en Nigeria, una cuenta a su nombre real.

Luego, a conseguir un socio de América y confiarle su dinero hasta que él lo pudiera alcanzar para hacer negocios una vez habiendo salvado a su familia. Todo era un riesgo, pero la pregunta del millón de dólares, ¿cuándo algo que vale la pena no es un riesgo? La vida misma ¿no es un riesgo? Vivir en África como se vive, ¿no es un riesgo? Entonces esto sería como una raya más al tigre. Un riesgo mayor o un riesgo menor, ya era lo de menos.

-Señor Senador, buenas tardes, ¿cómo se encuentra usted? Qué gusto de volver a saber de usted. Bueno, usted disculpará el atrevimiento de mi llamada, pero esto obedece a un caso de extrema urgencia.

-¿Qué tal mi caro amigo Kosombo? Me preguntaba hace algunas semanas qué habría sido de usted después del levantamiento popular en su país y el asesinato de su presidente Désirée Kabila. El caso fue terrible y ya ve cómo son las malas noticias que corren como reguero de pólvora, no sin mencionar todo el amarillismo que rodea un acontecimiento de este tipo. De pronto, todos ustedes se volvieron noticia internacional. Me alegra saber que se encuentra bien, así que lo dejo explayarse para que me explique en qué le puedo servir, si es que puedo ser de alguna ayuda.

-Claro que sí mi estimado Senador. Alá ha querido que yo permanezca aún vivo a pesar de las circunstancias que hoy día atraviesa el Congo y aunque ya pasaron varios meses, los exfuncionarios del presidente Kabila somos ahora enemigos del nuevo régimen y blanco perfecto para ser desaparecidos de la faz de la Tierra. En mi caso, tuve la fortuna de haber salido en misión comercial al extranjero, justo de donde ahora le estoy marcando. Sólo que necesito regresar a mi país, rescatar a mi familia que está oculta en un pueblo en medio de la selva y salir para América. Antes necesito confirmar con usted si es posible hacer una operación en su banco oficial de gobierno.

-¿Qué clase de operación, mi amigo? Ya sabe cómo son de recelosos en esta tierra de Alá.

-Nada importante, mi estimado Senador, sólo necesito depositar unos bonos en dólares americanos que tengo en mi poder. Usted sabe, los gajes del oficio...

-Déjeme entender bien el asunto para que yo realmente pueda ser de utilidad, mi amigo, porque de otra forma veo muy complicado el asunto. Usted va a depositar en un banco nigeriano, para ser más preciso, quiere que sea en el banco oficial del gobierno que es el Banco Central de Nigeria unos bonos en dólares que usted tiene en el extranjero y que seguramente no son suyos, sino del gobierno congoleño porque lo sorprendió el golpe de Estado en su país, fuera del mismo, ¿es así?

Kosombo se sobresaltó ligeramente del otro lado de la línea, como si no existieran de por medio 6,485 kilómetros de distancia entre dos continentes y el Mar Mediterráneo. Sabía que el Senador Abubakar era un hombre inteligente pero ignoraba que esa inteligencia fuera tan aguda al grado de poseer una fuerte dosis de deducción con una lógica implacable capaz de atar cabos sueltos con tan sólo unas cuantas referencias. En verdad lo sobrecogió darse cuenta de cómo recogió sus premisas y colocó en medio de la conversación, la síntesis final.

¡Qué Sherlock Holmes, ni qué la chingada! Sabía sin embargo que no le quedaba más remedio que confiar en ese mismo

hombre que tal vez podría traicionarlo en la primera oportunidad. *Naturaleza humana, ¡ni más ni menos! Y recordó unas palabras de sabiduría popular,* "el que no se arriesga, no cruza el mar".

—Mi gran amigo, Senador Abubakar, ahora entiendo cómo llegó a ser senador en tan poco tiempo y sobre todo siendo tan joven.

—Caray amigo Kosombo, usted me halaga en extremo. Ya rondo los cuarenta y aún me falta mucha carrera por recorrer.

—Confío que así será, tiene las prendas necesarias para lograrlo. Usted llegará muy lejos en la política nigeriana porque tiene virtudes políticas y sociales imprescindibles para lograrlo.

—Muchas gracias mi amigo Kosombo. Pero bueno, vamos al grano porque me imagino que el tiempo apremia. Oiga, y por cierto, ¿desde dónde me está llamando? ¿No me diga que desde el Medio Oriente?

Y sin mayores dilaciones, Michael Kosombo, después de los halagos que consideró necesarios, música para los oídos del senador, explicó desde Tel Aviv con santo y seña la razón de su llamada. Su petición se centró en solicitar apoyo para depositar los bonos al portador por 13 millones 333 mil dólares pero a su nombre como funcionario de un gobierno extranjero, sin que fuera cuestionado sobre el origen del dinero, aunque si eso pasara, le explicó que él tenía forma de demostrarlo a pesar del riesgo de que en un momento dado, le fuera confiscado y reportado al nuevo gobierno de El Congo.

Fue muy cauteloso en los detalles, no podía soltar todas las prendas ni menos confiar el ciento por ciento un asunto que implicaba mucho dinero porque bien que recordaba el viejo refrán de que "ante arca abierta, hasta el más justo peca" *o que de plano,* "la codicia es enemiga incluso de las grandes amistades". *Y él no quería tentar a la suerte, porque la suerte podría tener una piel de pez, así de delicada.*

Kosombo confiaba en que el Senador tuviera las relaciones muy sólidas con quien debía, tanto para lograr un buen acuerdo con el depósito como para lograr que un agente extranjero pudiera hacer el retiro llegado el momento. Su esperanza era que todo se pudiera lograr con certeza aunque ello implicara lo que sabía que iba a suceder, sobre todo en Nigeria, pagar una suma por concepto de gratificación al funcionario bancario… o del gobierno, o a ambos, la verdad no lo sabía a ciencia cierta.

La cultura del fraude en África, como en algunos otros países del orbe, había creado tantos y tantos sinónimos simbólicos para la palabra gratificación, la forma más decente de decir, mordida, cochupo, soborno, cohecho, moche, concusión, extorsión, prevaricación, o lo que es lo mismo, un mal necesario a todas luces porque servía tanto a unos como a otros y a final de cuentas, generaba un beneficio aunque fuera de la manera que socialmente se conoce como sucia o políticamente incorrecta. Desde otro enfoque, se podría entender como el ingrediente que aceita la maquinaria burocrática del gobierno en sus relaciones con el sector privado. Fenómeno existente en el continente más empobrecido del planeta, por siglos.

§

Los rostros de una misma persona pueden llegar a ser diversos, como los de un decaedro, con diferentes matices y ángulos, por ello, cuántas ideas goteaban del cerebro maquiavélico del Senador Abubakar en sus horas de ocio o de insomnio, como se le quiera ver, sobre todo después de haber conocido y tratado a Ramón Santiago, un ciudadano de América a quien ya respetaba desde el mismo momento que se enteró de su llegada a Nigeria por medio de Cox Benson. Jamás pensó llegar a conocerlo personalmente. Mil ideas encontradas azuzaban su pensamiento de manera intermitente.

"Este hombre es especial en muchos sentidos, no le puedo negar su valentía de viajar a un país desconocido para él. Creo que no le faltan huevos, al contrario. Viajar a cualquier país africano no es como nos lo pinta Hollywood, un cuento de hadas, una selva llena de magia, sus sabanas con animales míticos o el mismo desierto lleno de peligros románticos, sino más bien, un encuentro con la cruda realidad mundial, un país muy desigual y tan peligroso por su alto índice delictivo, mi país, -tengo que reconocerlo-, estamos de la chingada pero ni modo, aquí nos tocó nacer y creo que nadie elige en qué chingaos país nacer. Quién sabe si yo en su lugar hubiera viajado a México, país que se antoja interesante pero es desconocido para mí. En cambio este hombre no la pensó, y en cuanto consiguió los medios, viajó sin medir las consecuencias de su viaje a Nigeria. ¿Qué tanto habrá averiguado de nosotros? En las redes aparecemos muy mal y con una pésima fama. Por eso de verdad me asombra, me embelesa y me causa admiración, tiene los pantalones bien puestos y eso es digno de respeto. No cualquiera lo hubiera hecho, tenemos tan pocos casos así, la mayoría elige viajar cómodamente a Europa porque es lo más fácil de hacer, pero no a África. Cuando el señor Santiagou llegó a Abuja y recibí el reporte de Cox Ambition Benson, su impresión sobre su conducta, sus modales, su gran educación, no hizo más que mostrar mis respetos ante tales maneras. No había modo de recriminarle algo o de negarle su valor. Ya lo he tratado un par de veces y tiene, además, conocimiento del mundo, como si fuera un viajero constante, a mí no me engaña en ese sentido porque lo puedo percibir, aunque a veces aparente una cara de bobo. Habla inglés, francés e italiano, además de su español nativo. No es cualquier tipo. Por si fuera poco, este hombre sabe más de lo que dice sobre Nigeria aunque finja o diga que no. La verdad es que no se las compro a la primera. Así que siendo como es y teniendo los contactos que tiene, yo creo que debe soltar más lana a la siguiente propuesta, porque se ve que tiene los medios, o los amigos con los medios, o de plano yo mismo tendré que hacer el trabajo sucio de forzarlo, cosa que no es nada conveniente porque como reza una máxima de maestros del fraude fino: "Te tienes que morir hasta el final con la mentira", táctica mejor que obligar, porque eso es de vulgares ladrones. Yo quisiera otorgarle más canonjías pero todo tiene un límite y conmigo ya llegó al tope. En tanto que eso ocurre, voy a urdir la mejor forma de obtener mis propios beneficios porque a pesar de que mi Ministro de Finanzas ya me prometió mi parte del dinero de Kosombo, a Santiagou le tengo que sacar un poco más. Sólo espero que pueda cuadrar bien el porcentaje mayor a los $4 mil dólares. De ahí no tengo nada, pero yo creo que los $13 mil son seguros porque es capaz de convencer a sus amigos de México, y con eso me refacciono, ¡pero voy por más! Pobre Cox Benson, lo hice pasar como un pendejo pero ni modo, así es esto de los negocios, alguien tiene que pagar siempre los platos rotos. Y obviamente que no puedo ser yo, y menos con mi rango de Senador de la República, que implica ser honorable ante todo el mundo, sí, ja. Las cartas están echadas sobre la mesa, sólo aguardemos pacientemente que la presa no se altere cuando se dé cuenta de mi juego. Me cae muy bien el señor Santiagou como para hacerle un daño, lo cual bien sabemos aquí sería muy fácil. Desaparecerlo sería sencillo, tenemos muchos lugares para hacerlo. Nada más que me preocupa que pudiéramos tener algún conflicto con alguien de su país. No vaya a ser que éste nos resulte un hombre importante en México. Entonces, lo mejor es seguir con el plan de obtener más fondos a sus costillas. Lo demás es lo de menos. Su tiempo en Nigeria es ya muy breve.

§

—Señor Santiagou, tuvimos un serio problema con los cheques de viajero que usted nos firmó directamente en el Ministerio de Finanzas. Son políticas del banco que ese tipo de cheques deben firmarse en presencia de un empleado del banco para evitar un posible fraude. Hemos pedido que nos los cambien por efectivo en dólares pero no han querido. La compañía trasnacional es muy estricta en sus políticas internas y es imposible lograr esta transacción ni porque intentó hacerla un representante del Banco Central de Nigeria. Y ante esos, no funcionan las recomendaciones, ni mucho menos los estímulos extra oficiales, sabe a qué me refiero, ¿verdad?

—Bueno señor Senador, a mí me pareció sumamente extraño que usted me pidiera la firma ahí y como el secretario particular no dijo nada, creí que ustedes tendrían la plena autoridad para cambiarlos sin problema. Son sólo cheques de viajero y efectivamente tienen sus propias políticas.

—No se pudo a pesar de que hicimos hasta lo imposible, de manera que me tiene que acompañar al centro de la ciudad de Abuja para poder cambiarlos en efectivo porque el tiempo apremia y tenemos que hacer el pago del seguro por el depósito de su socio en el Banco Central. Urge o de lo contrario podría vencerse el plazo que tenemos para hacer el pago correspondiente. Y los tiempos los tenemos encima ya.

-Pues vámonos señor. Deme unos minutos para un arreglo rápido y nos vamos.

- Aquí espero señor Santiagou, no se preocupe.

-Mil gracias, mi estimado Senador.

-Adelante, estoy pendiente.

Ramón entró a su habitación presurosamente. Tenía que verificar que lo que le compartía el Senador Abubakar era verdad. Ató cabos rápidamente y comprendió de inmediato que el panorama era de alguna manera incierto. Pensaba que él mismo hizo varias operaciones similares en los Estados Unidos de América, a donde viajó por primera vez al extranjero. Y recordó que tuvo que firmar ante el funcionario bancario dos veces en el mismo cheque, la firma y la contrafirma de confirmación. No había de otra. Eran las políticas internas de la empresa y no se podían saltar de ningún modo. No existía ninguna otra manera de cobrar el dinero. Por eso su fama de nivel de seguridad número 1 era justificada.

Ya en la calle, el recorrido al banco fue aparentemente en un abrir y cerrar de ojos, el senador tenía prisa por lo que se podía ver. Rápidamente se formó en la fila en la que había diez personas alineadas, entregó a Ramón el paquete de cheques y aguardó su turno sentándose en la sala de espera. En tanto, Ramón veía muy discretamente a todos lados, no quería convertirse en víctima de una sorpresa aunque fuera un lugar público. Ignoraba realmente cómo funcionaba el sistema bancario nigeriano, que no tendría que ser diferente al resto del mundo, pero eso sí, con la fama del país, nada se podría predecir de lo que pudiera pasar ya adentro de la institución.

En vez de eso, todo parecía normal y en su recorrido visual de 270 grados que hizo con mucha discreción, no pudo evitar admirar la hermosura de un par de funcionarias del banco, una que era ejecutiva y otra que era la cajera que lo atendería. Eran dos mujeres de ébano, altas, delgadas, figura estilizada como dos espigas, con cuerpos de curvas tentación, cabello ensortijado corto, piel suave y firme, ojos de ensueño, rostro ovalado acorde con su cuerpo, un marco digno para el pincel de Rubens o Renoir. Su uniforme de traje sastre color gris Oxford, remarcaba aún más ese cuadro de belleza, resaltando magistralmente sus figuras. Por un momento se olvidó de tantos sinsabores y se concentró en ellas.

La condición masculina de Ramón era muy sensible a la hora de admirar a dos mujeres nigerianas verdaderamente hermosas. Y pensó que ante tales tentaciones, sin duda que no lo pensaría dos veces para quedarse a vivir en Nigeria. Obviamente que desechó enseguida ese pensamiento porque él se debía a su familia de México.

Cuando le tocó el turno, la cajera de ensueño lo saludó con amabilidad, tomó y contó los cheques para sumar la cantidad, y sólo le pidió que llenara el espacio de la firma y contrafirma de rigor para confirmar que él era el comprador de los cheques de viajero. La cajera cotejó cuidadosamente todos los cheques con las firmas correspondientes y procedió a contar el dinero en efectivo. No hubo mayores inconvenientes.

En tanto eso ocurría, Ramón estaba embelesado, jugueteando con sus dedos encima del mostrador y apenas si atinó a tomar el dinero, sin dejar de mirarla a los ojos, cuando la cajera extendió su mano para darle el dinero, él tomó los billetes y por debajo de los mismos, acarició en un rápido roce todo el dorso de esa piel radiante y suave como terciopelo.

La cajera cuyo nombre era Katherine, según figuraba en un distintivo colocado sobre su solapa, se sonrojó tras el contacto audaz, pero se volvió cómplice al permitir que la caricia se completara. Para Ramón ese fue un momento mágico que vivió a *tan lejana distancia de su Patria, de esos instantes sublimes que hacen que la vida valga la pena.* Tras darle las gracias, tomó un billete de diez dólares y se lo entregó en señal de agradecimiento al tiempo que le guiñó un ojo acompañado de una sonrisa de lado a lado. Salió feliz del banco, pensando que pronto regresaría para volver a verla.

Con el dinero guardado en los bolsillos, salieron con cierta premura y regresaron a las oficinas del Ministerio de Finanzas. Una vez ahí, el Senador le pidió a Ramón que aguardara en la sala de espera en lo que él entregaba el efectivo al secretario del Ministro. Sólo tomaría unos cuantos minutos.

La espera se prolongó cerca de noventa minutos y Ramón ya estaba impaciente porque se preguntaba las razones de la tardanza, si el legislador sólo haría entrega del dinero. Sus ansias hicieron que, sin que se diera cuenta se comiera las uñas. Cuando el Senador Abubakar apareció en la sala, con la mano le pidió a Ramón que se retiraran de ahí. El chofer del senador aguardaba pacientemente a la salida.

Enfilaron al hotel y durante el trayecto platicaron los pormenores del último encuentro entre el senador y el secretario del ministro.

-Pues le tengo algunas noticias mi estimado amigo, Sr. Santiagou. Usted perdone la tardanza, creí que sería rápido, pero me entretuvo el secretario más de la cuenta debido a que me explicó todo lo que ha estado haciendo para poder desatorar su dinero y que éste se transfiera a México vía EUA lo más pronto posible. Están viendo la forma más propicia para ayudarle y de alguna manera, que todos salgamos ganando. Usted me entiende, ¿verdad?

-No del todo, estimado Senador Abubakar, pero si usted abunda un poco más en su explicación, estoy seguro de que le podré entender todo.

—Mire señor Santiagou, las cosas aquí no son fáciles. De hecho aunque yo tengo relación directa con el Ministro de Finanzas, todo tiene que ser a través de su secretario porque es su hombre de confianza, quien le lleva absolutamente todos sus asuntos, incluso los personales. Y como consecuencia, ese hombre que vale mucho para el Ministro, también cuesta. Tengo la corazonada de que él es quien está moviendo los hilos en esta trama. Al principio todo era miel sobre hojuelas y ahora nos está complicando todo así nomás porque sí. Obviamente que el secretario responsabiliza de todo al Ministro y como este cabrón tiene muchos pedos a nivel federal, pues éste es un asunto menor para él. Por lo tanto quien manejará todo hasta el final será el secretario. Ya vi que uno de los relojes que entregó usted la última vez lo estrenó el secretario. Y detalles así que me hacen pensar mal. En fin, lo que le quiero decir es que como ya lo habíamos platicado usted y yo, ve que lo iba yo a confirmar, sí están pensando seriamente en incrementar el porcentaje que se debe pagar para que autoricen la salida de los trece millones de dólares. Tengo entendido que su socio Kosombo pagó un porcentaje para que le aceptaran el ingreso de ese dinero y que al parecer el monto inicial era de $13 millones 333 mil dólares. Por eso al final sólo hay un reporte de $12 millones cerrados. Nada más que ahora para justificar la salida de este dinero a usted le quieren cobrar el 1% de los 12 millones. Las cuentas de estos tipos ya nos hicieron bolas, pero al final ya no hablaremos de trece sino de sólo doce millones de dólares.

—¿O sea, los $130 mil dólares en total que ya me había comentado unas horas antes? ¿En realidad serían sólo $120 mil? De todos modos, esto es algo absurdo senador, no tiene lógica cambiar reglas financieras sobre la marcha de una operación de este tamaño, eso me lo hubiesen dicho para prevenir antes de viajar, venir bien preparado. O tener todo listo desde México, es decir, apalabrado con quienes me están apoyando desde allá. Perdone que le diga esto senador, pero es una estupidez muy grande hacerme venir de tan lejos, a un viaje extremoso, gastar tanto para que ahora me salgan con esto. Si no soy mago para hacer que aparezca dinero de la nada, ¿acaso creen que cago el dinero? ¿Le parece a usted justo? Perdone si me veo intransigente pero así veo el panorama.

-Tranquilo señor Santiagou, usted es un hombre muy inteligente, relájese, no tiene por qué alterarse porque con eso no gana nada. Recuerde que las peores decisiones que tomamos es cuando estamos enojados.

-Mi amigo Kosombo sólo me habló de $4 mil dólares que también me confirmó Cox Benson, más todos los regalos para facilitar la operación, entonces me pregunto, ¿para qué tantos requisitos si de todos modos van a cobrar más dinero con base en lo que se tiene depositado? Que cobren lo que tienen que cobrar, pero que ya no pidan regalos ni atenciones. Para mí, esto es un trato leonino muy a su favor, lo quieren todo, incluso los regalos que vienen siendo de importación para ustedes. Por otro lado, no creo que sea posible un error de tal naturaleza, no en un asunto de estas dimensiones. Tiene que mostrar seriedad o voy a acabar pensando que todo es un fraude monumental. Imagínese cómo voy a quedar con mi socio de México.

Ramón trató de tranquilizarse, no era propio de él lanzar exabruptos o majaderías, como hombre educado que era, tenía que demostrar que sí poseía cultura y modales, sobre todo estando en suelo extranjero, ¡a merced de sus anfitriones!, sin embargo su parte interna –siempre rebelde–, también le decía que algo no cuadraba en la lógica de los negocios, porque ante un contexto parecido eso no tendría por qué estar ocurriendo. Sin embargo, también pensó que tenía que dejar las cosas en su lugar porque no quería que le vieran la cara de pendejo, y tragarse todos los sapos sin hacer gestos no era lo suyo, definitivamente que no.

-Permítame llegar al fondo de la situación porque en estricto sentido, usted tiene la razón. Voy a volver a visitar al Ministro de Finanzas para indagar un poco más del tema. Incluso voy a tratar de generar un encuentro entre nosotros tres y usted mismo le podrá preguntar cuál es el meollo de todo esto.

Ante tal propuesta, Ramón se empezó a calmar un poco más, con una respiración más pausada que hizo efectos inmediatos en el ambiente que se estaba tensando más de la cuenta. El propósito se había cumplido y no era necesario hacer más panchos, con el que acababa de hacer sería suficiente, pensó Ramón.

§

Una roja oleada de furia se dibujó en el rostro de Kosombo cuando escuchó de voz del Senador Abubakar que el precio por permitirle el depósito de los bonos al portador por $13 millones 333 mil dólares era el 10% del total. Sus ojos se tornaron rojizos, su voz se entrecortó al tratar de soltar un vituperio, que es lo mismo que una mentada de madre. Sólo que se contuvo con todas sus fuerzas.

Su gesto no pasó desapercibido para el senador. Así que rápidamente hizo cálculos mentales, lo que realmente costaría un favor de este tamaño o el precio real de un servicio de esa magnitud. Pensó también que ese dinero podría perderlo y olvidarse para siempre de una nueva vida al lado de su familia lejos de África.

Sopesó todos los ángulos de su situación al momento en unos cuantos segundos, y llegó a la conclusión de que a pesar de que el diez por ciento era un precio elevado, sí lo valía porque se iría lejos de ahí con el 90% menos lo que le costara el conseguir un socio, un socio que ya tenía en la mira, por un 30% más. Conservar un 60% del total era magnífico, de cualquier forma, era el vaso medio lleno. Y recordó que tenía que enviarle un email a su socio de México cuanto antes. El tiempo apremiaba.

El Senador Abubakar, con todo el aplomo de un hombre rabiosamente experimentado, intuyendo lo que Kosombo estaba pensando simplemente le dijo:

—Amigo Kosombo, en la vida hay decisiones que debemos tomar, muchas veces aunque no nos gusten, porque sabemos que en el fondo llevamos algo de ganancia. Puede ser doloroso, sí, estoy de acuerdo, pero para empezar usted está vivo y lleno de salud, tiene una familia hermosa y la oportunidad de hacer lo que quiera con ese dinero que podríamos decir, ahora es suyo. También existe la posibilidad de utilizar atajos que no son otra cosa que los caminos más cortos para llegar a una meta, pero le voy a recordar un viejo refrán que es muy popular, se lo escuché decir a mi padre muchas veces: "el flojo y el mezquino, dos veces se encuentran en el camino".

Cada quien puede interpretar este refrán como quiera pero para mí, es muy claro entender que no voy a tomar un atajo y luego, porque tomé consciencia de que me equivoqué, regresarme para volver a tomar el camino más largo que es el correcto, porque tal vez para la segunda ocasión, cuando yo quiera, ese camino ya no estará disponible porque nuestro guía no va a estar a mi disposición todo el tiempo. Ser flojo o mezquino, no deja nada bueno. Así de fácil mi amigo.

Kosombo no dijo nada más, sólo asintió con la cabeza sonriendo, en tanto que le daba un apretón de manos al senador. Sabía perfectamente que estaba en sus manos y que su vida y su destino dependían de esa decisión de seguir los consejos del senador. Era eso o nada.

§

La acción fue una, descolgar el teléfono y marcar a la oficina de Emilio. Todo lo peor ya había pasado y qué más daba que de pronto tuviera que enfrentar las recriminaciones de su socio en esta aventura para explicarle a detalle que era necesario realizar un pago adicional que alcanzaba la suma de 120 mil dólares, descontando los primeros cuatro mil con los que había viajado.

Mientras sonaba el teléfono del otro lado del mundo, Ramón pensaba abiertamente en la personalidad de Emilio y en las razones por las cuales había logrado amasar una fortuna considerable, convirtiéndose en un experto de las finanzas, en un empresario exitoso y con muchos proyectos en la mano. La desconfianza que siempre le acompañaba era una de las claves para haberlo logrado y él, temerario y confiado como era, tenía que aprender de los maestros cómo hacer dinero a la buena con estrategias personales que tuvieran también éxito.

Cuando Emilio contestó el auricular al otro lado del océano, Ramón fue cauteloso en la medida de lo posible porque sabía de la reacción que podría tener su socio. Primero le explicó los pormenores del asunto, de las reuniones que había llevado a cabo, con qué personajes y el curso de los acontecimientos. En suma, le "*doró la píldora*" *como quien pone un anestésico antes de dar el golpe. Así dolería menos, sobre todo porque era sabedor de que tal vez, estaban entrando a un terreno de verdades a medias con los nigerianos.*

-Pues así es mi querido amigo, el asunto va viento en popa, mejor no podría ir, mi cálculo es que vamos a un 80% del total, ya que sólo faltan dos pendientes, uno es que Kosombo haga ya acto de presencia en Nigeria porque se le ha complicado mucho su salida de El Congo, tanto por la guerrilla, como por la persecución del gobierno. Sólo iba por su familia y de retache. Esto es lo que me ha informado Cox Benson.

-Entonces el último comunicado que te envió directamente fue cuando llegaste a Londres.

-Es correcto, mi amigo. Y no he sabido nada de él, a pesar de que le he seguido escribiendo. De hecho, ya pasaron varios días y sólo supe de él por la llamada que le hizo Cox Benson el día que llegué a Abuja para informarle que ya había llegado de mi viaje.

-Bueno, eso será entonces sólo cuestión de tiempo, por lo que sólo queda esperar a que regrese. ¿El segundo pendiente cuál es?

-Bueno, es algo un tanto delicado debido a que la tardanza de Kosombo está complicando un poco la operación financiera. Él dejó especificado que en caso de que se retrasara su regreso a Nigeria, para que yo pudiera mover el dinero por indicaciones de él, yo tenía que realizar un pago mayor que va del .1% al 1% del gran total, lo cual eleva la cantidad de $12 mil a $120 mil dólares.

-¿Cómo chingaos está eso, mi amigo? Ya nos quieren ver la cara de pendejos.

-¿Cómo te explico?

-Como me lo tengas que explicar, Ramón, porque la

verdad no estamos para bromas o para chingaderas y menos de esta envergadura. No son tres dólares.

-Tienes toda la razón en enojarte, es cierto, yo mismo ya solté mi coraje con Cox Benson e incluso con el Senador Abubakar. Mira, se trata de una especie de candado para evitar que yo pueda disponer del recurso al cien por ciento y, desconfiado como es Kosombo, yo me pudiera ir de África con su dinero y sin él.

-¿Y por qué no fue honesto contigo desde el principio y te dijo eso? Nos hubiéramos ahorrado tantos desaguisados.

-Ya se lo comenté al senador y sólo aciertan a decirme que así lo dejó ordenado Kosombo. Como no he podido hablar con él ni me ha contestado ningún correo, me temo que no lo he podido aclarar con él.

-Entonces tú dime qué hacemos porque han de pensar que imprimimos los billetes o que somos un pinche banco vomitando dinero.

-Quizá lo estén pensando los cabrones, sin embargo yo no les he dado razón para que piensen eso.

-La verdad sí, entre ambos les hemos dado razón suficiente para que piensen que aquí nos sobra el dinero, y la verdad, aunque así fuera, está bien que somos creyentes, pero no somos fanáticos.

-O sea que aun teniéndolo, no tenemos por qué regalar el dinero así nomás como así. Tienes toda la razón, mi amigo, sólo que este procedimiento que eligió Kosombo, que es el más largo, fue para protegerse a sí mismo y a su familia. Eso no lo puedo discutir.

-Bien, bien. Yo te voy a pedir algo muy especial. Primero que averigües si no hay otra cláusula parecida en caso de que Kosombo ya nunca aparezca, qué tal si eso pasa, ni modo que no lo pensó, entonces bajo qué estatus quedaría su dinero. Segundo, haz un cálculo de tus gastos porque sé que ya necesitas dinero y vamos a matar dos pájaros de un tiro, porque tendré que enviarte para tus gastos y también para esa primera diferencia para completar los $12 mil dólares, cantidad con la que entiendo, salimos al paso en cuanto Kosombo llegue a Nigeria.

Sin discutir más el tema, ambos amigos se despidieron, cada uno con sus propios pensamientos, pensando en el futuro a corto y mediano plazo, cada uno desde su propia perspectiva desde dos polos opuestos del planeta. Ambos coincidiendo en que tanto Nigeria como México eran mucho muy parecidos en muchos aspectos porque "en San Juan también hace aire". Condición humana, esa que nunca cambia a pesar de las diferencias que pudiera haber entre países.

§

Con toda la actitud, que a esas alturas de su viaje, más lo necesitaba, Kosombo tenía que demostrarse a sí mismo de qué estaba hecho. Su destino estaba en sus manos y tenía que actuar rápido. Por lo que, en lo que dura un suspiro no hizo sino llegar al hotel en el que se hospedaba hacía ya varios días, buscar un bufet y la representación de un buen abogado nigeriano que pudiera ayudarle a su socio en sus gestiones cuando llegara del otro lado del mundo a África. Su candidato tenía que ser un hombre audaz y que en verdad fuera un buen guía, un asesor, un guardaespaldas, un administrador y, por supuesto, un buen abogado.

No era poca cosa lo que rogaba al cielo encontrar y con ese pensamiento en mente, cogió el directorio de la ciudad de Abuja y comenzó a hojear el grueso volumen. Tenía que ser muy cuidadoso en la selección, ya que de eso dependía en gran medida la operación financiera para que ésta fuera exitosa. Tan luego observaba nombres de despachos, los nombres eran su guía, había de todos tipos y tamaños de anuncios de despachos.

Dio vuelta a las hojas, unas 16 aproximadamente con varios nombres, unos más llamativos que otros, algunos muy discretos, empezó a marcar los que le parecían más viables.

Kosombo tenía experiencia de guerra y un poco de administración, nunca de temas jurídicos o legales y menos, que estuvieran asociados con operaciones financieras. Ahora deseaba saber un poco más sobre estos temas que a estas alturas de su vida eran cruciales para avanzar con sus planes. Marcó varios números del directorio, pero ninguna voz le daba la confianza que necesitaba. Saludó, preguntó y colgó al menos treinta veces a igual número de teléfonos. Estaba casi por rendirse en esa tarea que ya le había tomado más de tres horas, cuando marcó un último número por ese día. Esa voz le pareció muy confiable.

—Hola, hola, ¿hablo al Despacho de Abogados Cox y Asociados?

—Buenas tardes, señor. A sus órdenes, Despacho Cox y Asociados.

—Muchas gracias, soy el Teniente Coronel Michael Kosombo, y estoy buscando los servicios de un buen despacho de abogados para poder realizar una operación financiera aquí en Nigeria. ¿Podemos platicar en persona el asunto, por favor? Por teléfono es algo delicado.

—Con mucho gusto, si está de acuerdo, le puedo dar una cita para hoy a las 5:00 de la tarde.

—Por supuesto, totalmente de acuerdo.

—Entonces, por favor tome nota de la dirección.

—Claro, ya anoté sus datos. Oiga, ¿qué áreas del Derecho ofrecen a su clientela? Yo necesito algo muy específico.

—Ofrecemos servicios de derecho penal, civil, familiar, laboral, administrativo, tributario o fiscal, aduanero, qué sé yo, deje confirmar la totalidad. Bueno, deme un minuto para verificar a nuestros abogados especialistas.

—De acuerdo, mire, yo sólo busco a un abogado que sea especialista en Derecho administrativo con conocimientos en tributario o fiscal. Voy a hacer una operación de gran envergadura aquí en Nigeria y me es indispensable una asesoría de este tipo para hacerla efectiva. Debo decirle que soy extranjero en su país y precisamente por eso necesito este apoyo de manera vital.

—Tiene usted mucha suerte, Teniente Kosombo, yo soy precisamente el abogado que estaba buscando, ni más ni menos, a sus órdenes. Estoy graduado con honores en la Sorbona de París y me he especializado en Derecho Administrativo, Contable y Fiscal. Me encantan los números y los dólares, más éstos que los otros, jajaja. Bueno, bueno, en realidad debe saber que me gusta romper el hielo porque eso es parte de hacer buenos negocios. Si le convence mi postura, con mucho gusto hablaremos esta tarde en mi despacho. Mi nombre completo es Barrister Cox Benson. Y si es extranjero, también le puedo ser de mucha utilidad. Aquí lo espero.

—Muchas gracias señor abogado Cox Benson, esta tarde podríamos estar afinando detalles. Me está dando una gran confianza, espero que es como me lo imagino, digo, si así es de agradable, entonces usted debe ser muy confiable.

Es tarde, el Teniente Kosombo comió a medias, le roía en la cabeza el hecho de poder lograr un buen acuerdo con el Despacho Cox y Asociados. Su determinación por lograr su cometido era muy grande y no podía cometer un solo error en un solo aspecto de tan grande operación. Tan luego dieron las 5 de la tarde, se apostó en las oficinas del abogado Cox Benson, quien ya lo estaba esperando, elegantemente vestido, en traje azul marino con una camisa blanca que contrastaba con su color de piel negro azabache, corbata roja y zapatos negros pulcramente boleados, como regularmente suele ataviarse quien se considere un buen abogado. Su imagen desprendía la seguridad de que sabía exactamente lo que hacía. Su pensamiento era muy acorde: "Antes muerto que sencillo", *como solían decir en la facultad donde estudió Derecho.*

El acuerdo tuvo lugar gracias a la buena disposición de ambas partes. Kosombo ya tenía cierta premura para firmar un contrato y asegurar una buena asesoría jurídica, contable, administrativa y fiscal, y procedió conforme a su criterio y a los impulsos de su buena corazonada. Sabía que le había atinado en su elección y no dudó más. Y en el caso de Cox Benson, al enterarse del monto de la operación de Kosombo, también se interesó en que se firmara un documento, tan luego diera sus acreditaciones y demostrara que el despacho era bueno, que tenía buena fama y sobre todo, buena trayectoria en los casos que hasta ese día había defendido. El colmillo del abogado Cox Benson se notó desde un principio, ya que su despacho era medianamente elegante y su asistente era una hermosa mujer que aparte de ser servicial, tenía un aire de coquetería que era muy difícil ignorar.

Todo apuntaba a que la operación estaría perfectamente protegida en Nigeria a pesar de la ausencia del titular, pero que se reforzaría con la llegada del socio extranjero de América. Con esto, lo último sería dejar que las cosas fluyeran ya por sí solas y que todo saliera a pedir de boca. Si todo cuadraba perfectamente, nada quedaría a medias ni mucho menos al azar. Cox Benson sabía que dejar algo suelto es pábulo para el fracaso.

§

Desde el primer minuto que llegó a Abuja, Ramón solicitó acceso a una computadora para poder enviar mensajes a sus amigos de México, para reportar todos los pormenores, para comunicarse con su socio Michael Kosombo y acordar el día del encuentro en Nigeria, ya con la familia de Kosombo a salvo. Cox Benson era su guía en Abuja y nada hacía más feliz durante el día a Ramón que llegar a un cyber café, solicitar una máquina y ponerse a escribir. Siempre con el apoyo del abogado que también hacía las veces de su vigía, muy discretamente, pero así era. Ambos sabían que todo dependía de la seguridad con la que Ramón permaneciera en Nigeria, ese aspecto no se podía descuidar ni un instante porque sería fatal para la operación.

Respecto de los medios para entablar contacto al extranjero, los canales de comunicación eran muy limitados, sin embargo contaba con el básico que era el envío de correos electrónicos con el inconveniente de tener que esperar respuesta hasta que sus correos fueran leídos, excepto en México, donde sus amigos desde la Casa Verde monitoreaban el viaje las 24 horas del día y en cuanto recibían un correo de Ramón, contestaban de recibido y ellos estaban felices por contar con nuevas buenas de su gran amigo. Por supuesto que un correo que retroalimentara a Ramón, también lo hacía muy feliz y procuraba por ello, escribir lo más frecuentemente posible.

Ramón tenía muchos motivos, aparte de económicos y financieros para hacer ese viaje, eran motivos humanitarios, por lo que ansiaba tener buenas noticias de Kosombo. Ya que un hombre como aquel lo iba a sacar de pobre, lo menos que podía hacer era cumplir con su parte del trato. Él sabía que el peor de los mundos es aquel en el que hay incumplimiento de la palabra y aunque no hubiesen firmado ningún documento obligatorio, la palabra es la palabra, lo único que nos convierte en seres humanos integrales. El resto de sus motivaciones era poder contar con recurso para ayudar a quien realmente lo necesitara, fuera o no de su familia, puesto que lo que se hace en este mundo, tendrá siempre eco en la eternidad. Lo sabía perfectamente.

Las razones de mi retraso en Nigeria eran simples o profundas, dependiendo de cómo se tomaran los mensajes de Michael Kosombo, cuyos correos estaban salpicados de angustia, de temores y de dolor. Yo viajé hasta acá con una sola misión, ayudar a Kosombo a salir del continente, ayudando a su familia y el dinero para ser invertido en América, ya sea juntos o de manera independiente. Sin embargo, siento que algo no está bien, que esto va a tomar más tiempo de la semana que tengo planeada de estancia, no quiero quedarme más tiempo porque este es un país difícil y me siento como un pez….pero fuera del agua.

....

>From: "kosombo michael" <michaelkosombo@yahoo.com.cn.>
>Reply-To: kosombomichael@yahoo.com.cn
>To: xidels7@hotmail.com
>Subject: Working hard to leave Congo
>Date: Tue, 25th May, 2002 23:08:12 -0900

"Kinshasa, Mayo 25, 2002

>Dear friend:

>Te estoy escribiendo este mensaje desde los suburbios de >El Congo, sólo que debido al estado social de descomposición, >la guerra civil me ha convertido en un enemigo> del nuevo régimen. >Aún no logro organizarme con mi familia, no hay vuelos fuera del país y >las estaciones de autobuses están muy vigiladas. >Viajar por cuenta propia también se dificulta porque en las zonas que controla el gobierno hay retenes que revisan todo. >Se me está complicando todo. Ser Teniente Coronel> no me garantiza nada y hoy, al contrario, tengo que> camuflagearme para llegar hasta el barrio de mi familia. >Sobrevivir bajo estas condiciones es un triunfo cada día. >

>Te escribo para confirmarte que sigo dispuesto a concluir la misión en la que vamos juntos. Ya el abogado >Cox Benson me confirmó que llegaste muy a tiempo con> todos los requisitos que nos pidieron, pero que al >parecer hay alguna dificultad en el Ministerio de Finanzas. Yo arreglé todo para que te dieran todas las >facilidades para poder sacar el dinero de >Nigeria, esperar a mi llegada y salir juntos para América. >El grave peligro por las >circunstancias de mi caso es que aún no pueda salir para llegar contigo a tiempo. >Lo que yo te ruego, en tanto yo pueda salir de >El Congo, es que resuelvas los inconvenientes que pudiera haber en Finanzas para que todo esté listo cuando yo llegue contigo junto con mi familia. >

Yo estoy trabajando con la contraguerrilla para saber quién o quiénes son los autores intelectuales de este >suceso infame que afectó la vida de millones de congoleños y de mi propia familia. >Sospechamos cosas, pero vivimos en la duda que nos corroe porque hasta este momento no sabemos nada aún. >

>Espero una respuesta positiva de tu>parte porque ambos estamos en riesgo, >aunque yo lo estoy aún más, >estando en medio de una guerra civil. >Si necesitas más información para acelerar todo en el> Ministerio de Finanzas, házmelo saber. >Tengo entendido que ya contactaste al >Senador Abubakar, quien tiene una estrecha relación con el >Ministro. Tú sabrás cómo >hacerlo, para asegurar esta operación. >Estoy seguro que en >cuanto reciba un nuevo >e-mail tuyo, será para darme magníficas noticias. >

>Truly yours,

>Lt. Michael Kosombo

....

Ramón sabía que tenía que aplicarse con toda la actitud para generar a su alrededor todas las cargas positivas que le permitieran resolver cualquier dificultad, tal y como se lo pedía Kosombo en su último correo. Lo que menos deseaba era que su amigo le contagiara su angustia. No todo iba a salir como se planeó, algo se iba a atorar, Ramón lo sabía perfectamente porque en una magna operación como la que estaba realizando, en un país totalmente desconocido para él, con un sistema administrativo ajeno al suyo, con personas recién conocidas y aunque ya contaba con la ayuda que le puso Kosombo, nada sería igual hasta que su amigo llegara de El Congo.

Los cheques de viajero que no se podían cambiar, fue el primer asunto por resolver, y luego, con dinero limitado para su propia sobrevivencia, al desconocer la fecha exacta de la llegada de Kosombo, era otro problema. Tener ropa sólo para una semana, conseguir más dinero desde México para gastos mínimos eran otros desafíos que no por ser pequeños, eran menos importantes. Ramón siempre había sido muy precavido y aunque fuera una suma mediana, llevaba dinero en su cuenta bancaria, por cualquier emergencia, y consideró que sólo bastaría con acudir a un cajero automático para retirar el dinero, sólo que aún le aguardaban algunas sorpresas.

Una ventaja era que vivir en este país no era caro y el hotel de cuatro estrellas donde lo habían instalado sus anfitriones, tampoco lo era, incluso un desayuno completo o una comida le costaba tres dólares. Sólo que de todos modos, a ese ritmo, el dinero en efectivo se le empezó a esfumar y fue en ese momento que se llevó la primera de tantas sorpresas ya que al acercarse el término de la primera semana, la que se supone era el tiempo total que iba a permanecer en Nigeria, requirió de más dinero para hospedaje y comida. Y pues pensó que lo que tenía que hacer era tan simple como buscar un cajero automático para retirar dinero.

Así que le solicitó a Cox Benson que lo guiara a algún banco para hacer un retiro, sin decirle que lo que buscaba era un cajero automático, de esos tan comunes que hay en todo el mundo y, ¡oh sorpresa!, no contaba con la inexistencia de cajeros automáticos en todo Nigeria. Ramón lo confirmaba, ya que no había visto ni uno solo durante sus varias visitas a los bancos y por lo tanto, tampoco se podían hacer retiros de una cuenta personal. Obviamente que al tener la confirmación por boca de Cox Benson, casi se le caen los calzones a Ramón.

El frentazo le hizo pensar de inmediato en las serias consecuencias de no poder retirar dinero porque en caso de una emergencia, ¿cómo hacerse de dinero, tan fácil como ir a un banco, -en su país-, hacer una sencilla operación y voilá, ahí lo tienes? ¿Más de cincuenta años de la invención de los cajeros automáticos y no existir éstos en Nigeria? "De verdad que tenía que ser un país atrasado o de plano con poca visión del desarrollo y la modernidad, de los negocios mismos, ¿cómo practican el comercio si ni siquiera puedo pagar servicios con mi tarjeta?", *pensó Ramón aún sin comprender muchas cosas de su nueva realidad. El retiro de dinero en efectivo sólo podría hacerlo desde Europa. ¡Qué complicación! Apenas caía en la cuenta de que desde un principio, Cox Benson le llevó dinero en efectivo cuando hizo el cambio de dólares por naira y aunque eran muchos billetes locales, todo se manejaba así en ese país. Por tanto, pensó que por esa y otras razones, África como continente no avanza.*

§

Antes del cierre de la primera semana, al quinto día de espera de la llegada de Michael Kosombo, sin imaginar siquiera lo que le aguardaba a Ramón, siguió sin protestar las indicaciones del senador Abubakar, quien llegó abruptamente acompañado por Cox Benson. Como si tuvieran mucha prisa, le dijo que saldrían en ese mismo instante de viaje a otra ciudad, ni más ni menos que a la antigua capital nigeriana, Lagos. Así que tuvo escasos cinco minutos para hacer maletas y salir. El checkout del hotel ya estaba hecho.

A diferencia de las salidas anteriores, en el automóvil del senador con su chofer, esta vez abordaron un taxi y antes de abandonar la ciudad, sin bajar del vehículo en plena calle con un prestamista, Ramón observó que el senador hizo un cambio de moneda extranjera a moneda local, miles de naira, seguramente parte de los dólares que había entregado en el segundo día en el Ministerio de Finanzas. El fajo de billetes era considerable y el senador lo guardó celosamente en un compartimiento de su ropa.

Rápidamente el senador justificó que era dinero para poder comprar los boletos de avión rumbo a la ciudad más poblada de África. ¿La razón? Una probable visita al Ministro de Finanzas en su propia residencia de Lagos…o una reunión en un buen restaurante, dependiendo del tiempo y las ocupaciones del ministro. Podría considerarse un buen gesto por parte de los anfitriones, sin embargo a Ramón le extrañó mucho la conducta hiperactiva del senador y de Cox Benson.

El objetivo era consolidar el plan para asegurar el dinero que se llevaría a México. A él sólo le dijeron en el hotel que recogiera todas sus pertenencias en su maleta porque harían un viaje por aire. No hubo más información aunque ganas no le faltaban de preguntar. Sin embargo, se mantuvo también hermético para que lo vieran igual, tranquilo aunque por dentro se lo estaba cargando la chingada porque su sistema nervioso se volvió a alterar igual que el primer día que había llegado justamente a Abuja de madrugada. "Ahora sí viene el putazo en serio", *pensó con una angustia que empezaba a carcomer su alma.*

La hora de la salida era al medio día y con muchas prisas. Eso lo hacía sospechar de ambos personajes. "Estaban en claro contubernio para dar el golpe final", *siguió pensando mientras un sudor fría se desprendía por su espalda a pesar del calor intenso de esos minutos. Era un viaje de improviso, nunca le avisaron nada previamente y no podía avisarle a nadie del mismo. Pero mientras estuvieran en zona poblada, no veía un peligro tangible. De cualquier forma, sus antenas* estaban en máxima alerta. *Su sistema nervioso también se encendió a toda su potencia al sentir punzadas en su cabeza y los tics nerviosos que hacía tiempo, hacían presa de él ante el peligro inminente.*

Jamás imaginó Ramón que sería en un avión comercial africano en el que experimentaría el vuelo más espantoso de su vida. Las sacudidas por la fuerte turbulencia que el avión tuvo durante el vuelo fueron más terribles para él, porque en días previos, se había enterado por los noticieros que hacía poco más de una semana, un avión Jumbo con más de 250 pasajeros había caído en las planicies de Nigeria. No quería ni imaginar que sus huesos calcinados fueran a abonar tierras africanas.

Sólo tomó conciencia de este nuevo peligro, atando cabos, hasta que el avión se sacudió como si se fuera a desintegrar. Eso aumentó su desconfianza en la aerolínea local que, para mala fortuna, era exactamente con la que estaba volando en esos momentos, Nigerian Airlines. Y sólo se dio cuenta de que estaban volando en una carroza aérea cuando recordó la presentación inicial de la azafata cuando dio las instrucciones de vuelo. Luego vio de reojo los boletos que el senador Abubakar llevaba en las manos. Su corazón dio un vuelco mientras pensaba, "Pinche senador culero, todo por querer llegar muy rápido a Lagos".

Toda su situación la dimensionó hasta que ya estaban volando. Así que es fácil imaginar sus terribles sensaciones al darse cuenta de la realidad. Por lo que prefirió cerrar los ojos y no ver sino la semioscuridad... Le rogó al cielo que ese suplicio terminara pronto. Se concentró en otras ideas, trató de ignorar las fuertes sacudidas, pero lo traicionaba el sudor que comenzaba a perlar su frente, que le brotaba por los poros de las palmas de sus manos. ¡Qué traicionero era el sistema nervioso! No era cobardía, él lo sabía, pero volar en un aparato que seguramente era viejo, no era nada prudente. "Hasta en estos detalles se nota el nivel de pobreza de un país como Nigeria", *pensó en tanto que trataba de calmarse a sí mismo.*

Ese viaje fue una tortura mayor que cuando trepó por primera vez a una montaña rusa. Pero no le quedaba de otra más que seguir orando porque todo saliera bien. Y en medio del martirio aéreo, algo curioso que le llamó la atención, cuando entreabrió los ojos, es que los demás pasajeros, en su gran mayoría nigerianos, no sudaban ni se acongojaban e iban tan campantes que la gran mayoría iba platicando con sus vecinos de asiento, era como si estuvieran acostumbrados a viajar bajo esas terribles condiciones. Dicen que el ser humano se acostumbra a todo, menos a no comer. Pensó al final que quizá sería por eso.

Ramón comenzó a sentir un menor suplicio y cierta tranquilidad cuando el capitán anunció que se preparaban para descender en Lagos, que se abrocharan sus cinturones y enderezaran sus asientos. Muy disimuladamente atisbó por la ventanilla como le gustaba hacerlo al volar, para contemplar desde el aire la enorme ciudad asentada entre la selva y el océano.

Qué gran alivio sintió cuando las llantas del avión rozaron la pista y sus emociones todas hechas trizas por cerca de una hora, empezaron a tomar su lugar al aterrizar en el Aeropuerto Murtala Muhammed International Airport, que los recibió con una intensa ola de calor de más de 45 grados centígrados, el clima propio de esta ciudad costeña y al filo de la línea ecuatorial. Sí, en la zona de más calor de todo el planeta.

La llegada a Lagos fue todo un acontecimiento para Ramón, primero con el calor de más de 45 grados que era infernal, ya que superaba con creces el calor seco de Abuja, ciudad asentada al interior del territorio nigeriano. Segundo, el gentío que pululaba en todas partes, sus calles repletas de almas, bocinazos, puestos ambulantes, comercios por doquier, automóviles particulares, taxis, y muchas motocicletas como medio de transporte más favorecido. El conjunto era un verdadero hormiguero. Una típica metrópoli del Tercer Mundo. No había forma de no engentarse, de ponerse de malas, de perder la paciencia.

Ramón era enemigo de las aglomeraciones masivas porque precisamente uno de sus temores más profundos era morir aplastado por una turba violenta en plena estampida incontrolable. Y luego, con su sentido del olfato muy desarrollado, –como él solía decir–, de sabueso, andar oliendo todos los humores móviles, sentir el sudor aquí y allá, la respiración de la gente, los diálogos entre la gente local que eran verdaderos gritos. Lagos era para Ramón, en ese momento, la antesala del infierno y no otra cosa.

A su temor por el vuelo reciente, se sumó su sensación de angustia por el peligro en el que sentía que se encontraba, por el lugar al que había llegado. Y tanto el senador como el abogado, pelando los dientes blancos como el marfil, como si no pasara nada, adivinando quizá los pensamientos de Ramón, disfrutaban de su angustia que por más que lo intentara, no la podía ocultar. Ya todos sabemos que el lenguaje no verbal dice más que las palabras. El rostro de Ramón era un fiel espejo de sus pensamientos salpicados de zozobra, por su cuerpo maniatado por su desazón.

En medio de un verdadero mar de gente que se apretujaba, abordaron rápidamente un taxi y se dirigieron al centro de la Ciudad de Lagos. El recorrido fue bastante aleccionador para Ramón, quien descubrió en un recorrido de escasos diez kilómetros rumbo al hotel, la faceta más remarcada de la pobreza de Nigeria. Su curiosidad se volvió a desbordar y sus ojos registraban cada detalle de esas escenas tan pintorescas como tradicionales que poco tenían de urbanismo.

Durante el trayecto, pudo distinguir en las paradas obligatorias por los semáforos en rojo, niñas desaliñadas con la mirada perdida y rostros famélicos, pidiendo limosna con las manos extendidas, pero más con sus ojos cargados de tristeza que sobrecogía. Niños intentando ser acróbatas para ganar algún dinero y las menos, personas adultas vestidas con harapos, roídos hasta el último hilo, estirando las manos esqueléticas a la espera de algún naira para comer algo.

Todos estos seres casi en los huesos con sus cuerpos poco menos que espigas maltratadas inhumanamente por el hambre, herían la conciencia humana de Ramón. Escenas dantescas que se repetían sin cesar casi en cada esquina, sobre calles que aparentaban estar urbanizadas, pero en realidad estaban tan desgastados los pavimentos que semejaba a caminos rurales mal construidos. Uno que otro semáforo le recordaba que estaban en una ciudad dominada por tanta miseria.

Esas impresiones se clavaron hondas en Ramón, su corazón se estrujó de una tristeza infinita y no pudo menos que lamentar tal estado de cosas, recordando cuando durante su niñez, sus padres le hablaban de las condiciones infrahumanas en que vivían los infantes de África. Por primera vez en la vida, ver a un mendigo le generó tanta lástima que unas gotas de lágrimas se desprendieron de sus ojos sin poderlo evitar.

Las escenas daban miedo, sobre todo porque Ramón sabía perfectamente —lo había estudiado todo del país antes de emprender su viaje-, que Nigeria no era un país pobre, sino todo lo contrario, era riquísimo en recursos como el petróleo, bauxita, oro, estaño, carbón, gas natural, y sus riquezas agropecuarias que le daban otra categoría a nivel internacional. Sin embargo, un tercio de su población vivía en condiciones muy inhumanas. Eso era algo que Ramón no entendía de los políticos de todo el mundo, incluyendo a su México.

Un político, *pensaba Ramón,* -al menos de la experiencia de su país-, sea hombre o mujer, adolece de vanidad, una aberrante vanidad, por encima de todo, quiere ser visto como un ser especial, único en su clase, un redentor, un salvador, los hay de todo tipo e ideologías, trabajan incansables para llegar a un cargo y, cuando lo logran comienzan las contradicciones, se desdicen, echan para atrás todo, incumplen sus promesas, -al fin que prometer, no empobrece-, y sobre todo, dejan de ser congruentes y se forman del lado de los vampiros que chupan la sangre de todo un pueblo, del que viven a través de sus impuestos.

Lo son todo, menos salvadores, menos redentores y acaban siendo enemigos de su pueblo y de su patria. Es casi pensar que, como muchos que teniéndolo todo, no tienen corazón para ayudar a los que poco o nada tienen. ¿Será porque tienen el corazón podrido? ¿Y así será la clase política en todo el mundo? ¿Inhumana por siempre jamás? Pobre África, el antiguo Edén hoy sumido en la contradicción de la pobreza con su riqueza, por supuesto, mal distribuida.

Con esos pensamientos que sensibilizaron profundamente su ser, los tres amigos se apearon del taxi justo enfrente del hotel en el que permanecería por cierto período de tiempo, con el objetivo de cumplir una misión ante el Ministro de Finanzas. Si de todos modos, la suerte ya estaba echada, *como solía decir Ramón, alea jacta est,* qué más daba continuar hasta el fin sus peripecias.

El llamado Safari Africano tendría un costo emocional muy fuerte para Ramón, él lo sabía perfectamente y por ello mismo, trataba de estar relajado en medio de sus convulsiones internas, era como si estando dentro de una armadura de acero por fuera que programó mentalmente, hubiera metido a una caja sus aditamentos emocionales para controlar su sistema nervioso a voluntad y reducir a su mínima expresión sus niveles de adrenalina, que los sentía muy elevados, bajo ciertas circunstancias. Eso significaba la antesala de ciertas enfermedades que no se podía dar el lujo de padecer más adelante.

-Hemos llegado señor Santiagou, fue un viaje azaroso para usted en todo momento, tan fue así que permaneció callado todo el tiempo. No quise interrumpir sus pensamientos porque me di cuenta de que usted es una esponja que aprende todo lo que observa y eso le genera dudas, sobresaltos, inquietudes, sin duda que más conocimientos. Veo que está viviendo el clásico shock del encuentro con otra cultura, ¿no es así?

-En verdad, es usted muy observador señor senador. Le concedo la razón porque quiero que sepa que soy muy sensible a ciertas circunstancias y este día, el Creador me regaló muchas vistas, de todas ellas, la más dolorosa fue aquella en la que una niña se me acercó a mi lado del copiloto con una mirada entre perdida, compasiva, enternecedora, sus ropajes desgastados a duras penas podían ocultar que ese pequeño ser se encontraba hasta los huesos. Mi alma se sacudió ante tal espectáculo que nunca había visto ni en los pueblos más pobres de mi país.

-Sé lo que sintió, señor Santiagou. Le aclaro que todos esos niños no son nigerianos.

-¿Cómo es eso, señor senador, si son del mismo color de su misma raza? O al menos eso vi.

-Pues así y todo, son somalíes que han llegado a Nigeria en calidad de inmigrantes ilegales. Pasa todo el tiempo y el gobierno no ha podido hacer gran cosa para resolver el problema. Las grandes hambrunas que ha vivido Somalia en varias décadas, han provocado una oleada de emigrantes a otras naciones africanas, también a Europa y cuando les es posible emigran más lejos. El caso es que éste es un problema que es nuestro pero no enteramente.

-Por eso el gobierno no le presta mucha atención al tema y al tenerlo descuidado, hay todo un espectáculo dantesco en las calles. Son verdaderos cadáveres andantes por doquier. Me imagino que han acabado acostumbrándose a este espectáculo porque el ser humano así es, no le da mucha importancia a los problemas de los demás porque antes de ayudar al otro, hay que ayudarse a sí mismo. Es cruel pero creo que no veo otra ley en Nigeria. Aquí sí se cumple aquello de que "el hombre es el lobo del hombre".

-Y mucho más en Lagos, ciudad que de por sí es grande y con este fenómeno encima, el número de habitantes crece más rápido de lo normal. Ya somos más de 20 millones entre la zona urbana y la periferia que es la más pobre de todas las zonas. A veces no entiendo a la gente, sobre todo a la más pobre, no tener para comer pero sí reproducirse tan sólo para hacer llegar al mundo más infantes que lo único que hacen es sufrir.

-Por eso hay tanto hacinamiento en las calles, y seguramente en las casas, como lo fui visualizando durante nuestro recorrido del aeropuerto para acá. El mismo número de habitantes que mi Ciudad de México y zona conurbada. Oiga, y veo que hay un extremo desorden, senador, discúlpeme que así se lo diga; ¿qué me dice de la delincuencia? Ésta pareciera ser una zona propicia para el delito a mansalva. Ahora entiendo por qué me ha cuidado tanto Cox Benson.

-Eso es lo más normal del mundo por acá, hay de todo tipo, desde carteristas, asaltantes, robacoches, secuestradores y hasta delincuentes de cuello blanco. Ante tanta pobreza, muchas personas llegan a caer en las garras de jefes de bandas que los obligan a hacer el trabajo sucio por ellos. Por eso Cox Benson le reiteró no salir solo a la calle, ni en Abuja pero mucho menos en Lagos. No podemos ponerlo en riesgo porque casi es seguro que sufriría como mínimo un asalto, -si bien le va-, y lo que más queremos es que usted se sienta seguro y esté seguro. Sí que es un gran observador, ¿eh? Usted no es un simple ciudadano mexicano.

Después de este último comentario, Ramón sintió un vértigo porque siguiendo el hilo de las advertencias que le había hecho Cox Benson desde el primer día de su llegada, Nigeria era un mar de peligros en todas partes, un lugar de la Tierra, indescifrable porque esos datos nunca los percibió durante su investigación de tan exótico país. Su agudo sexto sentido no lo percibió ni porque ya había vivido previamente en ciudades peligrosas de su México.

Tampoco sus amigos llegaron al fondo de este fenómeno. Era como si todo se hubiera ocultado bajo las cloacas de la historia de Nigeria, algo que no se percibe en un documento público o una monografía, sino hasta que se enfrenta la realidad misma. Quizá pensaron, confiándose todos, que era un país bananero sin mayor trascendencia. ¡Qué equivocados estaban todos!

§

Había transcurrido un poco más de una semana desde que los tres amigos arribaron a Lagos, no había mayores novedades durante una larga semana, sólo la rutina de cada día. Los anfitriones de Ramón iban y venían, un día uno y al otro día el otro convenientemente coordinados. Mientras a aquél lo acompañaran al internet para tener comunicación con México y con El Congo, no ponía ningún reparo. Entendió que esos días de trabajo era esperar pacientemente, con paciencia espartana.

Entre otras actividades, comer, descansar, dormir, salir a la calle, caminar un poco, leer y sobre todo, esperar la llamada de Kosombo sobre su arribo a Nigeria. Entre todas ellas, en medio de ese ocio desesperante, hubo una que llamó poderosamente la atención de Ramón en la televisión, durante la transmisión del Informe Anual del Presidente de Nigeria, el Señor Olasegun Obasanjo ante el Congreso de Nigeria, difundido en cadena nacional, cuya parafernalia fue más allá de lo que Ramón había experimentado en su país, todo un ceremonial antes del evento político, una verdadera fiesta popular que se arma para hacerlo ameno, grupos de danzantes con coloridos ropajes, la música popular para acompañar a los bailes y era música en vivo, lo que le daba más fuerza a la diversión, en suma, el folklore nigeriano en toda su dimensión. Le pareció una manera interesante de vincular el arte y la política.

Mientras atestiguaba estos acontecimientos, Ramón cavilaba: Cuánto se puede aprender de otro país en un corto período de tiempo. Ese lugar es de pronto una sola Nigeria alegre, fuerte, unida en torno de su presidente, uno que había sido elegido por el voto popular y en ese periodo previo al informe, se despliega ante los ojos de toda una nación, todo un espectáculo de colores, de sonidos musicales africanos, de formas y de personas, llenando el escenario de la política.

A Ramón le gustó mucho ese enfoque de interacción entre su líder y la gente común del pueblo, y reflexionó que esta forma tan peculiar de practicar la política la haría menos aburrida para la sociedad en general, sobre todo para la juventud y, en muchos países apáticos, las personas podrían interesarse un poco más en los asuntos públicos, incluido su México.

Advirtió el interés de la gente en el mensaje del presidente, leído por su secretario, mas no por el presidente, lo cual de ninguna manera le restaba fuerza a Obasanjo sino que ponía a cada quien en su lugar, pero un detalle que sí le sustraía potencia a la adoración hacia los hombres públicos, lo que en México se le llama culto a la personalidad, sobre todo porque los hombres en política, últimamente, en vez de desear ser útiles, quieren sentirse importantes a costa de lo que sea y su vanidad es tan grande que muchos de ellos se la pasan hablando y hablando sin pensar que la gente se harta de escucharlos todo el tiempo. Como buenos narcisistas, están enamorados de sí mismos. Y eso es inconcebible. ¡Qué esperanzas de regresar a los tiempos del Cardenismo, cuando el propio Presidente Cárdenas daba instrucciones para que fueran otros los que hablaran, menos él y cuando se decidía a hacerlo, la concurrencia se sorprendía a tal grado que la gente decía asombrada: la esfinge habló. (La esfinge era su sobrenombre entre la clase política). Es obvio pensar que cuando hablaba lo hacía por hechos trascendentes del país.

Por eso y nada más por eso Ramón alabó el formato del informe, ya que había un objetivo, atraer positivamente la atención del pueblo hacia los asuntos públicos que son muy importantes pero sobre todo, la gente estaba esperando el espectáculo artístico que se desplegó con sus múltiples colores y esa energía tan propia, para demostrar que en Nigeria hay una gran cultura que permea su tierra, su historia, sus tradiciones, su esencia y sus costumbres.

De manera que al concluir Ramón que un informe de este tipo es ideal para un país que desea salir del subdesarrollo, no quiso de ninguna manera quedarse simplemente con la impresión televisada que dio mucho de qué hablar en todos los medios de comunicación locales tal cual lo atestiguó pasando el suceso, sino que generó que la gente común también hablara de los avances de su país. Seguramente que la prensa hablaría del tema con mayor abundancia al siguiente día desde todos los ángulos posibles.

En cuanto Ramón tuviera oportunidad, le preguntaría al Senador Abubakar sobre las razones de un informe de este tipo. Eso ocurrió al medio día siguiente, ya que en su calidad de legislador, obviamente que tuvo que estar presente en dicho informe, y qué mejor información, que una de primera mano, de alguien que atestiguó el evento que le trajo mucha curiosidad a Ramón.

Y hablando del rey de Roma…tocando a la puerta.

-Hola buenas tardes, señor Santiagou, usted disculpe que estuve muy atareado los últimos días, vengo bajando del avión. Ayer fue un día especial para mi país.

-Hola señor senador, buenas tardes. En efecto, lo vi en la televisión por un segundo que las cámaras apuntaron al cuerpo legislativo.

-Ah, caray, ¿eso es verdad? No me había enterado.

-Sí, pude ver el informe de su Presidente Obasanjo, un evento muy bonito, una manera especial de conectar directamente la política con el pueblo. Oiga, pues a medida que iba viendo todo…

-Sé que le gustó todo, ¿verdad? Eso mismo me han dicho en otras ocasiones visitantes de otros países.

-Es verdad, senador, en el buen sentido de la palabra, es todo un show que muestra la fuerza del Estado y la personalidad del Presidente Obasanjo añadido todo a su gran cultura, una que se ve que es única en el mundo, si le soy sincero, ¡me dejó mudo!.

—¡Qué buena percepción tiene de la política nigeriana, señor Santiagou! No tenía idea que se interesara por la política.

—Más de lo que usted puede imaginar, senador. La buena política llevada a buen paso, con las herramientas adecuadas, con el equipo ideal en cada cambio de gobierno, y con mucha voluntad, genuina, sin doble cara, puede llevar a un país al desarrollo, pero si es todo lo contrario, el país se irá a pique. Y me parece que abundan más los políticos que se sienten iluminados como seres divinos, que los que verdaderamente desean servir a su nación. Incluido mi México. ¿Sabe algo? Todo lo que yo le comparto es sólo una utopía porque llevarlo realmente a la práctica, nunca será. El día que eso suceda estaremos ante un ser iluminado y yo creo que no ha llegado aún la era de los elegidos.

—Pues qué le puedo decir, Nigeria es una democracia muy joven, ya que después de tantos conflictos, al final pudimos ponernos de acuerdo en elegir a un hombre en las urnas. No podíamos seguir desgastándonos más tiempo, ya que quienes pagan los platos rotos son las jóvenes generaciones y eso es inadmisible. El ensayo-error es un mecanismo de lo más idiota que puede ocurrir en un país, nosotros ya no estamos para eso. Nuestra riqueza se la chupan unos cuantos, pero lo peor, son foráneos. Estamos hartos del saqueo.

—¿Se refiere a unos cuantos buitres que danzan en el aire en torno a su presa? Porque este tipo de fauna hay en todas partes, en todos los países y continentes. No buscan más que su beneficio y sinceramente, como aves de rapiña, están sólo para devorar lo que encuentran a su paso.

—Pues algo parecido, señor Santiagou, algo parecido y decidimos gritar: ¡Basta!

-Me alegra mucho saber que existan visiones de ese tipo. El mundo necesita mejores seres humanos en todas las naciones, no importa la edad, el color, las costumbres, porque todos somos producto de un soplo divino. Sea de Alá, de Jehová o de Buda.

-Señor Santiagou, ya hasta filósofo me resultó. En verdad siempre he pensado desde que lo conocí que usted es un hombre muy inteligente y preparado, yo diría que, incluso culto. Sin embargo, también he notado que es muy discreto y a veces, algo introvertido. No se apene de demostrar lo que es, a mí me enriquecen mucho sus comentarios porque es su visión del otro lado del mundo y francamente, eso me retroalimenta como no tiene una idea.

-No se crea todo lo que ven sus ojos, senador. Soy simplemente como lo he sido siempre desde niño, un ser curioso con muchas preguntas aquí y allá. Siempre preguntón porque todo lo quería saber, mi deseo infantil de conocimiento era enorme. ¡Creo que aún padezco del mismo mal hasta la fecha! Sorry for that!

-Pues sí, yo le diré que es muy bueno ser así porque jamás se quedará con una duda. Y a propósito, intuyo que su pregunta va relacionada con el informe de ayer.

-Sí, me asombra ver algo tan diferente a lo que es la política tradicional, ya que en mi país esa parte de la administración se vuelve aburrida, a no ser porque sí tratamos de saber cuál es el estado que guarda la Nación, que den cuenta de sus actos que muchas veces caen en el absurdo o en el desperdicio o en los excesos.

-Pues tiene mucha razón, señor Santiagou. Nosotros nos dimos a la tarea de generar un cambio en todos sentidos y el nuevo formato del informe fue idea del Presidente Obasanjo, nuestro líder. Él piensa con fundamentos que para sacar a nuestro país del subdesarrollo, hay que integrar a todos sus habitantes al mismo paso que llevan los países líderes y una forma de involucramiento es presentar en un evento tan importante como un informe anual, un espectáculo kinestésico musical lleno de colores y de música ancestral que fuera una síntesis de nuestras tradiciones y costumbres en centros urbanos, pero sobre todo en los pueblos rurales, donde está más arraigado este pensamiento. Así que una manera de atraer la atención de la gente por los asuntos públicos, era mostrarles que sí se puede combinar lo mejor de nosotros, tanto en la política, como en la cultura. Esa es la razón, no hay otra. No conozco un caso similar en algún otro país, usted lo debe saber, como hombre estudioso que es.

-Pues no conozco nada parecido en ningún continente. Por eso mismo me pareció tan original, un llamado a ver la política desde otra perspectiva, nada común sino al contrario, mucho muy atractiva. Me pareció una idea genial, señor senador, en verdad los felicito por tan excelente trabajo. Las jóvenes generaciones se verán atraídas por esas circunstancias y se sumarán con entusiasmo a la política con un mayor grado de convencimiento.

-Nada, señor Santiagou, se lo debemos a nuestro líder Obasanjo, y de su imaginación para unir a todo un país como Nigeria. Yo creo que eso hacen los hombres iluminados. Ya ve usted el ejemplo que nos ha dado el gran líder del sur de África, el señor Mandela. No hay otro como él, resurgiendo de sus propias cenizas como Ave Fénix para dar una lección inmortal a todas las generaciones, poniendo un alto total a todo tipo de discriminaciones. Yo creo que todo lo que sufrió a manos de otros hombres que eran miserables, Mandela lo transmutó en amor y perdón. Y a partir de eso y sólo de eso pudo empezar a erigir un cambio de fondo, sin rencores ni venganzas baratas que es únicamente propio de políticos vulgares. ¡Qué Apartheid ni qué la chingada! ¡Igualdad total!

—Ojalá que todos los políticos pensaran así, señor senador. En mi país hay muchas cosas que lamentar, porque ni las transiciones políticas han servido para maldita la cosa. El poder ha pasado de partido político de un color a otro distinto, pero las cosas siguen igual, no hay evolución sino a veces involución. Tanto ensayo y error van a acabar por hundirnos en la miseria y eso que, le diré con suma objetividad que México es un país afortunado, rico y con mucho territorio. Siempre he pensado que con todo eso en las alforjas, deberíamos de ser una potencia mundial. Pero no, nuestra riqueza es nuestra desgracia porque nos confiamos en la gran abundancia que el Creador puso en nuestro territorio. El mismo poeta lo dijo, por cierto que es mi tocayo López Velarde:

Patria: tu superficie es el maíz,
tus minas el palacio del Rey de Oros,
y tu cielo, las garzas en desliz
y el relámpago verde de los loros.

El Niño Dios te escrituró un establo
y los veneros de petróleo el diablo.

—¡Qué lamentable escuchar eso! A mí su país me parece un lugar muy especial en nuestro planeta. Les tenemos mucho respeto a los mexicanos por lo que son hoy y por lo que ha sido su historia. En realidad creemos que son grandes. Su cultura me parece muy colorida en todos sentidos, su música, su gastronomía, sus prendas tradicionales, sus costumbres. Son todo un crisol de magias que atraviesan de cabo a rabo su organismo y convergen en su mismo corazón. No crea que no leí algo de su país cuando supe que usted vendría a Nigeria. Ya sabe que la curiosidad es a veces buena consejera y me dejé llevar por ella. Oiga, a propósito, para nosotros esa calavera es excepcional.....

-¿Cuál calavera, señor senador? La que hacemos aparecer en los festejos del Día de Muertos? Sí se nota que usted también ha estado leyendo bastante sobre mi país. Ciertamente, nuestra cultura es profunda, la historia ni se diga, para contarla toda una vida, y hemos tenido de todo, héroes y villanos, pero últimamente pareciera que nuestra condena es tan grande que los más grandes villanos se instalan en la Presidencia de la República. Obviamente que como dijera el refrán, "no es culpa del indio sino de quien lo hace compadre". Me explico, nosotros los hemos elegido, o aparentemente así ha sido, sin embargo, tan luego llegan al cargo, sacan el cobre. En otras palabras, aunque no es justificación, nos presentan promesas engañabobos y ¡nosotros caemos redonditos! ¡Qué estúpidos, tanto los unos como los otros porque no ven que lo que se hunde es todo un país! Claro que estos políticos son los que dejan los cargos, ¡forrados de dinero!

Ahí se detuvo Ramón, pensó que había hablado de más y que no era ya conveniente seguir conversando más de su país, por muy en desacuerdo en que estuviera con la conducción política del mismo, muy mala por cierto en los últimos sexenios. Y optó por guardar silencio, silencio que el senador respetó, como siempre lo hacía cada vez que aquél se ensimismaba en sus pensamientos. Después de diez minutos de solemne silencio, el Senador Abubakar atinó a decir en tono de complicidad.

-¿Sabe qué pienso realmente de países como el suyo, como el mío y como muchos otros que están en el Top Ten de corrupción? Es algo duro pero así se lo manifiesto.

-Dígame usted con toda confianza, porque mucho lo voy a valorar.

-Pues mire, yo veo el fenómeno de la corrupción como un mal necesario, no hay país en el mundo que pudiera decir con entusiasmo que nunca la ha padecido aunque sea una vez en su vida, por lo tanto, existe porque es como la prostitución, también un mal necesario que no se puede eliminar y tiene, sin embargo una función social. Ah, pues todos tenemos algo que ver en el fenómeno, sobre todo aquellos que participamos en política, si no la toleráramos, nosotros mismos nos cortaríamos nuestro futuro, aquél en el que, si yo aspiro a crecer y un día ser ministro de finanzas o quizá como presidente, entonces podré hacer todos los negocios que me permitan volverme un hombre rico para el resto de mis días, obviamente que con toda mi familia al lado. Entonces si yo lucho contra la corrupción desde cualquier trinchera, lo que estoy haciendo es tratar de cortar mis propias alas. Me cambio de nombre si estoy equivocado.

-Entiendo lo que me quiere decir, senador, sin ese aceite del sistema, la maquinaria de la administración no trabajaría igual, no hay estímulos, ni una vida de buen nivel ni futuro. Menos si es la clase gobernante que, dicho sea de paso, enfrentan muchos problemas y aunque no los resuelvan, los torean. Su recompensa es hacer dinero, todo el que puedan desde donde puedan. No hacerlo así, sería un error. Quizá se justifique, aunque no estén muy de acuerdo los noruegos o los finlandeses que casi la han erradicado.

-Usted me entiende más de lo que yo suponía. Es usted un hombre sabio. Mire, la corrupción es como la humedad de una casa, la puede controlar con ciertas medidas, pero no la puede eliminar del todo porque a final de cuentas, el clima se presta para que avance cada año por las lluvias. Sería impensable eliminar para siempre la humedad de una casa, ¿no cree? Y tratándose de negocios por debajo del agua, cualquiera los hace y si uno peca de moralista y se niega a hacerlos, llega otro y ese sí los hace. Así que de todos modos, si no lo hago yo, alguien más lo hará, entonces, que de que otro lo aproveche, mejor lo hago yo.

—Bueno, senador, su razonamiento tiene toda la lógica del mundo, y para redondear el tema, hay reglas escritas o no escritas que todo mundo conoce, como por ejemplo, al pueblo pan y circo, creo que desde los romanos o a partir de los romanos. Muchos así gobiernan y aunque al pueblo le den miserias, en tanto tenga un mendrugo de pan y un espectáculo mediático, estará contento, ¿no es así?

—Aunque no es la regla general, sí es mayoritaria la aceptación de esas reglas, señor Santiagou.

—Es una manera inteligente de tener a todos contentos. El pobre con su pan y el político con su hueso.

—Ni más ni menos, señor Santiagou.

Dicho esto, el senador que se veía algo sediento por tantas palabras, se dispuso a salir, invitando a Ramón a comer al centro de la ciudad. Le dijo que sería una experiencia muy especial para él porque aún no lo había llevado a conocer otro ángulo de la gran ciudad de Lagos.

§

La conversación entre Ramón y el agente aduanal seguía un ritmo cada vez más intenso. El nivel de adrenalina segregada había subido dentro de su organismo durante los últimos minutos, dilatando sus pupilas y recorriendo cada vena de su cuerpo; su corazón había duplicado sus latidos. No había duda que estaba a punto del colapso, sintió un vértigo y tuvo que recargarse en el escritorio para no caer de bruces al suelo.

Sin embargo, en un abrir y cerrar de ojos, pensar tan sólo en volver a ver a su familia, a sus hijas que aguardaban por él, a sus padres y a sus amigos y socios, le dio aliento suficiente para retomar el control y volver a encerrar en una caja sus emociones desmadejadas. Rápidamente compuso su gesto y se tornó adusto, duro, y con una mirada severa, con toda la seguridad que debe mostrar alguien que, sabiendo que va a mentir, tiene que ser tan veraz que debe contagiar al oyente de esa "verdad", de ser necesario, morir con la mentira, y volteando a ver al agente respondió:

—Señor agente, tengo entendido que cuando una persona viaja de un país a otro, sobre todo cuando se trata de países diferentes, ya no en costumbres sino en climas y su fauna propia, en este caso de clima tropical, se puede prestar a ciertas enfermedades. Sobre todo si esos padecimientos no existen en el país de origen. Imagínese usted que llego a cualquier otro país africano donde ha habido casos muy graves de ébola y nunca tomé en consideración ese detalle. Es lógico que si me contagian, voy a enfermar y nada podría salvarme.

—Sí, estoy muy enterado de ese tema, aquí en Nigeria son comunes tres enfermedades: el ébola que acaba de mencionar, la fiebre amarilla y fiebre hemorrágica. Pero viniendo de América imagino que contrató algún seguro médico para alguna emergencia porque aquí tenemos muchas limitaciones tanto en infraestructura como en la atención médica, o sea que hay muchas carencias. Los casos más graves tienen que trasladarse a Europa y eso sale caro, a menos que se contrate un seguro médico que incluya todos los gastos, sobre todo para el traslado áereo que es lo más costoso.

-Ah, ¡pues adivine qué!

Y con las ideas ya más redondeadas, un sondeo exitoso valiéndose del propio agente aduanal, Ramón martilló con destreza fonética cada una de sus palabras para darle una respuesta concreta, clara y creíble al agente aduanal que lo miraba ya con cierta incredulidad.

§

Veamos la radiografía de los pensamientos intermitentes que flagelaban la cabeza de Ramón Santiago, profundamente preocupado por el giro que estaban tomando los acontecimientos para él en el lugar más lejano del planeta. A una idea negativa sentía una punzada en su centro cortical y con ello sufría aún más, concomitantemente.

Ese fin de semana espeluznante que viví aislado del mundo e incomunicado totalmente del exterior, cuando sentí que las alas de mi libertad se cortaban de un tajo porque ni siquiera tenía la esperanza de comunicarme con los míos en México, fue lo más aterrador que había experimentado en la vida, una pesadilla vuelta realidad, algo apocalíptico. Sentí también entre otras cosas que, podía fácilmente asemejarme a un pájaro enjaulado, porque teniendo alas, por más que las estrellara vigorosamente contra las rejas, era imposible romperlas, estaba prisionero... y tan lejos de casa. Desesperación total, impotencia, dolor, astenia.

Fue un fin de semana febril, lleno de perturbaciones el que viví en la habitación de ese hotel apartado del mundo, sumido en cualquier rincón del planeta, olvidado de la mano de Dios, o cuando menos, así me sentí de desamparado en esos momentos de angustia delirante, como un huérfano más de la vida. El panorama se pintaba tachonado de infortunios porque, entre otros quebrantos, el hotel se encontraba situado en medio de callejuelas terrosas, llenas de lodazales cuando llovía. ¡Qué manera tan absurda y paradójica de atraer así al turismo! Fueron momentos en los que moría y renacía a cada instante. Mis argumentos para tratar de calmarme, iban del convencimiento de que todo iba a salir perfectamente, de que se estaba cocinando una fortuna destinada a mí, hasta aquellos que me convencían de que me encontraba en una cueva sin salida, en la misma boca del lobo y que, incluso, si mis anfitriones lo decidían, podrían deshacerse de mí fácilmente sin que hubiera consecuencias para ellos. Al fin y al cabo quién iba a reclamar el cuerpo de un perfecto desconocido, más aún, extranjero en las aguas de algún canal o en el mismo Atlántico. Y a final de cuentas, después de tantas cavilaciones, no llegaba a ningún lado, pero luego en un juego cerebral pirotécnico me decía al final que el que no arriesga, no gana o no cruza el mar. El laberinto permanecía intacto y no podía descifrarlo con tan pocos elementos. Lo único que conseguí fue un espantoso dolor de cabeza que permaneció los tres días.

Por eso, ese fin de semana, Ramón pudo sentir lo que significaba morir en vida y sin esperanzas. "¿Y si el abogado Benson ya no regresa? ¿Y si el senador Abubakar se fue también para siempre?", *pensaba con mucha desazón. Se alisaba las sienes en señal de desesperación, o quizás, de furia silenciosa por haber sido tan imbécil de haber llegado tan lejos......para nada,* ahora lo veía más claro porque, a pesar de haberlo dado todo y haber cumplido todos los requisitos, no tenía en realidad nada tangible en mis manos y si a ellos se les antojaba irse a cualquier parte, con el dinero que les di en depósito, con todos los regalos, perfumes, relojes, plumas, incluyendo cuatro computadoras portátiles, pues ya todo se lo había cargado el diablo. ¿Cómo iba yo a atreverme a denunciarlos o a perseguirlos, en un lugar desconocido para mí? Era una tarea poco menos que imposible. Y ahora sí que, como dice el viejo y conocido refrán, el ratón ya no quería queso, de ningún tipo, sino salir de la ratonera. Todo me indicaba que tanto Cox Benson como el senador se habían puesto muy bien de acuerdo cuando me comunicaron separadamente que precisamente esos días se iban a ausentar por asuntos personales y que no podrían acompañarme, por lo que tenía que permanecer forzosamente en el hotel. Y mi permanencia en el hotel era obligatoria por aquello de las dudas de que, si me ven de piel blanca, obviamente, piensa la gente que soy un extranjero, en un país que es de *gente* de raza negra azabache. Y como me dijo Ben desde el primer día, si te ven extranjero, la gente pobre de aquí va a pensar que andas cargando un millón de dólares, así que imagina lo que te podría ocurrir, sólo imagínalo. Una mayor advertencia no pudo haberme hecho.

Claro que lo supe desde un principio, cuando me señalaron que no era posible salir solo a la calle en Abuja o en Lagos, "¿por qué?" inquirí, vivamente interesado en una respuesta lógica y que me satisficiera. Y pues entre otros razonamientos me dijeron que porque así como te ven de color de piel diferente a la de ellos, recuerda cómo te miran en cada lugar que entras, llamas la atención, voltean a verte, te ven con curiosidad, color blanco o blanco tostado, o beige claro, caqui o moreno claro, en realidad los colores de las pieles humanas son tan subjetivas como diversas, con tonos y matices distintos; ¡ay, Pedro Calderón de la Barca! "Nada es verdad, nada es mentira, todo es de acuerdo con el color de la piel con que se mira", ¡ay no, perdón!... del cristal, del cristal, ¡estúpido! ¡Perdón, mi poeta! ¡Qué irreverente me estoy escuchando!......En fin, la cuestión es que, Cox dixit, los argumentos podrían resultar ciertos. Entonces, más valía prevenir que lamentar, o sea, ¡aquí corrió que aquí murió! ¡Puta gente racista!!! ¡Cabrón, creí que eso sólo se cocinaba en Alemania o en los Estados Unidos de América! ¡Chingaos, esas son mamadas! ¿Cómo se puede ser racista desde el color que comúnmente es blanco del racismo, o sea el negro? Puta madre, ¿por qué se llama blanco al objetivo? Yo ni siquiera soy blanco, ¡¡¡soy latinoooo!!! ¡Otra paradoja de la vida! ¡Pinches palabras contradictorias, no reflejan lo que en realidad dicen! ¡Ni de color, ni de sentimiento!

Y así continuó Ramón con sus reflexiones desordenadas, sus ideas eran un caos, iban y venían, subían y bajaban, le llegaban vagos recuerdos de muchos episodios amargos de su vida y en esas estaba cuando, como una marabunta de pensamientos que lo devoraban aún más, Ramón recordó con angustia la lectura de "Noticia de un secuestro" del gran narrador colombiano, el Gabo y su corazón se estrujó aún más.

Las descripciones de los secuestros eran viles, descarnadas y llenas de violencia y, aunque ésa era la diferencia con sus actuales "secuestradores africanos", o eso era lo que él sentía, de todos modos la presión emocional que experimentaba como punzada, era traumatizante, con secuelas difíciles de predecir porque sentía que estaba viviendo una especie de secuestro, uno a mucha distancia de casa. Entonces, tenía que jugar sus propias cartas, si no como un maestro, sí de la mejor manera posible.

Imaginó también con diversas emociones encontradas, cómo se sentirían las víctimas del delito de secuestro que ocurría en varios países del mundo como la misma Colombia, Líbano, Siria, Afganistán o su propio país, México. El país era lo de menos porque a final de cuentas, era un delito execrable, sin duda alguna, que merecía las peores penas para los delincuentes que lo cometen. Pensar en esos países era sentir miedo. Y al momento, estaba agregando a Nigeria en esa lista negra. ¿Qué desenlace tendría, después de todo, en caso de que sobreviviera? *No lo sabía, ni lo adivinaba, ni siquiera por asomo lo intuía.*

De las viejas lecturas de historia, el corazón le dio un vuelco, porque vino a su mente cómo se han construido los grandes imperios, los países que han convertido en esclavos a seres humanos sólo por tener un color de piel diferente. África en América y viceversa. Tal era su caso en esos momentos, pero desechó tales ideas, no quería parecer ante sí mismo como pesimista, era lo menos que podía hacer. De todos modos no dejaba de pensar que esos supuestos amigos ¡eran unos verdaderos hijos de la chingada! Ahora mismo le pesaba uno de los versículos de El Eclesiastés: "Y dediqué mi corazón a conocer la sabiduría....... Porque en la mucha sabiduría hay mucha molestia; y quien añade ciencia, añade dolor". Sin duda que la ignorancia de todos estos temas que a estas horas lo atormentaban, le debería dar una mayor felicidad. ¡Cuántas paradojas hoy día! El dolor era latente y no podía dejar de pensar en todo lo que le generaba a su ser desvalido.

El colmo de los males fue que, queriendo comunicarse a México, las líneas permanecieron silenciosas, como si todo hubiera conspirado en su contra. Lo intentó varias veces durante esas fatídicas horas de viernes por la tarde y nunca pudo lograrlo. La confabulación parecía perfecta. Y aun así se atrevió por unos instantes a pensar equivocadamente de sus amigos en México, que a esas horas, pensaba Ramón, "estarían plácidamente descansando en sus camas y sin acordarse de él". ¡Qué lejos estaba de la realidad porque aquellos permanecieron en vela todo ese fin de semana, con la angustia devorando sus pensamientos, especulando de mil formas cuál era su destino o peor aún, si estaba todavía vivo!

Recordaba que no tenía un solo dólar en el bolsillo y que todos los regalos que había entregado y que tenían algún valor comercial estaban en poder de sus supuestos amigos nigerianos. No tenía más que el boleto de avión para regresar a México vía Londres y sus ganas de correr a cualquier parte, menos permanecer ahí encerrado. Llegar al aeropuerto le implicaría caminar unos buenos kilómetros porque no tenía dinero ni para el taxi, pero además su vuelo era de Abuja a Londres y Ramón se encontraba en Lagos. Tremenda situación la suya. De ahí se derivaba toda su angustia. Estaba más allá del mal que del bien y eso generó que quisiera darse de topes en la cabeza.

"No puedes salir solo", le habían aclarado abiertamente sus anfitriones, "imagina tan sólo lo que ocurriría si caminaras en solitario por estas calles abandonadas de la mano de Dios". Ante tales delirios, retraía sus pasos. Ahora todo cuadraba en su mente cuando le comentó al Senador Abubakar que se quedaba sin dinero, y el funcionario le contestó que no se preocupara por su comida y su hospedaje, que ese fin de semana corría por su cuenta y lo dejaría pagado. ¡Ah, chingá, chingá!, pensó: ¿de cuándo acá tanta generosidad?

Incomunicado del resto del mundo, con pensamientos atroces carcomiendo su conciencia, sólo se pudo refugiar momentáneamente en los tres libros que había cargado para este viaje; en otros momentos, encendía el televisor y hacía lo mismo con algunos programas locales que le parecían interesantes por formar parte de una cultura muy diferente a la suya y por último, también en el Mundial de Futbol Corea-Japón *que había comenzado el último día de mayo, es decir una semana después de su llegada a Nigeria. Amante de este deporte, como lo había sido toda su vida, le serviría al menos como distractor para olvidarse del mundo, aunque fuera por unas cuantas horas.*

Sin embargo, había otra pequeña tortura, ya que los servicios de electricidad eran tan malos que la energía se cortaba cada cuatro horas por un espacio de al menos una hora cada vez. Y cuando eso ocurría, el calor de más de 45 grados centígrados se hacía presente porque se detenían el ventilador y el aire acondicionado y su única solución era salir a la pequeña terraza que tenía su habitación, un espacio de tres por tres metros, que le permitía tomar un poco de aire medianamente fresco mientras leía un poco. Algo es algo para evitar la locura inminente.

Ante un panorama muy desolador, llegó a la conclusión final de que terminaría sus últimos días en África, de que ya no les era útil a sus secuestradores, y ante tanta desesperación, resolvió que la botella de brandy que el Senador Abubakar le había obsequiado un día antes, era para perder la conciencia embriagándose completamente, para no sentir la hora de la llegada de la muerte. Quién sabe si no, la botella estaría envenenada, total que sería casi lo mismo morir envenenado o alcoholizado o ambos. Estaba convencido que una vez que estuvieran seguros de su estado de inconsciencia, todo se consumaría y ellos ya sólo procederían a deshacerse del cuerpo inerte. Y así procedió, con una resignación que rayaba en la locura, decidido a lo que ocurriera desde el sábado al medio día. Según él, todo estaba perfectamente planeado para su final.

De manera tal que con un día más que normal, pensó que bien podría echar a andar su plan de despedida al término del segundo partido de la Copa del Mundo Corea-Japón. Nada tonto, disfrutar de lo poco que le quedaba de vida hasta el final, arrebatándole algo de vida a la muerte. Todavía intentó tres llamadas más a México, al menos para despedirse de los suyos, pero corrió con la misma suerte del día anterior: silencio absoluto en las líneas telefónicas.

Ese sábado se levantó al rayar el sol, desperezándose lentamente, con mayor claridad en la cabeza, bullendo en su cerebro ideas que burbujeaban de mil colores, tamaños y formas. Su única certeza era la muerte que a final de cuentas es el destino último de cada ser viviente. Así que se dirigió al ritual de higiene de cada mañana, sentóse en el retrete, al llamado recurrente de sus intestinos, siempre puntuales, se bañó como siempre con agua fría, y en tanto que se secaba y se vestía con ropa cómoda, solicitó su desayuno a su habitación, siempre con su deliciosa salsa picante, unos huevos revueltos, un aromático café y un pan tostado con mantequilla. Total que la situación lo ameritaba y sus alimentos estaban ya pagados. Sería tal vez su última comida.

En lo que su paladar saboreaba con fruición sus alimentos, encendió el televisor justo a la hora para mirar el primer partido de ese día de la Copa del Mundo, Sudáfrica contra Eslovenia, un partido sin referencias notables, salvo por el hecho de que dichas selecciones, era la primera vez que se enfrentaban en un Mundial de fútbol. A esa hora de la mañana, apuntalaba ya un calor intenso de verano, un calor más fuerte que en los días previos. Así que solicitó a la cocina una buena cerveza, bebida inusual por la temprana hora.

En lo que sorbía unos buenos tragos de cerveza, pudo ver la victoria cerrada, pero victoria al fin a favor de Sudáfrica por un gol contra cero en el escenario del Estadio Mundialista Daegu. Alegría momentánea para el país que sufrió decenas de años de discriminación racial por esa estúpida política del Apartheid, que acabó venciendo un campeón de la libertad como lo fue Nelson Mandela y que tanto alababa el senador Abubakar como su fan número uno. ¡Qué historias venían a la mente de Ramón con la verbalización de los nombres de los países competidores en esa Copa Mundial de Fútbol, la primera fuera de Europa o América! Todo un hito en la historia del deporte de masas.

Al terminar el primer partido, para hacer algo de tiempo, tomó su libro de Irving Wallace en la página 183, The Second Lady, una novela de espionaje entre rusos y americanos, que lo había capturado desde las primeras páginas y avanzó varios capítulos hasta la página 235. No quería morirse sin conocer el desenlace de esta inverosímil trama. Las historias de espionaje de altura era una de sus debilidades y esa novela cumplía a cabalidad muchos requisitos, "mira que preparar a una agente soviética idéntica físicamente a la primera dama de los Estados Unidos de América, como espía incrustada sustituyendo a la propia primera dama, no es cualquier cosa. ¡Claro que sólo era una novela! Pero pues no te puedes quedar sin saber en qué termina realmente la locura que inventó Wallace"

Un poco más tarde, Ramón quería mirar el partido de la selección italiana contra los croatas, éste último equipo, la sensación del torneo, al medio día, intuyendo que sería un gran partido. Pidió una segunda cerveza para degustarla viendo su fútbol. Y de pronto, en el segundo tiempo, gooool de Italia a cargo de Christian Vieri, o sea la lógica deportiva se imponía desde el minuto 55, y con impecable manejo del partido, los italianos, también favoritos del torneo, seguían presionando sin contar con la casta y el espíritu guerrero de un país que apenas diez años antes había sido partícipe de una cruenta guerra separatista en el corazón de la península balcánica, escenario de desdichas humanas al por mayor a lo largo de su historia.

El fútbol significaba para los croatas un desfogue pero sobre todo, una catarsis en la que toda una nación se amalgamaba con su selección heroína. Ramón se arrellanó más cómodamente en el sillón de la habitación y disfrutó cada jugada, y por supuesto, una remontada de antología, en los botines de Ivica Olic al minuto 73 y de Milan Rapaic al 76. Dos estocadas fulminantes consecutivamente de las que ya no se recuperó el favorito del partido hasta que atestiguó la sorpresa del triunfo de los croatas, algo que no esperaba nadie. *Esto es lo que puede hacer un pueblo que cree en sí mismo, que sale de una guerra y que de pronto, enfrenta situaciones que aparentemente son adversas. Los italianos también tuvieron su propia guerra pero eso fue desde la Segunda Guerra Mundial. En cambio los croatas apenas habían salido de la misma.* Entonces Ramón se preguntaba, será acaso necesario que mi país tenga que sufrir en carne propia una guerra contra cualquier enemigo para reaccionar ante las adversidades y convertirse en un mejor país? Analizando los casos de Japón, Alemania y Estados Unidos de América, ese parece ser el denominador común y pues es muy curioso que así sea, que grandes países que hoy lideran el mundo, en el pasado enfrentaron una guerra, la hayan ganado o la hayan perdido.

Sus pensamientos fueron interrumpidos por los alaridos del público croata presente en el Estadio Mundialista Kashima, era obvio que no se hicieron esperar por el resultado. Habían vencido ni más ni menos que a los herederos de los conquistadores romanos, pero esa es otra historia. Ramón se olvidó al menos del mundo en esos 90 minutos memorables de acción deportiva con un partido de categoría mundial de final inesperado. Sintió profundamente que esos croatas le habían transmitido con inspiración suprema, una lección de coraje ante la vida, de quienes toman una actividad deportiva como el fútbol, y lo convierten en una especie de guerra con estrategia dominante para ganar con honor. Apuró la tercera cerveza diciéndose a sí mismo, "¡salud, Ramón!" Mientras una pequeña lágrima se desprendía de sus ojos al pensar que ya nunca más podría asistir a un Mundial de Fútbol. Era una lástima.

Para la hora de la comida que coincidió con el tercer partido del día, solicitó a su habitación un menú distinto a los que ya había probado a esas alturas, sopa de calamar, arroz con camarones y una suculenta mojarra con verduras al vapor y sus tradicionales salsas. Ésta sí sería su última comida. Su plan era perfecto a esa hora del día porque le tocaría mirar a la selección siempre favorita de cada Mundial, Brasil contra China, sabedor de que el equipo carioca era casi siempre muy superior en cuanto a juego y técnica en cada Mundial, al resto de los equipos, con jugadores dotados de talento y habilidosos, por lo que se predispuso a disfrutar su comida con su cuarta cerveza y ver el partido. Al medio tiempo, descorchando la botella de brandy, bebió la primera copa que sintió que le cayó de perlas en su estómago; sus venas se dilataron más de lo normal cuando sintió correr el alcohol por todo su cuerpo; en su memoria se agolparon miles de recuerdos de su vida al mismo tiempo que bebía una segunda copa de brandy y empezaba a brindar por la vida, su familia, sus amistades y el fútbol, entre otras razones.

El partido era de mero trámite para Brasil, de manera que la selección de China, nación que encaminaba su ruta a ser una verdadera potencia mundial económicamente hablando y que, en Juegos Olímpicos ganaba decenas de medallas olímpicas, un país heredero de un cultura milenaria de gran profundidad, el país de Confucio el gran filósofo y Mao Tsé Tung el revolucionario, poeta y político, en el fútbol no había podido evolucionar a los primeros planos, como lo habían hecho las potencias del fútbol. Estos temas eran de interés superior para Ramón porque pensaba que un deporte que se desarrolla a los primeros planos mundiales tenía que estar ligado a sus éxitos económicos, aunque en este caso, los dos ejemplos de estos dos países de este encuentro, para Ramón eran al revés. Brasil no era propiamente una potencia aunque fuera un país enorme, y China la gigante caminando a los primeros lugares mundiales, no acababa de convencer en el campo del fútbol. Algo extraño ocurría con esos casos y seguramente que de todas las selecciones de este mundial, más de la mitad caerían bajo un modelo similar.

Sin embargo, estaban ahí para dar la pelea, como lo hace cada selección y, de pronto, caía el primer gol de Brasil a cargo del formidable Roberto Carlos al minuto 15, jugador que le pegaba al balón con una fuerza que rebasaba los 175 kilómetros por hora; y luego al 32, Rivaldo, de una gran técnica, para que en el segundo tiempo, la feria de goles fuera alegremente machacada por Ronaldo, la estrella de la selección al minuto 45 y sellando el triunfo Ronaldinho al 55.

El segundo tiempo ya sólo consistió en retener el balón, en sobrellevar el juego, en un vaivén de la pelota en campo brasileño con belleza y elegancia que rayaba en la magia. Con una victoria sellada así por goleada cayó un imperio milenario a los pies de la samba brasileña, así que la lógica indicaba para qué más desgaste si lo fuerte venía más adelante para los brasileños. El fútbol era la válvula de escape que había sufrido de todo en su pasado, malos gobiernos, dictaduras, crisis y fuertes problemas sociales. Una alegría de este tamaño era bueno para Brasil y también para el mundo.

El Estadio Mundialista Jeju fue el escenario del segundo triunfo de los cariocas, con un paso impresionante que a la postre lo llevaría a la acariciada gran final. Así que Ramón no hizo otra cosa que disfrutar plenamente de ese partido ya con su tercera copa de brandy. Su paladar degustó la bebida que, hasta ese momento, reparó en los grados de alcohol, 40 en total. Con razón sintió la fuerza del mismo y su laringe se había aflojado, tanto como para entonar algunas canciones.

De pronto, en un soplo de nostalgia, recordó allá a la distancia a sus queridas hijas, a las que amaba profundamente y, tras la cuarta copa, sus glándulas lagrimales lo traicionaron, desprendiendo subrepticiamente lágrimas de melancolía. Toda su masculinidad concebida y cultivada por años, en ese preciso momento se derrumbaba descarnadamente, haciéndose añicos como una bola de cristal.

En realidad eran lágrimas de dolor, uno punzante que cortaba como bisturí en fragmentos su alma, que laceraba sus emociones una a una y todo se convertía en un rehilete, circularmente imparable. Sentía que su corazón estaba astillado a esas alturas. Sus fuerzas menguaban. No había poder humano, en esos instantes de profunda desolación, que lo confortara. Incluso para completar ese cuadro, del cielo empezaron caer gruesas gotas de lluvia, como si aquel sintiera empatía por el dolor de Ramón y llorara también por el mismo sufrimiento.

No era para menos, el tener la certeza de que pronto moriría muy lejos de su patria sin decir adiós a su familia entera, sin despedirse de su madre y su padre que lo adoraban y sobre todo sin poder despedirse de sus hijas, Flor, Cynthia, Cristina y Gaby. Recordó con añoranza un poema que les había escrito alguna vez en referencia al profundo amor que les profesaba hasta la fecha.

¡¡¡*De mi árbol de vida!!!*

Brotan de mi fuente,
Bálsamo supremo de vida,

Son una pequeña hoja,
Crecen sin cesar,
Asoman al viento sus rostros,
Son valientes y hermosas,
Nadie puede negar
El molde del tronco,
De tal árbol, tales hojas.

Nacieron del amor,
Un día serán ramas, follaje,
Otro árbol,
Perpetuamente
Reproducen el ciclo,
Aprenden las fórmulas
De la vida dura
Que enseña
Que nada es fácil
Porque ni el algodón,
Tan suave, deja de nacer
De espigas duras.

Abren sus brazos al viento,
Exclaman con voces arbóreas,
Susurros infantiles que van madurando,
Ahora son hojas adolescentes,
Reclaman su lugar en el mundo,
Y se repite nuevamente la ecuación
Con los brotes de otras ramas
Son sus logros, hojas
Más pequeñas y frágiles,
Son las hojitas de las hojas,
Su tiempo ha llegado y hoy,

Existen también,
Reconociendo al viejo tronco que,
Se enorgullece de un follaje mágico
Que crece cada día porque cumple
La ley de la naturaleza:
Creced y multiplicaos.

No era poca cosa internalizar la sensación de una muerte segura y obviamente sentir una gran inquietud aderezada con los nervios que los traía de punta, con la idea suprema de la muerte encrespando su mente. *Su vida era su único activo puesto sobre la mesa como una inversión, si es que así se le podía llamar, en ese viaje suicida y estaba a punto de perderla. ¡La antesala de la señora muerte!*

Y precisamente cuando estaba luchando internamente consigo mismo, escuchó su voz interior que le decía, "hoy no es el día, Ramón, tienes que resistir, morir es claudicar, así que hoy no puedes sucumbir, no es propio de un mexicano valiente morir tan lejos, si has sido capaz de burlar a la muerte más de cinco veces, si has resistido tantas y tantas veces. Tú naciste para ser alguien, tú lo sabes en lo más profundo de tu ser. Recuerda que una vez tu abuelo Valentín, con su filosofía de un viejo experimentado y vivido, te dijo, cuando eras un niño y querías ser y hacer de todo: Hijo, no se puede tener todas las glorias al mismo tiempo". Ante estas enseñanzas que fuiste digiriendo tiempo después, tu abuela Francisca, mujer sabia, ¡cómo sonreía tan luminosamente!

Pero entre ecos, tras la quinta copa que se sirvió generosamente, sus recuerdos se arremolinaron al unísono, definitivamente, la tristeza lo había atenazado entre sus garras e hizo presa de él y recordó la inmortal canción que duele aún más a la distancia de su país: "México lindo y querido…si muero lejos de ti, que digan que estoy dormido y que me traigan aquí!!!", al mismo tiempo que gruesas lágrimas resbalaban por sus mejillas.

Luego, mientras caía la tarde gota a gota y la noche aventuró su presencia siempre puntual, vinieron la sexta, la séptima, la octava y aún la novena copas, el resto del día fue un diálogo con todas las personas importantes que fueron parte integrante de su vida, en el desfile familiar platicó con su esposa a la distancia y le dijo que sentía mucho haberla dejado con sus hijas, que lamentaba no volver a verla jamás, y más le dolía haber dejado a sus hijas tan pequeñas.

Después volteó a verlas a ellas directamente y les dijo con palabras entrecortadas salpicadas con lágrimas que eran su adoración y que eran lo mejor que le había pasado en toda su existencia, que pasara lo que pasara, aunque ya nunca más se volverían a ver, él les enviaba un saludo con todo su amor, les dijo que las amaba profundamente y que siempre sería así hasta la eternidad de los tiempos, que lo perdonaran por su torpeza de haberlas abandonado en pos de una aventura económica. Y ojalá que nunca lo olvidaran. Él las recordaría a cada una por un rasgo especial. Obviamente que si tuviera la facultad de hacerlo desde el más allá, cuidaría de ellas con un permiso divino.

En medio de esa tormenta emocional imaginó la figura diminuta de su madre Ángeles, quien lo amó con todo su corazón y otro torrente de lágrimas abarrotó sus mejillas. Le dijo que también la amaba profundamente y le agradecía todo lo que había hecho por él para volverlo un hombre de bien. Que sólo siguió sus sueños aunque se hubiera equivocado y que no se angustiara porque estaría bien al lado de sus otros muertos, que seguramente la abuela Rosa lo abrazaría en la eternidad.

En ese diálogo no podía faltar su padre, Salomón, su guía y maestro de vida, un consejero estupendo, siempre entregado y muy responsable. De igual forma le agradeció su contribución en su vida. A todos sus demás familiares los saludó a la distancia *y se detuvo por un rato, hablando con sus amigos y cómplices de aventura. Y les agradeció en el alma todo el apoyo que le dieron para ese viaje.* A Emilio le dijo que lamentaba mucho que el negocio no se hubiese podido cerrar.

A estas alturas, qué más da, pensaba. Hemos llegado hasta donde Dios quiso, no pudimos avanzar más allá, pero una cosa sí les digo, he vivido todo lo que he querido, he viajado y conocido mundo, gente, amistades, culturas, he leído todo lo que he podido hasta ahora, he visitado lugares mágicos de México, así que si me voy de este planeta en las próximas horas, será con profunda satisfacción, excepto porque ignoro dónde quedarán mis restos mortales y eso implicará que no tengan una tumba a donde visitarme. Pero eso ya es lo de menos, trataré de enviarles una carta que espero les sea entregada en las que les explico mis razones. Por favor, no sufran por mí, porque siempre he comulgado con poetas como Pablo Neruda, cuyo título de uno de sus libros, "Confieso que he vivido", formaron parte de mi inspiración para vivir a plenitud. Mi testamento es sólo decirles que ustedes, mis queridas hijas, no dejen de vivir jamás, que no las detenga nada porque hay una sola vida y se tiene que vivir a todo lo que damos para alcanzar nuestras metas. Ustedes llevan en su ADN la impronta de la lucha aguerrida, del esfuerzo recurrente, del denuedo y la perseverancia. Sé que así actuarán en consecuencia y su descendencia será el vivo ejemplo de la esperanza. Dejaremos huella sólo si lo damos todo, si nuestro esfuerzo es tal que quizá podamos caer de cansancio por intentarlo, por no dejar jamás de luchar, pero nunca porque nos hemos rendido. Yo creo que rendirse no entra en nuestra ideología, menos en la idiosincrasia de nosotros como mexicanos. Si nuestro pueblo jamás se dejó humillar ante nadie, menos lo hará ahora. Ah, les comparto como parte de esta experiencia emocional al famoso psiquiatra, sobreviviente de Auschwitz durante la infame y cruel Segunda Guerra Mundial, Víctor Frankl, quien nos ha enseñado "por el túnel del dolor humano que él llegó a los sótanos del sufrimiento humano, a aquello que es inescrutable e indescriptible, en suma, a tocar fondo hasta desear morir, pero nos dijo que llegamos a un punto que no tenemos nada que perder, excepto nuestra ridícula vida desnuda". Y no es que yo me rinda, sino que más bien, mañana me van a rendir o, eso parece porque no sólo me siento prisionero sino que estoy prisionero muy lejos de casa. ¿Luchar? Claro que lo podría hacer, pero sería aún más evidente que ya me di cuenta de todo. Y en realidad no sabría cómo reaccionar. Si me descubren y me torturan, no les quiero contar. Preferiría una bala en mi cabeza que la tortura en mi cuerpo. Mis esperanzas fenecen cada minuto y cada segundo. Esto me enloquece. Ya no sé ni qué estoy pensando. Que sea lo que Dios quiera.

Y así sucesivamente, Ramón sintió que la tarde no duró porque se deslizó imperceptible, y la noche lo saludó embotado de sus sentidos por la pesadez del alcohol que había consumido, sintiendo una bruma. De hecho, su conciencia estaba muy golpeada por el alcohol ingerido y no atinaba a entender lo que estaba viviendo en esos instantes. Había cumplido su cometido de olvidarse del mundo en no saber nada de su destino próximo en las horas que presagiaban sangre, su sangre.

De pronto se sumió en una vorágine, palpaba sus manos, se tocaba el rostro y no sentía nada, flotaba entre nubes, todo le daba vueltas como en espiral, hubiera querido salir de ahí corriendo en ese instante, pero no tenía ya fuerzas, era mejor tirarse sobre la cama y seguir delirando acostado. Sabía que el final estaba cerca y no quería demostrar ninguna debilidad, menos en los instantes finales porque bien sabía que un hombre cabal probaba su valor muriendo con dignidad y honor, jamás suplicando por su vida, ya que eso era propio de cobardes. Entre más pronto acabara todo, mejor.

§

Corrió, corrió y corrió, por veredas, por caminos polvorientos, por un bosque tenebroso, por un pueblo de viejas casonas, sin embargo nada pudo hacer para perder a ese ser espectral que lo perseguía incansablemente, ese ser tenía el mismo rostro de la muerte, así sonriente con toda su dentadura completa, sus cuencas oscuras brillaban diabólicamente y una risa de ultratumba rebotaba en sus oídos con un eco espantoso; el corazón de Ramón parecía salírsele del pecho y aun así aquel ser no se detuvo, una angustia lacerante recorría su cuerpo y se clavaba en su corazón. Sentía que no podría resistir más.

Sus venas resaltaban de su cuerpo por encima de su piel, podía ver claramente el color marfil de los huesos de sus brazos que estiraba cuando tocaban las puertas de salida de las casonas para dejar atrás, fuera de alcance al espectro que no iba a pie sino que veía que volaba atrás de él a una velocidad diabólica. De pronto, en su loca carrera sintió que caía en un barranco sin fin, chocando contra árboles y rocas, su rostro ya desfigurado al sentir el fondo bocabajo. Ahí lo pudo alcanzar el siniestro ser y tomándolo del cuello, comenzó a asfixiarlo con toda su fuerza, sintiendo que su garganta crujía, Ramón tuvo las fuerzas para darle un manotazo y liberarse momentáneamente, sólo que no tuvo ya fuerzas para levantarse y comprendiendo que por fin había llegado su hora, sólo clamó al cielo que su Dios lo recibiera.

Bastó una fuerte alusión a Dios desde lo más profundo de su corazón para hacer que la figura fantasmagórica con el rostro de la muerte se desvaneciera como en un acto de magia y justo en ese instante, se abrió el cielo nublado y Ramón pudo captar entre las nubes una magnificente sonrisa divina que sólo pudo dibujar el

Creador. La pesadilla había terminado y Ramón, todo sudoroso despertó y se levantó de la cama al unísono. La inmensa alegría de todavía estar vivo le hizo también sonreírle a Dios, que seguramente le había enviado un mensaje muy claro.

§

La Casa Verde era un hervidero de comentarios, de argumentos y de preocupaciones. Todo había salido casi perfectamente bien en diez días consecutivos, Ramón los alimentaba con información oportuna e importante prácticamente desde que aterrizó en suelo europeo. Seguían sus pasos hora tras hora y día con día desde que su avión aterrizó en Londres, ignorando sus peripecias en dicha ciudad histórica porque esa parte la omitió Ramón a propósito, no quería que se preocuparan más de la cuenta.

Quien se quedaba de guardia al teléfono esperando la llamada, de día y de noche, era cada uno de los integrantes del equipo, lo hacían de manera alternada en lapsos de 12 horas. No había poder humano que impidiera la comunicación entre ambos continentes, salvo lo que pudiera suceder en África. Para todos ellos era muy importante apoyar a Ramón con todo lo que tuvieran a su alcance. Ésta era la mejor manera de demostrar una hermandad que había surgido muchos años antes.

El día 17 de viaje de Ramón fue demasiado extraño porque tenía más de 15 horas sin comunicarse. Ese día viernes transcurrió con el teléfono mudo y la bandeja del correo sin moverse. Era raro que Ramón no se hubiera comunicado para transmitir informes sobre los últimos pormenores de la operación. Todos se preguntaban qué estaría ocurriendo al otro lado del mundo. A las 12 horas llegó David muy puntual para cambiar turno con Beatriz.

—Hola amiga, ¿cómo estás? Aquí llegando, vengo corriendo de las clases.

—Muy bien amigo, pues no tenemos noticias de Ramón, la bitácora sólo tiene anotado que ayer fue el último comunicado vía correo donde nos informa que acudió al Banco acompañando al Senador, iban a confirmar ciertos trámites para poder hacer la operación en firme.

—Bueno, yo confío que este fin de semana todo esté tranquilo. A mí lo que me preocupa es que Ramón ya no tiene dinero para su estancia en Lagos. Lleva más de dos semanas y se le agotó el dinero de sus viáticos. Ya le avisé a Emilio para que le envíe lo que ha solicitado, como mínimo 1 mil dólares para sus gastos. Aquí hago una aportación.

—Excelente mi buen David, yo he reunido un poco más, tenemos que apoyar a nuestro amigo Ramón, no nos queda de otra.

—Tenemos que ver de qué manera le enviamos el dinero, ya que Ramón me indica en uno de sus correos que es imposible que se los enviemos por vía bancaria porque aunque los tuviera en su cuenta, no tiene manera de retirarlo allá, porque no hay cajeros automáticos en el país ni sistema electrónico de pago. Neta que no podía creerlo pero así están de la chingada.

—No manches, David, ¿tan atrasado está ese país que no cuenta con esa tecnología?

—Bety, están del nabo, recordemos que estamos hablando de un país de África y no se descarta lo que Ramón está enfrentando allá, aparte del riesgo, todos los peligros de un país extraño y por si fuera poco, con la imposibilidad de hacer un envío de dinero por las vías convencionales para nosotros. Esta tarde hablaré con Emilio para ponernos de acuerdo en el plan más adecuado para que le llegue el dinero a Ramón. Estoy seguro de que con la experiencia de Emilio, como buen empresario, tendremos hoy mismo la solución.

-Dios quiera que así sea, amigo. Estoy rezando porque todo salga bien.

Ponerse de acuerdo con Emilio fue muy sencillo para David. Todo fue en una simple llamada telefónica. Aquel lo instruyó para que le depositara su aportación a su cuenta y así le comentó del plan, después de rondar decenas de ideas por su cabeza, su resultado fue la única posible para enviar el dinero a Nigeria.

-Mira amigo David, he buscado varias formas para enviar dinero y sólo hay dos posibilidades, la primera es por Western Union que sé que sí existe en Nigeria, con el inconveniente de que al ser una operación similar a la vía bancaria, no tengo la certeza de que Ramón pueda cobrarlo en efectivo porque tiene que ir a su nombre y de nadie más. Ni tampoco sé dónde están situadas las sucursales, es decir, estamos a ciegas. Ante esta incertidumbre sólo queda la segunda opción que viene siendo aún más arriesgada aunque en firme para enviarle todo lo que necesita.

-Caray, Emilio, con tantas dificultades, más sustos que otra cosa. Dime cuál es la opción porque lo que me preocupa es que Ramón sí reciba el dinero.

-Pues mira, la opción es enviarle el dinero en cheques de viajero sin firma, por paquetería, escondidos en un libro, aprovechando que Ramón pidió libros. El riesgo es que pudieran detectar los cheques y como van en blanco, fácilmente los pueden robar y cobrar, cualquiera lo podría hacer. Así que armamos bien el paquete, ponemos los cheques en la página 100 de los tres libros y se los enviamos a Ramón, le avisamos que esté pendiente de que le llegue el paquete hasta su hotel, aquí ya tengo la dirección que me envió Ramón desde hace tres días.

-Pues a darle que es mole de olla Emilio, no nos queda de otra más que arriesgarnos para que el dinero le llegue a Ramón en la semana entrante.

-Es correcto, si lo envío esta tarde, le estaría llegando el próximo lunes al medio día. Hemos logrado reunir entre todos, tres mil dólares contantes y sonantes. Ramón no tiene por qué estar padeciendo hasta allá. Más vale que sobre y no que falte. Más aparte le estoy enviando el complemento del pago del seguro que elevaron a $12 mil dólares, menos los 4 mil que se llevó desde México, son $8 mil más $3 mil, se van por este medio un total de $11 mil dólares que esperemos en Dios que lleguen a su destino. Los cheques van como papel extra en los tres libros.

-Perfecto, entonces avísame sobre el número de guía para que se lo mande a Ramón y él esté pendiente de recibir todo, ya que de eso depende cerrar la operación.

-Sala vale. En cuanto tenga la información, yo te la envío de inmediato. Así quedamos. Un abrazo.

-Hasta luego Emilio. Seguimos pendientes desde la Casa Verde.

Esa misma tarde Emilio cumplió con el encargo, obtuvo el número de guía, procedió a enviarlo a David y rogó al cielo que el paquete llegara como le habían confirmado, lunes al medio día. Desde la Casa Verde los amigos reunidos todos esperaron noticias de Ramón, era un fin de semana aparentemente tranquilo, enviaron la información del envío del dinero y también rogaron al cielo que efectivamente, el paquete llegara íntegro a las manos de su amigo Ramón.

Transcurrió todo el sábado y domingo con los cambios de turnos correspondientes, el teléfono aún en silencio, ya sepulcral, la bandeja de entrada vacía, Ramón a la distancia, para ellos callado, sin una palabra que les dijera que todo estaba bien y que él mismo se encontraba en perfectas condiciones. Sin embargo, en el fondo sentían una profunda inquietud porque Ramón no había dado señales de vida en más de 72 horas. Literalmente, comiéndose las uñas todos se preguntaban qué estaría pasando, más aún si Ramón estaría vivo o, quizá hubiera sido víctima de un delito, un robo, un asalto o mucho peor, un asesinato. Nada era descartable. Era domingo por la noche y la angustia comenzó a hacer presa de los amigos, incluso la madre de Ramón llamó por la tarde, y también lo hizo su esposa porque sus hijas preguntaban por su papá. Pareciera que todos presentían el peligro desde el otro lado del planeta. Como si la sangre estuviera conectada por un mismo canal.

-¿Ustedes qué opinan del asunto, amigos? Ya pasaron muchas horas y el silencio de Ramón es desconcertante. Abruma su silencio. Yo nunca había deseado tanto recibir una llamada de un amigo. ¡Chingada madre! ¡En pleno siglo XXI! Esto no puede estar pasando.

-Tienes razón, David, el tiempo transcurre minuto a minuto y entre más pasan los días, más nos desesperamos. Realmente es extraño que Ramón no se haya comunicado con nosotros. O es extraño o es sospechoso.

-Así es Bety, creo que este fin de semana es crucial para la operación, sin embargo, me valdría madre que todo se viniera abajo, siempre y cuando Ramón regrese sano y salvo.

-Ya son muchas horas, muchos días sin saber nada de Ramón. Es para que mínimo hubiéramos recibido un correo. Emilio me dijo que le ha estado marcando al hotel pero que las líneas están muertas. Y ni Ramón llama ni nosotros podemos contactarlo. Esto es desesperante. Ramón está solo allá, sin embajada mexicana a la cual recurrir en Nigeria. La única forma de saberlo es que tengamos noticias de parte de la paquetería cuando Ramón haya recibido los libros con el dinero.

-Es verdad, Memo, no había pensado en ese detalle. Recuerdo que algo mencionó Emilio al respecto. Eso deberá pasar mañana mismo al medio día hora local, entonces hay que estar pendientes desde las 6 de la mañana y calculo que máximo a las 9 ya deberemos saber qué ocurrió. No olvidemos que las malas noticias llegan primero que otra cosa. Por lo tanto, hay que estar optimistas en todo momento, es la mejor forma de ayudar a nuestro hermano al otro lado del mundo.

-Bien amigos, entonces a quien le toque este turno es quien deberá comunicarnos las novedades de la mañana. Creo que te toca turno, Memo.

-Ciertamente, Bety. Aquí me toca permanecer y estar pendiente. Ustedes vayan a descansar y sólo les pido que estemos muy optimistas, estoy seguro de que Ramón se encuentra bien, sólo que algo se le atravesó en el camino. ¡Ya sabemos cómo es de temerario! Ha hecho cosas en la vida de las que nos hemos enterado a toro pasado, como él mismo suele decir, siempre fiel a su pinche costumbrita de que "más vale pedir perdón que pedir permiso". Luego son otros los que andan corriendo. Esperemos que no sea el caso.

-Hasta mañana entonces. Hagamos changuitos porque todo esté bien.

-Hasta mañana amigos. Crucemos los dedos también.

-Roguemos a Dios. Que le vaya muy bien. Hasta mañana.

Los amigos se despidieron esa noche de domingo agitado, sus semblantes lo decían todo, sin necesidad de decir que realmente estaban muy preocupados por la suerte de Ramón. Esa noche rogaron al cielo y a todo el santoral porque su amigo se encontrara sano y salvo.

En el fondo, era como si una conexión espiritual a una muy larga distancia les hubiera dicho lo que Ramón estaba experimentado ese fin de semana, porque en realidad así era. Las conexiones mentales de este tipo entre amigos entrañables sí existen y esa angustia compartida desde dos polos lejanos del planeta, eran la prueba de ello.

§

Llevamos casi dos semanas trabajando desde África este gran proyecto, y me duele mucho que no he podido conseguir mi objetivo de sacar a mi familia de El Congo. Es mi país y lo amo, pero estando en medio de lo más duro del conflicto, no se puede avanzar nada. Debí haber traído conmigo al menos $100 mil dólares, ¡carajo! Con eso hubiera podido pagar todas las mochadas en los retenes que hay en todos los caminos. Con sólo $25 mil, no creo lograrlo. Pinche guerrilla, como si no tuviera otras formas de financiar sus chingaderas. Mi amigo Ramón ya debe estar desesperado en Nigeria. Lo peor de todo es que no dispongo de internet para avisarle a detalle qué está pasando por aquí. Confío que me espere un tiempo razonable y me dé un plazo adicional de espera. La paciencia es muy necesaria a veces para ciertas situaciones.

Con estos pensamientos, Michael Kosombo se atormentaba cada hora y cada día. Eran finales de abril de ese año que había viajado de Nigeria a El Congo, mucho después de haber salido de Tel Aviv a principios de año. Su estancia en cada país había estado condicionada por el curso del conflicto congoleño. Seguía las noticias internacionales puntualmente, no obstante que sabía que mucha de la información que surgía de su país, en realidad estaba editada o era compartida a medias verdades por los mismos medios de información locales, sin considerar que la censura del gobierno era más que evidente. Como buen soldado sabía que una manera de ejercer el control de un país era apoderándose de los medios masivos de comunicación, eso era una verdad de Perogrullo y de fácil y lógica aplicación. A cualquier otro ciudadano del mundo lo hubieran podido engañar con este panorama, pero a él que era parte de este país ensangrentado, no podían "verle la cara" o intentar dar machetazo a caballo de espadas, era muy difícil porque en la escuela militar aprendió de memoria los textos de los grandes estrategas de la guerra, Sun Tzu y Maquiavelo. Por lo tanto, era imposible enseñarle a hacer chiles a Herdez.

Kosombo sabía perfectamente que no todos los cables que le proveían de información iban completos, de hecho, algunos podrían llevar una trampa oculta con el fin de atraerlo a él y a algún otro funcionario que hubiera quedado varado en el extranjero. Y él era experto para identificar cuál era verdadero y cuál no. Una de sus labores dentro del ejército fue coordinar las tareas de inteligencia para el control de los enemigos del estado, por tanto, sabía qué pasos darían sus perseguidores para poder cazarlo exitosamente. Tenía que ser sumamente cauteloso, so pena de convertirse en prisionero antes de tiempo.

A veces se arrepentía de haber aceptado el cargo que le confirió el expresidente asesinado Kabila al inicio de su mandato, sin embargo también sabía que era una oportunidad única para pacificar al país que había sido un caos a lo largo de los últimos 40 años. Su misión era ineludible. Entonces sus sentimientos encontrados convergían en pensar que, como dicen por ahí, "por algo pasan las cosas" y él tenía que averiguarlo a la mayor brevedad posible para no tener que lidiar con esta angustia adicional a las tormentas internas que lo acosaban constantemente.

Su generación y la de sus padres habían vivido inmersos en guerras, conflictos, asonadas y cuartelazos, epidemias brutales y sobre todo, presiones de las potencias europeas y de los Estados Unidos de América. Sabía que un país no puede vivir así, condenado siempre al subdesarrollo a pesar de contar con innumerables riquezas que la naturaleza le prodigó a El Congo, y sólo por eso aceptó el desafío de apoyar a Kabila, un presidente polémico pero que había sido elegido democráticamente en las urnas. Él sabía que era tiempo de cambiar la ecuación cotidiana para revertir el orden de las cosas. De lo contrario, el país de Patricio Lumumba estaría condenado al subdesarrollo por los siglos de los siglos.

Llevaba cuatro semanas eludiendo a la milicia que le era leal al nuevo régimen. Él mismo había tenido que cambiar su apariencia física, con una cabellera rizada, barba y bigote que le daban un aire enigmático. Nada que ver con el militar convencional de siempre. Sólo que le faltaba lo más importante, conseguir los documentos falsos que le dieran otra identidad a él y a su familia. Eso era clave para poder salir del país, aún en medio del peligro.

Su esposa Claude estaba segura de que pronto lo lograrían y le daba todo el apoyo. Su primo Andy era quien tenía la tarea de conseguir los papeles falsos con uno de sus amigos que era un experto falsificador. Sólo que en medio del conflicto se le había descompuesto una impresora y había hecho hasta lo imposible para conseguir la refacción, sin lograrlo. En mala hora se viene a descomponer un equipo, pensaba su primo, quien siempre fue muy ordenado con su trabajo y ahora que urgían unos documentos, como si la Ley de Murphy quisiera hacerse presente, llegaba para quedarse por un largo rato.

Kosombo no tenía otra alternativa más que esperar a que Andy pudiera tener todos los papeles a tiempo para escapar, era eso o arriesgarse a salir de su escondite utilizando su identidad real. El tiempo apremiaba y Ramón en Nigeria con sus propias presiones, no podría esperarlo mucho tiempo. Trabajar a contrarreloj bajo estas dos presiones, estaba desgastando en extremo su sistema nervioso. Sabía que tendría que enfriar su cabeza y darse mucho ánimo antes de pensar siquiera en explotar. Lo peor del asunto, al momento era que no había comunicación entre ellos dos, por lo que Ramón podría estar pensando lo pero acerca de Kosombo y su seguridad o que de plano se había arrepentido de hacer la operación aunque todo apuntara a que no había ningún problema.

§

Era ya lunes, -tras ese fin de semana con la angustia a flor de piel y tan lleno de emociones y lágrimas-, eran alrededor de las 12:15 horas, tiempo local de Lagos, cuando un empleado del hotel fue presurosamente a buscar a Ramón a su habitación para notificarle que había llegado un paquete sellado. Ansiosamente, así como se encontraba a medio vestir bajó a la recepción y jamás había sentido tal alegría por ver a un mensajero entregándole un paquete de flete internacional con un peso aproximado de tres kilogramos, por lo que tenía que identificarse y firmar para poder recibirlo. Sentía que el corazón quería salírsele del pecho.

Tras esta acción, rápidamente pudo percibir que no había violación alguna de la envoltura que contenía los tres libros que

Emilio había enviado el viernes pasado desde México. Se retiró con prisa a su habitación. Muy emocionado, abrió el paquete con mucho cuidado, sabedor de su contenido. Sacó uno por uno los libros, hojeó con cuidado cada uno y se dio cuenta de que cada libro contenía un sobre en las páginas número cien. Y ahí se encontraban intactos, distribuidos proporcionalmente los 22 cheques de viajero de 500 dólares cada uno. Estaba estupefacto de que este paquete tal cual lo tenía frente a sus manos, hubiese llegado intacto, pasando por aduanas y revisiones extremas, sobre todo pudiendo ingresar a uno de los países más corruptos del mundo. Sin duda alguna que la fachada de los libros fue una idea genial, a quien se le hubiera ocurrido hacer esto en México entre sus amigos y les envió un Gracias sonoro, con todo su corazón a la distancia, como si en verdad creyera que esta palabra les llegaría a más de 13 mil kilómetros con un océano de por medio.

Ante las eventualidades que había tenido que enfrentar Ramón a esas alturas de su aventura, este suceso le hizo brincar de alegría como un niño con juguete nuevo. Sin embargo, al no poder contener su alegría, cayó de rodillas y le pidió perdón a Dios por haber perdido la fe unas horas antes, justo cuando se extravió entre un fuerte choque emocional, luego el marasmo y por último la catarsis.

Desde ese momento supo cuánta razón tienen los viejos refranes, producto de una milenaria sabiduría, como aquel tan conocido de que "Dios aprieta pero no ahorca", -siempre se lo escuchó decir a su madre-, y ahora lo comprobaba en carne propia para su propio beneficio. La luz deslumbrante que pudo distinguir a partir de ese momento, justo a la mitad de su viaje, en un rincón perdido de un hotel de la ciudad de Lagos, en la costa occidental de África, le devolvió la fuerza y la fe que necesitaba para seguir adelante con el Safari Africano. Bien dicen por ahí también que, "Cuando más oscura está la noche es porque ya va a amanecer".

Coincidentemente ese universo estaba conspirando nuevamente a su favor, al menos así lo sintió por unos segundos porque era la mejor señal para poder cerrar la operación, cualquiera que fuera el resultado y largarse de ahí cuanto antes. No tenía ánimo de buscar más el queso sino de salir ya de la inmensa ratonera que era Nigeria.

En ese momento no tenía todavía ningún modo de comunicarse con sus anfitriones, de manera que no le quedó más remedio que seguir parsimoniosamente con su rutina. Guardó con mucho celo los cheques, separando lo suyo y lo del pago, revisó los libros que le habían llegado y agradeció otra vez con el pensamiento a Emilio por el gesto, así como a sus amigos que seguían monitoreando todos sus movimientos a la distancia. En el fondo de su ser sabía que nunca lo habían abandonado sino que una terrible coincidencia de ese fin de semana infernal, fue lo único que se conjugó en su contra, una mala pasada del destino de horas que lo hizo pensar lo que no era, que lo hizo prejuzgar incluso a sus amigos más cercanos y, sobre todo, lo hizo pensar en un complot que a final de cuentas, hasta ese momento sólo existía en su cabeza. Así, de un golpe recuperó toda la cordura y la racionalidad que unas horas antes sentía que lo habían abandonado, su alma empezó a serenarse y su sistema nervioso se relajó ligeramente sin confiarse porque nada estaba ganado aún. Era preciso realizar la segunda parte de la misión, tal y como los alpinistas que llegan a la cumbre del Everest de 8,848 metros sobre el nivel de mar, están apenas a la mitad de su misión porque todavía les falta el descenso que es el más peligroso porque a esas alturas están agotados y cualquier paso en falso les puede significar la muerte. Así se sentía Ramón en esos momentos, con apenas la mitad del camino andado. El cerrar la operación exitosamente después de ver a Kosombo y regresar a su país era la segunda parte y por supuesto que la más peligrosa de llevar a cabo.

Un paso en falso podría significar la muerte o en el mejor de los casos, perder su libertad en un país totalmente desconocido. Ninguno de estos destinos era agradable, por lo que eso lo obligaba a enfocar toda su atención al tema en cuestión y no descuidar cada detalle por muy nimio que pareciera.

Ya más tranquilo, con ganas de comerse una res, se dispuso a pedir de comer a su habitación, y a modo de celebración, esta vez no se midió, solicitó un arroz frito con plátanos y una carne de res bien cocida a las brasas con guarnición de las verduras que más le gustaban, todas aderezadas con el picante nigeriano del que tanto disfrutaba, postre y tres buenas cervezas Goulder. Al menos sabía que el tema económico personal, a partir de ese momento ya no le preocuparía en lo más mínimo, pero ciertamente que no tenía que decirles nada de eso a sus anfitriones por razones obvias. Era mejor seguir pasando con bandera de pobre. Así se evitaría muchos disgustos.

Comió con fruición, masticó cada trozo de comida con parsimonia, como si tuviera todo el tiempo del mundo, degustó cada bocado y bebió de sus cervezas con sumo placer, así con esa calma de las tortugas, concluyó su ritual de una comida que ayudaría a una renovación de su propia moral que horas antes estaba hecha añicos y esparcida por el suelo. Terminó con buen tiempo y aguardó como espartano, sabiendo que sus anfitriones pronto estarían con él.

En tanto esperaba, comenzó la lectura de uno de los nuevos libros que habían llegado en el paquete, referente a la lucha de Fidel Castro y Nelson Mandela para llegar al poder, uno en Cuba y el otro en Sudáfrica, un tema polémico, porque así suelen ser las figuras que han burilado parte del destino de la humanidad. Ni Mandela ni Castro estaban exentos de ello y el autor del libro, al parecer muy objetivo, plasmaba esa personalidad fuerte de los líderes que por dos vías diferentes habían llegado al poder.

El título del libro era muy sugestivo: "*¡Qué lejos hemos llegado los esclavos!*"

La figura de Fidel Castro Ruz era muy atractiva dentro de la historiografía latinoamericana, tanto por su lucha revolucionaria, los señalamientos como dictador, sus largos discursos de horas que había pronunciado frente a su pueblo y la herencia a la posteridad. La CIA había intentado asesinarlo más de 500 veces, era todo un récord. Y Ramón se embebió con la nueva lectura que le daría un nuevo solaz. Era además, uno de sus temas favoritos, es decir, historia y revolucionarios, ¡qué coctel!

Se encontraba Ramón degustando los últimos tragos de su segunda cerveza, cuando alguien tocó a la puerta. Enseguida corrió a abrir para mirar la esbelta figura de Cox Benson, quien después de un largo fin de semana, por fin regresaba para cumplir su trabajo en la operación financiera. Ramón no tuvo otra emoción, más que la de la alegría por el retorno de uno de sus anfitriones, así que ni para reclamarle nada de su pequeño infierno vivido en horas recientes porque tanto Cox Benson como el Senador Abubakar fueron claros el viernes anterior al explicarle que ninguno podría estar con Ramón esos tres días.

Tras un cruce breve de palabras y los saludos de rigor, con la mirada radiante, Ramón le informó a Cox Benson que dos horas antes había recibido el dinero por paquetería para completar el pago del seguro pendiente con el fin de agilizar todo. Éste entonces le pidió que lo aguardara un par de minutos, tomó su teléfono e hizo una llamada para informarle al Senador Abubakar de la última buena noticia.

La respuesta fue simple, ya que al siguiente día, el senador pasaría por Ramón para continuar con la siguiente fase del procedimiento y le pedía que se alistara alrededor del mediodía. Entonces Cox Benson, pensando en el fin de semana que su amigo mexicano había tenido, aprovechó para invitarlo a salir a la *calle, puesto que comprendía que había estado encerrado casi tres días y seguramente se encontraba un tanto desesperado. Ni tardo ni perezoso, Ramón no se hizo del rogar y en menos de cinco minutos estaba listo para salir.*

§

Hay pequeños detalles que en lo muy particular, marca serias diferencias entre un país y otro, más allá de sus fronteras, entre otros, el olor y el color de la tierra. ¿Será que en verdad cada país posee un color que es de un matiz inigualable y que por ende, huele distinto? Quizá el color de todo el continente africano era uniforme con tonalidades múltiples. Pero el olor es algo distintivo de cada territorio del planeta y Nigeria no era la excepción.

Por ello, Ramón percibía con su mirada y su olfato que Nigeria olía a tierra quemada, como tierra color mamey encendido, quizá tostada por el sol, y por eso para él olía a sal por la costa, a coco por sus plantas, a pimienta por su gastronomía y olía, sobre todo a su gente de raza negra, un negro azabache que raya en la hermosura. Un olor, un aroma único en todo el planeta. ¡Imposible pensar que todos los países africanos fueran iguales!

Así fue la sensación que Ramón experimentó los primeros días que caminó por las calles de Lagos. Sentía que transitaba sobre baldosas, entre arterias terregosas, calles arenosas muy tostadas por el sol inclemente, ese sol que fue testigo desde la eternidad del surgimiento de los primeros brotes de vida humana, en la que muchos decían era la cuna de la civilización o al menos, donde otros sitúan al Edén bíblico. El caso es que la tierra africana se nota por su edad y por su color, se distingue por sus tonalidades, muchas de las cuales, Ramón no había visto en otros países. Ese era un atractivo fenomenal y por supuesto, saber que, no obstante la edad de este continente, parecía más bien que transitaba por su infancia por su alto grado de subdesarrollo, un lugar que se negaba a crecer y mirar otros horizontes, con toda y su inmensa riqueza.

Por tanto, Ramón veía también, rasgos de una tierra muy desgastada, porque pareciese que el tiempo se había detenido en África y no había hecho sino impedir su evolución a la par que el resto del mundo. Su vejez era endémica y había afectado su propia modernización. Entre otros rasgos, se evidenciaba en cada rostro la pobreza que carcome desde sus raíces a las personas, que permanece intacta como en todo el mundo, porque hay muchas desigualdades pero a una escala aún mayor, y sin muchas esperanzas de dejarla atrás.

Ramón sabía que la lucha institucional contra la corrupción nigeriana era en vano, no obstante existir un portentoso edificio que así lo señalaba: Federal Office against Corruption, "Oficinas centrales de gobierno contra la corrupción". Ramón pensó que la preposición "contra" debería de cambiarse a "por". Los resultados eran nulos y el listado de los países más corruptos que ocupaba Nigeria, así lo indicaba. ¿Cuál avance podía presumir este país sumido en el subdesarrollo y en el caos con un crecimiento sin orden y con pocas esperanzas de un mejor futuro?

Imaginemos a qué escala se encontraba la corrupción en un país que tiene fama de corrupto, pero además, ocupa el primerísimo lugar en el cuadro de países más corruptos del mundo. Claro que México no quedaba muy abajo, apenas entre los primeros diez lugares. La corrupción debe alcanzar grados escandalosos en Nigeria al extremo de tener oficinas gubernamentales encargadas de combatir ese fenómeno que no le es ajeno a casi ningún país del planeta, sólo que en grados distintos, -excepción hecha de los países nórdicos que al parecer han logrado desterrarla por completo–.

Y entonces Ramón se preguntaba si ese rasgo sería clave para poder desatorar el asunto financiero que lo llevó a volar miles de kilómetros desde su hogar o, en vez de eso, sería el factor que impediría que la operación tuviera éxito. Cualquier escenario se le podría presentar, sin embargo estaba consciente de que si quería salir airoso de esta aventura, vivo y con mucho dinero, tenía que poner toda su atención en cada paso que diera. Eran cuestionamientos existenciales derivados de su experiencia, de lo que vivía cada día en su agenda mortal.

§

Por tercera vez, Cox Benson invitó a Ramón a salir a la calle en Lagos, por lo que éste se apresuró a peinarse y acomodarse la ropa. Estas salidas eran una oportunidad de oro que no le gustaba desaprovechar. El abogado sabía que su huésped estaba ya al borde del aburrimiento en el día número diecisiete de estancia y de alguna manera tenía que hacer más grata su existencia. Aún no pasaba nada importante con su socio Kosombo, sin comunicaciones desde El Congo, pero estaban seguros de que ya en unos días más estarían frente a frente para cerrar la negociación de sus vidas.

Salieron a pie, caminaron siete cuadras por la Avenida Saint Joseph, era otro ángulo de la ciudad de Lagos, una zona populosa con calles polvorientas, basura cada cinco metros, gente hablando con tonos que no eran de diálogos normales para Ramón, sino gritos. Nada más que Benson ya le había explicado que la gente así hablaba por costumbre, que nadie estaba peleando, así era su tono "amistoso" de charla, paradójicamente. Ramón acabó de entenderlo y se acostumbró a eso que los nigerianos clasificaban como una charla "normal".

Al llegar a la zona del mercado de comida, los olores concentrados a cebolla y a diversas carnes, abundaban. Las calles estaban tan atiborradas de gente que era imposible no chocar entre unos y otros. Eso mismo hizo que Ramón se pusiera nuevamente en alerta porque conocedor ya de la existencia de delincuentes comunes como los carteristas, no era improbable que le hicieran pasar un desagradable momento.

Ramón estaba con esos pensamientos y de pronto, vio cómo Cox Benson atrapaba a un hombre que se escabullía entre la multitud, era un tipo con semblante de pordiosero, maloliente y con ropajes sucios que había pasado cerca de ambos y alcanzó a rozar a Ramón, quien se descuidó por un segundo y le había extraído limpiamente la cartera que guardaba con tanto celo. Entonces a la par que pensó en el peligro de ser robado, justo cuando iba a resguardar su cartera, en ese momento sufrió el robo.

Cox Benson, experto conocedor de su gente y de su país, pensó que no podía permitir que a Ramón le pasara eso, intuyó a los dos segundos lo que acababa de ocurrir y entonces, atrapó al ladrón con las manos en la masa, quien no tuvo más remedio que devolver lo que no era suyo y ofrecer disculpas a la víctima con palabras entrecortadas. Eso fue lo que menos le interesó a Ramón porque en realidad lo más importante era recuperar su cartera con su contenido intacto porque no sabían si el ladrón tuvo tiempo de hacer alguna otra movida.

En esos instantes de aturdimiento, Ramón sudó frío porque justo cargaba en la cartera parte del dinero que Emilio le acababa de enviar un par de días antes. Así que en lo sucesivo tendría más cuidado porque pensó que no siempre tendría la suerte de que Cox Benson estuviera alerta ante los abusivos bandidos. Por fortuna el dinero permaneció en la cartera. Lección aprendida, ahora comprendía con más certeza por qué nunca tenía que salir solo a la calle.

El resto de la tarde fue seguir recorriendo algunas callejuelas más de la zona. Como por inercia, Ramón, sin soltar ya su cartera, buscaba comprar algún souvenir para los suyos, sólo que ahí no se vendía algo así que sirviera al objetivo de un regalo y desistió de seguir buscando. Sus acciones se concretaron sólo a mirar a la gente y conocer varios tipos de personas, para Ramón muy interesantes porque conocía lo que quizá no volvería a ver en otros países.

-Vaya que tu país es interesante, Cox.

-Por qué lo dices? ¿Qué te ha gustado de todo lo que a mí me disgusta? Tal vez me convenzas de que tenemos algo bueno por acá.

-Pues mira, te diré que ver tanta gente en medio del bullicio es algo que también puedo experimentar en unas tres grandes ciudades de mi país, incluyendo la capital, Ciudad de México, entonces eso no es lo que me llama la atención, sino el nivel de pobreza que puede haber en estas calles, donde lo mismo podemos ver un ladrón como el que me sacó mi cartera con fachada de mendigo, así como que veo muchas mujeres en las calles haciendo diferentes labores, muchas de las cuales no s son usuales en otros países, como eso de ofrecer en venta hienas, animales salvajes que sólo podemos ver en un zoológico, o el hecho de visualizar productos muy exóticos que te venden en plena calle.

-Pero no te entiendo, señor Santiagou, ¿eso qué tiene de peculiar? Para mí es lo mismo todos los días, no veo nada diferente.

-Es por eso que no te parece peculiar, porque estás acostumbrado a ver siempre lo mismo, entonces ya no reparas en las diferencias que se llegan a dar en medio de un mundo de gente que, para empezar es de una piel hermosa, al menos así me lo parece. Luego, variedad de edades porque hay de todo tipo, desde infantes hasta ancianos, mujeres de todas las edades y hombres igual. Expenden todo tipo de productos, desde un alfiler hasta carne de león para comerse en el mismo lugar. ¡Qué increíble es todo esto! Jamás me imaginé conocer calles con comercios de este tipo, puestos de la calle, mercados y todo lo que se puede encontrar en una ciudad como ésta. Son cuadros que no se ven fácilmente en otros países, a menos que, supongo también sean ciudades africanas.

-Pues en realidad no lo había visto de esa manera, tal vez tengas razón en que una manera de ver las cosas distintas es a través de un visitante como tú.

-A eso me refiero, Cox. Sí tienen una forma de presentarse ante el mundo, su propia idiosincrasia, tal y como existe en otros países, incluido el mío. Si yo te contara toda la historia de mi patria, te quedas frío. Sobre todo porque he llegado a la conclusión de que Nigeria y México tienen un espíritu similar, con destinos parecidos, tienen tanta riqueza a la mano que su gente se ha confiado en que un día serán potencia mundial por obra y gracia de los astros, no por el trabajo. Quizá esa sea su karma y su condena. Al no aspirar a más, se han quedado rezagados, mucho más que otros países. Sólo sigue el ejemplo de Corea del Sur, país atrasado hace 30 años pero que después de los Juegos Olímpicos de Seúl 1988, hasta la fecha ha tenido un crecimiento paradigmático que hoy es una potencia mundial. Lo comento sólo para la reflexión pero de verdad que hay mucho que aprender de este mundo.

-Tienes mucha razón señor Santiagou, con razón el senador Abubakar me ha dicho varias veces que tienes talento innato y que eres muy observador. La verdad es que nos caes muy bien, por eso te tratamos con mucha dignidad. Espero sinceramente que disfrutes tu estancia aquí, en mi país.

§

Como parte de un plan, el Senador Abubakar quiso generar confianza como anfitrión en su invitado Ramón Santiago, de manera que cada vez que podía lo visitaba para compartirle detalles de su ciudad natal, Abuja. Quería hacerlo sentir como un huésped distinguido y más sabiendo que éste estaba impresionado con todo lo que veía y analizaba.

Fueron poco más o menos una decena de veces que lo hizo para llevar a cabo conjuntamente operaciones financieras, ir al banco comercial más cercano a cambiar dólares por moneda local, preguntar por trámites internacionales de manejo de dinero, acudir al Ministerio de Finanzas o en su defecto, invitarlo a comer al centro de Lagos, la parte de la ciudad, más ruidosa, activa y comercial.

Ramón recordaría muy bien una invitación del Senador para conocer el centro de la ciudad, el más comercial de todos, donde circulaba dinero y mercancías de todo tipo por todas partes. Era además una oportunidad de escuchar una versión quizá distinta a la que ya le había mostrado Cox Benson. Una vez que pasó por Ramón a su hotel, con el Senador mismo al volante, tomó The Third Mainland Bridge, desde donde se podía contemplar la orilla del Océano Atlántico, con sus aguas revueltas y grisáceas más que azules. El marco delataba un día lluvioso, anunciando una tormenta.

Se notaba que el senador era un conductor diestro pero poco paciente, y enfilar por esa ruta significaba avanzar a la velocidad de la fila que iba a vuelta de rueda. De manera que sin pensarlo, con su camioneta SUV compacta de marca japonesa, salió de su carril derecho y circulando por encima de la acera, empezó a rebasar a todos desde ahí ilegalmente a cuanto vehículo tuviera al lado. Pasó al menos 120 vehículos y luego retomó su carril en un hueco providencial que tuvo gracias a otro conductor poco avispado. Esa zona, al parecer no era utilizada por peatones, quizá por eso lo hizo sin preocupaciones.

En el colmo de la desfachatez, cuando se acomodó de nuevo en el carril normal, volteó a ver a Ramón y todavía le preguntó: Do you like my driving, Mr. Santiagou? *Y Ramón, astuto como era, sin inmutarse ni haber mostrado emoción alguna por la manera de conducir de Abubakar, contestó*: Usted maneja espléndidamente, senador, además los acompañantes tenemos que confiar en quien esté al frente del volante, esa es una regla de oro para que el conductor lo haga con eficiencia, es algo lógico y natural. Otro modo de actuar puede poner nervioso al conductor, por muy avezado que sea.

El senador esbozó una sonrisa de satisfacción, sabiendo que Ramón dio una respuesta políticamente correcta. Estaba seguro de que cualquier otro le hubiera reprochado su pésima actuación como conductor. Bien sabía que su huésped no era ningún tonto y acababa de demostrarlo hablando impasiblemente, casi con sabiduría, producto de su experiencia.

Ya para estacionar el vehículo que conducía el Senador, ya menos impaciente por lo que pudo advertir Ramón, se metió a un cajón con la velocidad de un maestro del volante. Por fin habían llegado y Ramón respiró aliviado porque no tuvieron ni un solo contratiempo, ni un accidente o roce con otro vehículo.

Sólo pensó que ese senador estaba medio loco y ya se imaginaba cómo conduciría su región electoral.

Esa vez, sería aún más original el viaje al centro comercial de la ciudad, más que con Cox Benson, atiborrada de gente que iba y venía, con un desorden descomunal, puestos de mercancías por doquier, sobre ambas aceras, gente gritando que vendía ésta u otra mercancía, en suma, era un hormiguero de personas entre vendedores y clientes. Ramón ya había visualizado otra zona de la ciudad algo parecida. Por lo que para caminar en esos pasillos, era un desafío ir empujando a la gente, dando codazos o con el riesgo de recibir un golpe. Precavido como era Ramón, guardó su cartera en la bolsa interna de su pantalón, justo la que su padre le había diseñado para estos casos especiales. Y de cuando en cuando la iba tocando por la parte externa, previendo encontrar a otro carterista donde menos lo imaginara. No quería recordar lo que le pasó en su salida con Cox Benson la vez pasada. Fue un trago amargo con final feliz para su fortuna.

La mercancía que se ofrecía en las calles y en los locales atestaba los puestos alineados sobre las aceras, unos casi encima de otros. Había desde ropa interior para dama, aparatos electrónicos, herramientas de todo tipo, frutas tropicales, verduras y una gran cantidad de carnes frescas de todo tipo. El dinamismo era el rostro de esa zona de la ciudad, con intercambio de mercancías y dinero a un ritmo frenético.

Sin embargo, lo más sorprendente para Ramón fue descubrir una larga fila de puestos con animales exóticos a la venta, ya fuera para servir como mascotas o para servir de alimentos, desde aves multicolores, gorriones, pericos, tucanes e ¡incluso buitres!, había pequeños monos arañas que se encontraban enjaulados, cocodrilos bebés un poco más grandes del tamaño de una lagartija normal. Pero lo más increíble ante sus ojos eran las hienas jóvenes encadenadas que observaban curiosas a todos los paseantes, nunca en su vida imaginó ver semejante espectáculo.

Estupefacto, igual se percató de que había cobras de mediano tamaño que llenaban la escena, y también observó que había un vendedor que sostenía en ambos brazos dos hermosos cachorros de leopardos, los cuales apenas si mostraban unas cuantas manchas características de estos felinos. Ramón se enterneció con estos dos últimos y acercándose a ellos, los acarició con tal ternura que el propio senador lo miró asombrado.

-Oiga, señor Santiagou, es usted muy especial, por lo visto le gustan los felinos.

-Los adoro, senador, son mi debilidad. Si por mí fuera me llevo estos dos a mi casa.

-¿Y no cree que es peligroso adoptarlos como mascotas cuando crezcan?

-Lo sé perfectamente, senador, pero eso será cuando tenga las posibilidades económicas.

-Pues sí que es sorprendente.

-No, para mí es más sorprendente descubrir este tipo de mercancía a cielo abierto en un mercado. Nunca había visto algo similar en algún otro país, ni siquiera en algún documental de Traveling o National Geographic. ¿Oiga, todo esto es legal?

-Shhh, no lo vayan a escuchar porque se nos arma. En un rato más le contesto.

Cuando por fin llegaron al centro mismo de la zona comercial, el senador invitó a Ramón a pasar al pequeño restaurant que preparaba pollos al carbón bañados con aceite de rinoceronte, era un lugar sencillo que sin embargo, estaba muy concurrido por ese ingrediente, –el anuncio decía que era un sabor único en el mundo–. Esperaron a que les asignaran mesa y en cuanto la tuvieron, el senador pidió dos órdenes del plato clásico de la casa, pollo al carbón acompañado de arroz y verduras.

A Ramón le pareció un poco más de lo más normal esa comida y se dispuso a degustarla. Ya sabía que a donde se viaja, se come lo que hay, lo local, si no, entonces ¿qué chiste tiene viajar tan lejos? A cada quien le sirvieron tres piezas de pollo, pierna, muslo y pechuga. Al ir terminando la carne, Ramón colocaba a un lado del plato los huesos desnudos de cada pieza, cuando en ese momento el senador le aclara:

—No señor Santiagou, no desperdicie los huesos porque le proporcionan mucho calcio.

Y enseguida, diciendo y haciendo porque conforme comía la carne de cada pieza, seguía mordisqueando con parsimonia los huesos de cada una hasta desaparecer por completo carne y hueso. Ramón se quedó estupefacto ante tal costumbre nigeriana y apenas alcanzó a preguntarle si todos comían así el pollo.

—Claro que sí, señor Santiagou. Aquí tenemos que aprovechar todo lo que tenemos. Para Alá no hay diferencias en este tipo de alimentos, y si desperdiciamos algo, eso es muy mal visto. A usted se le puede perdonar porque es extranjero y trae otras costumbres, pero si se quedara a vivir en Nigeria, tendría que adoptar nuestras costumbres como cualquier nigeriano.

—Pues en eso tiene razón, señor senador, nada más que en lo que me hago a la idea, el día de hoy dejaré en santa paz esos huesos y con el permiso de usted, cuénteme cómo está el negocio de los animales exóticos que venden allá afuera.

—Mire, como legislador le debo compartir que hay costumbres que atentan contra las leyes nacionales, sí las hay y son prohibitivas, eso no se puede vender y mucho menos comer.

—Mucho menos adoptar como mascota a una hiena, un cocodrilo o un leopardo. ¿No hay riesgos para el adoptante o el comprador? De verdad que esas costumbres me parecen increíbles. No sabía de algo parecido en ningún país del mundo. Es algo alucinante.

—Aquí entre nos, todo se pasa por alto debido a que las autoridades locales junto con los líderes de los comerciantes llegan a acuerdos y con ello todos salen ganando porque a final de cuentas, unos venden, otros compran y unos más reciben sus mochadas.

—Ah, ya veo. Ahora entiendo la razón de la existencia de ese enorme edificio en Abuja, la Federal Office Fight Against Corruption.

—Es cierto, señor Santiagou, entre más se luche contra un mal como el de ese tipo, más se arraiga entre nosotros. Recuerde que lo que está prohibido es lo que más se desea. Aquí las leyes se han hecho para ser rotas todo el tiempo, nada de que se ajuste a las mismas porque eso es lo que menos funciona. Así es aquí y en Roma, no dudo que en su país no pase.

—La corrupción, ni se diga, es el pan de todos los días, igual aplica la frase de que, *lo que no está prohibido, está permitido,* pero en cuanto a venta de animales exóticos, en mi país, lo más que llegan a vender son tucanes y algunas especies de aves. Y aun así son ilegales porque son animales que gozan de la protección legal.

—Menor corrupción, pero corrupción al fin. Oiga, mi opinión es que eso es parte de la desgracia de las economías subdesarrolladas. Para muchas personas no les queda de otra con tal de sobrevivir. Por cierto, aprovecho para entregarle de una vez mi tarjeta personal del Senado, por si alguna vez se le llega a ofrecer algo aquí mismo en Nigeria porque uno nunca sabe cuándo podemos necesitar ayuda oficial.

-Muchas gracias, senador, espero que no sea necesario este tipo de ayuda.

-Con gusto, recuerde que hay ciertos cargos que, incluso a nivel mundial abren ciertas puertas. Y un senador es un senador aquí y en China. Lo sé perfectamente por las deferencias de que es objeto un senador y yo he saboreado de esas mieles.

Con estas reflexiones, Ramón quedó sumamente pensativo. Sabía que el senador era un viejo ladino, experimentado y colmilludo, como dicen en México, con el colmillo bien retorcido, y precisamente por ello, no fue casualidad que le entregara su tarjeta personal. Guardándola en su cartera, pensó que de todos modos, no estaba de más.

Al terminar sus alimentos que ambos degustaron con fruición, ambos salieron del lugar de regreso a su hotel. El día había sido una experiencia muy diferente a lo que hasta ese momento había vivido en toda su vida, incluida la salida anterior con Cox Benson a otra zona comercial de la ciudad. No era para menos. Uno iba alegre al volante, el otro iba sobrecogido por la experiencia de ver a la venta animales que sólo había visto en un zoológico hasta ese día. ¡Vaya experiencia!

TERCERA PARTE

A RITMO DE DANZA ESPIRAL
En consonancia con la muerte

Fue una tarde icónica de la Nigeria contrastante, con el calor como siempre en su apogeo como primer actor, llegar al edificio donde se ubicaba, abordar un elevador desgastado por el uso para ingresar al restaurante "Bombay", uno de los más famosos de Abuja, traspasar sus dinteles dorados de lujo, sus puertas de caoba intenso con cristales tallados en colores elegantes y sus paredes con tapices rojo escarlata con pequeños ornamentos dibujados en forma de flores amarillas constituían un marco ideal para esa gastronomía.

Los meseros estaban perfectamente ataviados con trajes y guantes blancos, y con el menú a la mano, significaba entrar a otra dimensión en el séptimo piso de ese enorme edificio cuya fachada estaba tapizada por cristales también en color dorado. Restaurante especializado en mariscos, los mariscos de las costas africanas del Atlántico, quizá con un sabor distinto al de otros mares. El lujo, se evidenciaba por doquier, y como Ramón siempre decía, "¿quién soy yo, simple mortal, para negarme? Vayas a donde vayas, no probar producto local es un verdadero crimen.

A esa hora de la tarde, alrededor de las 4, la gente pululaba por las calles y el restaurante, a medio llenar, con sólo la vista, satisfacía al comensal más exigente del mundo. Las viandas expuestas sobre las barras de servicio eran exquisitas, las frutas y las verduras muy frescas, los aderezos de distintos tipos, y desde las almejas a la marinera, pulpo a la plancha, mejillones al vapor con verduras, salmón a la parrilla, hasta los calamares en su tinta o al mojo de ajo, eran una delicia al paladar.

Obviamente que todo se complementaba con los aromas correspondientes que embriagaban por su exquisitez. No sin contar las guarniciones con verduras al gratín, puré de papa, aguacate relleno de atún con mayonesa y queso panela, espinacas al vapor, espárragos envinados, lechuga francesa, brócoli con mantequilla y queso parmesano, así como salsas diversas. Era todo un espectáculo gastronómico de primera. Quizás era extraño por el país en el que se encontraba Ramón, pero un lugar de primera sí tenía que existir en un país de tercera.

Él sabía perfectamente éste es uno de los grandes placeres de la vida al viajar, saborear los productos de la cocina extranjera, a donde quiera que sea el viaje y aunque ciertas cocinas no tengan tanta fama como otras, siempre habrá algo peculiar por descubrir. La verdad, las calificaciones pueden ser engañosas, hasta que pruebas algo que rebasa los estándares de calidad para un paladar. Y en este campo, no importa que sea un país pobre o rico, porque siempre tendrá algo muy bueno que ofrecer.

El Senador Abubakar había extendido la víspera, una invitación a comer a Ramón en ese lugar encantador. No había una razón específica para hacerlo, simplemente un gesto de camaradería que tuvo con él, porque simbolizaba además, la posibilidad de un buen negocio para el senador, cuando la operación financiera fuera exitosa. Con toda seguridad ésta era la muestra perfecta de que ese viejo lobo de mar no daba paso sin guarache.

Eso lo tenía muy alegre. Y no era para menos cuando Ramón visualizó la posibilidad que tenía el senador en sus manos. De manera que aceptó la invitación, gustoso por lo que significaba, probar los más exquisitos platillos de la cocina nigeriana en materia de mariscos. No lo imaginaba siquiera, pero ya que estaban en el lugar, –que de pronto refrescó con el aire acondicionado–, se resignó a disfrutar de lo que se veía ya como una opípara comida. Su paladar se regodeó y sus papilas gustativas comenzaron a salivar ante este magnífico espectáculo de manjares.

–Mil gracias, senador. Todo está exquisito en este lugar especial. No me esperaba un gesto de este tipo.

–Señor Santiagou, para mi amigo mexicano, lo que guste, bien sabe que así es bienvenido y lo será siempre que usted desee visitarnos.

–No, pues yo encantado. Sólo deje que la operación financiera que tenemos con nuestro amigo y socio Michael Kosombo se concluya y yo, con mucho gusto regreso a África a saludar a mis amigos, pero ya bajo otras condiciones.

–Lo entiendo muy bien, señor Santiagou, a la próxima vez que venga no deje de traer a su familia, ya verá que le gustará este país, que aunque a usted seguramente le parezca extraño, eso mismo le puede pasar al visitante de un país a otro. Son tan diferentes las costumbres, incluso entre países vecinos. ¿O no me diga que los Estados Unidos de América tienen las mismas costumbres y tradiciones que ustedes los mexicanos? A veces, la vecindad nos convierte en enemigos, más que en amigos, ¿o me equivoco?

–No, senador, se nota a leguas que usted es un hombre leído y viajado. Eso habla muy bien de usted porque comprende al extranjero que, como yo, se asombra de cualquier suceso o escena que cobre vida en otro país porque quizá es algo que nunca veremos en nuestro entorno familiar. A propósito, cuando veníamos para esta zona, usted circuló por una callejuela donde sólo construyen, a plena luz del día,....¿ataúdes de madera? ¿Cómo si fueran simples muebles? ¿Y los construyen en serie, será a pedido o todos son iguales? Nunca había visto en mi vida un negocio de este tipo, sobre todo por la naturaleza del mueble, al menos no a plena luz del día y con tanto ruido.

-Ja, ja, ja, es cierto, señor Santiagou, es usted muy observador, deje le explico porque eso no pasa en ninguna otra parte del mundo. Aquí tenemos, entre otras costumbres que, por la diversidad de religiones, la muerte es un capítulo especial para los nigerianos. Nosotros tomamos este tema con mucha seriedad por lo que significa pasar a la otra vida, un suceso sagrado para nosotros, sobre todo los musulmanes. Para algunos nigerianos, los que se aferran al ser que tuvieron en vida, los difuntos pueden permanecer entre los vivos por el tiempo que consideren necesario que puede ser como mínimo un mes, o hasta tres meses, dependiendo de las condiciones económicas de la familia, en algunos casos, los sepelios esperan por meses. El caso es rendirle todo su afecto y cariño a su muerto, o sirve para esperar a familiares o hijos del difunto que viven en el extranjero.

-Pero entonces, ¿para qué fabrican tantos ataúdes a plena luz del día, en la calle y a la vista de todos?

-Es un asunto de carácter comercial para vender su producto a bajo costo, en virtud de que los sepelios se llevan a cabo con los difuntos expuestos sin tener una caja, con el fin de que todos los vean cada vez que los visitan mientras llega la hora del entierro. El problema es que muchas veces los cadáveres se echan a perder en unas seis semanas y sólo quedan en los huesos. Las familias más pobres colocan todo en una bolsa y los llevan a enterrar. Pero los que tienen dinero, compran un ataúd de esos que usted vio en la calle y la competencia es dura, porque entre los muebleros de ataúdes, se dan con todo para vender. La diferencia son unos cuantos retoques aunque sea de la misma madera o la labia del vendedor. Y es muy difícil que un musulmán compre un ataúd para sus difuntos, aun cuando lo entierre al tercer día, se va a la tierra sin ataúd. ¿Cómo ve usted, mi amigo Santiagou?

-Sumamente extraño para mí que provengo de otra cultura y otro pensamiento. En mi país, los sepelios son todo un ritual, pero el difunto se vela máximo dos días y al tercero ya se debe enterrar o, en su defecto se crema el cuerpo y la familia recibe sus cenizas. Eso es todo, pero no va más allá, salvo por los rezos durante nueve días seguidos por el descanso del difunto en la otra vida ya sin el cuerpo, entre los católicos y la mayoría profesa la religión católica. Desde otro enfoque, el culto a la muerte se da bajo otra dimensión, pero ya no ante un cadáver. Bueno, al menos eso hace la mayoría de la gente, y unos cuantos tienen otro tipo de ritual que en esencia no deja de ser cristiano.

-Quizá usted lo vea todo en Nigeria como una tradición bárbara, no lo sé, sin embargo a esto estamos acostumbrados y dudo mucho que podamos cambiar. Hay presiones políticas que tratan de imponer reglamentos con un enfoque sanitario que tiene su lógica, pero dudo mucho que resista la presión social.

-No, pues son ustedes muy diferentes a nosotros. Al menos en esa parte de la cultura. Nosotros nos solazamos con la muerte sólo unos cuantos días de todo el año, principalmente los días 1 y 2 de noviembre, Día de Muertos, aunque todo comienza desde días antes porque es preciso recordar a todo tipo de difuntos, desde los infantes, los que perecieron por accidente, hasta los difuntos adultos que fallecieron en condiciones normales. Entonces sí, damos rienda suelta a todo lo que tiene que ver con la muerte, hacemos una fiesta multicolor, ofrendas a nuestros difuntos que creemos que esos días regresan a su casa a comer, las adornamos con papel picado, frutas, bebidas y la comida que le gustaba a la persona muerta, con decirle que hacemos calaveras en forma de dulce para comerlas. Hay lugares donde las personas vivas vuelven a velar a sus difuntos toda la noche en el mismo cementerio y las tumbas tienen que ser adornadas con muchas flores. Algunos otros le llaman Xantolo, que es lo mismo, fiesta tradicional de antes de la llegada de los españoles en honor a nuestros difuntos.

—No me diga, Señor Santiagou, ¡eso sí es loco! ¿Cómo calaveras en forma de dulces? ¿Cómo velar a sus muertos en un cementerio? ¿Qué es ese papel picado?

—No, yo digo que loco es tener un cadáver días y semanas y meses sin enterrarlo o cremarlo. Lo digo con todo respeto.

—No somos tan diferentes, fíjese, yo he leído un poco de su cultura de México, en estos días para saber de su país, por ejemplo le puedo decir que son admirables los aztecas de su tierra, claro que fue hace mucho tiempo, como 500 años, pero ellos dejaron un gran legado a pesar de los españoles, los conquistadores que quisieron borrar todo, pero no pudieron. Dicen que la verdad siempre sale flotando aunque sea en medio del estiércol. Ellos vieron con horror que eran antropófagos, pero nunca se detuvieron a pensar que eso era parte de su idiosincrasia, de sus credos religiosos, lo que su propia mitología les dictaba. Pues así sucede hoy día con los practicantes de las grandes religiones.

—Una de ellas es el islamismo, mi estimado senador. Usted debe ser, puedo notar, un practicante devoto de Alá.

—Pues tiene usted toda la razón mi amigo Santiagou, se lo manifesté desde el segundo día que nos conocimos, es simple porque sólo se tiene que seguir los mandamientos de El Corán, el libro sagrado que nos heredó el Profeta Mahoma. Yo estoy seguro de que si los españoles no hubiesen llegado a conquistarlos a ustedes, hoy usted sería un firme devoto de su dios, ¿cómo se llamaba la gran deidad mexica? Tiene un nombre muy complicado y, ¡No creo poder pronunciarlo!

—¿Se refiere a Huitzilopochtli?

—Exactamente, a ese mismo, era más fácil como lo decían los españoles que, creo que también se les complicaba el idioma mexica, ¿algo así como Huichilobos?. ¡Es como si ahora los ingleses intentaran dominar el hausa! ¡No, jamás lo hubieran logrado, fue más fácil para ellos imponernos el inglés! Nada más que las tribus africanas nunca quisieron perder su herencia lingüística. Y el hausa está más vivo que nunca.

—Pues también en eso somos un poco parecidos senador, somos producto de un colonialismo depredador, nada más que nos independizamos antes que otros. Aún hay personas que hablan náhuatl, mixteco, otomí, tzotzil y otras lenguas indígenas, son complicadas y es nuestra herencia que sobrevive como puede, a duras penas se mantiene, sin embargo, esas lenguas se niegan a morir. Y sobre el canibalismo, no se lo puedo negar, sólo que hoy ya eso ha sido superado.

—Eso es cierto, Señor Santiagou, pero para qué más debates. Usted disfrute sus calamares que veo que lleva un tercer plato, por lo visto le fascinan.

–Sí señor, esto es una delicia. Jamás en mi vida olvidaré estos manjares propios de dignatarios. De verdad, mil gracias por sus finas atenciones. Son mariscos deliciosos que quedarán en el récord de mis mejores recuerdos. Mire nada más el enorme tamaño de estos camarones, nunca había visto unos tan grandes que fueran más largos que mis manos y, sobre todo el sabor de su carne, deliciosa.

–Es algo mínimo que yo podría hacer por usted, que me parece una finísima persona y la verdad, le confieso, me cae muy bien. Independientemente de la posibilidad de concretizar un negocio con usted y con nuestro amigo Kosombo, las atenciones se tienen que dar. Eso es lo que hago y me agrada mucho que sea de su deleite. Disfrute, por favor, y mire, saboree esta cerveza que es tradición en Nigeria, una Goulder, magnífica para este calor.

–¡Lo mejor de todo que es una cerveza individual tamaño gigante, como las caguamas de mi país! ¡Salud, senador! ¡Por todas las cosas buenas que vienen en el corto plazo!

–Salud, mi amigo mexicano. Un día probaré las que dice son delicias de su cocina en su país.

–El día que guste seré su anfitrión.

–Gracias, Señor Santiagou.

El tiempo pasó sin sentir esa tarde en que el más puro hedonismo triunfó sobre las preocupaciones o sobresaltos, entre platillos de uno y otro tipo de mariscos, de cervezas y más cervezas, de una conversación que rayaba en la camaradería de viejos amigos, como si se conocieran de toda la vida. Hubo chascarrillos, bromas, viejos recuerdos, y compartición de rasgos de cada cultura.

Esta faceta del senador era desconocida para Ramón y, de alguna manera eso generó una mayor confianza. De cualquier forma, sabía que algo no cuadraba, pero ante tantos gestos de amabilidad, cualquier resistencia se vence gradualmente. Y la suya estaba al borde de la caída.

En medio de la euforia que produce el alcohol, el consumo fue bastante considerable, y si al principio Ramón creyó que la cuenta sería una bagatela, no fue así, ya que la cuenta creció y creció a cada pedido de comida, de bebidas y de postres de una gran variedad al final. De manera que, ya para el joven anochecer, con algo de exceso de alcohol puntilleando las venas de ambos comensales, y mucho muy felices, el senador solicitó la cuenta y, grande fue su asombro cuando le comentó un mesero que no era nada porque todo estaba saldado. Y enseguida recibió una tarjeta con un mensajero.

Los $755 dólares de la cuenta habían corrido por parte del Ministro de Finanzas, quien era el otro invitado del Senador Abubakar, pero consistía en una sorpresa para Ramón. Como nunca se lo informó, al fallar el Ministro a la cita, no pudo menos que mandar pagar la cuenta como un gesto de buena voluntad e invitar a ambos a su casa de Lagos, para compensar su ausencia debida a causas de fuerza mayor.

En ese momento Ramón comprendió por qué desde el principio el senador miraba su reloj cada diez minutos y miraba hacia la entrada, primero sutilmente, pero después ya lo hizo abiertamente, hasta que la conversación, la comida y las bebidas hicieron que se olvidaran del tiempo. Eso era lo que no le cuadraba al ingresar al restaurante, pero tan luego se dio cuenta de la realidad, todo volvió a la normalidad de nueva cuenta.

Sin más ni más, se levantaron de sus sillas, salieron del lugar y para culminar la noche, el senador llevó a Ramón en su vehículo hasta su hotel para dejarlo descansar, sólo que al llegar se dieron cuenta de que todo estaba en tinieblas porque una vez más, la energía eléctrica había fallado. Si dejaba a su huésped bajo esas condiciones adversas, seguramente se asaría con el calor de las 9:15 de la noche, de casi 45 grados centígrados.

Y no le quedó más remedio al senador que tenerlo en su vehículo encendido con el aire acondicionado hasta que regresara la corriente. Así pasó por cerca de una hora, pero así eran las cosas en Nigeria. El senador dormitaba, mientras Ramón respiraba profundamente para calmarse. Resignación, por Dios, resignación, se repetía constantemente a sí mismo.

§

Al otro día, el senador Abubakar llegó a la puerta de la habitación del hotel, como siempre solía hacerlo, tocando la puerta con los nudillos, pero esta vez de manera muy insistente, como si llevara mucha prisa. Era alrededor del mediodía y el calor ya dibujaba su fuerte presencia en el ambiente.

Ramón aún se encontraba tirado en la cama mirando un partido de fútbol de la Copa del Mundo, el Portugal contra el anfitrión República de Corea, que pintaba lleno de emociones por la misma razón, ya que es tradición que el equipo local se entregue en la cancha a morir frente a su público. Al no tener un programa definido de actividades para ese día, Ramón tenía puesta todavía la bermuda con la que dormía, el torso desnudo y con el cabello descompuesto, en fachas inapropiadas para recibir una visita.

-Señor Santiagou, ¿cómo es que todavía no se prepara para salir?

-Pero Senador, ¿por qué la pregunta? ¿Vamos a ir a algún lado? ¿A dónde vamos a ir? Usted no me informó nada anoche que nos despedimos en el estacionamiento en medio de este espantoso calor.

—Pues esto surgió de improviso, ni yo mismo sabía que el señor Ministro de Finanzas, Señor Lamumba nos iba a invitar a comer a su propia casa hoy. Había la posibilidad, —yo estaba en unas gestiones—, pero ignoraba que me iba a llamar hoy muy temprano. Me llamó hace un par de horas para saludarme y al mismo tiempo informarme que le gustaría conocerle y saber un poco de las costumbres de su país. Lamenta mucho su ausencia de ayer pero el señor presidente lo llamó a su despacho en el último minuto y se entretuvo con él hasta la media noche. Por si fuera poco, esto es una deferencia que se le da a muy pocos extranjeros y me vine de inmediato para hacérselo saber y se prepare. No creí necesario llamarle para comunicárselo, pero me equivoqué. Lo siento. Creí que a esta hora estaría arreglado y acicalado.

—Bueno, puedo estar listo en media hora, si me puede esperar. ¿A qué hora es la cita?

—De acuerdo, tómese su tiempo, es media hora en lo que se alista, más unos cuarenta minutos para llegar a su casa. Tenemos tiempo, pero no podemos llegar tarde.

—No, salgo lo más pronto posible.

Ramón se apresuró y se metió bajo la regadera. Preparó lo más rápido que pudo su ropa y aunque no tenía una muda apropiada para la ocasión, de todos modos trató de arreglarse lo mejor posible. Bendecía a Cox que le llevó jabón detergente para lavar su ropa en el baño del hotel, a más de tres semanas ahí, sólo había llevado mudas de ropa para una semana, así que lo resolvió improvisando y esa tarde disponía de ropa limpia.

En tanto que el senador se recostó en la cama con mucha confianza, frente al televisor y se quedó dormido por algunos minutos, Ramón se arregló lo mejor que pudo. Incluso el senador ya roncaba con fuerza, y se habría quedado en ese estado, de no ser porque Ramón terminó en veinte minutos.

—Senador, senador, despierte. Estoy listo.

¿Qué?, Ahhh, ok, vámonos. Perdón, pero tuve una muy mala noche y no pude dormir bien, quizá me excedí de comida en El Bombay. Vámonos porque el tiempo apremia. Tan rico que estaba soñando. Pero ni modo.

Salieron apresuradamente. Esto agudizó un poco el malestar de Ramón por los excesos de la noche anterior y pensó en el momento de abordar la camioneta del senador que esta vez conocería alguna colonia o barrio exclusivo de la ciudad de Lagos, una zona de buenas casas de personas ricas, seguramente, a juzgar por el cargo del personaje con el que se encontrarían esa tarde a la hora de la comida. El recorrido empezó por Third Mainland Bridge que conducía al centro de la ciudad.

Ese tramo de la vía rápida era prácticamente un periférico de 12 kilómetros que pasaba por encima de la bahía de Lagos, llamada Lagos Lagoon, sobre la orilla de la costa donde se contemplaba fauna marina propia del trópico nigeriano, manatíes, tortugas, delfines, pelícanos y gaviotas, portento de animales que habían existido miles de años atrás en el mismo lugar, que producían a su vez los clásicos conciertos marinos.

De cualquier forma, las aguas oceánicas de dicha costa siempre le parecieron turbias y muy sucias a Ramón ya que al compararla con las aguas de las costas mexicanas que conocía perfectamente, reconocía que no había punto de comparación. Acaso sería porque dentro del margen se manejaba un puerto y una zona de comercio muy concurrida, pescadores al por mayor, y la circulación de tantas embarcaciones que ensuciaban las aguas de la costa. La única costa mexicana que de pronto recordaba que se le pareciera, serían acaso las aguas del puerto de Veracruz, ahí por la zona del Malecón que sí estaban sucias. Entonces concluyó que ese ambiente se debía al tanto movimiento comercial que se genera en dichas aguas.

Era claro que estaban muy contaminadas y la evidencia más clara era el color grisáceo del agua. Ese recorrido sobre el periférico duraba aproximadamente quince minutos porque el puente era largo. Para completar el paisaje líquido con su fauna, se le impregnaba en la nariz el olor inconfundible y peculiar de dicha marina africana, como para llevar en sus recuerdos esos aromas, muy costeños. De igual forma, se combinaban con todos los ruidos que producían las aves del entorno, graznidos por doquier que completaban ese marco marino.

Pronto se desviaron del Periférico e ingresaron a una zona popular muy alejada de lo que su imaginación le dictó a Ramón al principio y ahí pudo visualizar el colmo de la desigualdad nunca antes remarcado que cuando visitó la residencia del Ministro de Finanzas de Nigeria. Una casa grande y hermosa desde el exterior, con un diseño modernista, con una barda combinada con rejas y como remate, plantas trepadoras como las buganvilias que llenaban los espacios vacíos, contaba con vigilancia personal las 24 horas del día, y lo más llamativo era que se encontraba enclavada en medio de una zona de alta marginación y pobreza extrema.

Aquí es donde más se notan esas injusticias de la vida por las que nos damos cuenta cómo unos cuantos, por el producto de la rapiña, tienen mucho más que la gran mayoría. La enorme casa que se veía desde afuera tenía un gran portón metálico que era abierto cada vez que alguien entraba o salía, por un portero que vigilaba la entrada todo el tiempo, era el mismo que le indicaba a uno dónde estacionar el vehículo. La mansión era de dos plantas, toda en color blanco.

En la entrada a la casa, con un pasillo que se bifurcaba para dar lugar a una bella fuente del estilo tropical, un enorme león tallado en roca con sus fauces abiertas colocado en el centro, era el marco perfecto de un hermoso jardín que era la prueba viviente del amor por las flores más exquisitas que se dan en ese clima selvático tropical, gladiolas, lirios, dalias, rosas de castilla, margaritas, magnolias, yucas, palmas, higueras blancas, entre las que se posaban incontable número de aves de todos tamaños y colores. Una delicia floral a primera vista. Un pequeño Edén que Ramón nunca había visto antes.

En suma, estas escenas serían un verdadero deleite para un botánico o para un fotógrafo curioso o tal vez para cualquier persona común que guste de la naturaleza. El prado de un verde tono Isla de la Fantasía, era el remanso de los árboles de caoba africana que crecían alrededor del jardín con desfile de plantas que se repetían en las coloridas macetas colocadas estratégicamente en los rincones y pasillos tanto del jardín como de la casa. El gusto refinado por este tipo de escenarios se adivinaba al momento y, si muy aparte el dueño poseía buen dinero, se juntaban ambos factores para dar como resultado una vivienda con estas características. Eso no siempre sucede.

Ramón fue recibido por el Ministro de Finanzas casi con trato de embajador, o al menos así lo sintió aquél. Su traje serwal y su larga túnica, de color blanco que contrastaba con su color de piel, era elegante y apropiado con su jerarquía. Un estrechón de manos selló ese primer y único encuentro para abordar varios temas que eran de interés de ambos. El senador se mantuvo muy atento a todo el protocolo.

-Sea usted bienvenido a su humilde morada, Sr. Santiagou.

-Muchas gracias, señor ministro Lamumba. Es un honor el haberme invitado a su casa.

-El honor es todo mío. Por favor, tomen asiento. He sabido por conducto de aquí del senador Abubakar, que ha tenido varios contratiempos en Nigeria y que no hemos podido cerrar el negocio que lo trajo hasta lejanas tierras.

¿Cómo lo ha tratado el senador? Él me ha hablado maravillas de usted, que es un gran tipo y sabe negociar, al fin y al cabo hombre de mundo.

-Así es, señor ministro. Un gran trato del senador, además de un buen político, sabe hacer su trabajo perfectamente. Me ha sorprendido gratamente su filosofía y yo creo que las sorpresas son mutuas porque nunca pensamos que del otro lado del continente pudiéramos encontrar personas tan interesantes. Ahora bien, respecto del tema pendiente, lo íbamos a abordar desde el día de ayer, sin embargo supe que el presidente lo llamó a su despacho y ya no fue posible tener el gusto de saludarle.

-Así fue, usted sabe que nos debemos al servicio público y máxime si el señor presidente demanda nuestra presencia inmediata. Estamos en una fase de temas presupuestarios que son inaplazables, pero bueno, no quiero aburrirlo con cuentas y números de un país tan complejo como el mío. Mire, disfruten de esta cerveza artesanal nigeriana que pedí les sirvieran, ya que con este calor, no se antoja beber otra cosa.

-Con mucho gusto, señor ministro, vamos a probarla.

-¿Qué tal le pareció? Su opinión es muy importante porque sé que ustedes tienen muy buenas cervezas mexicanas, o sea que son expertos en este tema y nosotros queremos aprender de los mejores.

-Tiene un exquisito sabor, señor ministro, es suave, fresca y tiene un fino sabor de su cebada que, imagino aquí deben cultivar.

-Así es, señor Santiagou, es producto netamente nacional. Aquí se produce y aquí se vende. Me parece que apenas están en planes para exportarla, así que espero que tengan éxito porque eso produce buenas ganancias para el país.

Bueno, prueben estos bocadillos, mientras empezamos a hablar de su operación financiera que está pendiente, y que conste que no ha sido por nosotros.

-Muchas gracias por el apoyo que nos ha brindado, antes que otra cosa. Tengo que ser reiterativo con mi agradecimiento porque sin ustedes, no estaría aquí en esta reunión. En efecto, mi socio el Teniente Kosombo ha tenido algunas complicaciones y no se ha reportado para darle seguimiento al caso. Tengo entendido que su presencia es necesaria para que yo pueda apoyar al mismo. Imagino que el conflicto interno de su país lo tiene en jaque.

-Así es, señor Santiagou. Él deberá proporcionar la firma posterior a la entrega de los requisitos que usted traería. Podríamos decir que vamos a dos tercios de la operación, ya que estando ustedes juntos, se llevaría a cabo la última fase y con ello, la transferencia a su cuenta de México. Con eso cerraríamos. Estamos en la mejor disposición de apoyarles en todo lo que sea necesario.

-Suena genial, señor ministro. Nada más que me indicaron que había un pequeño problema, me lo comentó aquí el senador.

-Ejem, ejem, pues sí señor ministro, le comenté al señor Santiagou que hacía falta un pequeño porcentaje mayor al que trajo consigo, pero me explicó que no podía cargar con tanto dinero por cuestiones de seguridad, ya sabe, hay leyes de ciertos países que te impiden cargar con más de $10 mil dólares en efectivo, así que lo resolvimos bien y el señor Santiagou se organizó con sus amigos de México para un envío especial.

-Ah, qué bien que ya lo resolvieron, y ¿cómo lo hicieron? Porque es algo complicado aquí en Nigeria hacer ese tipo de operaciones sin generar sospechas de lavado de dinero, de contrabando o de financiamiento a actividades terroristas. Por eso el riesgo mayor consiste en que se deje alguna huella de alguna operación dentro del sistema financiero. Ya ven que los estadounidenses son muy sensibles para estos temas porque creen que desde cualquier país del mundo los podrían atacar. A veces el ser musulmán se convierte en una causa de sospecha terrorista aunque tu labor sea pacifista o te dediques a menesteres que son tan comunes a personas ordinarias.

–Caray, señor ministro, lo hicimos de la manera más impensable para no dejar rastros, aunque fue muy arriesgado.

–Cuénteme, cuénteme que me intriga.

Ramón contó la ya conocida historia del dinero en cheques de viajero en medio de los libros que le enviaron desde México, con el riesgo de que si alguien los descubría, obviamente que los robarían y cobrarían como suyos, ya que eran cheques sin firma. El plan fue audaz en extremo pero funcionó, no obstante haber cruzado al menos dos aduanas y con eso se liquidó el pendiente ante el Banco Central de Nigeria.

Lo que también pudo advertir fue que el senador se puso nervioso, sobre todo cuando Ramón estaba explicando que faltaba un requisito más, pagar el 1% del total del monto a transferir, lo que dio pie a que pensara que el dinero extra, en realidad no era para saldar la cuenta del Central Bank of Nigeria, sino para acumular las cuentas personales del senador, ¿o del mismísimo ministro de finanzas? Y la sospecha fue cobrando vida y creciendo escandalosamente conforme avanzaba la conversación con el Ministro Lamumba.

–Señor Santiagou, fue admirable su proceder, ni yo mismo hubiera pensado enviar ese dinero por el conducto del que ustedes se valieron. En verdad que sí fue un riesgo y además, si hubiese fallado, estaríamos aún con el problema del pago de los $8 mil dólares. Le felicito ampliamente por tener una imaginación así de poderosa, créame que ni a mí se me hubiera ocurrido. Bien dicen por ahí que cuando estamos bajo presión intensa, el cuerpo y el cerebro responden a una velocidad increíble. Eso fue lo que pasó entonces, lo entiendo muy claramente. Es algo así que aprendí en un curso: si un león te persigue, piensas que te va a comer si te atrapa, entonces el cuerpo humano está diseñado para que toda su energía se vaya directamente a tus piernas y en ese momento vas a romper récord mundial y olímpico corriendo al tratar de escapar de la muerte con esa fiera. Pienso, señor Santiagou que algo así le ocurrió hace unos días.

-Precisamente eso es parte de este diálogo, para resolver el asunto del dinero restante. Al menos eso fue lo que me informó aquí el Senador Abubakar.

-Pues sí señor ministro, he seguido sus indicaciones al pie de la letra y aunque hubo una confusión con el porcentaje a pagar, todo se resolvió favorablemente. Porcentajes más, porcentajes menos, lo importante es que ya estamos sólo a la espera de que llegue el socio Kosombo.

-En efecto mis amigos, desde el Ministerio ya sólo requerimos la contrafirma del señor Kosombo e inmediatamente después el dinero se transferirá a México. En el Ministerio estamos cumpliendo porque el señor Kosombo también cumplió los acuerdos con creces. Estábamos a la espera de usted desde México y por eso las indicaciones eran darle todas las atenciones desde su llegada para apoyar al abogado del señor Kosombo. De esta manera, usted estaría seguro en Nigeria, hasta la llegada de su socio. Espero que su abogado, el señor Cox Benson haya sido muy profesional hasta la fecha.

—Muchas gracias, señor Ministro. Me complace mucho escuchar de su propia boca que el asunto va caminando positivamente. Créame que no me daré por mal servido cuando todo concluya. Y el abogado se ha desempeñado muy bien, excepto por el mal entendido del primer porcentaje que nos hizo mover más dinero desde México.

—No pues muchas gracias, señor Santiagou, nosotros hacemos nuestro trabajo que es lo más importante para nosotros. Pero si hay algún estímulo extra, ¡bienvenido! Finalmente se hizo el último pago al Banco, con ese dinero que tanto trabajo le costó conseguir, incluyendo un envío riesgoso. Siento mucho el mal entendido con el abogado.

—No se preocupe, señor ministro, no todo podía salir a la perfección. Ahora lo entiendo.

—Pues ya que se aclaró todo, le comparto que la operación financiera será por triangulación bancaria desde el Central Bank of Nigeria-Bank of America-USA hasta su destino final en México. Ya el senador le explicará el pequeño detalle del 1%, que es algo que no creemos nos vaya a frenar la operación porque eso está en manos del Teniente Kosombo, por eso le encargo mucho que apriete por ese lado para que ya le dé una fecha de llegada a Nigeria.

—Cuente con ello, señor ministro. Oiga, y a propósito le quiero decir que tiene una hermosa casa, es casi un edén por tantas plantas, árboles, flores y la fauna que alberga su jardín.

—Pues mi humilde morada es una casa de descanso en Lagos, ya que la casa oficial se encuentra en Abuja, donde están todas las oficinas de gobierno, precisamente las que usted ya visitó un par de veces.

—Llamó mucho mi atención algo en particular. Algo que no se ve en otras partes del mundo.

-Déjeme adivinar, porque ya me lo han manifestado, seguramente se admira de la locación de la casa, una verdadera residencia en medio de un barrio pobre, como de contraste total. Algo que no es común ni en su país, seguramente.

-En efecto, señor ministro, eso fue algo ilógico en mi cerebro. Bien sabemos cómo las clases sociales se organizan con los suyos y se crean núcleos de viviendas para clase baja, media y alta. Aquí veo que no es así.

-Todo tiene una explicación, señor Santiagou. Como seguramente ya se percató, nuestra organización en casi todos los órdenes de nuestra vida es muy diferente de occidente. Nuestra religión, costumbres, clima, administración, dinero, en todos somos distintos. Y en cuanto a vivienda, construimos donde nuestros padres nos heredan la tierra, sería un insulto para ellos, vender aquí e irme a vivir a un barrio exclusivo de ricos. Y eso es porque aunque varíe nuestro estatus, es una forma de demostrar a nuestros vecinos, que sí crecimos y que sí obtuvimos logros. Haga de cuenta que es una cuestión de orgullo familiar y eso genera esa especie de contradicción en materia de vivienda. Y este fenómeno lo verá en toda Nigeria. La razón será siempre la misma. Espero que con esta explicación le encuentre la lógica porque para su servidor sí la tiene.

-¡Qué interesante punto de vista, señor ministro!

-Bah, usted no se preocupe por esas nimiedades. De cualquier forma debemos tener dónde vivir y, como son propiedades prestadas en lo que permanecemos en este mundo antes de partir para siempre, ¿como para qué nos preocupamos tanto de esos menesteres? Mejor disfrute lo que les mandé a preparar. Pasemos al comedor. Hey, muchacha, servicio, por favor traigan la comida.

-Muchas gracias, señor ministro, un honor.

Y así se fue la charla durante esa tarde de relajación, con más Goulders de por medio. Esa estancia se convirtió en una opípara comida, como pocas veces había gozado Ramón en su vida. Menudearon las carnes rojas asadas con vino y ajo y muchas especias, pescado frito a la diabla, ensaladas mixtas con aderezos locales que fueron un deleite, frutas dulces, una salsa especial con mucho picante marca "Suicide". –que hacía honor a su nombre–, y así sucesivamente. La muchacha iba y venía con los platillos que se vaciaban casi enseguida de depositarlos sobre la mesa en medio de los comensales. El comedor despedía aromas diversos de distintos platillos, y estos desfilaban directo a la boca de aquellos que en un lapso corto de tiempo, parecía que fueran los grandes amigos.

Esa tarde ante esa mesa de delicias, los tres comensales cometieron el pecado de la gula hasta la saciedad. Más comida ya no podían disfrutar porque incluso sus espacios de reserva estomacal estaban llenos. Ya no sabía si la comida del "Bombay" había sido superada por esta otra. Entonces Ramón recordó lo que siempre decían los romanos en sus tiempos de gloria cuando acometían este tipo de actos para celebrar triunfos en el campo de batalla, ya ante la mesa de los banquetes: Comamos y bebamos, que mañana moriremos. Y enseguida, después de saciarse, iban a los baños a vomitar lo que habían consumido en un par de horas y, regresaban a seguir comiendo. Tal era su vicio. La glotonería por delante. Esa tarde, Ramón se sintió más romano que nunca.... sólo que no tenía por qué ir a vaciar su estómago para seguir comiendo, sería un verdadero pecado hacerlo justo en un continente que tanto carecía de alimentos para muchas personas pobres en extremo. Así que se tenía que contener por decoro, decencia y porque no quería quedar mal ante su anfitrión. Lo más que hizo fue reacomodar más espacio para unas cuantas Goulders más, sin excederse tampoco.

Así transcurrió pacíficamente la tarde y ya entrando la noche se despidieron de tan ilustre anfitrión, sabiendo que este "sacrificio" había valido la pena al más puro estilo de cómo se arreglan los grandes negocios en su México.

§

Todo principio tiene un fin, y la estancia en Lagos se terminaba. Cuando le comunicaron que era hora del retorno a Abuja, justo en la tercera semana, Ramón sufrió tan sólo al pensar en los aviones locales; y aunque el vuelo fue algo accidentado, no lo fue tanto como el primer viaje de ida, sino que más bien estuvo relativamente tranquilo porque esta vez hubo poca turbulencia. Respiró más que tranquilo.

Para Ramón significaba regresar a un clima menos caluroso, lo que le provocaba una inmensa alegría porque pensó que por fin, se libraría de ese infernal calor costeño de la línea ecuatorial con sus 50 grados centígrados bajo la sombra, una temperatura que sentía que, literalmente lo desintegraba. Aunque Abuja soltaba un calor un poco menor al de la costa, la diferencia es que era seco.

Pidió a sus amigos que lo trasladaran al mismo hotel en el que se había hospedado los primeros días en Abuja y así procedieron, directo nuevamente al Abuja Sheraton Hotel & Towers. Ramón se había adaptado muy bien ahí, ya lo conocía el personal y le gustaba mucho la comida que ahí preparaban. No sabía con precisión cuántos días más permanecería en esa ciudad del desconsuelo, sólo atinaba a desear ya largarse para siempre y nunca más volver.

Cuando Ramón tomó la decisión de regresar a México y se los comunicó a sus anfitriones, todo parecía indicar que no tendrían mayor inconveniente porque su socio Kosombo no sólo no daba señales de vida, sino que su silencio generaba un mal presagio de que no llegaría nunca a Nigeria y eso sólo significaba que, o la misión no se cumpliera o que Ramón tuviera que conseguir para pagar el 1% del total del monto a transferir. Ambas alternativas eran desalentadoras.

Ni un solo correo había recibido de Kosombo durante toda su estancia en suelo africano. Por si fuera poco, se agotaban los recursos para seguir viviendo en un hotel y pagar la comida, gastos que, a final de cuentas, al ir sumando se acumulaban cuantiosamente. Y ya pesaban como una losa, no obstante que vivir en Nigeria era relativamente barato, aunque de todos modos, sabía que estar de turista en cualquier parte del mundo es más costoso que una vida ordinaria en casa.

De manera que antes de hablar con el Senador Abubakar y con el abogado Cox Benson, la tarde de ese jueves, respiró profundamente, tomó nota y desgranó sus argumentos uno a uno, con frialdad, objetividad y soltura. No había razones contundentes que le impidieran irse a su país. Ya no quería más riesgos, ni una espera penosa que quizá no tuviera un final feliz. Mejor irse con las manos vacías, pero irse con su vida.

-Hola, buenas tardes mis estimados amigos, pasen, pasen. Les agradezco mucho su tiempo para platicar. Créanme que si no fuera importante no les habría pedido que vinieran a mi hotel.

-Hola señor Santiagou, sospecho que su tema de conversación es referente a su socio Kosombo. Le adelanto que estoy muy desconcertado porque mi última llamada con él fue poco antes de que usted aterrizara en Abuja, después ya fue imposible comunicarme con él, no obstante que he insistido muchas veces marcándole a diferentes horas. Así que imagino que usted tampoco ha tenido suerte y así no podemos cerrar nuestra operación financiera. Ya son más de tres semanas.

-Usted como siempre, Senador Abubakar, muy intuitivo y sagaz.

-Algo hay de eso, señor Santiagou. La vida nos enseña muchas lecciones que es necesario aprender si quieres sobrevivir a sus desafíos. Aquí el señor Cox Benson lo sabe muy bien.

-Es cierto Senador, la vida en África es muy dura, incluso para los abogados que como yo, tenemos que trabajar muy duro para llevar la comida a la familia o darse un lujo como comprar un automóvil del año. Ya ve que aun con todas las actividades productivas que realizo, aún no he podido comprar el Bora que tanto anhelo. No se diga lo que tiene que trabajar cualquier ciudadano de a pie por unos cuantos naira que, por si fuera poco están tan devaluados que ya mejor hacemos tratos en dólares para no deprimirnos.

-Entiendo la situación amigos míos, me di cuenta de ello desde el primer día que el abogado Cox Benson me pidió los primeros dólares para cambiarlos por moneda local, sólo eran 300 dólares, en billetes de 20, en total 15 y cuando regresó me entregó un paquete de 3,000 naira, como cerca de 200 billetes. Yo estaba impresionado.

-Pues sí señor Santiagou, así las cosas de la economía local. Por eso todos andamos tras los dólares, el petróleo y los diamantes. Usted sabe muy bien que todas estas riquezas se dan en abundancia en muchos países africanos, pero hay que saber moverse en el terreno preciso, con los contactos adecuados y en los tiempos exactos. De otro modo moriremos en la pobreza que siempre ha asolado a nuestros países. Pero bueno, luego seguimos con este tema, ahora díganos qué está pensando para darle salida a nuestro tema financiero. A mí me preocupa que estemos aun con las manos vacías, es preciso ya que esto se dilucide, a mí no me gusta la incertidumbre. Además entiendo que su familia debe estar esperándolo desde hace días y pues comprendemos perfectamente su situación.

-Pues como les explicaba al principio, retomo sus palabras mi estimado senador y abundo un poco más sobre nuestro negocio inconcluso. Mi socio el Teniente Coronel Michael Kosombo no da señales de vida de ningún tipo, ni por teléfono, correo electrónico o incluso correo convencional. Si no se ha contactado con usted, menos conmigo y la verdad es que sin su participación es imposible cerrar el trámite que iniciamos a finales de mayo en el Banco Central de Nigeria. Recuerden que así nos lo hizo saber el señor Lamumba cuando nos invitó a comer a su casa hace diez días. Kosombo ha sabido en todo momento, gracias a las diligencias del abogado Cox Benson, dónde he estado hospedado, acceso a teléfono en mi habitación y cuando podíamos ir a un cyber café a revisar correos. Nada. No hay nada. Esto me hace temer lo peor y pues en algún momento tuve el impulso de ir a buscarlo a El Congo. Sólo que aquí el abogado Cox Benson no me lo recomienda por ningún motivo porque me indica que ese país tiene serios conflictos y mucha inestabilidad. Es como ir a meterse a la boca del lobo. Sus argumentos son muy convincentes, ni para qué alegar.

-Es cierto senador, el señor Santiagou me consultó sobre una posible partida a El Congo, país que, como usted bien lo sabe, está inmerso en varios conflictos desencadenados a raíz del golpe de Estado que se fraguó en 2001, con el asesinato del Presidente Kabila, pero yo le recomendé a mi amigo Ramón Santiagou que no se precipitara porque lo vi con mucha angustia. Entonces, hablé mucho con él, le expliqué que no era posible viajar a ese país lleno de problemas políticos, sociales, de inseguridad pública, de economía, de identidad y sobre todo, de valores. Le comenté que en todo caso sería un viaje demasiado irreflexivo, lleno de riesgos y peligros por la guerra civil, que era muy complicado meterse a El Congo para salvar a un militar, por muy amigo suyo que sea.

-Sólo que yo le contesté que el Teniente Coronel no era cualquier militar, al menos no para mí, sino que era un gran soldado, con una misión que le fue conferida por su presidente y que lamentablemente se truncó debido a la guerra civil en El Congo. Un imponderable que es positivo y negativo. Si no fuera por eso, yo no estaría aquí y de igual forma, por la misma razón, Kosombo no ha podido llegar a Nigeria con su familia. Intuyo que algo muy malo ha pasado en estas semanas de espera, allá en el corazón de esa estúpida guerra.

-Señor Santiagou, vamos a hacer algo muy concreto. Permítame entrevistarme una vez más con mi amigo el Ministro de Finanzas, Señor Lamumba y dependiendo de lo que él nos diga, procedemos. Le recuerdo también que usted quedó de resolver lo del pago del 1% del total del recurso, y que ese acuerdo fue para el caso de que el Teniente Kosombo no pudiera llegar a Nigeria, ya que él hizo un acuerdo original que se debe cumplir en su presencia. Ahora sí que todos dependemos de su llegada o nadie cobrará nada, a menos que usted pague esa penalización.

-Me queda perfectamente claro, señores, no tengo inconveniente en esperar unos días más para tomar la decisión de mi regreso, ya que debo cambiar las fechas de mi boleto de avión y avisar a mi gente de mi retorno inminente. También me gustaría comprar algunos suvenires de su país para llevar regalos a mi familia y amigos. Tal vez Cox Benson me pueda auxiliar con este encargo.

—Claro que sí mi amigo Santiagou, yo encantado. Es más, quizá esta noche o mañana viernes te tenga una grata sorpresa, ya lo verás.

La despedida de los tres hombres fue muy rápida tras esta larga conversación. El siguiente paso tenía que darse ya para evitar riesgos mayores, puesto que todo apuntaba a que la operación fracasaría, a menos que Kosombo diera señales de vida durante los próximos cuatro días, –tiempo que Ramón se dio para salir definitivamente de Nigeria– y el reloj, implacable, seguía caminando.

§

Al ver el Hilton situado cerca de la Avenida Shehu Shagari, enorme en toda su majestuosidad en el centro económico de Abuja, Ramón sintió cierta nostalgia por América. Cerca de 500 habitaciones organizadas entre sus diez pisos, hacían de este edificio gigante un lugar propio para ricos. Pero no había ningún otro lugar donde se pudiera cambiar el boleto de avión que urgía. Su zona comercial era muy parecida al primer mundo, y ciertamente, era el hotel favorito de empresarios y comerciantes que visitaban esa ciudad. El mejor hotel de todo el país, ni más ni menos. Así se lo hizo saber su acompañante, Cox Benson.

Ramón se apresuró a cambiar su boleto de avión, sabedor de que tenía que pagar ciertas penalizaciones por dicho cambio, lo cual podría poner en aprietos su precaria economía. Por lo que al hablar con el empleado de la agencia de viajes, tuvo que acomodar su boleto a un viaje con una escala extra en Nueva York y no directo de Londres a la Ciudad de México, tal y como había sido el viaje de ida.

Al no tener que pagar más que 35 dólares de penalización, aceptó el viaje con la escala, pensando que tendría que entrar a territorio estadounidense por un breve lapso de tiempo aun cuando no contara con su visa americana. Ya la aerolínea se haría cargo de resolver este detalle.

Ya con el nuevo boleto en la mano, aprovechó para enviar un correo a sus amigos de México para que se enteraran de que por fin regresaba a la Madre Patria. A estas alturas, Ramón empezaba a sonreír, a pesar de que la operación financiera por la que tanto había luchado, aún no se concretizaba.

El plazo que le quedaba a Kosombo para llegar a Nigeria era ya sólo de 72 horas, y pues no quedaba más que insistir con el envío de más correos, de marcar a su número telefónico y por supuesto, de elevar más plegarias al cielo. Todo podría suceder en los últimos minutos como en el béisbol, esperando que cayera el Out 27 para dar el juego por terminado. O sea que esto no acaba hasta que se acaba.

El reloj con su eterno tic tac, a cada minuto transcurrido, desclavaba las esperanzas de su corazón que hasta ese día permanecían vivas pero ya en punto de agonía. Sin embargo, Ramón, fiel a la sabiduría popular de su pueblo, enfermizamente optimista, como había sido siempre, pensaba que todo se lo dejaría a su corazón, porque sabía firmemente que "el corazón es el único órgano del cuerpo que mantiene siempre prendida la esperanza. Entonces incluso tu cerebro podría renunciar a lograr algo al final, tus brazos caer, tu mirada perderse en la nada, tus piernas dejar de avanzar, pero tu corazón seguiría siendo el motor de tu vida y de tus esperanzas".

§

La antepenúltima tarde en Abuja transcurría en medio de un clima benigno, una noche que caía salpicada de estrellas con un cielo despejado sin un solo nubarrón, con una tranquilidad que presagiaba una tormenta..... ¿pasional? Era una especie de lapso nocturno para llevarse buenos recuerdos en el bar del hotel donde Ramón acompañado de Cox Benson, platicaba trivialidades como si fueran dos viejos amigos, tomándose fotos para el recuerdo y jugando al tiro al blanco con dardos.

Por un instante, Ramón quedó muy pensativo, y recordó algunas de las pasadas noches con su intenso calor y él, revolcándose literalmente en la cama, entre despierto y dormido con una obsesión fija, sobre todo por el trémulo despertar de su órgano sexual, que con su potencia viril en vilo, jadeando le hacía recordar todas las madrugadas, la ausencia de una mujer.

No sin intensos deseos, recordaba a las hermosas mujeres que había conocido en el banco y algunas que había visto durante su recorrido por las calles. De manera que, fiel a su costumbre, pensaba, ¿por qué no coger con una mujer local, -probar lo que tan misóginamente pensaba-, era producto nacional para poder sentir que el viaje estaría completo?, ¿ir tan lejos como para no saborear carne local? El coito entre dos pieles contrastantes sería un atractivo mayor. El sexo interracial tenía que ser por mucho, delicioso, pensaba.

Recordó con pasión que la madrugada de ese día había sido el más intenso, lleno de deseos lascivos porque despertó con una enorme erección, lo cual avivaba sus deseos de tener sexo en esas horas, a pesar de su situación. Tocándose discretamente el miembro por debajo de la mesa, bebió un buen trago de cerveza y miró de soslayo a Cox Benson. Y como sucede entre los hombres, un pacto no escrito de compartir experiencias acerca del género femenino, tal cual sucedió.

Cox Benson como hombre muy sensible, observaba el comportamiento de Ramón, por lo que intuyó acertadamente que, lo que éste necesitaba a esas alturas de su viaje, era un regalo especial en su cama. Y no se equivocaba en lo más mínimo porque como hombre lo comprendía y además, tras un mes de viaje, había pasado casi un mes sin mujer. Así que salió por unos minutos para hacer una llamada. Y le dijo a Ramón que regresaría en un rato más.

Así, las noches llenas de deseos sexuales encontraron una respuesta muy concreta cuando 45 minutos después, volteó a la entrada del bar y distinguió tres siluetas ingresando. Cuando se aproximaron, su corazón latió más de prisa y sus pretensiones de la víspera se vieron colmadas cuando dos chicas se acercaron hasta su mesa acompañando a Cox.

Sus amigas eran dos maravillosas negras que invitaban a quedarse para siempre en Nigeria, si al menos no fuera tan terrible hacer este penoso viaje. Pero ya era un sueño real estar ahí con ellas, con ese tipo de mujeres que roban el aliento con tan sólo contemplarlas, con unas figuras talladas, no cabía duda, por la misma mano del Escultor Divino.

En esos instantes el reloj se detuvo para Ramón y al contemplar extasiado esos dos cuerpos perfectos con sus vestidos de satín entallados bajo la tenue luz, sus deseos más libidinosos se colmaban, rayando en lo sublime. Él siempre había sido un hombre de sangre muy caliente, y esa noche verdaderamente sintió un enorme agradecimiento por Cox Benson, quien en plan de adivino, atinó en su selección para el placer y el deleite, en medio del peligro que representaba seguir en África.

—Mi hermano, sabía lo que estabas pensando hace un rato y sin avisarte nada, les marqué a mis amigas para ver si era posible que estuvieran esta noche con nosotros.
—Caray mi querido Cox Benson, sin duda que eres adivino. ¿Cómo supiste lo que estaba deseando hace rato?
—Hay rostros que lo delatan todo y gestos que dicen un significado que mil palabras.
—Eso veo, que eres un buen lector de rostros, sobre todo si hay angustias retratadas o...algunos deseos.
—Pues por eso mismo, te presento a Lila y a Laura, mis amigas en mis andanzas.
—Hola guapo, ¿cómo estás?
—Hola hermosas, ¡qué enorme gusto conocerlas, son ustedes una joya! Una de rojo y otra de naranja, qué bella combinación.
—Muchas gracias nene, lo que pasa es que Cox nos dijo que tenía un amigo extranjero que vino de visita y que estaba triste, que requería de buena compañía. ¿Así que, cómo negarnos? ¡Nos ganó la curiosidad y aquí nos tienes!
—Guau, ¿es en serio?, ¿y qué vamos a hacer?
—Ay corazón, esa pregunta ni se pregunta. Mira, será más fácil decirte que tu imaginación sea el límite! ¡Qué tal!
—Huy, pues es hora de aguijonear a esta imaginación traviesa que hoy me cargo. Y sin avisar a quien llevaba el nombre de Lila, le tomó delicadamente el rostro y le propinó un sonoro beso en la boca como si fueran novios.

En el bar se dispersó en ese momento mágico, una música especial que aunado a las bebidas, embotaba los sentidos de los cuatro convidados a esa mesa. Las risas, las bromas y los chascarrillos menudearon. Ramón le pidió a Lila, la chica de rojo que se fuera con él a México, pero ambos sabían que eso era imposible por razones más que obvias. A ese grado le gustó su chica para esa noche.

Al filo de la media noche, los cuatro compañeros de parranda se dirigieron a la habitación. Ellas, abrazadas entre sí, caminaron por delante de ellos, contoneándose provocativamente y con mucha picardía, sabedoras de que ellos las iban mirando. Ante tal panorama, Ramón comentó, imaginándose en medio de esas caderas: ¡No todas las mordidas duelen ni los mejores besos son en la boca…! ¡Qué bella es la vida! ¡Caray! ¡Gracias mi Dios por darle estos premios a tus hijos! Cox Benson sonrió picaronamente ante el comentario audaz.

Y entonces, ese espacio vital de descanso, ardió como un volcán en erupción, menudearon los besos en los cuerpos de ébano de esas mujeres, cuya desnudez las hacía aún más hermosas. Ramón y Lila se apoderaron de la cama y Cox y Laura fueron a parar a los sillones de la estancia. Todo se convirtió de pronto en un torbellino de una pasión múltiple, desbordada frenéticamente, escandalosamente en una habitación con cuatro protagonistas.

Ramón probó los almíbares exquisitos de una carne bronceada por la naturaleza biológica de su raza, de una piel suculenta y suave como la seda, su lengua recorrió cada milímetro de la geografía azabache de Lila, avanzó por sus abundantes curvas con fruición, se detuvo un tiempo considerable en la riquísima carnosidad de sus senos turgentes con sus pezones color carbón, mordisqueando y besando toda su redondez y al llegar al monte de Venus, fue algo que se convirtió en todo un ritual, como cuando un cuerpo le rinde pleitesía a otro y ahí su boca se extasió, bebiendo de esas mieles como un beduino en el desierto. Ese sabor tan íntimo de Lila trastornó sus sentidos y olvidándose de su situación actual, se perdió embriagado por tanto deseo contenido hasta ese día.

Luego, tras el juego erótico de las caricias mutuas y los besos en los lugares más recónditos, sensualmente la acción culminó en una fusión complementaria de dos cuerpos de unos amantes *que, agitados por el vaivén erótico, con gemidos que seducían sus oídos, en erupción total, arrojan al final su magma humano, quedando exhaustos y felices al mismo tiempo, en tanto que se sentían más vivos que nunca, sobre todo Ramón que había sentido ya hacía unos días, el aguijón de la muerte tan cerca.*

Luego, ambos se recostaron de lado mirándose frente a frente, ella mirándolo seductoramente con unos ojos de cielo que despedían dulzura, ternura y pasión recargados y una sonrisa que desplegó con sus hermosos dientes nacarados perfectamente alineados. Él, agradecido con la vida por esos momentos que son regalos únicos e incomparables. Ahí recordó que esas son las vivencias más bellas que sí se lleva a la tumba un ser humano afortunado.

Luego, tras unos minutos de relajamiento, Ramón se acercó a Lila, le mordisqueó suavemente el lóbulo de su oreja izquierda y atinó a susurrarle al oído unas palabras cargadas de erotismo, la noche es joven y éste es el round uno. A lo que ella sonrió asintiendo con la cabeza porque sabía que un encuentro así tiene que ser memorable en todos sentidos y él estaba seguro que esa noche era para la diosa que estaba con él en esa cama ardiente.

Al contacto directo con esa piel, a Ramón le pareció que Lila era una hermosa mujer digna de calendario, cuyo cuerpo también había sido moldeado cadenciosamente por el clima tropical de Nigeria, por la brisa marina de sus costas, por el susurro del viento y por la magia de su tierra porque poseía un par de piernas de oro, caderas de infarto, senos color seducción y una boca de ensueño. Todo estaba en su lugar con un diseño perfecto.

Por eso, sin medir consecuencias, esa noche con una gran inspiración cargada de libido amó a Lila más veces de las que él pensaba que podría hacerlo y cuando se terminaron los preservativos, a ninguno de los dos le importó. Ella porque quería sentir a Ramón al natural y éste porque pensó, estando a punto de morir, qué más da si esta mujer me contagia de lo que sea, me la llevaré para siempre en mi recuerdo con ese cuerpo de una Afrodita negra azabache digna de un cuadro de Golucho, el pintor español que despliega un enorme erotismo en su obra. Así la volvió a amar intensamente en cada rincón, con un intercambio suculento de cientos de besos, de caricias por decenas y de varias fusiones más de dos cuerpos ávidos de devorarse.

La pasión, entonces se desbordó resplandeciente hasta la madrugada y esa felicidad rozó el cielo. ¿Una justificación?, claro que la había porque un viaje así de azaroso, lleno de riesgos mortales, tan sólo por esa noche única y especial, habría valido la pena las decenas de peligros que había corrido y ahí confirmó Ramón que las cosas suceden siempre por algo. A partir de ese momento, se llevaría una parte de África en sus recuerdos más recónditos y queridos a través de la hermosa Lila. ¡Qué afortunado se sentía! ¡Un placer sólo para dioses!

§

Al otro día, tras un suculento desayuno que valdría la pena, mientras escuchaba a Cox Benson, y ya encarrerado, un inspirado Ramón, tras vivir una profunda noche de pasión con dimensiones lascivas y orgiásticas, en una habitación de hotel que se transfiguró en fuego pasional, visualizó una salida más, de carácter nocturno, ya que Cox Benson le compartió una invitación muy especial, de carácter musical, que Ramón aceptó encantado, pensando simplemente, "qué tanto es tantito, sólo es una raya más al tigre". Si lo peor ya pasó, qué más podría pasar, pensó entre resignado y ligeramente temeroso, aunque lleno de entusiasmo y una profunda satisfacción por la noche que acababa de vivir. Era una rebanada de felicidad robada a la muerte tan cercana. Un fragmento de cielo en su cerebro que seguía saboreando en tono triunfante.

A las 9 en punto de la noche Cox Benson fue por Ramón a su hotel y se dirigieron enseguida al lugar del espectáculo. La invitación, en lo que era ya la penúltima noche de su estancia en Nigeria, fue a un concierto popular que promocionaba la cerveza Guinness, de larga tradición desde 1778 y famosa a nivel mundial, oscura y de amargo sabor que le daba la cebada de grano tostado, lúpulo, levadura y agua, la dark-brown beer, como decía el slogan "De Irlanda para el mundo", porque así era, una cerveza con mucha historia que, incluso había superado la era napoleónica y decir eso, era ya hablar de mundo.

Así aparecía en la publicidad desde la entrada, los pasillos y obviamente en el inmenso escenario, "Prueba las 20 variedades de la mejor cerveza del mundo". Por supuesto que África no podía ser la excepción como mercado, a pesar de que existieran otras marcas más light como la Goulder. El clima, además, se prestaba para su consumo, dado que el calor en Abuja era superior a los 40 grados centígrados entre la primavera y el otoño.

Desde que ingresó al lugar, Ramón sintió que cientos de miradas se posaban en él, algo que lo hizo sentir incómodo y que provocó que sus alarmas internas se encendieran. Muchos de quienes lo vieron llegar, no lo perdieron de vista, hasta que se sentó en la parte que les correspondía en quinta fila, a la mesa con los dos amigos que le escoltaban, Cox Benson y un invitado más, Robert Soyinca, un tipo bastante corpulento, con poco cabello, casi al ras de su cabeza, que ocultaba con un sombrero de viaje tipo Borsalino que caía ligeramente sobre su rostro, ocultando sus facciones a primera vista, algo que le extrañó mucho a Ramón. Sin embargo no le dio mayor importancia, concentrado como estaba en otros puntos del momento.

Sólo imaginaba en lo más profundo de sus delirios salvajes que, si se decidían a asaltarlo, llevaba en su cartera, en el doble fondo, los últimos mil dólares que había guardado celosamente para cualquier eventualidad o emergencia que se presentara. Él sabía que nada era improbable, incluso en el último minuto de estancia en Nigeria.

Su boleto de avión estaba en el hotel, así que no tenía mucho que perder ya estando ahí, en caso de un ataque o asalto. Jamás les comentó nada a sus acompañantes sobre sus temores, así que ya en el lugar, no tuvo más remedio que relajarse y disfrutar del momento, tratando de olvidar en qué lugar tan peligroso se encontraba. En realidad no tenía otra salida.

Ramón, con un ojo al gato y otro al garabato, se encontraba expectante desde el principio en aquel lugar, que no era sino una explanada polvorienta de aproximadamente 1,200 metros cuadrados en la periferia de la ciudad que se había acondicionado con lonas y carpas, baños móviles, sillas y mesas metálicas colocadas alrededor del escenario levantado sobre un templete de acero, donde estaban colocados los músicos que acompañarían al cantante más famoso del continente en ese momento, Tlahoun Gèssè.

Y entonces se desplegó una enorme pantalla, para contar en una breve síntesis toda la historia de Guinness, desde su antiguo origen, su fundador, sus diferentes slogans que marcaron época y le dieron un sello distintivo partiendo de Irlanda, cruzando la frontera a Londres, al resto de Europa y de ahí, "Vive la vida con el poder de Guinness", "Surfer, las olas del éxito", "What a pinta!" la celebración del Día de San Patricio, hasta llegar a como rezaba su último slogan, "De Irlanda para el mundo". Ahí concluía la presentación al mismo tiempo que los meseros empezaron a desfilar entre las mesas, colocando ocho cervezas por cada una.

Las luces multicolores del escenario eran abundantes y en medio de la semi penumbra, Ramón observó a cerca de 3,500 asistentes al concierto, ovacionando a ¡Gèssè, Gèssè, Gèssè! El cantante fue anunciado con bombo y platillo, y la música del concierto comenzó casi inmediatamente. La masa rugió delirante, aclamando a su ídolo musical con miles de vítores y puños en alto, se notaba a leguas que era muy famoso en África aunque fuera un perfecto desconocido para Occidente.

Sería la misma historia de Juan Gabriel, quien por más famoso que fuera en México, Estados Unidos y América Latina, sin duda alguna que sería otro perfecto desconocido en África. Lo que son las cosas que muchas veces no nos detenemos a pensar, sobre todo en que esos detalles nos vuelven extraños, como si fuéramos seres de otro planeta.

Cuando Gèssè apareció en el escenario, fue de la manera que Ramón menos pudo imaginar, desnudo del torso y con un pantaloncillo corto multicolores como único atuendo para su cintura baja que asemejaba a las tribus más antiguas del continente, con tatuajes etéreos que tapizaban parte de su espalda y brazos, con figuras artísticas, letras góticas, imágenes de leones y águilas. Su encrespado cabello largo se movía al compás de su música y su cuerpo todo se contorsionaba como un verdadero gimnasta. Su cuerpo delgado le permitía hacer todo tipo de poses al aire y en el suelo.

A cada movimiento, que le acompañaba el ritmo de los tambores del grupo musical, significaba verdaderos alaridos de la concurrencia, era como si todo el auditorio se hubiese hipnotizado hasta llegar al marasmo, momentáneamente, para cambiar de cadencia a un estado epiléptico colectivo, y luego a la frontera de un orgasmo masivo.

Ramón pensó que eso era de locos, sin embargo también había una justificación, el tren de vida que llevaban los nigerianos, era fuerte, muy pesado, con rutinas fuera de lo común. La verdad es que cuando hablaban entre sí, con su tono y volumen de voz, siempre parecían enojados, como si se gritaran entre sí, pero Cox Benson le explicó que ese era su carácter y la gente común así hablaba siempre. Y ahora, bajo el halo de la música popular, ¡el frenesí! Eran como las dos caras de una misma moneda.

Ramón empezó a entrar en sintonía con la música, al calor de la segunda ronda de Guinness que les llevaron a la mesa de los tres amigos. Como percibió que todos se conectaron a la música popular de Gèssè, advirtió que de alguna manera el peligro había pasado. Y se relajó un poco, encogiéndose de hombros, sólo atinó a decir, ¡bah, qué más da! ¡Salud, amigos!

La música continuó, Gèssè desplegó su voz que era magnífica con un timbre único y un tono de alegría que contagiaba inevitablemente a la concurrencia, por eso los asistentes acompañaban sus melodías que se notaba, las conocían de memoria porque eran populares. En suma, la masa rugía a cada letra musical.

Gèssè cantó en inglés y una que otra rima musical la decía en alguna lengua africana que Ramón no entendía, sin embargo, como la música es el lenguaje universal por excelencia, a ella se engarzó sin más miramientos, tarareado lo que podía. Su cuerpo simplemente de acopló al ritmo de esa música pegajosa. El chiste de todo era disfrutar porque el famoso cantante no dejaba de bailar al unísono de su voz. Era un espectáculo verdaderamente de primera, lo reconoció.

El desfile de las cervezas continuó imparable y Ramón empezaba a canturrear la música como si la entendiera toda. Había ritmos suficientes para hacerlo y dejándose llevar por el furor colectivo se fusionó, como uno más al concierto en una hermosa combinación acrisolada sin parangón. Eso le hizo comprender que la felicidad absoluta no existía, pero sí podía darse ciertas probaditas de cuando en cuando, en un roce sublime de paraíso.

Pasaba de la media noche, el lugar era un verdadero manicomio, unos cantando, otros cantando y bailando, todos bebiendo sus Guinness, no faltaron las chicas que se quitaran la blusa e intentaran subir al escenario, cuando Ramón se percató de la hora, casi media noche, sobre todo porque tenía que madrugar para tomar su vuelo a la mañana siguiente, si es que todo salía bien.

Le preguntó a Cox Benson si todo lo que veían era normal en un concierto y Cox sólo le dijo, "disfruta, hermano, ¡dudo que algo así lo vuelvas a ver en tu vida!" *Ramón, con sus sentidos alertados en todo momento desde su llegada a suelo africano, a pesar del vértigo producido por las Guinness, se sobresaltó por el comentario y una punzada en el corazón le indicó que era hora de salir de ahí.*

Sin embargo, lo que menos imaginaba Ramón, es que Cox acababa de dar una clave, ya que cuando dijo, "disfruta hermano", el tercer interlocutor, Robert Soyinca esbozó una sonrisa enigmática, que momentáneamente dejó perplejo a Ramón. Por lo que Robert se acercó a él, quizá más de la cuenta, invadiendo incluso el espacio vital de Ramón, lo abrazó de lado y le susurró al oído: Soy Kosombo, mi amigo, tuve que llegar de incógnito a Nigeria para cerrar el trato que yo comencé hace casi tres meses y que tú llevas ya abordando por cuatro semanas, shhh, no voltees a verme, aún no me digas nada, sigue bebiendo y bailando como si nada pasara, no queremos llamar la atención de nadie en estos momentos.

¿Una prueba sobre la lealtad de Ramón? Mil ideas se agolparon al unísono en su cerebro, no sabía si reír de alegría, si soltarse en llanto, abrazar a Kosombo y a Cox o, de plano salir de ahí corriendo, en suma entendió que estaba en shock. El caso es que incluso la euforia producto de las cervezas, embotó su cerebro de golpe y luego se detuvo radicalmente y fue descendiendo

hasta que se le pasó y pronto recobró la conciencia total. Unas punzadas agudas de curiosidad picaban su ser.

Mientras pensaba en varias posibilidades, miró más detenidamente aunque fuera de reojo a Kosombo y se percataba de que era tal cual, un hombre de gesto adusto, cuerpo firme y fuerte, musculado, piel negro azabache, cabello muy corto casi a ras del cráneo, alto, comparado con su propia estatura. Con su vestimenta informal, camisa floreada y bermudas caqui, pasaba totalmente desapercibido. ¿Quién se iba a imaginar que era un militar?

De pronto, Ramón pensó con optimismo que la meta estaba más cerca que nunca, tenía mil preguntas que plantear, dudas de todo tipo y quedaba muy poco tiempo para salir de Nigeria. Al parecer el vértigo de emociones no iba a parar en ese país tan diferente al suyo en muchos sentidos, esa fue la historia desde que pisó tierra africana, incluso no iba ya a poder dormir el resto de la noche. Todo lo que había estado esperando por días y semanas, llegaba de golpe a su vida, lo que significaba que su misión podría completarse exitosamente así fuera en el último segundo. Otra vez sintió deseos inmensos de brincar de gusto y alegría, pero tenía que contener su ímpetu. Por mucho que lo deseara, tenía que seguir el guion que Kosombo le acaba de dictar al oído casi como un susurro.

Así es que desde una noche antes, comenzaba la vigilia tal cual le sucedió en el viaje de llegada. Pero a final de cuentas estaba acostumbrado porque era un ser nocturno. La vorágine era su vida misma. Su corazón se aceleró más de la cuenta y sus manos sudorosas, temblaban ligeramente. Sentía que se desbordaba su sistema nervioso, ése que mantuvo a raya durante casi cuatro semanas.

En un descanso del concierto que anunció el presentador, el paroxismo generalizado se detuvo en seco, unos escasos 15 minutos. Ramón aprovechó para dirigirse al sanitario porque su vejiga ya se lo exigía y cuando les comentó a sus amigos, Kosombo se ofreció a acompañarlo, por seguridad y para tener un momento de charla, yendo sigilosamente para no llamar la atención.

Durante el trayecto, Kosombo puso al tanto a Ramón sobre su situación. Eran minutos valiosos que tenían que aprovechar.

Incluso, ambos frente a la entrada de los mingitorios, en la fila seguían hablando y volteaban a mirarse subrepticiamente como para reconocerse si eran quienes decían ser. Charlaban como si fueran amigos de toda la vida.

—Perdona la forma en que llegué sin avisar ni nada mi amigo Ramón. Has demostrado ser de palabra, muy valiente y esforzado, y lleno de interés por los problemas humanos. Créeme que jamás pensé que llegarías tan lejos para apoyarme, y yo que dudaba en confiar en alguien. Mi esposa estaba mucho muy escéptica. De verdad, mil, mil, gracias. Eres un gran ser humano, ¡qué tipo!

—Caray mi amigo Kosombo, he vivido momentos que a cualquiera hubiera dejado sin respiración, experiencias que hubieran matado al más valeroso nomás de un susto, yo no sé de dónde sacas eso de que he sido valiente.

—Ay mi amigo, creo que aún no tomas consciencia de en dónde estás parado, hablo del país que es muy peligroso en cada esquina, de la gente, de los ladrones y asaltantes que abundan aquí, de bandas organizadas para delinquir, de secuestradores y tantas personas que eligen una forma de vida con dinero fácil. Sin dejar de contar a los defraudadores que te quieren vender espejitos. Ni se diga de los políticos porque me parece que son los peores, así como los funcionarios de cualquier oficina de gobierno.

-Pues no, Cox Benson sólo me explicó aquella parte de que yo no podía salir solo a la calle porque seguramente que, al verme como extranjero, sufriría algún desastre. Lo entendí y pues, evidentemente no podía hacer caso omiso de sus recomendaciones. Nada más que he estado esperando tu llegada, te envié varios correos y también te marcó el Senador Abubakar. No tuvimos suerte. Te creímos extraviado en tu país porque vemos en las noticias que el conflicto aún continúa. Sufrí desazón y una especie de síndrome por tanto encierro, me llegué a sentir en una cárcel, siendo libre, o al menos eso era aparentemente. No sabes cuánta angustia he experimentado en los últimos días. Han sido tiempos para llorar, tiempos de infartos. Tal cual te lo comparto.

-En efecto, la guerra civil está viviendo un momento culminante, pero no podemos seguir así porque quienes sufrirán las consecuencias de todo serán los niños y adolescentes. No pude contestar ni correos ni llamadas, siempre me mantuvieron vigilado. Lo lamento mucho. Monitoreaban todos mis movimientos y responderles era poner en riesgo toda la operación financiera. Quienes fuimos funcionarios del presidente asesinado Kabila éramos el blanco perfecto y una oportunidad de oro para ellos de hurgar en el pasado reciente a ver qué podrían sacar de beneficio. Hemos sido espiados y perseguidos y cuando consideran que somos peligrosos, encarcelados. Yo tuve que hacer mil maniobras para escabullirme de El Congo, pero mi familia aún no, la tengo resguardada en la frontera con República Central Africana y debo regresar por ellos, sólo que la cuestión financiera no puede esperar, si no, ¿cómo nos movemos a América para hacer negocios? Me sentí igual que tú, preso en libertad, ¿no es paradójico? ¿Ahora me comprendes lo que te acabo de compartir sobre la peligrosidad de Nigeria?

No creas que África como continente es un edén, porque es todo lo contrario.

-Mi amigo, entiendo entonces que, ¿ahora mismo podrían estar vigilándote y por eso el pretexto del concierto al que me invitó Cox?

-En efecto mi amigo, por eso teníamos que esperar a que este lugar se convirtiera en el manicomio que ya experimentaste en carne propia. Así sería más fácil acercarme a ti para identificarme. La verdad es que no pueden ver que tengo contacto con extranjeros, sería fatal para mí y mi familia. Disculpa que no te haya dicho nada Cox Benson, pero todo tenía que parecer natural. Hacerlo de otro modo daría a sospechar que algo estoy tramando y entonces a la primera, me capturarían y no te quiero contar lo que pasaría conmigo. Ellos ya saben que tengo los 12 millones de dólares bajo mi resguardo y eso me convierte en una valiosa ficha de cambio. Y respecto de ti, así como eres de noble, involuntariamente podrías descarrilar todo, y no nos podíamos dar ese lujo.

-Entiendo, entiendo perfectamente.

-Ya habrá mucho tiempo para platicar de todas tus dudas, por ahora vamos al grano, que es lo que nos interesa porque tenemos sólo unos minutos antes de que se reanude el concierto. Además, se supone que vinimos al sanitario, lo cual es muy natural, siempre y cuando no excedamos del tiempo promedio.

-Pues adelante mi amigo, dime qué procede porque seguramente ya tienes conocimiento de que mi vuelo sale mañana a las 11:35 horas para Londres a la Ciudad de México, vía Nueva York, donde haré escala de una tarde y una noche. Disculpa que haya tomado esa decisión que parece abrupta pero al no haber nada claro y no tener noticias tuyas, no tenía otra salida. De hecho, se me iba a complicar mucho conseguir el 1% del total para liberar los fondos por mi cuenta. Entonces la única manera era quizá regresando a México y desde allá ver cómo lo podría lograr sin poner más en riesgo mi propia vida.

-Estoy al tanto, mi amigo, pero no deseo ya que cambies tu boleto, ni nada, al contrario, tú tienes que partir cuanto antes porque deberás estar en México para dar paso a la segunda parte de la operación financiera desde allá. Tomaste una decisión muy atinada, como si me hubieras adivinado el pensamiento.

-Por favor mi amigo, dime que esto es algo real, que lo vamos a lograr para que podamos estar en América, tranquilos haciendo negocios.

-Es muy real, mi amigo. No sé cómo te han tratado aquí, yo hice arreglos para que te dieran una atención especial, y lo hicieron sobre todo al darse cuenta de que tú habías cumplido con todos los requisitos. Y mi intención es que regreses sano y salvo a tu país que pronto será mi país. Quiero nacionalizarme mexicano, lo debes saber desde ahora. Considero que es un gran país y vale la pena jugarse el todo por el todo con miras a ese objetivo. Además, los negocios serán más fáciles de este modo. Te confirmo que llegué a Nigeria antier, ya me entrevisté con el Senador Abubakar, con Cox Benson y con el secretario del Ministro de Finanzas. He cuadrado todo y autoricé un pago del porcentaje adicional que te pidieron recién habías llegado. Por esa parte, ya no te preocupes porque todo está resuelto.

-Fiuuuu, ¡no sabes qué peso me quitas de encima, mi amigo! Yo no dormía ya por tanta preocupación. He pasado un infierno en tan pocos días tan sólo por ese pequeño detalle que parece de poca monta, pero que en realidad era un candado a prueba de cerrajeros.

—Sí, bueno, después de todo, sabrás reconocer que todo valió la pena. Ambos sabemos que nada es fácil en esta vida. Al rato que llegues a tu hotel, encontrarás un sobre tamaño ejecutivo con una copia certificada ante Notario Público de la última operación realizada por mí en estos dos días en el Banco Central de Nigeria. Tienes autorización plena para mover todo lo que esté a tu alcance en México. Tu cuenta bancaria ya fue registrada desde acá. El movimiento será vía Bank of America de los Estados Unidos de América. También ya tengo todos tus datos de México incluyendo tu dirección y tu número telefónico. Estaremos en contacto permanentemente. Obvio que confío en ti, ciegamente. Tu actuación hasta el día de hoy ha sido impecable.

—¿Tienes un cálculo del tiempo que tomará este movimiento, que entiendo será una transferencia electrónica?

—Me han comentado que deberán transcurrir 72 horas hábiles para que todo se libere y entonces en una semana más el dinero estará en tu cuenta de México, si todo sale como lo tenemos planeado. El problema es que, como tendrá que pasar por un banco estadounidense, tú sabes que ellos son muy escrupulosos para este tipo de operaciones porque verifican todas las posibilidades, incluso que no sea dinero sucio o que vaya a servir para financiar al terrorismo, uno de sus talones de Aquiles.

—Sí, lo sé porque el suceso del año pasado en Nueva York, el famoso ataque del 11/09, los tiene muy nerviosos y sus protocolos actuales son más estrictos que nunca. ¡Ahora casi casi te encueran en pleno aeropuerto! Bueno, exageré un poco, pero todo eso es incómodo.

—Muy de acuerdo, mi amigo. Bueno, piensa si tienes alguna otra duda, para que te la responda. En caso contrario, regresemos a nuestra mesa con Cox Benson que debe estar nervioso y el concierto se acaba de reanudar.

-Vamos mi amigo, disfrutaré hasta el último instante de este evento, ahora sí con una razón poderosa para bailar, cantar y brindar.

-Así se habla, al fin sacas tu lado mexicano, ¡alegre y festivo!¡Salud!

-¡Salud, mis amigos! ¡Por la gloria y el triunfo!

-¡Salud!

La madrugada con todo su esplendor, ocupaba su tiempo. El reloj marcaba las 3:15. La música cesó, habían sido horas de mucha agitación, de cánticos vernáculos, de alegría desaforada, de sublimación de emociones y el cantante, ya bastante cansado, anunció su retirada del lugar y se despidió repartiendo besos al aire a diestra y siniestra. La reacción popular fue recíproca y en el aire se sintió el vuelo de tantos besos. A los pocos minutos, sin el showman, el lugar se fue vaciando poco a poco y los tres amigos se dispusieron a salir en medio de la masa para no ser identificados por nadie.

A la salida, la gente se arremolinaba buscando taxis, otros a sus vehículos. Cox se apoderó a codazos de un taxi y llamó a sus amigos. Tenía que dejar a uno y a otro en sus respectivos hoteles. Los acuerdos estaban ya dichos, de manera que no podían cometer la indiscreción de hablar del tema frente a un taxista desconocido. El silencio acompañó a los viajeros hasta su lugar de descanso. Somnolientos y taciturnos, cada uno guardaba sus propios pensamientos, coincidiendo en uno importante, el haber logrado la meta de conseguir el dinero, su dinero. Y ese simple dato les devolvía una amplia sonrisa que ni Van Gogh hubiera podido plasmar en una pintura. La convergencia de esta fórmula estaba lista.

La siguiente fase del plan había comenzado exactamente cuando Kosombo se identificó con Ramón y ahora todo quedaba en las manos de éste, por lo que el viaje de regreso tenía que salir a la perfección hasta llegar a la Ciudad de México. Eran las 4:05 y fueron a dejar primero a Ramón, quien tendría apenas escasas tres horas para medio dormir, preparar maleta, bañarse y salir al aeropuerto.

Cómo sentía el galope de las emociones en su cerebro. Estaban más vivas que nunca y se preguntaba cómo había logrado superar una tormenta emocional cada día, bajo las implacables condiciones que había enfrentado en ese país olvidado de la mano de Dios. Imposible dormir. Ya lo haría durante el vuelo, aun cuando sabía que no le era posible dormir cuando volaba. Ahora a prepararse y a salir de aquel que, por muchos momentos comparó con el infierno, hasta que apareció Lila y unas horas después, Kosombo. Todo en 48 horas después de esperar más de tres semanas en medio de la angustia total. En realidad, aunque sentía que su viaje al fin era un éxito, no podía darlo por descontado hasta salir exitosamente de Abuja, sentarse aliviado en el avión y respirar tranquilo.

Pensó con la filosofía popular de su padre de que nadie sale ileso de los viajes, pero lo prioritario en ese momento era su vida. Un cúmulo de emociones no podía traicionarlo, -su acto más importante era llevar hasta el final todo, así fuera una mentira ante las autoridades, porque cuando te va la vida, se muere uno con a mentira-, menos a una hora culminante, en un día clave para su futuro. Lo demás era lo de menos porque la transferencia quedaría lista en una semana más. Sólo era cuestión de tiempo y tiempo era lo que ya había comprado.

§

Antes de tirarse a la cama a tratar de dormir aunque fuera un par de horas, según sus cálculos, Ramón pidió en la recepción de su hotel que lo despertaran a las 6:15 de la mañana para poder asearse, preparar maleta y desayunar algo. Se previno para que le llamaran por si su cansancio lo vencía, porque sabía que suele pasarle a cualquiera. ¡Cuántas veces no se había salvado de perder un vuelo por la misma razón de no descansar adecuadamente o por tener un cúmulo de emociones en su cerebro! Su salida de Nigeria podría estar llena de sobresaltos tal y como ocurriría más tarde en el aeropuerto.

Sin embargo hasta esa madrugada agradecía a Dios y a todo el santoral de la iglesia católica que su estancia en ese país exótico, por fin hubiera llegado a su término. Nunca respiró más tranquilo que en ese amanecer en el hotel de su habitación en el que vivió horas de angustia, y más cuando ya pudo decir, "al fin salgo de este maldito infierno". Y con ese pensamiento, finalmente se quedó dormido pensando en su México.

Cox Benson había tomado sus propias precauciones desde el día anterior, previo al famoso baile de Tlahoun Gèssè y le explicó a Ramón que él no podría acompañarlo al aeropuerto porque tenía varios encargos importantes de su cliente estrella al día siguiente, -Kosombo-, que eran ineludibles para que la operación fuera exitosa. Su trabajo como asesor legal y contable aún no concluía y por tanto, tenía que aplicarse con toda la actitud.

Sin embargo, con el fin de que estuviera muy a tiempo en el aeropuerto, tres horas antes de que despegara su avión a Londres, Cox Benson citó a dos taxistas a la misma hora, a las 7:00 de la mañana y que quien llegara primero se ganaría el viaje por un cobro mínimo de 40 dólares. Esto incomodó un poco a Ramón porque pensó, ¿y si llegan al mismo tiempo? Bueno, pensó que más valía que sobrara y no que faltara, de acuerdo con la siempre sabia filosofía mexicana.

Carajo, bien que recuerdo la fecha infausta aquella en que fui asaltado en la Ciudad de México al salir del trabajo, obviamente que a deshoras, y sobre todo por confiado, a quién se le ocurre abordar un taxi cualquiera en una zona insegura, sin verificar al taxista ni su ruta ni nada. Pero bueno, son los gajes del oficio sobre lo que puede pasar en una enorme ciudad, y Abuja no se queda atrás, sobre todo por el tipo de gente que aquí vive. A saber cuáles son sus mañas, no vaya siendo que todos los taxistas del mundo sean iguales.

Y tal cual sucedió esa mañana porque tuvo enfrente a los dos taxistas que llegaron justo a la misma hora sin saber el juego de Cox Benson, razón por la cual Ramón tuvo que lidiar con uno de ellos y decidirse por el que le inspirara más confianza. Quizá esa fue su única ventaja a cambio de la incomodidad de tener que despachar a uno de ellos con un pago de 18 dólares para cancelarle el viaje. Optimistamente pensó que el último peligro había pasado, hasta su llegada al aeropuerto.

El recorrido de 25 kilómetros que un mes antes había realizado en plena madrugada, fue la otra cara de la moneda. Sentía que podía relajarse y contar con el cumplimiento de su misión tras un viaje tan largo como peligroso. Imaginaba a su familia aguardando su llegada, a sus amigos expectantes por su retorno seguro. Su cerebro era un marasmo.

Era, sin embargo, el último día de penalidades en territorio nigeriano. El clima no se antojaba muy benigno porque en el cielo había fuertes nubarrones que anunciaban una tormenta en las próximas horas. Quizá el clima era un presagio de malas noticias. Ramón ya no estaba muy seguro de irse sin pensar que algo malo le podría pasar. Los 50 minutos de recorrido rumbo al aeropuerto estuvo lleno de inquietudes. No solía ser aguafiestas, negativo o supersticioso, pero algo sentía, no estaba bien.

Hubo un intenso desfile de razonamientos en la cabeza de Ramón mientras descendía del taxi y entraba en contacto con un remolino de viajeros de diferentes nacionalidades. Entre otras cosas, Ramón pensaba con convicción que cualquiera diría que Dios nunca estuvo en África por todas las penalidades que habían sufrido estos pueblos hasta la fecha. Él mismo había llegado a buscar un sueño ahí, a ese continente olvidado incluso por la humanidad, un sueño que ignoraba en qué parte se podía encontrar. Pensaba también que, Dios estuvo en la inauguración de la vida humana y después, con tantas tareas en el resto del mundo, olvidó África y se concentró en los otros continentes.

Intentaba deducir de qué manera Doce millones de dólares los dan sólo así como así. Algo se tenía que dar a cambio de una cantidad tan grande. Sentía que las fuerzas le empezaban a fallar porque de pronto, no veía claridad en ese asunto, no obstante haber dialogado con el mismísimo Teniente Coronel Michael Kosombo unas horas antes. Su olfato de hombre de experiencia no podía fallarle, sin embargo, trató de armonizar todas sus ideas en su cerebro.

De todos modos, algo muy oscuro sentía en toda la operación, a un paso de culminarla. Sentía, sin embargo, que había detalles que estaba pasando por alto, ya que no cuadraban en su lógica. Por todo lo que había vivido durante los treinta días previos, con la carga de adrenalina que invadía nuevamente su ser, llegaba a ciertas conclusiones que lo descorazonaban, por ejemplo, ¿Desde cuándo hay tanta generosidad de la nada?

Su instinto que le había servido muchas veces para salvar peligros, se agudizó en esos minutos que transcurrían como una marcha eterna del tiempo. Algunas personas le llaman intuición. Y ésta, raras veces te falla.

CUARTA PARTE

CON TONO A "EL HUAPANGO DE MONCAYO"
Con sabor a nostalgia

Por fin, tras un intenso debate emocional e ideas en ebullición, Ramón soltó a bocajarro el argumento al oficial de aduana:

—Usted perdonará mi falta de precaución, señor agente, en primera, no traje ningún seguro médico porque intuí que al estar sólo un par de semanas en Nigeria, no sería necesario. En la embajada de Nigeria en México no me comentaron nada de estas precauciones que se deben tomar, sino que sólo tenía que presentar un boleto de vuelo viaje redondo para la expedición de la visa. En lo que fueron muy enfáticos fue sólo en los riesgos de seguridad porque ellos no se hacen responsables de la vida del visitante.

—Es cierto, es una precaución que mi gobierno toma, y el boleto viaje redondo es para asegurar su pronta partida.

—Por otro lado, ya estando aquí en su país, conviviendo con varias personas que fui conociendo, el panorama cambia. Pudo ser una persona que me contagió, un mosquito que me picó, el clima mismo que me torturaba porque yo soy de zona fría; el medio ambiente o los alimentos que pudieron estar descompuestos o no me cayeron bien, el caso es que caí en cama muy enfermo y sin posibilidades de presentar ante las autoridades migratorias alguna solicitud de extensión de mi permiso. Esas fueron las fechas en las que no sólo no podía levantarme de la cama por sentir mucha debilidad sino que no salía del baño. ¿Usted me comprende lo que le quiero decir, verdad?

-Entiendo que todo eso que me está explicando, tiene forma de comprobarlo debidamente, porque de no ser así, tendré que detenerlo para investigar qué está pasando realmente con su caso que es grave.

-No, oficial, no es necesario que me amedrente con una probable detención. Vamos a portarnos civilizadamente. Usted debe seguir haciendo su trabajo y yo tengo que tomar un avión en quince minutos. Mire, todos mis documentos están bajo el resguardo de la persona que me ayudó a salir de mi problema de salud, cuidó de mí, junto con su familia y además, me dio todas las facilidades para que mi estancia fuera más cómoda hasta poder salir de su país.

-¿Me está diciendo que esa persona es de nacionalidad nigeriana y que viene acompañándolo?

-No exactamente, vino a dejarme al aeropuerto y me entregó esto, para en caso de que yo necesitara de un auxilio.

Y diciendo y haciendo, Ramón entregó en la mano del agente la tarjeta personal de presentación del Senador Innocent Abubakar. Como bien recordamos, era la misma tarjeta que tras una opípara comida, éste se la había entregado, quizá como una medida de precaución. Mientras el agente aduanal miraba la tarjeta, salió por un minuto que a Ramón se le hizo eterno, aquél regresó con premura y le pidió que lo acompañara sin que le dijera a dónde iban. En ese momento, Ramón pensó en lo peor, el alma se le fue del cuerpo y sintió que el mundo se le venía encima, que había fracasado en su misión, que lo iban a detener y acusar de estancia migratoria ilegal y quién sabe qué otros delitos más poniendo en peligro la transferencia del dinero a México, en caso de que hurgaran sobre su situación y sus relaciones de amistad de Nigeria. Por un instante sintió deseos de que la Tierra se lo tragara.

§

En el camino a la sala de espera, rápidamente le dijo que el Senador Abubakar era ampliamente conocido en las altas esferas de la política y de la administración nigerianas, que no sería posible que le hubiera dado una tarjeta a un extranjero desconocido y que no consideraron necesario marcarle para corroborar la historia del inmigrante en calidad de ilegal por razones ajenas a su voluntad, menos si era por enfermedad. Se hubieran metido en un serio problema con el senador.

Así que en ese mismo momento, el jefe de migración dio luz verde para que Ramón alcanzara en el último minuto su vuelo y pudiera regresar a su país. Mientras caminaban rápidamente, casi al trote, Ramón le dio las gracias al agente aduanal por sus atenciones y abordó su avión en los últimos diez segundos antes de que cerraran las compuertas. Buscó su asiento, acomodó su equipaje y se sentó, por unos instantes, sin una sola sensación y su mente en blanco.

Cuando sus ideas volvieron a brotar al unísono, Ramón agradeció a Dios y a toda la corte celestial que Innocent Abubakar hubiera tenido tanta razón en sus conversaciones, en sus argumentos y sobre todo, que de verdad hubiera tenido un peso político real. Jamás imaginó que su simple tarjeta de presentación como Senador de la República de Nigeria se fuese a convertir en su pasaporte de salida de ese país.

Mientras el avión transcontinental despegaba y devoraba la distancia sobre la selva nigeriana, ese regreso a Londres tras el Safari Africano fue un espasmo de alivio, como si el enorme peso *que Ramón cargaba en sus hombros, se lo hubieran quitado de encima de un solo jalón. Con esa conmoción sentía que incluso se aligeraba su cabeza y ahora podía razonar con una mayor claridad, por lo que más ideas, imparables empezaron a llegarle a borbotones.*

Tomando conciencia de su situación, apenas si podía creer en su buena suerte. Su sistema nervioso que hasta unos minutos antes del abordaje estuvo a punto del colapso, empezó un proceso distinto en su organismo porque arrancó la liberación de toda la adrenalina que cargaba a cuestas acompañada de pequeños temblores y delirios, y un enorme cansancio como una losa.

Con estas sensaciones que lo asolaban, Ramón se arrellanó lo mejor que pudo en su asiento. Acomodó su cabeza en el respaldo del asiento que reclinó 25 grados, se abrochó el cinturón y cerró sus ojos cansados por tanta tensión. Su agotamiento era inenarrable. Necesitaba ese descanso reparador porque le parecía que su pesadilla llegaba a su fin.

Recordando algunos ejercicios de yoga, ensanchó sus pulmones inhalando todo el aire que pudo y dejó caer una profunda exhalación que lo llenó de alivio. Sus ojos, martillándole los párpados como en los últimos días, permanecieron cerrados por unos instantes, tratando de olvidar el insólito pasado que acababa de vivir con toda intensidad en las últimas horas.

Sabía perfectamente que a partir de ese instante supremo estaba ya viviendo horas extras. La muerte estuvo cerca, rozándole por milímetros durante toda su estancia en África y aún más al final de la misma. No era otra su sensación. Su escapatoria era inverosímil. Una historia digna como para escribir un libro. Por cierto, ¿en qué estamos?

Sabía que habría fuertes secuelas en su salud. Por ahora, ya en medio de su somnolencia, los solitarios síntomas de angustia contenida que experimentaba su organismo, eran tics nerviosos que se reproducían a lo largo de su cuerpo en partes indistintas, así como un hormigueo en sus miembros. La salud cobra facturas que, aunque no se quieran pagar, obliga a hacerlo. No hay remedio.

Era algo inevitable porque no podía controlarlo. No obstante esos estremecimientos fuera de lo común, las horas extras de vida, tenían para Ramón un sabor a gloria, al triunfo de saberse vivo de regreso a casa, habiendo estado en el infierno. Se sentía como una especie de renacido. Dios tenía que quererlo mucho para mantenerlo con vida hasta ese momento, más allá de las cuestiones financieras que aún estaban en entredicho hasta que tuviera el dinero en su cuenta.

El frío sudor que sintió recorrerle la espalda en la aduana hacía unos minutos, empezó a secársele entre sus ropas. Apenas si sintió cierta incomodidad hasta ese momento. A tal grado era su nerviosismo. No había tenido tiempo para que su cerebro registrara cada una de las emociones que recién acababa de vivir en unos cuantos minutos de aceleración.

Tras la exhalación vino la relajación total. Por fin podía decirse a sí mismo que se encontraba a salvo de cualquier peligro. Ya no le importó su ropa mojada en la espalda. La somnolencia lo acosaba ya con todo su arrojo y pensó que no tenía ningún caso resistírsele; así que, cerrando sus ojos, se dejó vencer.

Tras seis horas de vuelo, esta vez Ramón sintió que no importando la hora ni el tipo de avión, sí pudo dormir un poco más de la mitad del viaje. Su cansancio era extremo. Mantuvo sus ojos cerrados a esperar el aterrizaje en el Aeropuerto de Londres-Heathrow. Su vuelo de conexión a Nueva York era a las 7:00 de la noche. Eran las 5:05 de la tarde y aún volaban sobre el Canal de la Mancha. Mirando su reloj, hizo cálculos de traslado. Restaban 30 minutos de recorrido y eso le permitió pensar un poco en su situación ya con la cabeza fría.

Un despliegue de profundas conjeturas, despertaron nuevamente sus temores. ¿En verdad cumpliría Kosombo? ¿Era cierta la operación o todo había sido un teatro muy bien montado? Recordó las obras del teatro del absurdo de Eugene Ionesco. Si todo era verdad, ¿cuándo llegaría el dinero a México? Y entre otros pensamientos, en caso de que la comunicación siguiera fluyendo con su socio, ¿cuándo viajaría Kosombo a México? ¿Qué papel jugarían el Senador Abubakar y el abogado Cox Benson?

§

Poco más de dos horas después, ya estaba volando en el segundo avión sobre el Atlántico desde Londres hasta Nueva York; esto le dio una mayor tranquilidad y experimentó un completo relajamiento, a pesar de que Ramón sentía que no había cerrado su misión al ciento por ciento, no obstante haber cumplido todos los requisitos en el Ministerio de Finanzas y el haber hablado en Nigeria con su amigo Kosombo en las últimas horas, después de haberlo esperado con ansias, cuatro semanas más de las que éste le pidió.

Lamentablemente éste llegó al final, barriéndose casi cuando Ramón ya venía de regreso, por lo que sentía que no habían podido afinar detalles de la transferencia; como que algo había quedado incompleto pero no atinaba a dar con qué. Era un cabo suelto, de esos que a cualquiera le dan vueltas y vueltas en la cabeza. Ahora tenían que regresar al esquema de los correos electrónicos para seguir comunicándose, a sabiendas de que Kosombo aún tenía que ir por su familia a la frontera de El Congo, con todos los riesgos que entrañaba ese viaje suicida.

De igual forma, consideraba que la despedida fue demasiado rápida. Esos minutos de diálogo con Kosombo se habían ido como un suspiro. Por todo ello, Ramón experimentaba un gusanito muy por dentro que lo mantenía desazonado, sobre todo a sabiendas de que su amigo Emilio –el inversionista y cómplice de esta aventura-, esperaba en breve buenas noticias, lo mismo que sus amigos Bety, Memo, María y David, sus entrañables partidarios.

La ciudad cosmopolita, quizá la ciudad más famosa del mundo, la de los insomnios en las canciones de Frank Sinatra, -"I want to wake up in a city / that never sleeps".... recibió a un Ramón mucho más tranquilo. La vista nocturna era impresionante con una locura de luces por doquier. El viaje para cruzar el Atlántico de regreso a América, le confirió una mayor tranquilidad porque a final de cuentas pensaba que pasara lo que pasara él había ganado mucho durante el desarrollo del Safari Africano. Ahora tenía una percepción más profunda del mundo, un mundo que sólo conocía en los libros.

Eran las 10 de la noche, hora de Nueva York, su vuelo de conexión a la Ciudad de México era a las 11 de la mañana del día siguiente. Se preguntaba cómo le haría para descansar esa noche en la gran urbe. Esa parte nunca lo preguntó al empleado de la agencia de viajes en Abuja y reparó en su error hasta ese momento.

Todos los pasajeros empezaron a preparar su salida de la aeronave. El Aeropuerto Internacional "John F. Kennedy" era inmenso y pululaban por sus pasillos, miles de pasajeros a pesar de la hora de su aterrizaje. Al llegar a la zona de revisión se estaba preguntando cuál sería el procedimiento para él en su caso. Su situación migratoria era incierta sin la visa obligatoria para ingresar a los Estados Unidos de América. Y las filas eran muy largas.

Al mostrar sus documentos ante la agente de la aduana, Ramón sintió un escalofrío al recordar su experiencia en Abuja.

Tuvo que llenar su espíritu y su corazón de aplomo. Aunque era un viajero en tránsito, nadie sabe cómo pueden actuar los estadounidenses ante ciertas eventualidades. De todos modos, en el fondo no tenía nada que temer porque estaba consciente de que nada debía y el viajar desde Europa, sentía que le daba otra personalidad.

Con los formularios migratorios en mano, la actuación de Ramón fue impecable ante las preguntas de la agente, respondiendo con aplomo a cada cuestionamiento porque sabía que no había lugar para más dubitaciones. No cabía duda de que, de las experiencias más amargas, se aprende mucho. Y recordaba viejos adagios como: cuando pierdas algo, nunca pierdas la lección.

Cuando terminó la entrevista, todo había quedado muy claro para Ramón. Saldría a la ciudad para descansar en un hotel que le proveería su compañía aérea como una atención, cuidando ciertos requisitos que le impusieron como medida de precaución. Le recogieron su pasaporte y su boleto de avión de su vuelo a la Ciudad de México y le asignaron a un agente migratorio para que lo acompañara en todo momento hasta la hora de su salida al día siguiente.

Su agente, el Señor Johnson era un hombre rubio muy agradable, joven en sus treintas y sobre todo, se notaba a leguas que era hiperactivo y muy sociable, tanto que desde el primer minuto, empezó a parlotear sin parar. Era tan empático que rápidamente se generó entre ambos una corriente de amistad como si fueran viejos conocidos. En tanto que salían del aeropuerto y abordaban un taxi rumbo al centro, el agente no dejó de hablar.

Al principio Ramón pensó que de qué podrían hablar un par de desconocidos. ¡Cuán equivocado estaba! ¿Tema de conversación? Uno muy popular porque tenía escasos nueve meses que había ocurrido en el corazón financiero de Nueva York, el ataque a las Torres Gemelas del World Trade Center, el famoso 09/11.

Y el señor Johnson había sido testigo ocular del suceso que un 11 de septiembre, literalmente sacudió a todo el planeta.

El señor Johnson tenía tanta información del suceso, incluso a detalle, que le contó a Ramón con números, cantidades, escenas desgarradoras, los lanzamientos suicidas desde 80 pisos y luego, le contó su impresión cuando el segundo avión se impactó sobre la Torre Sur 102 minutos después del primero. Casi se desmaya, le dijo.

Joven como era, nunca había sido testigo de lo que vio, –de hecho, ¿quién podría atestiguar semejante atrocidad en el centro del comercio, de la economía y del turismo mundial?–, cuerpos descuartizados incluso a cinco cuadras del complejo, órganos humanos en medio de la humareda. Sí, con pelos y señales estaba contando una historia que Ramón sólo había visto por la televisión y leído en los periódicos de esa fecha fatídica para los Estados Unidos de América.

Cuando Ramón escuchaba muy atento al señor Johnson, se dio cuenta de que estaba presenciando por su boca toda una película completa. Y que como cualquier neoyorquino, aún tenía la herida fresca. Y ésta supuraba mucho, pero tenía también un trauma psicológico colectivo porque había en el ambiente el temor de otro ataque similar, así que no era para menos.

Ramón le prestó casi toda su atención a pesar de su cansancio. El inglés del señor Johnson era muy fluido. Las palabras de su interlocutor estaban bañadas de miedo y peor aun cuando se supo tiempo después que el atentado original contemplaba 11 aviones para igual número de blancos en todo el territorio estadounidense. Eso no le podía pasar a la primera potencia del mundo.

Cuando llegaron al hotel, Ramón supo que por fin le había tocado una cama mullida para dormir a pierna suelta. Tras una frugal cena en el cuarto, mientras el señor Johnson no dejaba de *hablar de sus experiencias, escuchando ya sólo el susurro de la voz de su nuevo amigo, Ramón se quedó profundamente dormido al filo de la 1:30 de la madrugada. Habían sido muchas emociones para un solo día y los husos horarios no le favorecían porque llevaba ya muchas horas en el aire desde su salida de Abuja.*

A primera hora, el reloj biológico de Ramón lo despertó con mucha sed. Eran apenas las 6:30 y aún disponía de dos horas antes de salir al aeropuerto. Se metió al baño al ritual de cada mañana, salió del mismo perfectamente bañado y se dio cuenta de que el señor Johnson aún dormía plácidamente, incluso roncaba. Ahí se dio cuenta de que, si hubiera querido, -aún sin documentos-, se hubiese escapado a la gran ciudad sin que nadie lo molestara. Sin embargo, su tentación sólo duró unos segundos porque su misión de ese día era llegar a casa.

a megalópolis como Nueva York de día para contemplar desde el aire la inmensidad de la ciudad que nunca duerme con sus numerosos rascacielos, con sus bahías y su incesante movimiento, era todo un espectáculo. Ahora sólo faltaba cruzar medio territorio estadounidense y medio territorio mexicano, para pisar lo que ya sentía como Tierra Santa de regreso, vivo y mucho más tranquilo como no se había sentido previamente en los últimos treinta y un días, desgranando cada emoción que sentía como escarcha sobre su piel.

Su corazón brincó de alegría cuando el capitán de la nave anunciaba el descenso a la Ciudad de México, la que se ve inmensa de tamaño desde un avión. Sus emociones encontradas hacían que su corazón latiera más de prisa. Sabía que su amigo Emilio estaría en la sala de espera aguardando por su descenso. Sintió unas inmensas ganas de besar el suelo patrio porque nada se compara al lugar que significaba la cuna, donde se dejó enterrado el ombligo, su Tierra Santa, como solía decir y estar de regreso más vivo que nunca.

Un abrazo a su amigo Emilio selló el reencuentro tan esperado. Del Aeropuerto Internacional de la Ciudad de México "Benito Juárez García" a casa mediaba apenas dos horas por carretera. En el camino todo ese tiempo le fue contando a Emilio algunas de sus peripecias y el acuerdo final que logró con los funcionarios nigerianos, las fechas claves para la transferencia del dinero y la probable fecha de llegada de Kosombo a tierras mexicanas. Eso bastaba por lo pronto.

Emilio se mostraba ya un poco más confiado de que la operación fuera un éxito total en las 72 horas planteadas. Ya se pondrían de acuerdo para verse y hablarían al respecto con más detalles en los siguientes días, con dinero en mano porque todo estaba arreglado para que así fuera. Ya sólo le pidió que lo dejara en casa de sus padres porque ahí lo estaban esperando.

Antes de entrar a la casa paterna, lloró como un niño al ver el portón que pensó nunca más volvería a cruzar. Su regreso fue una apoteosis familiar porque su llegada a casa estuvo lleno de besos, abrazos y lágrimas. Apenas si podía creer que volvió a abrazar a sus hijas queridas, a sus padres y a sus amigos. Todo era algarabía, risas, fiesta y mucha comida oaxaqueña, la que su madre sabía que Ramón amaba.

Toda la tarde fue departir con los suyos que inquirían asombrados por temas tan triviales como profundos. Su curiosidad provocó que Ramón tuviera que resumir casi escuetamente en cuatro horas su experiencia de cuatro semanas desde que aterrizó en Londres y luego su llegada a Abuja llena de adrenalina, hasta repasar casi día por día sus vivencias. Sus palabras sonaban a emoción y a nostalgia.

Al terminar su relato, su familia coincidió unánimemente que Ramón era a partir de ese momento el héroe de todos porque argumentaron que hay momentos claves en la vida de cualquier persona que revelan su verdadera personalidad, es decir, de qué madera está hecha. Ramón se veía entero, con algunas secuelas emocionales pero entero de pies a cabeza. Su nombre y apellido estaban plenamente justificados también para él.

QUINTA PARTE

LA DANZA DEL PASODOBLE
Retorno a la fiesta

Las noticias mundiales en la era de la globalización vuelan de un lado a otro del planeta. Las hay de todos los sabores, figuras y pesos. Vienen en bolsas de plástico algunas, otras en papel aluminio y algunas más en cajas de cartón, pocas en metal. Unas son etéreas, algunas de algodón y otras valen su peso en oro. Las hay rojas, amarillas, negras y blancas. Todo depende del país originario y de los personajes que juegan un papel en cada historia. Y al menos en lo que respecta al siglo XX, la gran mayoría fue una verdadera sacudida para la humanidad.

Se dice como un lugar común que todos los seres humanos tenemos un papel en la historia, sea mínimo o grandioso, somos parte de la evolución de la humanidad. Clavo, tornillo, martillo, engrane o motor. Cada persona sabe cómo acoge su rol y asume su destino con prestancia o con resignación. Obviamente hay quienes no lo aceptan y acaban quitándose la vida con sus propias manos.

También existen personas que nacieron para ser famosas porque así se lo propusieron, su sino está lleno de esfuerzo y sacrificio aunque hay otras que llegan más rápido a la fama o simplemente nacieron en pañales de seda. Las vías pueden ser muchas porque como dice el sabio, la naturaleza odia los vacíos y en donde hace falta algo, llega alguna entidad y lo ocupa de inmediato. Su trabajo lo puede llevar a la cima si se empeña, como suele suceder con frecuencia.

El caso es que en la última centuria, cada día ha servido para moldear una historia mundial que está llena de errores y horrores, de alegrías y de aciertos, de tristezas y de barrabasadas, de derrotas y también de victorias. Leer noticias en un periódico es señal de que la humanidad evoluciona día con día y su esfuerzo cincela su legado para las futuras generaciones.

¿Cuántas veces han cambiado los mapas geopolíticos de todo el planeta durante los últimos cien años? Las veces que la humanidad se ha movido en un sentido diferente a su propia genética. Entonces estudiar geografía se vuelve todo un desafío con el paso de los años por el vaivén de las fronteras. A cada acontecimiento, cambian los límites divisorios entre países y surgen nuevas naciones cuando se parten en más de dos. Hay que cambiar forzosamente los libros de texto. Esto pareciera ser producto del capricho humano.

Existe también, sin embargo, el otro lado de la moneda, que muchos analistas han señalado como el Día Más Aburrido del Siglo XX, que fue un domingo 12 de abril de 1954, día en que no hubo nada que destacar como noticia a nivel mundial, día en que toda la humanidad sólo despertó, respiró, comió y se fue a dormir nuevamente. Y como señalan los críticos, es un día que se le podría arrancar a la historia de la humanidad y no pasaría nada en la cronología.

Pero hay días también que la humanidad quisiera borrar de sus recuerdos porque aunque quienes dirigen al mundo actúan con todo su poder, no se dan cuenta de que sus acciones tienen consecuencias, incluso en vidas que nada tienen que ver con sus motivaciones que los llevan a realizar verdaderas barbaries porque, siendo líderes, están más propensos a cometer errores.

Tal es un suceso del que Ramón Santiago tuvo noticia por la vía de los periódicos impresos del siguiente año de su viaje a África. Era una suerte de noticia que llamó la atención del mundo, incluido Ramón, que sin embargo, no reparó en las serias consecuencias para lo que estaba por emprender justo por esas fechas, pero de la que se informó ampliamente porque solía leer los periódicos todos los días.

"La Guerra de Irak comenzó el 20 de marzo de 2003 con los bombardeos estadounidenses sobre el país asiático que había sido hasta esa fecha, el de un solo hombre; pero la primera imagen que quedó grabada en la memoria colectiva como emblema inicial de esa ofensiva fue la del derribamiento de una estatua de Saddam Hussein en Bagdad, orquestado por soldados occidentales el 9 de abril". *De ahí en adelante, todo fue sangre y muerte. Un ataque al corazón de las culturas milenarias que hacían dudar sobre quién era más bárbaro.*

A Ramón le parecía inconcebible pensar que en un territorio tan mítico, tan lleno de magia y de gigantescos símbolos culturales desde la antigüedad cuando esa geografía se llamaba Persia, justo donde se concibió un texto magnífico "Las mil y una noches", que en fo5

rma de colección de cuentos diversos, unidos a una línea que les debe conjunción, se estuviera desarrollando una cruel y sangrienta guerra, cuyos únicos motivos eran, seguramente los intereses petroleros, económicos y geoestratégicos de una potencia.

Las terribles noticias continuaban: "En lo que respecta al saldo de muertos, la mayoría de las estimaciones oscila entre los 150.000 y los 500.000." *Y había medios que hablaban de casi 650 mil. Una masacre total, ¿al más puro estilo del Tío Sam? La historia contemporánea no podía desmentir estos asertos.*

Y la justificación idiota de una guerra más sin sentido: "Otra imagen emblemática de la Guerra de Irak data del 5 de febrero de 2003 y muestra al Secretario de Estado estadounidense Colin Powell ante el Consejo de Seguridad de la ONU. Seis semanas antes de que comenzara la invasión, Powell pasó 76 minutos esmerándose en persuadir a la opinión pública internacional de que ella era necesaria. Su mensaje principal era que el hombre fuerte de Bagdad, Saddam Hussein, poseía armas biológicas y químicas de destrucción masiva; fomentaba el terrorismo y tenía ambiciones nucleares." *He aquí el meollo del asunto, pensaba Ramón al tiempo de ir analizando las noticias.*

Tirando más de la madeja, con el paso de los días se pudo saber que, "En 1999, el químico iraquí Rafed Ahmed Alwan llegó a Alemania solicitando asilo. Terminó llamando la atención del Servicio Federal de Inteligencia (BND) y éste procedió a interrogarlo con la esperanza de obtener información sobre las presuntas armas de destrucción masiva en poder del dictador Saddam Hussein. Al poco tiempo, Alwan –a quien se le asignó al alias "Curveball"– se percató de que, mientras más detalles ofrecía, más beneficios recibía a cambio: el refugiado iraquí obtuvo la nacionalidad alemana, un domicilio a su nombre y dinero para sus gastos."

Vaya, pensaba Ramón, así se las gastan también los hombres que, no siendo de poder, logran lo que se proponen sin mediar ética alguna en su perspectiva. Lo importante para ellos es que encuentran lo que se proponen, continuaba analizando Ramón, sin imaginar siquiera lo que este suceso habría de provocarle unos días más adelante.

§

Viajar por el mundo, para muchos como Ramón Santiago, se puede volver un vicio incontrolable, una adicción que se adquiere por contagio o por aprendizaje, se cuente o no con recursos económicos o, en su defecto se aprovechen ciertos empleos u ocupaciones profesionales para viajar, incluso becas de estudiante cuando se puede lograr.

El chiste es viajar y conocer otros lugares, otras personas, otras formas de ser, su cultura, su gastronomía, su historia y evolución; sus museos, sus centros de diversión, en suma, todo lo que se pueda hacer en un viaje a lugares remotos y desconocidos, y si es en el extranjero, mucho mejor porque entre más extraños sean los destinos, más atractivos se vuelven, sobre todo para los que poseen un espíritu loco.

Ramón recordaba en todo momento las palabras de varios viajeros con los que coincidió en diferentes destinos, "son de los pocos placeres de la vida que te vas a llevar cuando abandones este mundo, entre eso y lo que te vas a comer y las mujeres con las que puedas estar íntimamente, se resume lo que un ser humano puede disfrutar mientras viva sobre la faz de la Tierra".

Habían transcurrido más de 21 meses desde el Safari Africano, un tiempo que había rebasado por mucho las 72 horas que le prometieron en Nigeria, tiempo suficiente para la transferencia de los 12 millones de dólares, operación autorizada personalmente por Michael Kosombo en el Banco Central de Nigeria y constatada ante el Ministro de Finanzas, señor Lamumba. Luego, un silencio lapidario de varios meses.

Tantas penalidades para lograr un objetivo tan grande como ese, no podía ser en vano. Así que, a pesar del silencio sepulcral por parte de Kosombo y asociados, Ramón nunca abandonó su misión ni tampoco lo haría, al menos hasta estar seguro de haber agotado todas las probabilidades que, de acuerdo con dicha teoría, es posible que un suceso ocurra en la medida que salga del rango de 0 y se ubique en el 1. Siendo así, un suceso aleatorio podría ocurrir efectivamente porque es una probabilidad.

Gran parte de esas inclinaciones estaban ligadas a un contexto en el que menudearon llamadas y correos electrónicos de parte de Ramón y sus amigos, dando respuesta a todos los mensajes que llegaban desde África. Aquél tenía por virtud la constancia, la persistencia y nunca desistía. El pensar que todo mundo sabe cuándo empieza algo, pero desconoce cuándo o en qué termina, le corroía su curiosidad y no se podía permitir dejarlo así como así.

De manera que, vinculado al caso, emocional y financieramente, no podía concebir que lo hubieran engañado después de las terribles experiencias que tuvo durante ese viaje. Sus mismos amigos estaban divididos en cuanto a sus opiniones. Alguno era también optimista pero otros, con el paso de los meses, francamente ya estaban escépticos y sin ánimos de proseguir con esa insana locura.

Por ello precisamente, cuando el Senador Innocent Abubakar localizó a Ramón vía telefónica, tras largas negociaciones, para llegar a los acuerdos correspondientes que permitieran reanudar la operación pendiente en el Banco Central de Nigeria, éste tomó una decisión súbita. ¿Qué provocó en Ramón decidirse a viajar a Europa por segunda ocasión, sin la necesidad de viajar hasta África para cerrar la operación de los 12 millones de dólares?

El simple hecho de que el Senador envió un email con una imagen de una carta de puño y letra de Michael Kosombo, quien aún era un sobreviviente en El Congo, tras casi dos años de silencio, pero que todavía no había podido abandonar su país con su familia porque había sido hecho prisionero con las consabidas consecuencias de ser enemigo del sistema, uno al que perseguían por el dinero de las cuentas inconclusas de El Congo. Su estatus real era el de un prisionero de guerra, que de acuerdo con la Convención de Ginebra se había acogido a ella para evitar ser torturado, maltratado o ejecutado. Como antiguo integrante de las Fuerzas Armadas de El Congo tenía al menos esos privilegios en tanto durara el conflicto y, tras haber logrado amistarse con el encargado de correspondencia, logró enviar por su conducto una carta por vía convencional a Nigeria.

Mucho antes de estas excelentes noticias, todos pensaban que Kosombo había desaparecido como si se lo hubiera tragado la tierra. Los pensamientos más negros lo colocaban ya en el mundo de los muertos. De manera que esta situación generó que la transferencia se detuviera porque había un segundo candado en el contrato. Si éste no aparecía tras las 72 horas, aun cuando todo estuviera finiquitado, si él no daba señales de vida, la operación no se realizaría.

El senador compartió con un asombrado Ramón la carta que en términos lineales contenía un mensaje muy claro:

· ·

Kinshasa, Rep. Congo. Febrary the 15th. 2004.

>DEAR SENATOR ABUBAKAR
>I AM ALIVE!
>Seré muy breve porque no dispongo de mucho tiempo, lo más importante que debo >comunicarle es que estoy vivo y cerca de mi familia. Me ha sido muy complicado

establecer >contacto con ustedes, sobre todo desde que mi socio y amigo Ramón Santiago culminó las >operaciones > en Nigeria en mayo del año 2002.

>Puedo entender que mi amigo mexicano y yo nos encontramos brevemente en medio de un >concierto en Abuja y con justa razón, quizá él no confió en mí y no me iba a poder >esperar más de un >año completo aunque el dinero hubiera llegado a México. Sin embargo, sé que usted y el >abogado Cox Benson han estado >tratando de comunicarse conmigo, sólo que no habíamos >tenido la fortuna de coincidir.

>Como un asunto de suma urgencia, quiero pedirle que se ponga de acuerdo con mi amigo Ramón >Santiago para desatorar el tema financiero que tenemos pendiente. El >contrato que firmé con el >Banco Central de Nigeria contiene una cláusula que a estas alturas ya >es aplicable para el caso >de que yo me ausentara de las operaciones el año antepasado. Si usted logra >comunicarse con >Ramón y le comparte esta información, será más fácil hacerlo desde Londres, >ya que el Royal Bank of Scotland, PLC recibirá los 12 mdd. De ahí habrá un segundo movimiento vía Bank of >America en los Estados Unidos de América.

>Ramón es el beneficiario único para cerrar el trato. Usted tendría que viajar allá y verificar que >todo vaya en orden. Yo deberé confiar ciegamente en Ramón Santiago porque a partir de que se >cumplan dos años de mi ausencia, él podrá disponer del dinero en comento.

>Confírmeme con una carta a esta misma dirección para que me avise si se ratifica todo >desde >Londres. Necesito la certeza de su llegada para estar listo para salir de El Congo, una vez >que >yo pueda ser liberado

por los esfuerzos de mi abogado congoleño. Usted sabe >perfectamente >que es >muy importante toda comunicación entre nosotros. Tan luego ustedes dos aterricen en >Londres, yo agilizaré mi salida de mi país.
>Yours faithfully,
>LT. MICHAEL KOSOMBO

· ·

El segundo viaje a Londres sería más fácil que el primero, al menos eso pensaba Ramón muy optimistamente. El plan era casi perfecto para arreglar el caso financiero pendiente con el Senador Abubakar. No había otra posibilidad más que el éxito, aunque éste llegara con más de 21 meses de demora. Ya eso pasaba a segundo término y eso provocó en Ramón que pensara que durante todo ese tiempo, desde su retorno a México, había valido la pena tener la última velita de la esperanza, prendida, contra viento y marea.

§

Tuvo que ser nuevamente el mes de mayo de los siguientes dos años para el segundo viaje a Europa. Casualidad o no, así fue. Buena suerte o no, Ramón hizo los arreglos correspondientes con sus amigos. Aunque en realidad ya no era la misma emoción que despertó en todos el primer viaje. En el ambiente flotaba más desconfianza y escepticismo que certidumbre y entusiasmo. De todos modos, el equipo sabía perfectamente que no podrían detener a Ramón por nada del mundo porque era el tipo más terco que hubieran conocido.

Por ello precisamente, Emilio condicionó a Ramón para este segundo viaje, ya que estaba dispuesto a apoyar en la misión, pero sólo costeando el boleto de avión viaje redondo. Del resto de los gastos en Londres para el encuentro con el Senador Abubakar, se tenía que hacer cargo el mismo Ramón y éste no tuvo más remedio que recurrir a sus escasos ahorros, sabiendo que la ciudad inglesa en cuestión, era una de las tres más caras del mundo.

Por eso su estancia tenía que durar el menor tiempo posible, de tres a cinco días como máximo, cerrar la operación en el banco londinense y regresar a México de inmediato. Una vez trazados los planes, realizó las despedidas de rigor con quienes correspondía y emprendió el vuelo por la ruta que ya conocía. No hubo mucha adrenalina, no más de la cuenta, sólo la de la emoción de saber que pronto tendría todo el dinero en su cuenta bancaria.

El aterrizaje en el Aeropuerto Heathrow-Londres fue un mero trámite para Ramón. Éste sabía que para visitar Londres sólo tendría que presentar ante los agentes de aduana su pasaporte de ciudadano mexicano. No se requería más. Sólo que habría otros inconvenientes con los que Ramón no contaba en un viaje que parecía inofensivo pero que de pronto se vio saturado de vicisitudes.

Pasar por la conocida aduana inglesa sería algo familiar para Ramón, puesto que ya lo había hecho dos años antes sin mayor problema, sólo que las circunstancias eran muy diferentes. La primera vez era viajero en tránsito y para esta segunda, era viajero con destino final, la ciudad de Londres. Estaba seguro de que no habría problema alguno porque llevaba su boleto de avión viaje redondo.

§

-Hello, Ms. Agent.
-How are you, Mr. Santiagou.
-Muy bien, muchas gracias.
-¿Me permite sus documentos, por favor? Y si me puede indicar cuál es el motivo de su viaje a Londres.
-Aquí tiene usted.
-Ah, ya veo que hace dos años viajó a Nigeria vía Londres. Ese ya es un antecedente. Como su vuelo de conexión tardó 12 horas, imagino que tuvo oportunidad de pasear por esta ciudad antigua que los londinenses veneramos. Y seguramente le gustó tanto que decidió repetir la experiencia.
-Es correcto, pero mi respuesta será muy concreta, elegí Londres porque vengo a encontrarme con un viejo amigo que conocí justamente en Nigeria.
-Ah, ¿y ese amigo suyo a qué se dedica? ¿Y por cuánto tiempo planea visitar esta ciudad?
-Mire, no estaré en Londres más allá de una semana, de hecho mi boleto de avión así lo marca.
-Es verdad. Su fecha es exactamente el de una semana. Lo que no me ha contestado es lo de su amigo. Le explico que tenemos muchos problemas con la migración de varias naciones africanas y no me gustaría que usted estuviera envuelto en acciones ilegales con un ciudadano, principalmente de Nigeria. Son los que tienen la peor reputación en varios sentidos.

La orientación de este diálogo fue tornándose cada minuto más ríspido. Obviamente a Ramón ya no le gustó ser bombardeado por tantas preguntas e intentó entonces salirse por la tangente para poder librar este escollo y encontrarse con el Senador Abubakar en el centro de Londres.

-Mire, señora agente, yo vengo en plan de turista en realidad y le pedí a mi amigo de Nigeria que me acompañara en este viaje porque el año antepasado hicimos una gran amistad y pues...

-Esto ya no me está gustando, señor Santiago. Voy a tener que pedirle que me acompañe porque esta entrevista no puede tener lugar en esta área.

-Oiga, pero esto es un atropello, yo no hice nada malo ni pretendo hacerlo.

-Pues no se trata de una simple probabilidad del pasado reciente o del futuro a corto plazo, sino de asegurarme de que usted no representa un peligro para mi país. Estamos viviendo horas convulsas y no puedo arriesgarme a nada.

-De acuerdo, le probaré que soy un hombre transparente y recto.

-Eso lo veremos después de que revisemos su equipaje.

-Oiga, ¿pero qué tiene que ver mi equipaje en todo esto? Esto no tiene sentido.

-Claro que lo tiene. Todo mundo alega que es inocente hasta que se le demuestra lo contrario y luego no saben dónde meter la cara. Estoy viendo que está muy vacilante en sus respuestas. Y yo debo verificar que usted me está diciendo la verdad o me veré en la necesidad de deportarlo a su país con efecto inmediato. Este no es un buen momento para el Reino Unido y entre menos presiones tengamos, tanto mejor. Es por un asunto de seguridad nacional.

§

Previamente, unas semanas antes del viaje de Ramón por segunda vez a Londres, el 11 de marzo del mismo año hubo una noticia que sacudió al mundo, los sangrientos atentados de Madrid, suceso internacional que afectó sensiblemente las relaciones internacionales entre Estados Unidos, Portugal, Polonia, Inglaterra y España con el Medio Oriente.

Al principio hubo mucha confusión cerca de la autoría de los mismos, sobre todo en un territorio en el que son conocidos los atentados por parte de grupos terroristas como ETA. Nada más que el ataque no encajaba con el perfil de los ataques de este grupo, ni siquiera porque nunca avisó nada previamente. Entonces los esfuerzos se dirigieron por otra línea de investigación.

Y en el mismo día, el mismo personaje encargado de las investigaciones del atentado terrorista dio a conocer que rectificaba la información de ese medio día, ya que el ataque tenía como origen, grupos subversivos que, desde el Medio Oriente estaban enemistados a muerte con los países que fueron aliados del ataque a Irak en el año 2003.

Como consecuencia lógica de esta cadena de acontecimientos, había en Londres, en Madrid, en Varsovia y en Lisboa, por el lado de Europa, alerta máxima por posibles amenazas terroristas de parte de los islamistas que podrían provocar más atentados al estilo de los trenazos de Madrid. Y el tema de la migración era un punto clave para prevenir un ataque.

La psicosis colectiva europea era tan grande que se implementaron todas las medidas de seguridad preventiva en todos los ámbitos de la vida en dichos países. Nada se podía mover así como así, si no era con la voluntad de los gobernantes en turno.

Por si fuera poco, Londres ostentaba el récord de ser la ciudad más vigilada del mundo por medio de una compleja red de video vigilancia tecnológicamente muy avanzada.

§

Ramón hubiera sido detenido con cualquier pretexto tal y como le ocurrió, probablemente en cualquiera de los cuatro países con alerta máxima.

-Señor Santiagou, estamos en la misma entrevista con usted para investigar las verdaderas razones de su viaje a Londres.

-Considero que desde la primera entrevista las dejé muy claras, agente.

-Al principio así fue, pero usted empezó a dudar de sus propios motivos.

-No puedo creer que me esté acusando de algo.

-Mire, no es que le esté acusando de algo, pero en nuestras sesiones de psicología nos enseñan a detectar una mentira que se podría cruzar con tantas supuestas verdades. A eso obedece el plantearle varias preguntas. Lo que le puedo decir es que para sostener una mentira, hay que hacerlo con cien más y eso nadie lo puede hacer porque la persona mentirosa puede caer incluso en la número 99.

-¿Entonces usted piensa que me hizo caer en alguna mentira?

-No estoy segura del todo, pero mire, vamos a revisar su equipaje. Veamos qué tenemos aquí.

Esa revisión que se suponía era sólo de rutina, de pronto se convirtió en una tortura para Ramón, quien había colocado todos los documentos que acreditaban la operación financiera de Nigeria a su nombre y que lo señalaban como un probable implicado en una operación oscura del crimen organizado. Lo peor del asunto era que los documentos iban ocultos en un doble fondo de su maleta, lo que marcaría aún más su culpabilidad. Sus pensamientos entonces, se dispararon fuera del firmamento para inventar una historia creíble.

Mientras la agente sacaba todas sus pertenencias, ropa, utensilios de limpieza y un par de libros, siguió buscando algo más, palpando la maleta por dentro y por fuera hasta que descubrió el doble fondo con un cierre oculto en una esquina. Ramón sintió en ese momento que todo estaba perdido. No dijo más, sólo se limitó a mirar cómo la agente Douglas sacaba el paquete de documentos que llevaba resguardando desde su viaje de regreso de Nigeria, pasado por la aduana norteamericana y que no habían descubierto hasta ese momento supremo, dos años después.

–Señor Santiagou, mire lo que acabo de encontrar. Son muchos papeles con muchos números, ¿me puede decir qué significa todo esto?

–Perdóneme, agente Douglas, lo que pasa es que estoy en medio de un proyecto.

–¿Qué clase de proyecto le hace cargar documentos que son, mmm, por lo que veo de carácter financiero, bancario, comercial, quizá de otra índole ilegal?

–No, no, no es lo que usted cree o imagina.

–Claro que no, yo me ajusto a los hechos y a las pruebas concretas, no es mi trabajo andar especulando que si esto o que si aquello. Yo investigo, analizo, razono y resuelvo. Vamos a revisar todo con detenimiento. Regresaré más tarde para informarle qué procede con todo esto. En tanto, está usted en calidad de detenido en esta aduana. No puede ir a ningún lado hasta que resolvamos su situación migratoria. Agradezca que no lo dejo esposado, pero todo lo hago por cuestiones de seguridad nacional y eso justifica todo.

§

La detención de Ramón en la aduana británica, la inspección de su equipaje, la localización de sus documentos bancarios, todo se prestaba a un escenario en el que éste podría quedar clasificado como un espía, un defraudador o un lavador de recursos de giros oscuros. Sus papeles otorgados por el Banco Central de Nigeria que llevaba para cerrar la operación en Londres, lo delataba como un probable delincuente. Tal vez no porque todos llevaban una buena justificación del ramo del petróleo. Y él lo sabía. Se puso en las manos de Dios.

Ahora tenía que pensar cómo podría salir de tan riesgosa situación. Aún tenía fresca en la memoria los duros momentos que vivió poco menos de dos años antes en la aduana nigeriana. No quería volver a vivir una situación de tal magnitud. Al menos le daba aliento saber por su historia que los británicos eran más civilizados o que, estando en Europa le sería más fácil escabullirse de esa engorrosa situación. ¿En verdad que todavía quería salir a Londres a encontrarse con el Senador Abubakar? ¿O largarse de regreso a México? La vida lo volvió a poner en la picota.

Su cabeza tenía que armar ya un rompecabezas creíble para la agente Douglas. Luego se le ordenó salir de esa oficina y fue conducido a una furgoneta, –prácticamente una cárcel móvil–, con otros 12 detenidos en la parte trasera. Ramón iba a la expectativa puesto que a ningún pasajero se le advirtió hacia dónde se dirigían. A duras penas podía observar hacia las calles a través de las ventanillas con mallas, y con la mirada fue siguiendo la ruta desde el aeropuerto hasta la estación migratoria en la que tenían que responder por sus actos.

El camino le pareció una eternidad. Todos, –de distintas razas y nacionalidades por su apariencia–, se miraban entre sí sin atinar a adivinar las intenciones de los agentes migratorios. Aunque ninguno iba esposado, su condición no era nada favorable a esas alturas. Seguramente que igual que Ramón, todos estaban detenidos. Entonces pudo distinguir claramente que en el camión viajaban solamente extranjeros de varias nacionalidades. No iba ningún guardia británico con ellos. Seguramente que habían sido detenidos al igual que él. Lo extraño del caso es que, –igual que Ramón–, era improbable que tantos pasajeros hubieran cometido un delito.

§

Así había comprendido de golpe dolorosamente que las decisiones políticas o económicas de un imperio como los Estados Unidos de América, se convirtieran en actos de guerra en represalia por el famoso 11/9/2001, por lo que el objetivo fue Irak, país con mucha riqueza petrolera pero que ahora era víctima de una invasión que tenía como pretexto eliminar las supuestas armas de exterminio masivo. Saddam Hussein, el dictador iraquí pagó con su vida el precio de tanta soberbia estadounidense. A ese paso, el piquete de ojos entre países vengativos estaba a la orden del día.

Y sobre todo, el coletazo le pegaba con toda su fuerza a Ramón, así lo comprendió cuando llegaron al punto de reunión, una estación migratoria con las condiciones básicas para detenidos. La agente Douglas buscó al único ciudadano mexicano en el gran salón donde todos fueron hacinados, sentados en el suelo porque no había un solo mueble o una sola silla, para comunicarle que continuaba en calidad de detenido hasta que se aclarara su situación, ya que estaban revisando los documentos que transportaba en su maleta.

Del 11/9/2001 el efecto dominó venía con el 11M y de aquí la máxima alerta que se encendió en los cinco países participantes del ataque a Irak. A Ramón le estaba costando en ese momento lo más preciado que tenía, su libertad. Tras su detención, sintió hambre puesto que no había comido mucho desde la noche anterior que su vuelo despegó desde la Ciudad de México. En el avión apenas si ofrecieron algunos bocadillos.

Ramón calculó que había casi 50 personas detenidas en un mismo paradero de 100 por 100 metros, todos sentados contra las cuatro paredes, todos de distintas nacionalidades, a juzgar por su apariencia y color de piel. A Ramón lo colocaron junto a un keniano, una colombiana, un iraní y un croata. Interesante combinación que semejaba una pequeña Torre de Babel, a saber cuántos idiomas estaban contenidos ahí entre esos 50 migrantes de varias partes del globo terráqueo.

Todos ellos eran muy jóvenes. El keniano y el croata dominaban el inglés al igual que Ramón, así que fue muy fácil para los tres entablar una conversación. La colombiana, con su inglés básico también se integró a la misma. Como nuestro personaje es muy sociable y sobre todo muy curioso, empezó a indagar, muy cautelosamente, queriendo llegar al fondo del asunto:

-Hola amigos, ¿cómo están?

-Pues aquí tristes por los sucesos escandalosos que están pasando en Londres, a decir verdad, he podido notar que se están cometiendo muchas injusticias con todos los extranjeros que estamos ingresando de cualquier parte del mundo. Yo soy croata, me dedico a la fotografía y estaba en plan de trabajo en el parque. Estuve haciendo tomas toda la mañana, cuando de pronto, llegaron varios policías que me detuvieron sin previo aviso.

-Bueno, pero se supone que traes papeles que acreditan tu estancia y tu trabajo. *Dijo Ramón.* Además, tu aspecto es de anglosajón.

-No amigo, ingresé al país en calidad de ilegal y pues estos policías seguramente intuyeron mi condición y cuando me di cuenta, estaban encima de mí. Aunque soy blanco, sí hay matices diferentes y aunque no lo creas, no tengo apariencia de ser ciudadano inglés. Aparte de todo, no pude acreditar mi estancia en el Reino Unido y aquí me tienen. O sea que la discriminación no es sólo por el color de la piel sino por el país del que provenimos. Los Balcanes, de donde provengo, siempre ha sido un dolor de cabeza para toda Europa, pero lo malo es que creen que todos somos iguales y así no es. ¿Y tú? Pareces latino.

-Efectivamente. Yo soy mexicano. Acabo de aterrizar este medio día en Londres en viaje directo desde la Ciudad de México. Tras plantearme muchas preguntas, me dijeron que mi declaración para ingresar al país era sospechosa y que no tenía lógica, que cuánto dinero traía para una estancia de una semana. Ustedes saben que el dinero no se carga en efectivo. Luego revisaron mi equipaje y encontraron unos papeles que traigo de un banco de Nigeria. Y sí, el plan es encontrarme con un antiguo amigo que conocí en Nigeria hace dos años. Soy maestro pero creo que nada les pareció y con eso fue suficiente. Para mí que no tienen madre. Son una bola de culeros.

-Igual que yo, amigos. Soy colombiana y vengo llegando desde mi país vía Nueva York. Yo creo que por nuestro aspecto físico nos están prejuiciando. O quizá sea por la fama de mi país en mi caso. Ya saben, las drogas y todas esas cosas. Creo que es más conocido Pablo Escobar que Gabriel García Márquez. Pero de todos modos, eso no me parece nada agradable, porque si fuera poco, yo soy abogada y trabajo para una Organización Internacional de Defensa de los Derechos Humanos. Nos clasifican a todos con el mismo perfil y eso provoca que cometan los excesos de tratarnos como delincuentes. Me acredité y ya los cuestioné muy duramente, por lo que quedaron de resolver mi caso muy rápido. No vengo a Europa más que en plan de turista y estos salen con sus fregaderas, son todo lo que quieran pero no son ni de lejos, verracos.

-Te doy toda la razón, amiga, son unos cabrones de primera. En mi caso, no hablo mal inglés. Yo soy iraní y estos ingleses piensan que todos los que procedemos del Medio Oriente somos terroristas sólo por nuestro aspecto aunque sí haya ciertas razones por culpa de unos pocos. Ustedes saben bien eso que dicen por ahí, haz fama y échate a dormir. Me interrogaron más de veinte horas y me hicieron estudios de todo tipo, psicológicos y físicos, empezando por los de dactiloscopia y otras pendejadas. Ya encabronado les dije que si querían, también me podrían revisar el culo. Creo que eso fue suficiente porque ahí le pararon. Se aprovechan de sus argumentos "que es por seguridad nacional y otras lindezas de ese mismo tipo". Justos pagamos por pecadores. Son chingaderas. Eso es muy indignante porque yo soy sociólogo y me dedico a la investigación social. Sus prejuicios tan estúpidos no tienen límites, moth…f…s.

-Pues yo estoy peor que ustedes, soy keniano y vengo en representación de mi país a la Cumbre Mundial sobre

Ciudades del Futuro. Un evento que se organiza cada seis años, auspiciada por las Naciones Unidas. En mala hora Londres fue sede de este evento. Pues ni con mis acreditaciones diplomáticas y profesionales como arquitecto me hicieron caso y aquí vine a parar con todos ustedes. Creen que todos los ciudadanos de África ingresamos a Europa para quedarnos a ocupar su espacio, sus empleos y su economía de manera ilegal, yo no necesito hacer eso. De verdad no se miden. Si tomaran conciencia de todo lo que han explotado a África, serían más condescendientes los muy cabrones.

Fue cuando Ramón recordó las noticias del mes de marzo del año pasado que generaron un revuelo internacional a raíz de la invasión de los Estados Unidos de América a Irak, lo que parecía, en parte en represalia sobre el 9/11. Y luego de esta invasión, posteriormente, la cadena de atentados en Madrid del 11M casi un año después, o sea hace muy poco tiempo. ¿Qué más podía pasar? *Pues seguramente que otro atentado en un país aliado de la invasión a Irak. Ese podría ser el Reino Unido.* Con razón tanto alboroto, *dijeron todos al unísono.*

¿Todos eran sospechosos de ser terroristas? Tal vez. Entre los cinco interlocutores fueron atando cabos sueltos hasta confirmar una inmensa serie de argumentos que, aún deshilvanados ya se ostentaban con cierta lógica. Al final, las conclusiones de todos eran que no podía ser otra la razón de las detenciones que, por supuesto iban acompañadas de prejuicios raciales en una época en que al parecer ya se habían superado esos defectos humanos.

Durante esa larga estancia, obviamente los migrantes detenidos tenían que comer, así que bien o mal, les proporcionaban un sándwich en la mañana y otro por la tarde y agua embotellada. No más, porque es una forma de hacerle ver al detenido que está privado de ciertos derechos y el estar en una estación migratoria significa muchas limitaciones, no se diga en cuanto al aseo personal, *que se notaba enseguida, ya que lo que más abundaba en dicha estación eran los malos olores que despedían todos sin excepción a partir del segundo día de detención.*

Tras agudas investigaciones que probaban la presunción de inocencia de unos y de otros, con el correr de los días los fueron liberando. Primero se fue la colombiana, después el keniano y posteriormente el iraní. Al croata lo deportaron directo a su país sin posibilidades de retorno y al final, sólo quedaba Ramón de entre los últimos diez de los 50 que originalmente llegaron. Nadie sabía cuántos más detenidos hubo en esos días de locura en Londres.

En el caso de Ramón aún quedaba un cabo suelto. Ya los alimentos precarios que le proporcionaban en la estación migratoria, –puros sándwiches–, era lo de menos para él porque lo más crítico era que no les permitían asearse porque les decían que no estaban en un hotel sino en calidad de detenidos. Ramón llevaba más de cinco días sin un solo duchazo, lo cual era insoportable para él con sus propios olores nauseabundos. Se sentía en un estado de inmundicia. Ni siquiera en Nigeria le había ocurrido eso. Chingá, cómo me viene a pasar esto en un país de "primer mundo". *Pensaba a cada instante.*

§

Cuando se vencía la semana de estancia londinense de Ramón, esos cinco días le habían parecido una eternidad, al borde de la desesperación, éste ya no sabía qué más hacer para calmar sus nervios casi destrozados. A esas alturas, nuevamente se repetía la escena del ratón capturado en un laberinto que, queriendo buscar queso, se había quedado atrapado y ahora sólo quería salir de la trampa. No tenía a la mano ni un libro para entretenerse.

Llegó a pensar que no le quedaba más que alegar que sólo era un turista medio loco que había intentado ingresar al Reino Unido en un mal momento para el país, que se dedicaba a la literatura como escritor y que tenía en su poder algunos documentos que pertenecían a su amigo nigeriano. El problema era que le creyeran aunque pareciera una historia inverosímil. Ya pensar en ver al Senador Abubakar, ni en sueños, seguramente había regresado a Nigeria.

Al sexto día de estancia, rayando en la locura de la desesperación, observó que lo iban a trasladar a otro lugar ya solamente a él porque la estación se había vaciado. Eso le preocupó bastante y se imaginó lo peor de lo peor. Cuando llegó la agente Douglas, hablaron claramente y sin rodeos. Hubo una notificación que le entregaron en sus manos con base en sus documentos personales de viaje.

-Buenos días, señor Santiagou. Estoy aquí nuevamente con usted para entregarle esta notificación. Por favor, lea el documento y si tiene alguna duda, de una vez la aclaramos. Esta decisión fue tomada con base en que a usted lo entrevistamos tres veces, leímos todos los documentos que traía guarecidos en su maleta en un doble fondo, lo cual tornó sospechoso el contenido. Por lo tanto, tuvimos que hacer nuestras propias investigaciones para averiguar en qué estaba usted metido. En la última entrevista sólo atinó a decirnos que usted es escritor y que sólo viaja para …

-Sí, yo le dije eso a su compañero. Me he dedicado a esa labor por varios años, tengo un libro ya publicado. Aparte de esas actividades, soy maestro, lo he sido por varios años en México, y también en los Estados Unidos de América. Entonces, no sólo he visitado otros países, sino que he trabajado en el extranjero y la actividad

extracurricular de escribir es algo que hago como pasatiempo. No creo llegar a ser nunca un escritor renombrado, aunque ganas no me falten.
   -Correcto, señor Santiagou. Nos damos por enterados. Pero pues ya hay un resultado de nuestra investigación y le tenemos que notificar lo siguiente:

....

At´n: Sr. Ramón Santiago:

El día 14 de mayo de 2004, usted llegó desde un vuelo proveniente de la Ciudad de México, en visita turística al Reino Unido, aterrizando en el International Heathrow Airport, a las 12:07 horas locales. Tras una entrevista con la agente de la aduana, Margaret Douglas, se le solicitó que pasara al área de entrevistas para aquellos casos que no tuvieran una justificación real para ingresar al país y que demostraran fehacientemente los motivos que lo conducían a visitar Londres. Lo anterior obedeció cuando la agente Douglas se percató de que el pasajero visitante comenzó a dudar de sus respuestas, razón por la cual se procedió a revisar su equipaje, al mismo tiempo que se le solicitó que comprobara el recurso con el que iba a vivir la semana de estancia en Londres. Al no poder comprobar sus recursos y su estancia, se le detuvo en la estación migratoria de Waterloo, donde coincidió con varios detenidos de diferentes nacionalidades. Es preciso señalar que todos los detenidos eran sospechosos de delitos relacionados con ataques terroristas perpetrados en territorio europeo desde el mes de marzo pasado. Cinco países europeos se encontraban en máxima alerta. Para redondear el caso del señor Ramón Santiago, se le encontraron varios documentos bancarios de una operación sospechosa de procedencia nigeriana. Como el caso no era algo vinculante de manera directa al Reino Unido, se procede a:

- *Apercibir al imputado a que a partir de este momento se considere bajo el estatus de deportación y que se le prohíbe el reingreso al Reino Unido en al menos diez años contando a partir de este día.*

- *De igual forma, deberá firmar la promesa de no volver en este tiempo a cambio de su libertad, ya que en caso de reincidencia, será detenido y juzgado conforme a las leyes migratorias de este país.*

- *Por último, en tiempos de máxima alerta, bajo el riesgo de cometer un atropello injusto a cualquier ciudadano de otros países, el Reino Unido ofrece sus más sinceras disculpas si fuere éste el caso, sin embargo, la seguridad nacional de este gran país no puede sobreseer los procedimientos que son obligatorios para cumplir nuestra misión.*

Atentamente,

Sra. Margaret Douglas,
Agente migratoria del Reino Unido.

. . . .

Con notificación en mano, la agente le entregó a Ramón su boleto de avión que justo ya había sido cambiado para un vuelo de un día anterior a la fecha de retorno original. Incluso lo haría por la misma compañía aérea alemana, pero que tendría una escala en Ámsterdam porque no había hasta ese momento vuelo directo y sería imposible una escala por los Estados Unidos de América al carecer Ramón de visa estadounidense.

Todo su escenario cambió sin que se lo haya podido comunicar al Senador Abubakar, ya que al encontrarse incomunicado no pudo establecer ningún contacto ni con su amigo el senador ni con sus amigos de México, quienes pensaron que Ramón llegó a Londres y se olvidó de ellos. Lo que jamás pensaron fue que su amigo estaba padeciendo terriblemente en una ciudad bajo alerta máxima y éste fue víctima de las circunstancias internacionales del momento.

Bueno, entre las cosas malas hay buenas, *pensó Ramón*, cuando menos conoceré de paso la tierra de Van Gogh. Y obviamente sus hermosas mujeres pelirrojas que siempre me han fascinado. Además, los tulipanes también me han atraído, y no se diga sus geniales quesos.

Tras esta desastrosa experiencia en su segunda visita a Londres, Ramón sabía perfectamente que ya nunca más tendría que volver a arriesgarse a una aventura estrafalaria, loca y quizá sin sentido, algo que le podría costar la vida si volvía a dar un paso en falso, porque ya eran muchos pasos al vacío.

Así que mientras abordaba su avión ya con sus papeles en mano, su maleta y sus recuerdos bajo el brazo, martillaba en su cerebro una pregunta que lo acosaba sin cesar: ¿Dejarlo todo por la paz? ¿Seguir con toda su fuerza en un tiempo prudente, dos o tres semanas después? ¿Un año? ¿Contumacia a toda costa o desistencia por fin? Conociéndose como se conocía, sabía de antemano cuál sería su siguiente paso. De sólo pensarlo, su alma se agitaba paralelamente a la velocidad de su avión que cruzaba rumbo al continente americano.

No de balde la sabiduría popular ha acuñado términos como "la curiosidad mató al gato", Ramón lo sabía perfectamente, y esa curiosidad insana que experimentó desde su más tierna infancia, cometiendo locuras aparentemente sin sentido, con toda seguridad lo llevarían a la siguiente escala en este famoso Safari, ya no tan Africano, cuya duración ya se había alargado más de la cuenta, más allá del tiempo razonable que se le debe de dar a un caso como éste.

SEXTA PARTE

UNA DANZA ÁRABE: KHALEEGY

¡Desde los tiempos de Alí Babá, no todo lo que brilla es oro!

Transcurrieron dos años más antes de saber alguna noticia sobre el Safari Africano, salvo referencias aisladas en uno que otro correo electrónico. Sin embargo, a pesar de que menudearon las llamadas desde África, tanto por parte del Senador Abubakar, siempre insistente, como del abogado Cox Benson, siempre servicial, también se dejaron entrever algunas peticiones de otras "comisiones" que, obviamente ya estaban fuera de lugar.

Este contexto provocó en Ramón Santiago mucho desánimo porque pensaba que el tema del recurso nigeriano no pudo haberse detenido por mera coincidencia, sino que más bien ocurrió por una causalidad que tenía que comprobar a como diera lugar. Su naturaleza como ser humano era la de un tipo muy curioso pero sobre todo rebelde ante circunstancias adversas. Ambos rasgos le habían atraído múltiples problemas a lo largo de su vida.

Eso mismo lo empujó a seguir indagando en el mundo virtual para tratar de descubrir qué retos podría enfrentar en caso de dar seguimiento al caso, jalando de la madeja que le tendía en plan amistoso el Senador Abubakar. No había otra posibilidad ni ninguna otra pista, señal o referencia que pudiera seguir para poder encontrarse con el Teniente Coronel Michael Kosombo.

Su participación en el Safari Africano, pensaba a menudo, no podía romperse abruptamente sin ir más allá de lo que, *incluso manda la prudencia. A final de cuentas, Ramón también había sido temerario en varios episodios de su vida. Pero recordaba también, con cierta amargura sus duras experiencias en las aduanas, de Abuja y de Londres, que tan ingratos recuerdos le evocaban.*

Hubiera querido regresar a Europa, directo a Londres para recuperar la cuenta del Lloyds Banking Group, institución que retenía los fondos que Kosombo había ordenado se depositaran a su nombre y que Ramón Santiago pudiera disponer de ellos. Hacía falta, sin embargo el contacto del Teniente Coronel para confirmar la operación. Y el caso estaba en el limbo.

Eran ya muchos años de guerra en la República Democrática de El Congo, pero para ser precisos, el mismo año que Ramón Santiago y Michael Kosombo se conocieron en Nigeria, cesó en gran parte la guerra civil con toda su crueldad o, al menos las muertes numerosas y los ataques a los derechos humanos por parte del gobierno de transición.

El asesinato del presidente Laurent Kabila en 2001 desató el infierno en un país que había sido brutalmente explotado desde que se conocía como Zaire. El alto al fuego era muy frágil y morían cada día mil personas aproximadamente. Por eso Ramón casi cayó en depresión cuando se enteró de que las expectativas de vida de una persona congoleña, era de 44 años a lo sumo. Todo un desastre humanitario que se sumaba a las decenas de tragedias en diversas regiones de África, como si su destino fatal fuera acorde con el pensamiento de Frantz Fanon en Los condenados de la Tierra, *aguda reflexión sobre la violencia y el colonialismo, en la que descubre ciertos paradigmas que provocan que los pueblos colonizados sean explotados sin misericordia y que de su pobreza se genere mucha riqueza pero para los invasores.*

Sin embargo, de los más de 62 millones de habitantes, muchas personas habían quedado atrapadas en medio del conflicto, unas pocas habían formado un éxodo masivo a otros países vecinos y, las menos habían sido asesinadas porque aunque la guerra tenía un bajo perfil, seguía siendo una guerra alentada por motivos raciales, económicos y políticos. Era imposible que con un panorama así de desolador un país tan rico como El Congo pudiera levantarse de la lona.

En medio de ese maremágnum de información que Ramón buscaba cada día con ahínco en los medios electrónicos internacionales, la pregunta que subyacía en su subconsciente era si Kosombo aún permanecía con vida, estuviera donde estuviese en el gran continente negro. Y no lo sabría a menos que tuviera noticias directas de su parte o que emprendiera un nuevo viaje de locura.

§

Martillaban en sus ojos, las fabulosas cifras de dinero que circulaba de un lado a otro de África, entre inversionistas poderosos que habían hecho mucho dinero al amparo del poder político, de la corrupción que se asomaba por doquier, por amistades y concesiones de contratos muy jugosos, así como por la concesión de la explotación de minas y tierras ricas en metales. El Congo poseía sobradas riquezas de este tipo.

Los temas menudeaban entre diamantes, cobre, café, cobalto y petróleo, pero principalmente por la explotación ilegal del coltán, producto que había generado ya millones de dólares a fabricantes de teléfonos móviles, consolas, GPS, televisores de plasma, ordenadores portátiles, reproductores de mp3, pero cuyos beneficios no se quedaban en el país. Lo que hasta la fecha ha enriquecido a unos, ha empobrecido a otros.

Sin embargo el continente acumulaba entre otros récords, hambrunas, sequías, pobreza extrema que llegaba al borde de la muerte por inanición, ésta era su paradoja más desgarradora. El Congo sumaba a todas estas desgracias, la guerra. Y Ramón pensaba, siempre empático con la humanidad que en pleno siglo XXI era una vergüenza para el género humano que con la alta producción de alimentos, todavía hubiera personas que morían por falta de comida. O que no hubieran sido capaces de contener las estúpidas guerras africanas.

Eran dos caras de una misma moneda que el mundo entero no quería ver o no veía o que veía pero disimulaba no ver, o tenía la intención de mirar y a veces, medio ayudar. En pocas palabras, un mundo de hipócritas políticos que sólo desean llenar su mal sano deseo de riquezas para sí, olvidándose de los demás, descartando que somos seres humanos y que lo que le pasa a un hombre o a una mujer en cualquier rincón del planeta, le pasa a todos. Por eso mismo, sonaba en sus oídos aquel pensamiento de "Por quién doblan las campanas". Hemingway en el recuerdo, *solía evocar. La propia ONU desempeñaba un papel muy marginal, cuando que debiera ser protagonista de este tipo de guerras fratricidas.*

Para Ramón, amante de la geografía desde su infancia, ver las dimensiones de los mapas del mundo, comparar tierras y cartografías, igual para cualquier persona, incluso para alguien poco versado en la materia, parecía quebrantar la lógica. Resultaba que no hay punto de comparación entre las grandes extensiones de tierra que posee África con las de Europa. Si alguien en el pasado afirmó lo contrario, qué equivocado estaba porque el continente negro no tiene nada de pequeño hasta la fecha.

Si no, veamos estas reflexiones de Ramón Santiago, ¿cuántas veces cabe Europa en África? ¡Tres veces nada más, tres! África resultaba ser un continente gigante, y no obstante, esta significativa diferencia no se refleja ni por asomo en el nivel de desarrollo de ambos continentes. La gran paradoja era el alto nivel de migración del continente gigante al pequeño. Y la misma situación se vive en otras partes del mundo, porque no hay lógica o de plano la lógica es al revés o francamente está mal o ya no hay lógica.

En medio de esas reflexiones geográficas, pensó en el ejemplo de su México, país bendecido con un amplio territorio geográfico, no obstante que en el siglo XIX le fue cercenada más de la mitad a manos de los Estados Unidos de América, y que sin embargo, poseía todo tipo de climas, tierras fértiles, desiertos, selvas, playas, minas, riqueza en el subsuelo y que no había podido levantarse como la potencia que podría ser. La bota del gigante de al lado en el cuello pesaba como una loza.

Y se preguntó veladamente, ¿cuántas veces cabe Japón, Finlandia y Corea del Sur, Reino Unido, Italia y Alemania en México, juntos o separados? Su análisis obedecía a que estas naciones estaban en el Top Ten de desarrollo del mundo aún con un territorio que era al menos quince o diez veces más pequeño que las de su país. ¡Qué contradicción tan grande! Pensaba Ramón tristemente. ¿Qué han hecho nuestros políticos? Estaba claro que el problema no era la gran extensión de tierras con todas sus riquezas porque las potencias mundiales poseen territorios pequeños y mucho menos riquezas que México. Algo para pensarse detenidamente.

§

No cualquiera se presta a ser un confidente de alguien sin que genere confianza, sin embargo, Ramón inspiraba mucha cordialidad que hacía que la gente le mirara como un amigo que sabía escuchar, que ponía atención porque realmente le interesaba la gente. No era el clásico amigo que escuchaba por escuchar y "te daba el avión", sino que muy a su manera provocaba esa confianza necesaria para diálogos que le compartían sin que él se lo propusiera. Así ocurrió cuando en un momento de frustración, Cox Benson se decidió a compartirle ciertos secretos del Senador Abubakar, vía telefónica, información que sería clave para desentrañar tan insondable misterio, profundamente enterrado en la conciencia maquiavélica del Senador.

-No señor senador, las cosas no son así, yo hice todo mi mejor esfuerzo para que el señor Santiagou estuviera cómodo en Nigeria, durante toda su estancia no hice otra cosa más que servirle a él, a Kosombo y por supuesto que también a usted. ¿Y el pago que recibo es una bofetada en pleno rostro, negando mi contribución a la causa que nos vinculó ya por más de cinco años? Mi pobre amigo Ramón ha de pensar a estas alturas que sólo lo engañamos y usted sabe perfectamente que eso no es cierto, al menos de mi parte no lo fue.

-Calma mi amigo Cox Benson, no es para que te exaltes tanto, si sólo te estoy diciendo que únicamente cobraremos la comisión que nos autorizó el Ministro Lamumba sobre el 1% del recurso, $120 mil dólares a repartir entre nosotros tres. El resto no podrá ser rescatado porque Kosombo nos la aplicó inteligentemente y nos dio machetazo a caballo de espadas. Piensa que algo es algo. Es mejor tener el 1% del 100 que 0% de nada.

—Yo no entiendo cómo pudo pasar eso cuando que usted se lleva muy bien con el ministro y además, le dieron seguimiento al caso de principio a fin, Kosombo no podía hacerles la jugada porque él dependió en todo momento de la guía de ustedes dos. Su dinero sólo podría salir a América si ustedes lo autorizaban, una vez cumplidos todos los requisitos y los plazos que existían.

—Sí mi abogado, pero lo que no sabíamos es que había una cláusula más, de esas que se esconden en las letras chiquitas.

—Caray, apenas si lo puedo creer, ese Kosombo resultó ser más astuto que todos nosotros juntos. Y eso que aquí nacen los maestros de la estafa.

—Pues así las cosas, esa cláusula en letras chiquitas decía algo así: *"EN CASO DE NO PRESENTARSE PERSONALMENTE A AUTORIZAR LA SALIDA DEL DINERO, CUYO TITULAR ES EL SEÑOR MICHAEL KOSOMBO, CIUDADANO DE NACIONALIDAD CONGOLEÑA, EN PLENO USO DE SUS DERECHOS POLÍTICOS Y ECONÓMICOS, QUIEN SE IDENTIFICA CON CARNET DEL SERVICIO MILITAR DE LA REPÚBLICA DEMOCRÁTICA DE EL CONGO, EL ÚNICO AUTORIZADO PARA RECUPERAR EL DINERO ES EL SEÑOR RAMÓN SANTIAGO, SIEMPRE Y CUANDO REALICE UN VIAJE A EL CONGO EN BUSCA DE MI FAMILIA, QUE SON MI ESPOSA Y MIS CUATRO HIJOS, CUYOS NOMBRES SON...BLA, BLA, BLA....*

—Pues señor senador, así no se puede. Tanto trabajo para...

-Así son las apuestas señor abogado. Con ese dinero al menos podrás comprarte el auto que tanto deseas.

-Pues no es lo único que tenía planeado. Usted sabe bien que tenía otras expectativas como montar un negocio adicional a mi despacho, y otras menudencias.

-Yo lo sé, pero yo estoy bajo la misma circunstancia, a pesar de mi alta investidura. No podré hacer nada al respecto. Al menos no, en el corto plazo.

-No sé por qué razón, senador, pero siento que me están tomando el pelo. Este asunto ya no tiene lógica, no al menos como yo lo conozco desde el principio porque recuerde que el Teniente Coronel Kosombo contrató los servicios de mi despacho jurídico y me puso en contacto con usted más tarde. De hecho él nos enlazó y unió nuestras expectativas.

-Todo eso que me dices es totalmente cierto mi abogado, no puedo negar lo que es, lo que fue con certeza pero que, para bien o para mal, no terminó como debía, con el éxito coronando nuestras sienes y, obvio que también nuestros bolsillos. Por otra parte, nadie niega que hiciste un estupendo trabajo con el señor Santiagou, supe incluso que tuvieron una vez, una noche de pasión y erotismo con damas de por medio, por cierto que muy guapas, ¿eh?

-Ejem, ejem, ¿quién le dijo eso?

-Ya ves, mi abogado, ¿acaso creías que podías moverte alrededor del señor Santiagou sin que yo supiera lo que hacías? De igual forma, el famoso baile de Tlahoun Gèssè... que sirvió para....

-...que Ramón y Kosombo se encontraran sin despertar sospechas de nadie, y menos de los espías congoleños que andaban atrás de éste último.

—Te doy todo el crédito sobre esa jugada maestra que supe que tú planeaste, esa sí que no me la esperaba.

—Pues algo se aprende en la escuela dura de la vida real, senador.

—Lo sé muy bien porque yo provengo de la misma fuente, lo cual quiere decir que yo soy de todo, menos de abolengo. Mis raíces son humildes. Lo sabes.

—Lo sabía, senador, algo me decía que usted no pinta de ninguna realeza, sólo es el cargo político que le confirió el Estado nigeriano a través del voto popular.

—Sí, totalmente de acuerdo, mi trabajo me costó desde pequeño y así he sido siempre, sin despegarme de mi pueblo, sobre todo el pueblo bajo.

—Entonces usted debe comprender mi postura.

—Pues claro que la comprendo plenamente, sólo que ahora nos falló totalmente la operación con Kosombo, porque no es nuestra intención quitarle su dinero a quien menos tiene, sino a quien ha acumulado más de la cuenta. Y en el caso de Kosombo, el objetivo era simple: despacharnos con la cuchara grande del 50% de su nueva fortuna.

—Oiga, eso nunca me lo dijo.

—Pues no, pero obviamente eso hubiese sido una realidad sólo en el caso de haber tenido éxito total y, no fue así.

—¿Pensaba al menos compartir algo de ese porcentaje? ¿Me tomaron en cuenta, al menos?

—Por supuesto que sí, eso lo iba a determinar el Ministro Lamumba. Me parece que él aplica mucho eso de gratificación de acuerdo con servicios prestados. Además, es un hombre agradecido y te tenía muy en cuenta. Sabía que el señor Santiagou estaba muy cómodo gracias a ti, a varios favores que le hiciste, su guía, casi casi su confidente. Acciones de ese tipo no son fáciles de olvidar.

Ante este último comentario, Cox Benson arqueó la ceja izquierda, con una mirada cargada de ironía, como tratando de creer en las palabras del Senador Abubakar, a quien ya había clasificado como un viejo lobo de mar, con el colmillo más retorcido que el de un jabalí, en quien es difícil confiar a primera vista, o al menos no al ciento por ciento, y menos tratándose de jugosos negocios como el que tuvieron en las manos con Michael Kosombo y Ramón Santiago. Él sabía perfectamente, como todo el mundo, que cuando hay mucho dinero de por medio, hay conflicto entre las personas que se consideren de gran amistad.

-Oiga, Senador, ¿y si contactamos a Ramón y le compartimos la información de las letras chiquitas? ¿Cree que pudiera reaccionar de alguna manera que nos pudiera favorecer en nuestro proyecto? Tal vez, conociendo a Ramón, mi amigo, se atrevería a viajar para desatorar el asunto y obtener el dinero. ¿Qué le parece?

-Pues no me parece una mala idea, ¡al contrario! ¡Eres un cabrón, Cox! ¿Cómo se te ha ocurrido tan descabellado plan?

-Pues es que mire, si ya conseguimos entre tres que Ramón viajara a Nigeria, por qué no pedirle un vez más el sacrificio para cerrar el tema?

-Y según tú, ¿a dónde tendría que viajar nuestro amigo Ramón?

-Pues depende de la cláusula que establece las condiciones, si tiene que hacerlo personalmente, me parece que podría ser directamente al Banco depositario de los $12 millones de dólares, el cual entiendo que es el Banco londinense por el que se planeó el traspaso a América.

-Lloyds Banking Group.

-Ah, pues ahí lo tiene. Es cuestión de localizar a Ramón y a persuadirlo de que haga el viaje.

—Ooopsss, pero te recuerdo que Ramón realizó supuestamente un viaje dos años después de su partida de Nigeria. Viajó a Londres a tratar de desatorar el tema por indicaciones del ministro, pero ese viaje aún no está confirmado.

—¿Qué? ¿Y por qué no me había dicho antes todos esos detalles? ¿Qué acaso tenían otros planes usted y el Ministro Lamumba? Cuando lo vi regresar a usted de Londres echaba chispas hasta por los ojos y sólo me dijo que no había hablado con la persona que citó en Londres. Entonces era Ramón Santiagou.

—No, no, para nada mi abogado. Fue por razones estrictamente de seguridad para todos.

—¿O sea que piensan que puedo ser un traidor?

—Nunca he dicho eso, al contrario. Eres muy confiable.

—Entonces no veo la razón para ocultármelo hasta este día. ¡Carajo, Senador, creí que al menos ya éramos amigos!

—Lo somos, sin embargo, fueron órdenes del Ministro. Ahora que si lo piensas bien, si fuéramos a brincarte, en este momento no estaríamos hablando de este tema.

—Pues me imagino que es porque requieren de mis servicios, y sobre todo por la amistad cercana que llegué a fincar con Ramón.

—En parte es cierto, pero lo que sí te puedo asegurar es que tú has estado en todos nuestros planes desde el principio y nada ni nadie te puede quitar tu lugar ni tus potenciales beneficios. Es más, el ministro te tiene considerado para otros negocios de los que te hablaré tan luego podamos cerrar éste en curso.

—Bueno, eso me puede argumentar ahora, ¿pero cómo puedo estar seguro de eso? Es muy difícil confiar en alguien hoy día, y peor si hay referencias negativas que apuntan hacia alerta roja.

—No seas mal pensando, mi abogado. Tienes que concedernos algo, al menos el beneficio de la duda.

—Pues déjeme pensarlo porque no es fácil. Dígame al menos, ¿cuál sería mi porcentaje? Ese dato es esencial para que yo me vuelva a involucrar. Y adelánteme algo de los nuevos negocios, así al menos sabré que sí me están considerando con toda seriedad.

—Bueno, a reserva de que se lo plantee al Ministro Lamumba para confirmarlo, una ganancia neta para ti de lo que obtengamos, ¿el diez por ciento te parece poco?

—Pudiera ser viable, aunque debo decirle que todavía no estoy convencido. Tendría que firmarme un documento notariado para que su palabra tenga validez. Perdóneme pero como dicen por ahí, *"la burra no era arisca sino que la hicieron a palos"*.

—Te concedo la razón parcialmente, pero sí te digo que si confiaras un poco más en la gente, todo sería más fácil.

—Sí, estoy seguro, más fácil para ustedes porque así tendrían la tentación de hacerme un lado.

—¿Pero cómo te atreves, abogado? Nosotros somos políticos, pero aun así tenemos honor.

—A otro perro con ese hueso, ja, mire, mi Senador, no olvidemos que estamos en Nigeria y todos sabemos perfectamente cómo funcionan acá las cosas. ¿A poco cree que Ramón no se dio cuenta de que somos uno de los cinco países más corruptos del mundo? ¿Qué acaso nunca le comentó con sorna que le asombró la existencia de la pomposa oficina Federal Office Fight against Corruption? A mí me lo confesó entre copas y risas, así como ¿no queriendo la cosa? Por eso convencerlo de que regrese, ya sea a África o a Europa, es una tarea poco menos que imposible, capisci?

—Y entonces, mi abogado, ¿qué propones?

—Pues hay que trabajarlo mucho, convencerlo con documentos, no sólo de palabra, decirle que su porcentaje podría aumentar o que, en el caso de la desaparición física de su socio Kosombo, él podría conservar la mayor parte del dinero, excepto nuestras comisiones. No tenemos de otra.

—No me parece tan mal tu idea. Deberé sondear todo el asunto con el Ministro Lamumba y él tendrá la última palabra. Sólo debo compartirte algo muy importante sobre la manera de conducirse del Ministro y yo estoy de acuerdo con él. Estoy seguro de que tú coincidirás conmigo.

—Escucho atentamente. Debe ser algo importante.

—De la mayor importancia: África ha sido siempre un botín para los extranjeros, no nos ven sino como una fuente de riqueza, toda la que este continente nos ha regalado generosamente desde el principio de los tiempos, con la salvedad de que tampoco hemos sido muy capaces de defender lo que somos y lo que tenemos, nos han impuesto pobreza y condiciones sociales de ignominia como la esclavitud. Eso es inconcebible en pleno siglo XXI. Ya no nos pueden agarrar como sus pendejos de siempre, ¡basta! Hoy día no tenemos otra alternativa que defender lo nuestro a como dé lugar, defender nuestra esencia, nuestra integridad y nuestra riqueza. Los medios no importan, siempre y cuando seamos capaces de lograrlo. Ahí tenemos que ser chingones. Así que, como nos han engañado por siglos, también ya aprendimos a engañar, a burlarnos de los extranjeros, ¡a quitarles lo que nos han arrebatado a la mala!

—Oiga, pero que yo sepa, México nunca se ha metido con nosotros.

—Dije hace un momento, *extranjeros* y ellos son extranjeros, pertenecen a América y son vecinos de uno de los países más controvertidos de la historia mundial, los Estados Unidos de América, ¿crees acaso que no han aprendido algo de sus malas mañas, o quizá de sus ascendientes? A final de cuentas, casi es seguro de que se cuecen igual, en la misma olla.

-Es posible, pero tampoco veo viable generalizar a todos los países como explotadores. Ramón me contó que la esclavitud fue proscrita desde su lucha por su independencia y el país que sí se aprovechó de este sistema ignominioso, transportando a sus esclavos desde África, fueron los Estados Unidos de América.

-Ya lo sé, abogado, pero aquí se trata ya no de ver *"quién me la hizo sino quién me la pague"*. Como dicen por ahí. Además de que ya no es posible creer en la honorabilidad de nadie. Y menos de países que se han enriquecido a nuestras costillas.

-Es complicado entender esos razonamientos, pero yo quisiera estar seguro de que tienen razón.

-Claro que la tenemos, abogado. Ya tú lo verás y sobre todo, estarás muy contento cuando recibas tus estipendios.

-Bueno, me asalta otra cuestión, Kosombo es africano, pertenece a nuestro continente, ¿también a él le vamos a quitar su dinero?

-Ahí aplica otro razonamiento, es simple, ese dinero no es exactamente suyo aunque es cierto que las circunstancias lo favorecieron para poder hacerse del mismo. Fue algo muy cruel lo que pasó en El Congo, pero así ha sido la vida de muchos países africanos, llena de sangre, dolor y lágrimas. Unos más, otros menos, pero casi todos cuadran en el mismo molde de locura. Entonces, sobre Kosombo, recuerda esto siempre, *"ladrón que roba a ladrón, tiene cien años de perdón"*.

-Este día, Senador, está usted muy inspirado con mucha sabiduría popular, se nota que también habló mucho con Ramón porque eso y otros refranes son los que él maneja con una destreza innegable.

-Para avanzar en metas tan elevadas, siempre hay que estar inspirados, mi querido abogado. Mientras tengamos objetivos claros, nada debe detenernos. En África hay tanta hambre, pobreza y carencias que, a estas alturas, de todo se vale. Lo que en realidad estamos haciendo es sólo *"hacer que prueben una sopa de su propio chocolate"* y ya que dices que ando encarrerado soltando filosofías por aquí y por allá, -Ramón dixit-, ahora los espejitos los vendemos nosotros y son a precio de oro. La burra no era arisca, la hicieron a palos, nunca lo olvides.

-Muy de acuerdo, Senador, no lo olvidaré, como tampoco olvido que me prometió otros pingües negocios....

§

Al escuchar la perorata de los secretos que Cox Benson le compartió a Ramón, éste sintió una oleada de furia que subía a su cabeza y estallaba en mil partículas haciéndolo sentir poco menos que un títere, un guiñapo humano, una basura, con su corazón hecho trizas. Se sintió utilizado como un papel higiénico desechable y con ese sentimiento habló su enojo frente al abogado.

-Son una bola de cabrones, Cox Benson. El pacto que hicimos desde un principio fue de caballeros con honor y de palabra. Tú fuiste cómplice de esos desgraciados que me hicieron ver mi suerte en tu país.

-Entiende mi hermano, es cierto que en gran medida se aprovecharon de ti por todo lo que pidieron, regalos y dinero, pero había una razón poderosa que era conseguir el dinero de Kosombo, cuyo paradero es una incógnita hasta la fecha.

-Bueno, eso lo entiendo Cox, pero ¿por qué llevar esto a los extremos? Todo tiene un límite y por mucho que deseemos el dinero de nuestras comisiones, fue un precio muy alto a pagar. No lo hice solo porque bien sabes que esta aventura implicó a mi familia, a mis amigos más cercanos y a mi socio de México, sin ellos no lo hubiera logrado. Todos en la angustia en ciertas fechas, a mi llegada a Nigeria, en el fin de semana que tú y el Senador se ausentaron, yo creyendo que ya nunca más regresaría a mi país, con el sobresalto de que alguien me hiciera daño en la calle en tu país, un asalto, un ataque a mi integridad, lo que fuera. No me gustaba cómo habla la gente en la calle, hablan gritando como si se estuvieran peleando y te lo dije un par de veces. Yo me armaba de valor en cada salida a donde quiera que fuéramos, pero de tanto inhibir mi sistema nervioso, éste me cobró las facturas cuando aterricé en suelo mexicano. No sin pensar que ustedes realmente me tenían secuestrado, aunque en apariencia yo me moviera con ciertas libertades. El miedo lo tenía atorado en el cogote. Y soy de huevos, ya lo has visto, sólo que hay límites. Nadie puede ser tan valiente todo el tiempo porque incluso los valientes nos tomamos nuestro descanso. Me hubieras visto cómo se me desgarró la tranquilidad que había aparentado en tu país, porque tuve espasmos nerviosos en forma de tics por todo mi cuerpo, incluso en partes indecibles, tenía pesadillas constantemente, al menos tres meses más.

Era como si mil miedos atosigaran mi espíritu al mismo tiempo y no tenía control sobre ellos. Así me la pasé todo este tiempo. ¿Te parece poco?

-Te entiendo muy bien, sé que Nigeria está clasificado como uno de los países más peligrosos del mundo para viajar para cualquier extranjero, máxime si viajas en solitario como tú lo hiciste. Precisamente por esa razón es que nos asombró tu llegada, tu prestancia y tu seguridad en cada paso que dábamos. Te ganaste nuestra admiración a pulso y por esa razón el Ministro Lumumba quiso conocerte, independientemente del negocio en manos. Le ganó la curiosidad también. Él quería saber si no eras de otro planeta para llegar hasta Nigeria. Te consideramos un hombre valiente desde entonces. La verdad, lo impresionaste con tu aplomo pocas veces visto. Por experiencia propia, saben muy bien que nadie que llegue del extranjero viaja solo, por lo regular llegan acompañados, lo cual no genera confianza o de plano no viajan o llegan y se regresan a su país el mismo día, lo hemos visto decenas de veces. Y tú llegaste, te sostuviste, te desenvolviste como pez en el agua. No había forma de negar tu valor.

-Y por la misma razón, ahora qué diablos están pensando.

-No, yo sólo cumplo con la misión de avisarte que existen esas letras chiquitas en el contrato, te envié el mensaje completo a tu correo y pues como ya lo revisaste, debes tener una opinión. Obviamente deseamos con todo el corazón que quizá un día de estos aparezca Kosombo de entre los muertos y por fin podamos cobrar los $12 millones de dólares. Te lo paso al costo tal cual porque si te soy franco, mis paisanos no me inspiran ya confianza con las jugarretas que nos han hecho. Tú me dirás qué hacemos.

—Ah, aprovechando el tema de las jugarretas, ¿te mencionó el Senador Abubakar sobre el fallido viaje que hice a Londres hace dos años, es decir, dos años después del primer viaje a Nigeria?

—Sí, algo supe de ese viaje porque me lo dijo el Senador, pero fue a toro pasado, lo cual me hizo encabronar. A él mismo le brotó la indiscreción porque lo vi al día siguiente de su regreso a Londres, estaba muy enojado porque me dijo que nunca se presentó su amigo a la cita en el Banco y él trinaba de coraje porque sólo perdió tiempo, dinero y esfuerzo. Lo que yo no sabía es que eras tú el ausente.

—Pues ahí tienes, abogado, su karma por todo lo que me hizo pasar. Ya sintió por fin *"lo que es amar a Dios en tierra ajena"*.

—Ah, cabrón, tú también con tus refranes.

—A huevo, abogado, los mexicanos somos muy refraneros, pura sabiduría popular que es la que cuenta. Así que déjame pensarlo detenidamente porque de dar pasos en falso ya estoy hasta la madre.

Y a la par que el tiempo pasaba, ocurrían otros acontecimientos. Era como si la historia que arrancó desde el corazón de El Congo se negara a morir. Cada suceso era un recordatorio para Ramón Santiago, hombre impulsivo, rebelde, acostumbrado a no rendirse jamás ante las adversidades. En medio de ese océano de dudas aderezadas con información de todo tipo, de opiniones de sus amistades, de sus familiares, Ramón sentía ahogarse y que no podía más.

Por si fuera poco, no era fácil discriminar entre tantas personas abusivas que pretendían sacar raja de la desgracia ajena. Mensajes engañosos surcaban el espacio virtual, múltiples ofrecimientos de distinta índole, diferentes funcionarios del gobierno nigeriano que ponían sus servicios a disposición de Ramón para desatorar el recurso, a cambio de una jugosa comisión por adelantado, personas que se quisieron hacer pasar como socios para apoderarse del dinero. La lista crecía y crecía. No era posible que hubiera tantos buitres al acecho…danzando, listos para tragarse a su presa.

SÉPTIMA PARTE

A RITMO DE TANGO
"Por una cabeza"…¡llena de dinero!

El mundo no puede mirarse como se mira a la calle desde una pequeña ventana, ni siquiera desde un ventanal que es mucho más extenso, tienes que romper las paredes y salir a las calles a mirar cuán extenso es, y si tienes una colina cerca, tanto mejor porque podrás contemplar desde las alturas ese mundo de una manera que habrá de sorprenderte con todas sus estampas, referencias, belleza, incluso sus defectos y cuanto se pueda observar. En estos últimos están las ciudades que han alterado el paisaje natural. Pero será sin duda una gran experiencia.

Un problema complejo como el que se presentó a mi vida fue sin temor a equivocarme que, idealicé un caso como quedarme mirando un solo árbol de un hermoso bosque y perder de vista los demás árboles. Quedar fascinado a la vista del primero y ahí permanecer sin cambiar de percepción. Fue entonces que pude darme cuenta de que había un bosque que brotaba de la tierra con sus troncos y su esplendoroso follaje, y que ello significaba todo un ciclo de la vida, donde abundan flora y fauna en coordinación perfectamente sincronizada con el planeta. Son formas de entender que plantas y animales respetan la vida como lo tiene que hacer cualquier ser viviente. Que en la cadena alimenticia, el que un animal grande devore a los chicos o quizá a los más indefensos, es parte del equilibrio que no observamos y, mucho menos imitamos. Es una necesidad simple. Matar por comer para sobrevivir porque así es su naturaleza. Y sobre todo, mantienen el equilibrio.

¿En qué somos diferentes los seres humanos? ¿Qué nos hace ser tan arrogantes de colocarnos como el supuesto *homo sapiens* de la historia que domina el mundo? ¿Qué hemos hecho de bueno con nuestros semejantes? Aún peor, ¿qué hemos hecho de mal a los demás y en qué cantidad? ¿Por qué no actuar de manera tan sencilla como imitar a la naturaleza? Yo creo que nos quedamos cortos si nos comparamos con los animales no racionales. Por consecuencia, se antoja subrayar que no sabemos cómo lograr el balance que nos enseñan las mal llamadas especies menores, y que como raza, estamos muy lejos de la tan ponderada superioridad, que muchas veces hemos descendido al infierno y nos hemos quedado ahí por mucho tiempo. Sin duda que también está el otro lado de la moneda en la que otra parte de la misma raza ha ascendido a los cielos y posee una entidad realmente superior desde el punto de vista humanitario. La vida es como un gran laboratorio para Dios. Él quiere saber hasta dónde somos capaces de llegar. Ya lo hemos visto y creo que seguiremos viendo cosas aún peores.

Justo eso es lo que ofrece esta parte de la historia como protagonista de hechos inconcebibles en la que abundan casos de personas al otro lado del planeta, que han hecho hasta lo imposible por engañar al otro, porque en realidad la raza humana, -salvo sus excepciones-, se conduce por la mentira y el engaño. ¿Qué es la historia sino un legajo de sonoras mentiras que se apilan una encima de la otra con el correr del tiempo? Leer la historia de cualquier pueblo del mundo es confirmar ese caudal de mentiras que aparecen aderezadas con mitos y toda una cosmogonía. A simple vista pudieran parecer historias bellas, pero en el fondo de las mismas todo es cenagoso, pestilente, con la podredumbre que caracteriza a la mentira.

Por todo ello, tener en mis manos, a la velocidad de un clic, una o cien historias mal contadas por actores desconocidos que se encontraban a la distancia del otro lado del planeta, me hizo ver el bosque en el que incursioné con esta aventura, e igual me hizo reflexionar que aun cuando sigue existiendo bondad, también hay mucha maldad que llega a la perversidad. La prueba latente de eso está en los correos que fui recibiendo conforme pasaban los años, dos, tres, un quinquenio.

No había ya posibilidad para la aceptación de dichas mentiras porque todas las historias superaban a la razón, al pensamiento frío, objetivo e imparcial. Ninguna podía ya cruzar por el cernidor de mi visión que había madurado por tan terribles golpes de la vida, era imposible el creer tantas mentiras una tras otra bajo la consigna de conseguir un incauto que creyese a pie juntillas en la existencia de tan fabulosas riquezas y cayera "redondito" para buscar la forma de "ayudar" cooperando, viajando en una loca aventura como la que me ocurrió en Nigeria.

Casos, casos, casos, muchos casos de diferente signo, herencias, donaciones, regalos, enfermos terminales, personas generosas, filántropas, llenas de un gran espíritu, incluso sorteos al azar, todas de diferentes índole, que llegué a recibir en mi buzón que, prácticamente se saturaba al extremo, cartas diversas con historias increíbles, cuentos chinos fuera de lugar, falacias por doquier. Es increíble observar cómo se comporta la imaginación humana para el mal, ya que llega a ser prolífica e inagotable. Y aquí se antoja decir que, cuando a alguien se le da el crédito no tanto porque se le crea sino porque el "engañado" cree que puede obtener dinero "fácil", cuadra perfectamente de la sabiduría popular mexicana lo que reza, *"no tiene la culpa el indio, sino quien lo hace compadre"* y peor aún: *"todo parece tan bueno, como para ser cierto"*.

Con la finalidad de demostrar fehacientemente mis argumentos, contaré de manera sucinta los casos más emblemáticos que surgieron durante un lapso de la red y con un espíritu objetivo, ir desentrañando estas historias como quien se desembaraza de un peso, del peso de una esperanza que al final sólo es eso, una espera fallida sin resultados positivos. Nótese el sarcasmo de los mensajes que aparentan un humanismo muy lejos de sentirse.

· ·

>From: " Mrs. "Christabell Horste" < christty.horste@aol.com >
>Reply-To: < christty.horste@aol.com >
>To: ridels7@outlook.com
>Subject: GREAT NOTICE
>Date: Wed, 29 Jun 2007 19:28:12 -0900

>Mi querido amigo en el Señor:

>Estoy escribiendo el presente correo con la esperanza de que mis oraciones sean escuchadas >ya casi >en la hora de mi muerte, por padecer una enfermedad terminal que me tiene atada a >una cama >desde hace dos años. Por eso es que le pedí apoyo a una de mis enfermeras para >poder hacer >un testamento que tenga

como beneficiario a una persona buena y yo sé que >usted lo es >aunque no tenga muchas referencias suyas, el corazón me lo dice.

>Le recuerdo, tal y como se lo dije en el primer correo que sólo deseo que se cumpla mi última >voluntad para gloria del Señor, quien me ha dirigido a usted para que se puedan ver cumplidos >mis últimos deseos por la mano de usted. Sé que puedo confiar porque usted es una persona >confiable y sé que usted los llevará a cabo. Y para que vea que las cosas son justas, a cambio >de hacerme este gran favor, usted recibirá un porcentaje del 20% de un total de $7.5 millones >de dólares. El 80% deberá ser destinado a obras de caridad para los menos favorecidos de su >tierra tal y como mi difunto esposo solía hacerlo hasta antes de fallecer. Yo seré más feliz, ya >sea en vida o más allá de la muerte de ver que usted ayuda a los menos privilegiados con este >dinero.

>Soy una firme creyente en Dios y sé que Él permite que todo se acomode para poder favorecer >a las personas más desprotegidas como en este caso ha ocurrido alrededor de mí y de mi >difunto esposo, todo de acuerdo con la Voluntad del Altísimo. Porque lo que más deseo es que >este fondo sea utilizado en el camino del Señor.

>Incluso cuando mi difunto esposo vivía, él solía donar dinero, comida, ropa y otras cosas a >muchas organizaciones caritativas en muchas partes del mundo. Y así es como él me instruyó >antes de morir de que yo debería usar el dinero para donar a algunas organizaciones de mi >elección o mejor aún, buscar buenas personas que fueran confiables y que pudieran utilizar el >dinero para ayudar a los pobres, a los necesitados y

a los menos privilegiados de manera tal >que la Palabra del Señor se regocijara con buenos resultados y así, el alma de mi esposo >pudiera descansar en paz en la Gloria del Señor.

>La suma total de los fondos a ser transferidos a usted es de $7,500,000.00 (Siete millones de >US Dólares americanos), de los cuales, el 20% será suyo y el 80% será para los menos >privilegiados, a los desamparados sin techo dentro de la sociedad.

>Quiero que sepa que le estoy dando toda mi confianza a usted y a su familia, así que por favor >no me vaya a decepcionar. Como usted sabe, estoy actualmente en el hospital y mis doctores >dicen que mi condición es tan crítica que tengo tiempo limitado de vida, por lo que ahora lo >único que deseo es hacer algo que el Señor aprecie ante de que yo parta de este mundo del >cual usted y yo somos partícipes, así que por favor, ruegue por mí y actúe de acuerdo con las >instrucciones que le he dejado de forma tal que si incluso yo muero mañana, moriré como una >persona feliz, así que por favor póngase de mi lado.

>Mientras tanto, me gustaría que me enviara información suya como su nombre completo, >dirección de su casa y oficina, nacionalidad, número de teléfono directo, ocupación u oficio, >edad, religión para que me pueda posibilitar escribir la Carta de Autorización al banco e >indicarles a hacer la transferencia del dinero a su banco para que pueda recibir el dinero en mi >representación. Esta misma Carta se la enviaré a usted como una prueba para usted.

>Por favor, no olvide tenerme presente siempre en sus oraciones. Contésteme a mi correo >electrónico: christty. horste @aol.com.

>Gracias y que Dios le bendiga.
>Saludos, y quede en paz.
>De parte de su hermana en el dolor.

>Mrs. Christabell Horste

. . . .

Obviamente que no podría quedarme con la duda y tras responder al anterior mensaje, vinieron tres más y fue cuando apareció la verdadera razón de tantas atenciones, la solicitud para pagar de antemano ciertos derechos bancarios para poder liberar el dinero, por alrededor de $2 mil dólares americanos, única condición para que se realizara la transferencia. No había más, sin embargo, todo indicaba que al enviar dinero a ciegas a cierto director de un banco ubicado en Holanda, SNS Bank de Países Bajos, todo podría atorarse o, en su defecto, como lo menciona David Contreras, con argumentos contundentes.

-Mi hermano, ¿revisaste el correo que te reenvié de la señora Horste?

-Claro que lo hice tan pronto como me llegó y debo decirte que me parece una soberana tontería dar seguimiento a estos casos porque se convierten en una pérdida de tiempo y si das crédito, a pérdida de dinero. Mira que pedirte 2 mil dólares para que liberen ese dinero. Se supone que pueden tomar dinero de ese mismo fondo, recortar las comisiones y después enviarlo sin dilaciones.

-Es cierto, yo pensé lo mismo, sin embargo sólo deseaba estar seguro.

-Pues ya no te hagas más ilusiones. Desde el fallido Safari Africano has gastado más tiempo, esfuerzo y dinero en apuestas que, por lo visto son casos perdidos. Yo mismo participé del mismo y aunque no me arrepiento, está muy claro que en el mundo siguen existiendo personas vivales que sólo se quieren aprovechar de los incautos y te diré que en algún momento todo llegamos a ser incautos, no tanto porque nos engañen realmente, sino porque confiamos en que algo así sea verdad, nos deslumbramos y llegamos a creer que podríamos ser ricos de la noche a la mañana. ¡Qué necedad! Aquí lo más importante es que regresaste con vida y eso es más que la riqueza.

–Tienes mucha razón, por eso sólo te convoqué a ti para platicar contigo del tema al calor de estas cervezas, ¡ya ves que casi no nos gustan! Ja.

–Pues te agradezco mucho la confianza. Mira, hay mucha gente desgraciada que sólo quiere vivir de los demás, tú bien sabes que los libros, muchos de los que hemos leído, de los cuales tú me enseñaste, nos dictan verdaderas lecciones de vida que tenemos que aprender, porque los libros no son sólo un formidable instrumento para leer y disfrutarse sino para aprender y aplicar el conocimiento. De ahí que la misma Biblia nos enseña, haya sido verdad o no, que el mundo comenzó por una mentira cuando la serpiente le dijo a Eva y Adán que si comían del fruto prohibido, serían inmortales y, el resto de la historia ya la sabes. Si el origen está manchado con una mentira, ¿qué más da que la historia de la humanidad esté salpicada de miles de mentiras más? El ser humano es el maestro del engaño. Lo peor del tema es tener que reconocer que un *Homo Sapiens* engañe a otro o que éste le crea al primero.

–Pues sí, es difícil de creer que el mundo se conduzca por medio de la mentira porque esa misma llena los discursos de la gente común y no se diga de los políticos.

Quizá no todos pero creo que la gran mayoría nacen del mismo molde.

-Bueno, de ahí en fuera, no digamos que en el sector empresarial no pase lo mismo. Aunque ese dinero que está supuestamente en Holanda, ¿cómo por qué diablos tienes que pagar una comisión para una transferencia a tu cuenta si se supone que con la carta que la señora Horste firmó, ya es tuyo?

-Ciertamente, David, tienes toda la razón. Bueno, qué remedio, tendremos que seguir trabajando como esclavos. ¡Salud!

-¡Salud! Oye, ¿por qué no planeas plasmar esta historia en papel? Yo creo que valdría la pena porque cada vez que nos la has contado, nos ponemos en vilo y revivimos contigo cada momento en el que te jugaste la vida.

-¿Crees que valga de verdad la pena? Fíjate que esta historia la he compartido verbalmente con algunas amistades, una vez en California, con unos buenos amigos que me visitaron, hablamos sobre este tema toda la noche, literalmente y en ese momento pensé esto mismo que me acabas de decir, pero no tenía la certeza porque sé que hay que armar una buena narración que, en este caso, yo creo que tiene la ventaja de que estaría basada en una historia real. Pero bueno, ¿cuántas historias que son buenas, no están basadas en algo real? De hecho, grandes narradores han aprovechado sus vivencias para plasmarlas en forma de novela. Ahí tienes a nuestro admirado maestro Gabo.

-Te doy toda la razón, pero pues es mejor que emprendas esa labor ya, comienza con un bosquejo general, tus ideas principales.

-Lo haré, David, a reserva de que te diré que dicen los expertos de la psicología que, algo que vives al extremo, bajo un cúmulo de emociones quizá traumatizantes, las puedes almacenar en tu memoria fielmente como algo vívido de manera permanente. Entonces debo decirte que, yo tengo el recuerdo en mi cabeza desde el instante que pisé por primera vez suelo nigeriano, hasta el minuto que aterricé de regreso a México. En otras palabras, mis recuerdos son tan claros que esta historia despegará desde el momento en que yo inicie la escritura. Ya sólo iré hilvanando todo en forma narrativa para que sea atractiva. ¿Tú que piensas?

–Opino que puede ser una gran historia en todos sentidos, y por tu capacidad de creación lingüística, estoy seguro de que puedes lograr tu cometido exitosamente.

–Mil gracias, David. Entonces comenzaré por lo primero y ya iremos platicando del tema sobre la marcha.

–Adelante, mucho éxito. ¡Y salud por eso!

–¡Salud!

Así fue cómo surgió la idea de este relato que se antojaba al principio para un cuento pero que acabaría siendo un relato de largo aliento con la aspiración humilde de ser una novela que pudiera llegar al gusto popular. Si logramos llegar a esa meta, pensábamos, sería una pequeña cima conquistada. En tanto, veamos otras fuentes de expectación y desasosiego que se fueron generando con los años, provenientes de otras partes del mundo. Un año después leía en mi buzón este otro mensaje originario de cierta parte del mundo virtual.

• •

Contact Email: d_mark8@aol.com
>Agente Fiduciario: Sr. David Mark
>Contact Email:d_mark8@aol.com
>Línea: +1 917-999-75209 (Sólo texto)

BMW LOTTERY DEPARTMENT
5070 WILSHIRE BLVD
LOS ANGELES. CA 90036
UNITED STATES OF AMERICA.

>Querido ganador:

>Este mensaje es para informar a usted que ha sido seleccionado para un premio de un >automóvil nuevo Serie Modelo BMW 7 y un cheque por la fabulosa cantidad de $1,500,000.00 >Dólares americanos del Programa Internacional de Concursos realizados bajo la segunda >sección de los Estados Unidos de América.

>Descripción del premio:

>El proceso se llevó a cabo a través de una selección al azar en nuestro sistema >de selección >computarizado en correo electrónico (ESS) tomando como referencia una base >de datos con >una cantidad cercana a 250,000 correos electrónicos de todos los continentes del >mundo, de >los cuales usted fue el afortunado ganador.

>Para iniciar el proceso para reclamar su premio, usted deberá contactar a su agente fiduciario de este departamento, proporcionando todos sus datos personales y pagando una pequeña cuota por la cantidad de 2,500.00 dólares americanos por concepto de gastos administrativos. Su agente le facilitará toda la información necesaria.

>Contactarle con su Código Número de PIN BMW:255175HGDY03/23 a la mano como asunto >de su correo para pronta respuesta.>

>Nótese que usted tiene que enviar un email al Sr. David Mark o llamar al +1 917-999-7520, tan >pronto

como le sea posible para comenzar con su proceso de reclamación de su premio.

>Atentamente,
>Sra. Englert.

>DIRECTORA DE PROMOCIONES
>DEPARTAMENTO DE LA LOTERÍA BMW
>ESTADOS UNIDOS DE AMÉRICA

. . . .

—No mi hermano, tampoco. A mí me parece francamente que tampoco este tema pinta bien. Es un caso imposible de creer desde mi punto de vista. Acuérdate de lo que dicen por ahí, y lo hemos repetido hasta el cansancio últimamente, es demasiado bueno como para ser cierto.

—Bueno, analicé toda la información con base en la búsqueda rápida de la dichosa lotería.

—¿Y encontraste algo que se vea sustancial? ¿O es otro ardid o señuelo para sacarnos más dinero?

—Mi primera duda es, ¿cómo puedo obtener un premio al azar de un concurso que ni conozco y en el que ni he participado? Yo no tengo ningún boleto.

—Exacto, ya vamos juntando los cabos sueltos.

—Luego, te plantan primero la semilla de la curiosidad, sobre todo para los incautos, luego dejan que crezca y por supuesto, para muchos se trata de que caigan en lo que todos sabemos: ¡la curiosidad mató al gato, aunque estoy seguro de que un gato no muere así como así, son gatos! Es cuando contestan el primer mensaje y con eso es suficiente para que el vínculo parta de cero a cien.

—Cuando el incauto llegó a 75 y sabe que "tiene posibilidades" de hacerse de un dinero con poco esfuerzo, como quien dice, "escucha el canto de las sirenas", cae redondito, y entonces comienza el ciclo del dinero con un primer envío. Y con eso es suficiente para que la persona ingenua sea estafada, digo, no permanentemente sino que, con un golpe que den de unos $1,500 dólares como mínimo, y que de cada 100 incautos, diez caigan en sus garras, habrán estafado en un término promedio de un mes unos $15 mil dólares que al tipo de cambio actual es una pequeña fortuna....

—Y si repiten el patrón mes con mes, habrán convencido a unos 120 incautos en todo un año completo y con ello, $180 mil dólares en promedio para una organización de maleantes.

—Entonces mi querido Ramón, ¡sabes ya perfectamente lo que tienes que hacer con ellos!

—¿Jugar al gato y al ratón?

—Ja, pues diviértete un poco, diles por ejemplo que ya estás en Estados Unidos y que deseas que te entreguen el dinero en cuanto llegues a su domicilio. O a otros diles que eres un filántropo y que deseas donar el dinero a alguna organización y les das los datos de alguien más.

—Pues eso voy a hacer un rato para entretenerme y de paso, sacarlos de quicio, a final de cuentas no me quita nada y de todos modos, a la distancia que estamos ¿qué es lo peor que pueda pasar? Dudo mucho que quieran buscarme. Ya veremos mi querido David.

§

Cuando recibí ese correo electrónico a finales de julio, en la víspera de mi regreso de los Estados Unidos de América, a donde había ido a trabajar con visa laboral, después de cinco años de angustias, de preocupaciones, de búsqueda incesante, el corazón me dio un vuelco y creí al instante que me iba a infartar. Literalmente quedé en estado de shock por unos minutos sin atinar a reaccionar. Mi mente permaneció en blanco por unos instantes que parecían eternos a pesar de que el mensaje era muy claro. Comencé la lectura, había una operación en ciernes que implicaba el negocio del petróleo, tal y como se estipulaba en los documentos de Nigeria que firmamos las partes. No cabía lugar a dudas de que existía la posibilidad de que ahora sí se tratase del mismo añejo tema.

Haciendo a un lado todas las dudas que por años habían martillado mi cerebro, comencé a especular que la clave de todo estaría en que Kosombo habría logrado hacer una transferencia a mi nombre desde algún lugar de Europa y lo habría depositado a una cuenta en los Estados Unidos de América, justo donde yo me encontraba en plan de trabajo con un contrato de un año que me prorrogaron debido a mis buenos resultados académicos. El asunto se perfilaba a algo aún más grande porque cuando leí parte del email, me percaté de que no se trataba de una cuenta de un remitente cualquiera, sino que era del propio gobierno de los Estados Unidos de América por la vía del Departamento de Seguridad o Homeland Security que en esos momentos encabezaba una mujer muy destacada, la Señora Janet Napolitano. El correo provenía justamente de su cuenta.

Aun antes de conocer la información por completo aunque me carcomían los dedos por acabar de leer todo el correo, me preguntaba, qué extrañas razones tendría tan importante personaje como para tomarse la molestia de escribirme un mensaje y enviármelo a mi buzón. Era algo digno de no creerse. Yo desconocía en gran medida las leyes de ese país, y era ignorante incluso en lo que respecta a movimientos de dinero en grandes cantidades, salvo que ellos son estrictamente cuidadosos por aquello del lavado del dinero y, sobre todo por el dinero que fluye para financiar actividades terroristas, de las que mucha experiencia han tenido los gringos. Eran expertos en detectar dinero sucio o dinero que se utilizaría para el mal.

Peor aún, desconociendo las leyes de otros países respecto del destino de un dinero que se encuentra por muchos años sin ser reclamado por el dueño, y no sabía qué tiempo tendría ya ese dinero en los Estados Unidos, me aventuré a terminar de leer para ponerme a pensar muy profundamente en el meollo del asunto. Un tema así se presta a muchas especulaciones, sobre todo si te enteras que hay una cuenta de $12 millones de dólares a tu nombre en un país extranjero y te lo notifica un funcionario de primer nivel.

· ·

To: ridels4@outlook.com
From: homelandsecu16@gmail.com
HOMELAND SECURITY
Ms JANET NAPOLITANO
Lun 07/03/2007 08:44 PM
ATENCIÓN:
BENEFICIARIO:

Espero que este email lo encuentre a usted en buen espíritu y con buena salud. Debido a que soy muy consciente de sus pérdidas en los últimos años, puede sorprenderle que también soy consciente de su búsqueda de cajas en consignación en Benin, Ghana, Togo, Nigeria, España, Francia, Malasia, Indonesia, China y Corea. Mi nombre es Sra. Janet Napolitano, Secretaria del Departamento de Seguridad Nacional de EEUU. En América, estoy a cargo de monitorear todas las transacciones extranjeras en África, Europa y Asia.

He estado en el Departamento de Seguridad Nacional de los Estados Unidos desde el gobierno del Presidente Barack Obama, monitoreando las diversas transacciones que se realizan en África, Europa y Asia, especialmente los casos de envíos y transferencias bancarias. Mo pretendo estropearle el día o para ponerlo bajo presión.

Pero no puede recibir ninguno de sus envíos sin una autorización del Departamento de Seguridad Nacional de los Estados Unidos. Sin embargo, a mi llegada a la República de Benin, después de una serie de reuniones con nuestro Presidente Barack Obama y el Secretario General de las Naciones Unidas Ban Ki-Moon, debido a numerosas quejas de otras agencias de seguridad de África, Asia, Europa, Oceanía, Antártida, América del Sur y los Estados Unidos de América respectivamente, contra el gobierno de Benin y Nigeria por la tasa de estafas/actividades fraudulentas que se llevan a cabo en este país y en África.

Cuando llegué al parlamento de Benin en Cotonou, encontré el archivo de autorización de la caja de envío en el escritorio de la oficina de asuntos exteriores sin prestar atención a un escrutinio exhaustivo. Descubrí que su envío había sido abandonado por su agente de entrega. Mientras tanto, me hicieron entender que intentaron comunicarse con usted y que hicieron varios intentos de comunicarse con su agente de entrega, pero fue en vano.

Para mi mayor sorpresa, durante mi reciente revisión de rutina, descubrí personalmente que los documentos de declaración de contenido de su envío indicaban que su envío contiene efectos personales mientras tanto, contiene billetes de dólares estadounidenses por valor de más de 40 millones de dólares estadounidenses, lo que hizo imposible que el envío se le entregara antes de ahora.

Con base en este descubrimiento personal, me comunico con usted ahora para informarle que con mi posición y poder como Secretaria del Departamento de Seguridad Nacional de los EE. UU., puedo ayudarlo a liquidar legalmente su fondo de consignación, pero debe aceptar las siguientes condiciones porque llamé a nuestra oficina en Washington, DC desde Benin, que ha estado interceptando todas sus llamadas telefónicas, con la ayuda de MTN, TIGO VODAFONE Y AIRTEL NETWORK BENIN.

También recibí información de nuestra oficina de Seguridad Nacional en la República de Benin, sobre sus correos electrónicos, que ha estado comerciando y enviando dinero a personas en Benin, Ghana, Sudáfrica, Togo y Nigeria, que afirma ser el director de Western Union. También está tratando con un banco y otros nombres que todavía estoy esperando que me envíen desde nuestra oficina en Washington, DC., que han monitoreado todos tus tratos con este rufián.

Por lo tanto, le recomendamos que deje de tratar con todas las personas mencionadas anteriormente, hasta que completemos nuestra investigación porque su trato con ellos se denomina transacción ilegal. Deseo informar que nosotros, la Seguridad Nacional, estamos atentos a todos los nombres mencionados anteriormente, principalmente aquellos que afirman ser el director de Western African Debt Western Union y Money Gram and Property Recovery Benin. Todas estas personas mencionadas son impostores, y tenemos la intención de detenerlos pronto.

Quiero que deje de comunicarse y de tratar con ellos hasta que completemos nuestra investigación. Deseo informarle sobre el último desarrollo relacionado con su caja de envío que me fue entregada después de la reunión celebrada entre yo y algunos de los principales miembros del Parlamento de Benin y el Ministro de Relaciones Exteriores en la sede de la capital de Benin Cotonou, debido al retraso por el que no ha recibido su caja de envío durante mucho tiempo.

En consecuencia, hemos renunciado a todas sus tarifas de despacho de caja de envío y autorizado al gobierno de la República de Benin para que me permita volar con su caja de envío aprobada sin ningún retraso que hayan acordado. La única tarifa que pagará para confirmar que recibió su caja de envío en su poder es la tarifa de peso de su caja de envío, que es una suma de $ 65.00 dólares solamente.

En otras palabras, su caja está conmigo ahora e iré a su país tan pronto como tenga noticias suyas e iré junto con su caja de envío, pero recuerde que como Secretaria del Departamento de Seguridad Nacional de Estados Unidos de América, soy una agente de seguridad del gobierno de los Estados Unidos y tengo el poder de pasar por la aduana de cualquier aeropuerto sin inspeccionar lo que llevo.

Y tan pronto como llegue a su estado, lo llamaré para que me dé la dirección de su domicilio para que podamos encontrarnos cara a cara y entregarle su caja antes de regresar a los Estados Unidos. Así que quiero que vuelva a confirmarme la siguiente información para una comprensión adecuada completando el formulario adjunto de registro de seguridad nacional, ¿de acuerdo?

NOMBRE DEL BENEFICIARIO:. . . . .
DOMICILIO:. . . . .
NO. TELÉFONO:. . . . .
OCCUPACIÓN:. . . . .
PAÍS:. . . . .
SEXO:. . . . .

Tan pronto como llegue, lo llamaré a su número de teléfono, luego me encontraré en persona y le entregaré su caja de envío antes de regresar a Washington D.C.

He tomado esta asignación sobre mí misma porque entiendo que realmente ha pagado mucho en el costo de entrega, pero usted no recibió nada. Así que le aconsejo contactarme inmediatamente después de que usted reciba este correo electrónico ahora porque todo se ha hecho bien. Esto es orden directa de nuestro presidente Barack Obama.

Una vez que usted envíe el dinero, trate de notificarme con el MTCN para fácil recogida y para actuar inmediatamente sobre la entrega de su caja de consignación, para que usted reciba sus fondos heredados sin más demora, ya que usted no puede recibirlo ni pagando la cuota a través de la transferencia de dinero de Western Union.

NOMBRE DEL RECEPTOR: CHINEDU FABIAN NZOCHIE
PAÍS: REPUBLICA DE BENIN
CIUDAD: COTONOU
MONTO A PAGAR: $65.00 US DÓLARES
CARÁCTER: URGENTE
RESPUESTA: HOY
MTCN:. . . . . . .
NOMBRE DEL REMITENTE:
DOMICILIO DEL REMITENTE:

 Tan pronto envíe la cuota, asegúrese de enviarme la información de pago. Una vez que envíe el dinero, intente notificarme con el MTCN para la confirmación y para la acción inmediata sobre el manejo de su fondo a usted. Le sugerimos que nos envíe a nosotros cualquier correo que haya estado recibiendo de otras personas para una verificación e investigación adecuadas antes de tratar con ellos, ¿de acuerdo?

Tengo un tiempo muy limitado para estar aquí, así que me gustaría que me respondiera con carácter de urgente a este mensaje junto con el pago, querido mío, ésta es la oportunidad para usted de tener que cumplir y su paquete será enviado a su domicilio designado. Pero recuerde que después de tres días, si usted no hace el pago, entonces tendré que redirigir sus fondos al Gobierno de los Estados Unidos o al Tesoro del Gobierno de Benin. Por favor, trate esto como un asunto de suma urgencia.

Afectuosamente, suya

CALL ME PHONE +229 98122190
Email: homelandsecu16@gmail.com
Sra. JANET NAPOLITANO

. . . .

¿Qué hacer ante semejante situación? Era algo inédito para mi persona que me estuviera pasando eso. No sé con qué palabras definir todo, inconcebible, sorprendente, increíble, fantástico, prodigioso o todo lo contrario, espeluznante, terrorífico, pavoroso, deleznable. No imaginaba esa cantidad apilada billete por billete, fajos por fajos, porque era mucho dinero. Luego, ¿cómo comprobaría la legitimidad del mismo, de qué manera podría yo argumentar que en verdad me pertenecía?, ¿y si era una trampa para que me presentara y hacerme hablar de lo que ni siquiera tengo idea? ¿Y si Kosombo sí lo logró por fin y apenas reinicia la aventura, justo cuando me encuentro muy estable con un trabajo de tiempo completo en California? De entrada el correo no parece tener carácter oficial y eso empieza a generar dudas. Este tipo de funcionarios de este nivel maneja correos de gobierno, estrictamente oficiales.

El correo manejaba un probable destino alterno en caso de omitir responderles. Podría darse una probable confiscación del dinero que había permanecido en el Bank of America por unos pocos años. Sin embargo, la ley dice que tienen que pasar muchísimos años, algo así como 40 para que una entidad financiera pueda apropiarse de un dinero en estatus de no reclamado por su dueño. Sólo que aquí el correo habla de una apropiación por parte del gobierno, ya sea el de los Estados Unidos de América o el de Benin. El problema real era que al vivir en los Estados Unidos de América en calidad de inmigrante legal con un buen trabajo, pensar en inmiscuirme en el tema desde mi posición actual, sería poner en riesgo todo lo que había ganado. Y eso no era posible porque sería la peor apuesta que podría elegir. Me podrían revocar mi visa J1 que tanto esfuerzo me costó ganarme y también podría poner en riesgo a mi familia, eso no lo puedo permitir. Tengo que pensar en una solución viable, en tanto haré que David Contreras revise esta información para que podamos analizar a fondo el tema. De cualquier forma, la única manera de volver a viajar con mis propios recursos sería esperar a que se venciera mi permiso de trabajo en un par de meses más e irme a Nigeria.

§

—Hola mi hermano, oye, te marco desde California para comentarte sobre el último correo que te reenvié, mismo que recibí ayer en mi buzón y que me ha generado mil preguntas.

—Hola maestro, buenas tardes. Pues sí, lo recibí, lo leí con apoyo de mi traductor de cabecera y tomé nota de algunos datos que me parecen interesantes, lo cual no significa que lo estoy avalando, sino más bien todo lo contrario.

—Muy bien, vamos por partes para que podamos aterrizar en blandito con este ejercicio.

—Mira, el correo te lo envía un personaje que tiene fama y reconocimiento, lo sabes porque tú vives allá, y pues la debes conocer mejor que yo. Como siempre nos ha apasionado la política, estoy seguro de que ya sabes quién es Janet Napolitano y su importante rol en la administración del Presidente Barack Obama. Eso no te lo tengo que decir. Pero ahí es donde me brinca algo que no encuadra en la lógica.

-Sé lo que estás pensando, creo que coincidimos en dudar de la veracidad del correo, primero por el remitente que no fue enviado de ningún correo oficial, a menos que la señora Napolitano esté haciendo esto al margen de la ley, lo cual me parece inverosímil, dado su alto cargo en el gobierno.

-Exacto. Segundo, que dentro del mismo correo da explicaciones que están fuera de lugar, ya no tanto por cómo una administración como la de ese país, se va a encargar de dar seguimiento a dinero que anda por ahí y luego se va a ocupar de manera personal de llevártelo en correo diplomático hasta México, casi casi hasta tu casa. Eso no va para una funcionara de su rango, a menos que se valga de los servicios de alguno de sus mensajeros, eso sí sería creíble, pero no que diga que se verán cara a cara.

-Tercero, viene un cobro de una mínima cantidad que es de $65 dólares, lo cual no es mucho a pagar por concepto de liberación del depósito y como siempre utilizan los defraudadores, el pago por Western Union Money Transfer.

-Cuarto, el nombre del receptor que no eres tú, o no sé quién diablos será ese tal CHINEDU FABIAN NZOCHIE de República de Benin, país vecino de Nigeria. Entonces viene a tu nombre o viene a nombre de alguien más, ya eso empieza a apestar a podrido aunque haya llegado a tu correo personal.

—Pues sí, tienes toda la razón mi buen David. Yo creo que vamos dejando por la paz el tema porque en un principio me vi tentado a llamar por teléfono al número que enviaron, pero obviamente que ya no lo hice hasta no haber hablado contigo.

—Pues ya, a la chingada con todo eso, bien sabes que el dinero fácil no existe más que en nuestra cabeza y cuando andamos calenturientos es cuando damos pasos en falso. Además, tengo la impresión de que te está yendo muy bien por esas tierras, tanto económica como emocionalmente, así que ya ni le busques tres pies al gato y a lo que fuiste. Es mi humilde recomendación sin que ésta última me la hayas pedido.

§

Mis pensamientos atosigaban mi mente y en tanto que resolvía mis dilemas existenciales, la historia que me mantenía en vilo continuaba con su desarrollo. Entre otros sucesos destacados, seis años después del primer viaje, Cox Benson, en llamada telefónica me informó que el Senador Abubakar había sido encarcelado por extorsión y otros delitos de cuello blanco en Nigeria en cuanto terminó su período como legislador y que le aguardaba un juicio que seguramente lo llevaría a una pena muy fuerte, debido a que se le acumulaban uno tras otro, delitos al por mayor.

Y eso que no había muchas denuncias desde el extranjero, ya que Cox Benson soltó toda la historia, completa de una serie de fraudes que el senador Abubakar había cometido en contra de varios visitantes extranjeros que cayeron en su trampa, como el gran orquestador. Lo hizo incluso desde antes de la existencia del internet, utilizando los mecanismos del correo convencional, con cartas escritas a máquina. Su historial era grande. Pero más grande era su ingenio lleno de perversidad para el mal. Sus blancos fueron siempre con personajes del continente americano, donde sabe que hay buen dinero.

-Entonces, mi estimado Cox, quiero pensar que yo fui otra víctima del Senador Abubakar.

-Podría decirse que sí, pero no del todo porque la verdad ya no soltaste más dinero a pesar de que te incitó muchas veces a hacerlo. De no haber sido por tu tozudez para ya no hacerlo, él lo hubiera logrado porque por lo que pude darme cuenta a toro pasado, era un viejo lobo de mar para hacerlo. Era algo muy bien estudiado por él y sus cómplices.

-Y de verdad, perdóname la duda, pero ¿tú no tuviste nada que ver en ese asunto?

-No mi amigo, tú me caes muy bien, así fue desde el principio, ya te lo había dicho antes, sobre todo cuando te vi llegar al aeropuerto de Abuja bastante relajado. En verdad me asombraste de que hayas llegado a mi país, yo creí que te quedarías en Londres y de ahí regresarías a México. No cualquier aventurero realiza este viaje. Debiste haberte dado cuenta desde tu percepción de todo un plan para esquilmar al borrego porque tú eres un hombre muy inteligente, con una visión aguda porque todo lo observabas.

-Vaya, vaya, tú también eres muy observador, por lo que veo. No se te va una.

-Pues mira, para los abogados es totalmente obligatorio ser observadores y analizar el todo de un caso, empezando por los personajes a los que vamos a representar o defender, y también a los que tendremos enfrente como antagonistas. De eso depende ganar o perder un caso legal. Así que ya te imaginarás si no te observé desde el primer instante que nos conocimos, cuando nos saludamos, la forma en que estrechaste mi mano y contestaste la clave que te había escrito por un correo. Todo cuadraba a la perfección para que yo entendiera que eres un hombre empático y de fiar. Además, Kosombo me encargó mucho cuidarte y por lo tanto, yo me debía a ti, no al Senador.

-¿Y qué será de él? ¿Dices que fue a parar a la cárcel? ¿Ya no le ayudó el fuero?

-El fuero se le acabó desde que terminó su período legislativo y eso no es renovable. Por tanto, pasará en la cárcel al menos 20 años acusado de fraude, lavado de dinero y delincuencia organizada, delitos que son muy penados en Nigeria, no importa quién los haya cometido y aunque mi país esté considerado como uno de los más corruptos del mundo, estoy plenamente consciente de ello. De hecho, lo hundió una primera denuncia que en cuando se ventiló fuera de tribunales, luego luego llegaron como en cascada más de veinte desde el extranjero, gente que fue a testificar en su contra exigiendo la devolución de su dinero.

-Oye, y ¿como cuánto dinero estafó el Senador? Ha de haber sido bastante si lo hizo por varios años desde antes de la existencia del internet.

-Se le acusa de varios delitos que rondan la cantidad de 31 millones de dólares.

-Guau, eso es bastante dinero. ¿Qué tanto chingaos habrá hecho con todo ese dinero?

-Pues al parecer, señor Santiagou, las mujeres eran su perdición. Creo que ahí tuvo un agujero por el que se le iba todo o casi todo. Ya sabes cómo actúan algunos hombres que se pierden entre las carnes de una mujer. Sobre todo si la mujer es guapa.

-¿Te refieres al tipo de mujeres como las que me presentaste aquella noche inolvidable? ¿Qué hombre no se pierde así? ¡Droga pura!

-Bien que lo recuerdas, eres un pícaro. Pues sí, como ellas, unas verdaderas diosas, ¿no crees?

-Sin duda alguna, yo no olvido a Lila, ¡qué mujer! ¡Un verdadero portento!

-Pues sí, lo hice por un buen amigo que eres tú, ¿ya ves que sí te tuve muchas consideraciones cuando estuviste en mi país?

-Yo lo sé muy bien, Cox, pero bueno, ahora hablemos del tema principal, ¿qué fue de Kosombo? ¿Has sabido algo de él? Es urgente localizarlo para definir la situación. Te comento que he recibido muchísimos mensajes de todo tipo, sobre todo de gente que se enteró del caso y que ahora se quieren hacer pasar por mediadores ¡para lograr la transferencia del dinero a mi cuenta! Sinceramente yo no confío en nadie que no sean tú o Kosombo.

-¿Y qué te han pedido? Porque desde el momento que te piden dinero por adelantado, de una vez te digo que el asunto ya está podrido.

-Pues en efecto, me han solicitado apoyos de todo tipo, comisiones por adelantado, de entre 100 a 2 mil dólares. Y lo han planteado supuestos funcionarios de medio pelo. La verdad ya ni les contesto porque sé que sólo quieren jugar con mi bolsillo y yo ya no estoy para regalar un dólar más a nadie.

-Mira, vamos a planear muy bien el siguiente paso para poder rescatar ese dinero porque no se puede quedar así nada más como así.

-Confío que así sea porque han pasado seis años y no aparece ni Kosombo ni el dinero. Ese teniente coronel parece una anguila nadando en aceite, así de escurridizo, ¡carajo!

—Ésta es la idea. Necesito que hagas un último viaje a Nigeria porque he estado pensando que la única manera de resolver este asunto es que hagas acto de presencia en Abuja, directamente con el Ministro de Finanzas, Lamumba, obviamente sin la presencia del Senador Abubakar porque él ya está fuera de la jugada y entonces eso implica que es una comisión menos, ya sólo sería para el ministro, para ti y para mí.

—Pero, ¿aún servirá todo el legajo de documentos que me entregaron en el Ministerio de Finanzas cuando firmé todo en mi primera visita?

—Por supuesto que deben servir, deja que de todos modos investigue qué procede, de acuerdo con la Ley Nigeriana, respecto de fondos que estén depositados y no se haya movido nada. Esa es nuestra única oportunidad. Sinceramente ya dudo que Kosombo aparezca en el escenario. Entonces tú tienes primera mano en ese dinero y si el ministro lo avala, ya sólo seríamos tres comisionados a partes iguales, ¿qué dices, Santiagou?

—No pues si tú me garantizas que sí es factible lograrlo, vamos a hacerlo a la mayor brevedad posible. Yo llegaría a Abuja nuevamente, ya sólo falta definir la fecha, dependiendo de cuál sea el estatus del dinero y cuándo lo podemos sacar. Yo confío que se pueda realizar en este mismo verano.

—Pues entonces no se diga más, ya sólo te sugiero que le traigas un buen regalo al Ministro Lamumba, algo que consideres que sea de buen gusto para él, y como aún te encuentras en los Estados Unidos de América, ¿qué mejor que sea algo de allá? Digo, quizá sea de mejor calidad.

—Muy de acuerdo contigo, Cox. Haré mi tarea cuanto antes, ya sólo dame una fecha precisa para que yo me organice, con boleto de avión y todo. Deberé volar vía Ámsterdam porque aún tengo amargos momentos en Londres y recuerda que no puedo regresar en al menos otros cinco años más.
—Ok, Santiagou, estamos en contacto.

§

En el fondo me preguntaba, ¿qué fue de este caso? ¿Fue quizá el único asunto real que falló por otras circunstancias, ajenas a Nigeria, concentradas en un país en guerra, con un actor político que se vio envuelto en la misma, junto con su familia, de quien no se sabía nada hasta la fecha, pero de quien se sospechaba hubiera sido capturado y quizás, asesinado? Ésa era la gran incógnita por Kosombo y su ausencia.

Entonces, tomé la decisión que jamás pensé, sería fatal porque había abusado de mi buena suerte y de las bendiciones de mi madre, una mujer muy piadosa y profundamente creyente de Dios. Yo me confié a los argumentos de Cox Benson y del Ministro Lumumba, pensando que un segundo viaje directo al infierno sería algo más benigno, muy diferente al primero y por tanto, no tendría las dificultades del primer viaje. Y con la enorme ventaja de saber ya a qué me dirigía, el país que me recibiría. Mi estancia al menos, estaba garantizada por un alto oficial del gobierno en turno. Medir una segunda aventura con ese parámetro no sería lo mejor, como la experiencia viva me lo demostró en carne sanguinolenta propia.

El viaje tan largo a Nigeria vía Ámsterdam fue una repetición de los anteriores vuelos que ya había realizado.

No había nada nuevo que agregar, salvo que fue por otra compañía aérea y que me permitió pisar suelo de tulipanes, quesos y mujeres hermosas. Era el país del genio incomprendido Van Gogh, orgullo holandés a tal grado de que su imagen pintada por él mismo, aparecía en un sinfín de litografías en el aeropuerto. No obstante que ese país poseía un territorio que apenas llenaba el tamaño del Estado de Morelos, México, tenía mucho que mostrarle al mundo en voz alta. Gran lección para todos.

Llegar a Nigeria nuevamente sólo fue revivir la vieja película de seis años antes, ya sin tanto bombo o platillo, con mayor confianza de pisar territorio ya conocido, gente identificada, amigos, relaciones públicas hechas exitosamente, en suma, simplemente un nuevo episodio que quería enfrentar lo más rápido posible, aquí llegando, firmando y regresando, lo cual no se antojaba complicado.

Obrar de otra forma, sería continuar la duda acerca de lo que pasó con el dinero. A lo largo de mi vida había perdido diferentes sumas entre malas apuestas, malas inversiones, confianza indebida en gente, comisiones escamoteadas por malos socios, negocios mal hechos entre otras barbaridades, y ésta era hasta el presente en toda mi vida, la gran estafa. Aunque eso nunca lo sabría, sí quedaría en mi conciencia que sólo me quedaba la esperanza, conservado la única riqueza que posee cada ser humano, mi vida misma.

OCTAVA PARTE

EL FRENESÍ: OBERTURA SOLEMNE 1812 Op. 49
¡Para el nómada que todos llevamos dentro!

El mundo es circular, la fortuna, la vida y nuestras experiencias también lo son. Partimos de un punto y regresamos a él, tarde o temprano. Aprendemos una lección en cada paso a menos que estemos distraídos y entonces, una experiencia la vivimos sin razón alguna. Nuestros cerebro registra, sin embargo, cada paso que damos, con colores, luces, sabores y ritmos, no hay manera de que se le pase desapercibido lo que vive a cada instante. Esa es la ley de la vida, sin la cual estaríamos perdidos en el inmenso mundo en que vivimos, donde la muerte nos acecha a cada minuto. Por tanto, tras esa experiencia, ya no somos iguales nunca más.

Muchas veces nosotros provocamos un jalón y queremos arrebatarle más a la vida, elevar la adrenalina, nuevas y fuertes emociones, llegar a los extremos, un salto en caída libre, una aventura en una alta montaña o un viaje en alta mar bajo un cielo encrespado, el caso es querer sentirnos vivos porque lo contrario es caer en el fango del aburrimiento y a estas alturas, con todo lo que la humanidad ha hecho, ser una persona aburrida es lo que menos queremos ser porque es una sensación similar a estar muerto.

Ahí es donde combinamos toda suerte de ideas y actos, queremos burlar al destino y entonces recurrimos a una suerte de magia, de deseos de un prestidigitador entrenado para lucir sus artes o en un plano esotérico, la llamada a la suerte, no a cualquier suerte sino a lo que llamamos la buena suerte para tener éxito en las cuestiones materiales. Y la tentamos con tanta fuerza que creemos que la podemos tener de nuestro lado en detrimento de los deseos de los otros, es decir, yo o nosotros.

Las vueltas de la vida provocan que la suerte sea tan caprichosa como recurrente y de pronto, dé giros inesperados. Ora llega, ora se va y así sucesivamente, en un caudal de desencuentros o a veces se queda acurrucada con la persona más impensable porque así es ella, veleidosa y tornadiza. Muchas ocasiones, los seres humanos recurrimos casi siempre a sus diversas representaciones simbólicas como amuletos, patas de conejo, ojos de venado, herraduras, tréboles de cuatro hojas, las figuras de siete elefantes en fila creciente y ya al extremo jocoso, una flatulencia de un zorrillo de la buena suerte, ja, el caso es que casi siempre están pensando en un golpe de la fortuna que los haga ricos de la noche a la mañana o que de plano encuentren un tesoro de tantos que hay enterrados o escondidos en algún lugar del mundo.

Y en gran parte tienen razón, porque dicen los que saben de esto, que más de tres cuartas partes del oro que existe en el mundo, está enterrado por razones humanas o naturales o el que ha sido hallado, producto de los actos de explotación de las minas, que luego se ha intentado trasladar de uno a otro continente y que con los riesgos de terribles tormentas, el sobrepeso de algunas embarcaciones y ataques piratas durante su travesía por los océanos, se encuentra hundido en el fondo del mar. El caso es que sólo una mínima parte, o sea un cuarto del total, circula por el mundo. Aun así nos parece que es mucho.

En el peor y más fácil de los casos, están las apuestas deportivas e incluso la misma lotería. Sólo que la ley de probabilidades juega en contra de cualquier apostador, ya que es más fácil que se la pase toda una vida apostando y muera en el intento a que alguna vez obtenga un premio de concursos que son sospechosos, a todas luces. Si ese apostador que seguramente asume una conducta compulsiva hubiera ahorrado todo el dinero que dilapidó en apuestas a lo largo de su vida, seguramente terminaría rico al final de su vida. Gran paradoja de la vida.

Yo siempre tenté a la suerte de una u otra manera, y ésta me colocó en una posición que me permitiera conseguir mis objetivos, o al menos eso creí cuando viajaba a más de 13 mil kilómetros de distancia, lejos de mi patria. No había posibilidad de error o falla. El destino tenía que ser dulce conmigo. Tenía que lograrlo porque lo había hecho todo para conseguirlo, me hice de buenos aliados, recurrí a medidas esotéricas, me encomendé a todos los seres divinos que gobiernan el mundo, pensaba positivamente en un golpe de la fortuna que cayera por fin de mi lado, armé todo un esquema de gran envergadura, atraje muchas ideas positivas utilizando la famosa Ley de la Atracción, no escatimé ni en esfuerzo ni en emociones, sabía que habría adrenalina al por mayor e hice la mayor apuesta de mi existencia, incluyendo mi vida misma que puse sobre la mesa de riesgos, actuando en estado febril, hipnótico y poseído al más puro estilo de El Jugador, de Dostoievski, Alekséi, quien con furia pasional se convirtió en un apostador que ganó una fortuna, gracias al deseo carnal y sublime de tener a una mujer, de quien estaba perdidamente enamorado, Polina Aleksándrovna. Ese Dostoievski es bárbaro, cuenta cada cosa en sus obras que cualquiera se queda helado. Y yo no podía parecer menos que su Alekséi, así que lo imité aunque yo creo que lo superé porque yo hice algo real, lo que sólo pasó en la mente del narrador ruso.

Por supuesto que también huimos de la contraparte para evitar que nos azoten años de mala suerte, pensando que dependemos de ciertos objetos mágicos, como cuando se nos rompe un espejo, o se nos cae la sal, o evitamos pasar caminando por debajo de una escalera o huimos de un gato negro, símbolo del mal y de la mala suerte. Nuestro pensamiento cargado de supersticiones, de la terca manera de mirar la vida, aunque nos rodeen comodidades del siglo 21 cuya base es la ciencia y la tecnología, volvemos a caer en las tentaciones de hace mil años.

También hice mi tarea, hice todo lo que tenía que hacer sin parar mientes en los riesgos que iba a correr durante un período breve de mi vida pero que podría dármelo todo. Era una apuesta arriesgada que siempre pensé, valía la pena. Los tambores de guerra resonaban en mis oídos, iba por todo y con todo, pasara lo que pasara porque a final de cuentas, como siempre escuché entre amistades de mi vida común, *"el que no arriesga, ni gana, ni cruza el mar"*. Y yo estaba decidido a arriesgarlo todo. En medio de esa marcha me decía a mí mismo: tú puedes, no te rindas, para qué luchar tanto para venir a descarrilar tus deseos en el último minuto. Rendirse es de apocados y tú eres mucha pieza.

Me sentí encadenado a los designios divinos, como si yo fuera el elegido para recorrer un camino, una meta, un objetivo. Es la forma especial en que se sienten las personas que creen que van a forjar parte del destino de la humanidad, los que se convierten en portadores de un aura blanca con la que caminan a todas partes y a todas horas y que la traslucen como una forma de demostrar que están del lado de los "buenos". Muchas veces escuchaba los sonidos que desplegaban mil orquestas en honor de dicho destino y la forma tan sublime en que se elevaban *in crescendo*, siguiendo la batuta del maestro que las dirigía, con címbalos, cuerdas, vientos musicales, estruendos, alegorías musicales, sonidos como murmullos entrelazados que explotaban y luego, verdaderos cañonazos como loas a las grandes batallas de la humanidad, las que han sido dignas de fanfarrias de victoria.

Desde la altura que alcancé en todos sentidos, emocionalmente, mentalmente, sobrehumanamente, todas mi experiencias se cruzaron como relámpagos bajo mi cráneo, entrando por el occipital subiendo al parietal y hasta el frontal. Nada se me escapaba porque el registro era intermitente y fueron momentos sublimes en que prácticamente experimenté un orgasmo musical. No puedo describirlo de otra manera. Ascendí hasta alturas inmarcesibles, con el alma y corazón en vilo, sabiendo que siempre hay límites y los míos estaban muy cerca.

Estaba consciente de la siguiente fase porque luego vino el descenso que se convirtió en un recorrido forzado porque todo lo que sube, tiene que bajar y como dicen por ahí, entre más subas, más fuerte será el golpe. A la par tenían que llegar los argumentos de consolación porque no es fácil estrellarse con todo el peso de las expectativas sembradas en lo más profundo del alma, y dejar hechos añicos los sueños que se forjaron al calor del pensamiento mágico y todo lo que bordamos a su alrededor como si fuéramos niños buscando un juguete nuevo o como si estuviéramos atados a un espejismo permanente del que no queremos salir porque es un oasis en medio de la podredumbre del mundo.

-Eres loco, mi maestro Ramón. Yo creo que sufriste un efecto devastador con tantos libros leídos.

-Ahora resulta que me estás comparando con Alonso Quijano.

-No exactamente, pero sí te quiero decir, yo que te conozco como la palma de mi mano, que….te he visto reír, llorar, enamorarte, caer, volver a levantarte después de sacudirte el polvo y, sigues siendo el mismo terco. No conozco a alguien más tozudo que tú, a tenacidad nadie te gana y eso te hace muy competitivo. Creo que siempre lo has sido. ¿Quién te lo enseñó? ¿Quién te dijo que siendo así se ganaba? No lo sé, pero lo que sí sé es que será muy difícil hacerte cambiar. Ni lo pretendo.

-Pues te concedo la razón en muchos puntos mi buen amigo David. Tú mejor que nadie sabe que quienes nos construyen como seres humanos son principalmente nuestros padres, yo diría que ambos por igual. A veces no les damos el valor que papá y mamá tienen, pero sin ellos, para quienes tenemos la fortuna de tenerlos, no haríamos nada. Ellos forjan nuestros destinos desde nuestra tierna infancia. Nos esculpen como artistas. No siempre logran su cometido pero la gran mayoría sí lo consigue. Ahí está como prueba el mundo.

-Debo entender que tú les das ese crédito a tus padres y se los da por igual.

-Sin duda alguna. Debo confesarte que en una de tantas terapias a las que tuve que acudir para dejar ir y soltar un amor obsesivo, mi terapeuta hizo un ejercicio conmigo. Evelyn me preguntó una vez si quería yo saber por qué soy como soy. Le dije que sí y entonces me puso a analizar cómo son mis padres y cómo me criaron, qué me enseñaron con el ejemplo y cómo fui creciendo. Ahí caí en la cuenta de que mi follaje corresponde a mis raíces que son ellos. Que del tronco del que emano, todo se forjó bajo el ejemplo del trabajo tesonero. Y así sucesivamente. Fue un ejercicio sumamente interesante que abrió mi mente hacia otras dimensiones porque en la misma medida habremos de influir en nuestros vástagos. Creo que es un tema que tiene que ver con lo que llaman Constelaciones Familiares.

-En efecto mi amigo. Te doy la razón porque creo lo mismo. Somos lo que vemos, escuchamos, leemos y comemos. Nuestros primero cinco años son decisivos en esa formación. Por eso, para quien carece de padres, crece como si fuera una silla de tres patas porque siempre le habrá hecho falta algo y ese algo es el ejemplo de sus padres.

-Sí, por eso yo puedo decir con orgullo que tengo unos padres maravillosos que me prodigaron en abundancia todo lo que estuvo a su alcance y sobre todo, me dieron un gran ejemplo de trabajo.

-Oye, pero quién te hizo vago, así tan vago de tener una pata ya en un vehículo o en un avión, apenas te dicen, ¿vamos a tal parte o te invito a mi tierra?

-Ja, pues esa herencia se la debo a mi padre que desde mi más tierna infancia ya me andaba jalando de aquí para allá, viajes largos y cortos, en autobús o en tren o en lo que fuera. Esa sensación de respirar la droga de un viaje es inigualable y la he disfrutado desde niño. Ya sabes, de tal palo, tal astilla. Imagínate que a los 5 años andaba con mis abuelos paternos en Guadalajara.

-Vaya, vaya, ahora entiendo muchas cosas. Pues entre otras, los concursos de oratoria a los que hemos ido te cayeron como anillo al dedo.

—Por supuesto. Mi abuelita Rosa, que en paz descanse, me decía que algo que sí me voy a llevar cuando me vaya de este mundo son los viajes. Así que mi hermano, ¡a viajar!

—¡Con razón se te quemaban las habas para irte a África!

—Bueno, ahí tenía que matar dos pájaros de un tiro: se trataba de viajar a un lugar remoto para conocer otra parte del mundo pero también hacer negocios, buenos negocios.

—Te diré algo importante, maestro, aún no sabemos a ciencia cierta qué pasará con el asunto de Kosombo. Han pasado ya siete años desde esa aventura. En el ínterin ya te fuiste a vivir a los Estados Unidos, regresaste, te separaste, te volviste a juntar con otra mujer, has seguido tu vida, tuviste una quinta hija, y pues, lo más cercano que tuvimos del asunto pendiente fue el correo de la señora Janet Napolitano, que concluimos que era falso a final de cuentas. De ahí, sólo las llamadas de Cox Benson para actualizarte noticias, pero no más. A Kosombo, como si se lo hubiera tragado la tierra. No sé si un buen día aparezca en México y te busque con tu parte porcentual, o no sé si ya jamás aparezca porque lo mataron en El Congo, o no sé si alguna vez tendremos noticias de él y su familia, al menos para saber que se encuentran bien. Lo que sí sé es que invertimos mucho entre tus amigos y tú, tiempo, dinero y esfuerzo. Y en honor a la verdad, yo te sigo viendo igual porque nada ha cambiado en tu semblante, no te enfermaste, no te pegó un cáncer por el estrés o una diabetes por el coraje. Nada. Eres como inmune y esa parte tuya no la entiendo muy bien, pero prometo pensar a qué se debe y un día no muy lejano te daré mi respuesta.

—Qué bien que se ve que me conoces mi querido amigo.

—Tan es así que también te diré que pase lo que pase, esos

amigos de África nunca nos engañaron sino que nosotros decidimos creerles y tomar la decisión. Nadie nos obligó a nada y tú mismo tomaste la decisión de viajar para poner en riesgo tu vida, riesgo real de muerte por tu propia voluntad aunque nos tuvieras con el Jesús en la boca a todos desde México. Así que creo que hemos cumplido cabalmente con nuestra misión. Mantenerla viva o darle muerte de una vez por todas, será también nuestra decisión que debe ser inapelable.

-¿Quién diría que aquel jovenzuelo que una vez me escuchó en un curso de oratoria, pronunciando una perorata, me habría de seguir por el resto de mi vida y se convertiría en mi confidente, en mi cómplice, en mi hermano de sueños?

-Nadie es adivino. Yo sólo te conocí, te reconocí y quise quedarme en tu vida como lo acabas de citar.

-Bien sabes, mi querido David que nada es casualidad, sino que siempre hay una causalidad. En expresión popular, sólo el Altísimo sabe sus designios dignos de "¡Dios los hace y ellos se juntan!"

§

Con estos diálogos entre mi mejor amigo y yo, se fueron cerrando poco a poco las sensaciones y las emociones de un día ajetreado. Las mismas que hacía unos cuantos años, estaban más vivas que nunca, a flor de piel, pero que poco a poco se fueron adormeciendo con nuestra conciencia. En el firmamento aparecían ya las primeras luminarias de la noche que se arremolinaban sobre nuestras cabezas. Pensaba que así se forja la vida, sobre todo la que no se ata a la realidad sino que se aparta de ella y entonces, volamos entre nubes y sentimos que a punta de sueños, aunque muchos sean descabellados, nos abrimos paso a codazos y podríamos alcanzar una meta, aunque sea pequeña, pero meta nuestra al fin.

Tras una aventura que a estas alturas, era una verdadera locura, era casi imposible la reconstrucción del alma del penitente que vive bajo constantes riesgos *motu propio*, bajo amenazas y peligros, y aunque es parte de la vida, no se puede ser tan inconsciente porque no se trata sólo de ti mismo sino de quienes te rodean, de quienes están cerca de ti porque te aman, de tu familia e incluso de tus amistades.

Lo que no te mata te fortalece, dicen los que saben y eso provocó hilvanar otros pensamientos que me permitieran reafirmar cualquier acción que estuviera en ciernes, como si presintiera que aún había escenas que vivir sobre esta gran aventura que Emilio decidió llamar el Safari Africano, como si el reconcomio no cesara en mi alma, como si algo inexplicable me jalara hacia el mal.

En este horizonte cómo recordaba una de las canciones favoritas del hermano menor de mi padre, que en paz descanse, y que escuchó hasta el último día de aliento: A mi manera... y que le gustaba cantar en inglés, My way, teniendo como música de acompañamiento la maravillosa voz de Frank Sinatra... And now the end is near/ And so I face that final curtain....I´ve lived a life that´s full.../And more, much more/I did it, I did it my way.....Sólo que me preguntaba, ¿por qué traer tantos recuerdos a mi memoria? ¿Qué quería decirme mi cuerpo?

He hecho todo lo que humanamente me ha sido posible, no sólo para vivir sino para intentar dejar una mínima huella en la humanidad, viejo sueño tachonado de soberbia, pero válido al fin. Los seres humanos, por naturaleza buscamos alcanzar ciertas esferas de inmortalidad y este personaje central no es la excepción porque dejaría entonces de ser humano, sobre todo con tantos defectos que me cobijan.

Ramón sabía que algo había ganado tras esta larga experiencia que le llevaron a invertir mucho tiempo, dinero de él mismo y de sus socios y amigos, y denodado esfuerzo. Sin embargo, tras sesudas reflexiones, al final sabía que había ganado lo más importante: su vida. Entonces eso le daba a su alma una tranquilidad que en realidad, era relativa porque a pesar de estar en paz consigo mismo, aún sentía en su rostro, las carcajadas de la vida sobre su aventura, como si se hubiera tratado de una mala broma o una mala pasada.

Algunas veces, su sueño intranquilo de cada noche provocaba en Ramón pesadillas, …despertando lleno de sudor y gritando desesperado…No sabía si atribuirlo a la duda que lo estaba matando o simplemente a cambios hormonales que son propios de la edad de Ramón. Algo tenía que averiguar, no obstante estar consciente de que "la curiosidad mató al gato". Sin duda alguna que la semilla de la indagación estaba calcinando su paz de cada día.

Entre otras preguntas que se formulaba en su fuero interno estaban: ¿Por qué sus supuestos amigos nigerianos dejaron que Ramón regresara de África? ¿A qué se debieron tantas atenciones de todos ellos? ¿Por qué nunca una sola amenaza a pesar de que él se sintió bajo riesgo latente durante toda su estancia? Seguramente que por su forma de ser tan agradable y sociable, porque jamás se puso bronco ni exigente después de pagar y cumplir con todas las exigencias y demandas, porque generó empatía y lo vieron como a un hombre inofensivo e incapaz de generarles algún daño, porque se adaptó a las circunstancias y con ello, se ganó su pasaporte de regreso a México.

La personalidad de Ramón fue en su infancia un poco taciturna, un joven de pocas palabras y entregado a sus tareas, un tipo obediente que sólo de cuando en cuando, si algo no le parecía, lo decía claro y directo, aún a sus padres, con mayor razón a algún extraño. Él mismo se preguntaba cómo podía ser tan crítico, por ejemplo, con sus maestros, si estos incumplían sus expectativas. Sentía que su signo zodiacal tenía mucho que ver con su actitud justiciera porque solía pensar que así sienten los nacidos bajo Libra. Y él no sería la excepción a la regla.

Si nos remitimos a su conducta ligada a su carácter, la pregunta obligada es, ¿tiene un carácter débil quien hace un viaje suicida hasta los confines del mundo, sabedor de los inmensos riesgos que correría durante su estancia en suelo ignoto? Su prestancia para la aventura sin pensar en los lances, hacía pensar a más de uno que era tan temerario como cuando era muy joven y se arriesgaba a manejar su motocicleta de 750 centímetros cúbicos a 180 kilómetros por hora sin usar siquiera casco. O a escalar montañas con las nieves eternas, cuando aún no había tomado un solo curso de alta montaña. O a emprender caminatas de más de 120 kilómetros para acompañar a un grupo de locos en peregrinación a la Villa. Lo único que podemos decir es que: Árbol que crece torcido, jamás su rama endereza… Y este carácter lo forjó durante su juventud.

En otra faceta de su personalidad, nos podríamos preguntar, ¿si tiene carácter débil alguien que sufre un asalto a altas horas de la noche con amenazas de muerte en la ciudad más grande del mundo, es amenazado con más fuerza por no cargar dinero suficiente para los delincuentes, y es abandonado mal herido en un lugar desconocido para la víctima, teniendo que sobreponerse para regresar a casa como pudiera, buscando ayuda a deshoras y lográndolo por fin, sin pedir clemencia ni nada a los ladrones?

¿Es débil o vulnerable quien maneja en solitario por carreteras llenas de peligro a deshoras, quizá sin saberlo a ciencia cierta, pero cuyos parajes dan mucho qué pensar cuando no hay ni transeúntes ni vehículos en dichos caminos de la Sierra Sur de México, y que sin embargo, le obligan a manejar sin detenerse, con una actitud hasta cierto punto temeraria? México ya no tiene la paz en sus caminos como la tenía hace cuarenta años. Sin embargo, nuestro hombre piensa que eso no debe detenernos para hacer el trabajo.

Este mismo carácter, débil o fuerte, te lleva a contestar, ¿Quién se salva de un trenazo en el último micro segundo, cuando su instinto le lleva a acelerar hasta el fondo en el instante de darse cuenta del sonido de un tren que se acerca a toda velocidad en medio de la penumbra de la madrugada, llena de neblina y sin señales de advertencia, ni una pluma en la carretera o luces que indicaran la existencia de una vía y que ya tiene casi encima? Y logra evadir el tren en el último segundo y aquél pasa a más de 100 kilómetros por hora y Ramón se contiene impasible, sólo agradeciendo a su Dios por esa bendición.

Ante esta tesitura, su karma era simple: haber recorrido un total de 45 mil kilómetros en dos viajes ida y vuelta a Europa, y uno hasta el corazón de África, lo que es casi cuatro vueltas al diámetro del planeta Tierra, para sólo ganar.... una buena historia digna de un gran reportero...o al menos fue lo primero que se le ocurrió, aunque fuera a toro pasado, la viera publicada o no.

Buscar a tan lejana distancia la riqueza, ¿tenía una razón de ser? ¿Tanto le había afectado leer cuanto libro de aventuras se le había atravesado por las manos? ¿Qué acaso no recordaba algunas historias que había leído que le señalaban el verdadero camino que no era otro que en su misma casa, como le ocurrió al personaje de El Alquimista? Tantas y tantas vueltas a los confines del mundo para darse cuenta de que lo que buscaba estaba en el patio de su casa.

Al parecer este hombre no tenía remedio porque si se le volvía a presentar una misión igual de complicada, en África o en cualquier otra parte del mundo, casi era seguro que la tomara sin pensarlo mucho, aunque tuviera que batallar para conseguir los medios. Tal era la naturaleza de su carácter, no débil sino aguerrido, fuerte, imbatible, temerario, combinado con lo que él solía llamar para los vaivenes de la vida con ritmo, cadencia y elegancia.

§

Cuando no conocemos la esencia personal de alguien, cuando el contacto con aquellos a quienes nos importan ha sido de un solo episodio y nos falta conocer los otros 99, quizá entre un lapso mínimo de 35 años a 40 años, podríamos apresurar un juicio acerca de esa persona y dictar sentencia al minuto. No es la mejor forma de definir una personalidad porque borramos de un solo tajo todo lo que nos es ajeno y sólo nos involucramos en lo que nos atañe, incluso más de la cuenta.

Así somos a veces las personas que, por la misma razón nos podemos convertir en prejuiciosas porque no somos capaces de reunir todos los retazos sueltos aquí y allá antes de emitir un juicio, sino que soltamos a botepronto lo que nos parece más adecuado en un instante sin pensar en las consecuencias que nuestra imaginación del momento puede producir. Es la flecha que una vez lanzada ya no regresa, el famoso golpe, la palabra-insulto que ya ni Dios quita.

Para quien se precie de conocer en el lapso ya citado al loco de Ramón Santiago, debe saber que mi esencia se encierra únicamente en siete letras, estén o no de acuerdo, **R-E-B-E-L-D-E**. Así tal cual, como me lo enseñaron mis mejores maestros. Yo creo que siempre ha hecho falta en el vacío de la poesía, un poema al rebelde. Porque quien nace rebelde, rebelde muere aunque se rebele ante la muerte. Por tanto, un pensamiento que se antoja fuera de cierta lógica es que, la rebeldía se forja en el yunque del sufrimiento y del dolor, no hay otros ingredientes que nos empujen a producir, a crear o a estimularnos para generar algo nuevo en medio de una agobiante decadencia humana.

Siendo así, cualquiera pensaría que yo, Ramón Santiago, por muchas decisiones insanas y fuera de lugar y de la razón en mi vida, ¿estoy completamente fuera de mis cabales y que, muchas veces actué cegado por mis desvaríos, que la razón no me asistía y que, sin duda alguna, ¿cabalgué al lado de los más grandes locos de la historia? ¿O que me invadía la otra forma de ceguera que es la ambición desmedida por conseguir dinero que le llaman "fácil" pero que a ciertas alturas ya no es tan fácil?

No era un desvarío pensar que estaba fuera de mí cuando escuchaba en la escuela primaria a mis maestros que me inculcaban durante mis competencias deportivas que lo importante era competir, ¿y no ganar? Muy adentro de mí, algo que se me revolvía me decía que eso no estaba bien porque me era chocante, fastidioso, frustrante y fuera de lógica y no era posible aceptar un pensamiento que, ¡después me enteré, -por boca de mi madre-, era mediocre!

¿Era una locura imaginar que podría aceptar sin más ni más el pésimo nivel que viví en la Universidad, con maestros de baja calidad y una facultad de filosofía que tenía poco que ofrecer a sus estudiantes y que, por consecuencia, otra vez fruto de la rebeldía insana que desangraba mi cerebro me instó a tomar las instalaciones para exigir un incremento del nivel académico?

¿Locura era pensar que un día, podría convertirme en orador debido a mi escaso talento frente a un público durante mi adolescencia, que me hacía temblar de nerviosismo, trastabillar con mis palabras que se me volvían estropajosas en la boca y que me impedían pronunciar siguiera un parágrafo completo, pero que a fuerza de disciplina, vencí mi más grande miedo, conquistando exitosamente con el paso de los meses y los años las tribunas que tanto deseaba?

Siempre he sido un convencido de que "Toda la magia está construida con la hechicería de todos los tiempos", no hay otra verdad oculta en la historia de la humanidad y muchas veces a esto nos sujetamos en medio de las supuestas certezas científicas que llenan las bibliotecas. Es decir, la verdadera magia está en lo que con alcances hasta ahora limitados, los seres humanos, personas de carne y hueso podemos hacer, dando un salto al vacío o a la posteridad. Así se ha dibujado toda la historia de la humanidad.

§

Entonces, tal y como yo mismo lo planeé decenas de veces, mi celador de la noche llegaba siempre de mal humor, quizá porque tenía una pésima vida familiar, quizá porque su mujer lo engañaba mientras él trabajaba, quizá porque sus superiores siempre le daban el peor horario o simplemente porque por más que trabajara, no podía avanzar ni salir de deudas. Lo que sí sabía es que cada noche que llegaba a mi celda me saludaba con un golpe en el rostro ya de por sí desfigurado que me hacía sangrar. Y así era cada noche.

Para ese tiempo, tras meses de haber sido secuestrado en el corazón de Nigeria, sería muy fácil que el celador más malhumorado de cuantos había conocido en esos nueve meses de sufrimiento lo sacara de quicio y que lo tundiera a golpes. Pero no podían ser sólo golpes que lo maltrataran más de lo que ya estaba, eso era lo de menos, sino que su temor más grande era lo dejaran parapléjico, por lo que tendrían que ser golpes mortales para cortar la vida de Ramón Santiago para siempre y eso sólo lo podría lograr por una vía, burlarse de la hombría de su celador después de haberlo estudiado con detenimiento.

Así fue como decidí, siempre rebelde, morir. No el día que ellos quisiera sino cuando yo lo decidí, a la hora que marqué en mi cabeza, en el instante que fuera más conveniente. Puesto que era imposible escapar de ahí físicamente, por la prisión y los grilletes, no me podrían tampoco sacar la información de los 12 millones de dólares que nunca tuve ni tendré, así que mi única fuga posible sería al otro mundo. Ahí no tendrían ninguna oportunidad de alcanzarme. Y así procedí, no sin antes enviar a la distancia mis últimos pensamientos a mis hijas y a mis padres, así como a mis amigos de México. Claro que tenía que hacerles llegar las cartas que ha escrito la señorita Malele en mi nombre. Mi fin llegaba y sería verdaderamente un alivio para mi cuerpo poder escapar por fin de este infierno.

§

Fue el último encuentro entre Ramón Santiago y su amiga, la monja Johaira G. Malele. Sería también el más intenso y emocional de que se tenga memoria. No sería fácil ni para uno ni para otro aceptar su destino. Ramón habló con toda la frialdad de que era capaz para convencer a su amiga de hacerle un último favor antes de proceder como enseguida se lo transmitiría:

-Señorita Malele, muchas gracias por acudir a este último encuentro, que sea tal vez el penúltimo por la naturaleza de lo que le voy a pedir. Sin embargo, antes que otra cosa, le quiero agradecer profundamente que todos estos meses que han sido terribles para mi, usted haya sido el único consuelo que me ha sostenido con la esperanza de salir vivo de este infierno. Muchas gracias por su solidaridad tan profunda para con mi causa.

-Señor Santiagou, no tiene que agradecer nada, yo lo hago por el inmenso amor que siento por mi prójimo y, debido a las condiciones en que usted se encuentra, desde que lo conocí supe que algo tenía que hacer por usted y por su familia. No fue una elección mía sino de mi Dios. Mi trabajo en zonas de guerra así me inspiró, hay hilos invisibles que se sienten en el alma, te jalan por voluntad divina y así es casi imposible zafarse. Por eso aquí sigo firme y no lo abandonaré hasta el día que le den su libertad. Mire, estoy segura de que usted no tiene el dinero que dicen estos señores, ante tanto tormento, estoy segura de que ya les dijo la verdad. No entiendo cómo es que no lo dejan libre. Se los he suplicado de una y mil formas y parecen no entender. Comprendo que han vivido en la miseria toda su vida y ven como su última oportunidad el que usted les entregue esos supuestos millones de dólares. Sólo veo que han perdido la razón porque sólo ven el signo del dinero y ya no saben qué es el prójimo. También me queda claro que entre ellos hay verdaderos estafadores que se sienten burlados, que obviamente tienen bastante dinero pero quieren más porque no tienen llenadero.

-No se preocupe, señorita Malele, todo debe ya terminar. Tiene razón en pensar que las cuestiones materiales deben pasar a segundo plano. Sin embargo, cada ser humano tiene un límite, ya sea en un sentido o en otro, para bien o para mal, para vivir o para morir. A final de cuentas, ¿qué es la muerte? En mi caso particular, a estas alturas significaría la libertad. Y le voy a decir algo, a confesar un secreto.

-Yo no estoy autorizada por la iglesia para escuchar secretos de confesión, señor Santiagou.

-No, no es un secreto de confesión como se lo imagina, es un secreto personal muy mío. Celosamente guardado que no quiero que se pierda en el vacío. Mire, le seré franco. Yo de aquí no salgo vivo. Estoy seguro de que me han mantenido vivo porque están seguros de que tengo el dinero, si no fuera por eso ya me hubieran desechado para siempre. Si yo confieso y les entrego el monto que dicen, de todos modos me van a matar. Saben muy bien que no habría consecuencias estando yo tan lejos de mi patria. Por eso es que pienso que no tengo salida a pesar de que mi declaración fuera en sentido positivo para ellos. Por si fuera poco, mi gobierno jamás va a reclamar, ni siquiera mis restos, mis amigos y socios aún deben estar insistiendo en mi regreso, mi familia me espera con ansias. Y nada de eso será ya posible. Ya me he resignado a la peor de las suertes. Lo único que lamento es que no veré a nadie de los míos para el último adiós. Por ello, sólo me queda un camino, el más difícil de tomar bajo esta realidad.

-No, señor Santiagou, qué locura está pensando hacer.

-Buscar mi liberación final.

-Eso me parece muy bien, aunque me parece fuera de la realidad.

-Sí pero mi fuga debe ser impecable para que no haya lugar a que el objetivo sólo se quede a medias.

-No le entiendo.

-No necesita entender, no al menos hoy. Sólo le pido que en la próxima cita tome nota mental de todo lo que observe y, en cuanto todo termine, busque usted en mi bolsillo izquierdo unas instrucciones que le daré para que así proceda. Necesito que todo lo envíe a México, por supuesto que después de hacer una visita a donde estarán escritos unos números importantes. No me pregunte cómo lo lograré. Sólo déjeme su pluma y una hoja de papel aquí entre los pliegues de mi ropa. Ya tendré un espacio para tomar algunas notas y dejar el resto en sus manos. Si pudiera llegar cinco minutos antes en su próxima visita, mucho se lo agradecería. Son sólo dos días.

-Muy de acuerdo, señor Santiagou, sólo le suplico que no vaya a cometer una locura de la que luego se arrepienta.

-Señorita Malele, mi vida está salpicada de locuras, así que una raya más al tigre no le afecta.

-No le entiendo.

-Tampoco hace falta. Sólo le suplico que ruegue mucho a Dios por mi alma. Lo demás es lo de menos. Y que Dios me la bendiga en todo momento. Usted es un ángel.

-Gracias, señor Santiagou. Nos vemos a la próxima.

-Ciao, señorita Malele.

§

El día señalado llegó, era verano con un intenso calor que se sentía aunque esa era una noche fresca. Mi objetivo lo cumplí con creces. Habiendo conocido muy bien tras meses de observar a Mototu, mi celador, el día que decidí morir, éste se contuvo del clásico saludo con un golpe al rostro al ingresar a mi celda porque me encontró a carcajada batiente, sin control alguno, su rostro se transfiguró y la primera oleada de furia se dibujó en sus facciones. Cuando miré que mi amiga la monja Malele estaba acercándose a mi celda, casi salto de alegría porque estaba cumpliendo con todo. Entonces, sentí un impulso por acelerar mis planes justo cuando vi en su rostro la angustia retratada por lo que yo me disponía a hacer y en un segundo comprendió de qué se trataba mi fuga. Desesperada, mientras caía de rodillas frente al espectáculo que involuntariamente contemplaba, sólo alcanzó a decir: ¡No lo hagas, por favor, no lo hagas! Pero ya era demasiado tarde, la primera escena ya estaba en curso.

Cuando le dijo ´cornudo´ en su rostro, fue como un escupitajo en pleno rostro, como una afrenta que atacaba su orgullo de hombre, de macho engañado. Y Ramón se lo repitió diez, veinte veces, "cornudo, cornudo, cornudo, tu mujer te engaña porque mientras te la vives trabajando ella te pone los cuernos. Y apuesto que es con tu mejor amigo. Por eso siempre andas encabronado, lo sabes pero no lo aceptas". Y esa sal en la herida lacerante se transformó en odio irracional que transmitió al cuerpo de Mototu una fuerza incontenible que lo impulsó sin pensarlo a atacar a Ramón con toda su furia, quien, totalmente indefenso por los grilletes que maniataban pies y manos, sólo atinaba a repetir la palabra ´cornudo´.

Los golpes se abatieron en todo su cuerpo, otros iban directos a su boca ya de por sí, sanguinolenta, Mototu soltó porrazos a diestra y siniestra para cerrársela de una buena vez y de ahí siguió con golpes y patadas en el cuerpo, le rompió varias costillas; diferentes dientes de Ramón volaron por los aires al mismo tiempo que le rompía la mandíbula que crujió desde el fondo, uno más cayó sobre una oreja y su tímpano izquierdo estalló en mil pedazos, otro golpe agudo como un mazazo le rompió la nariz desde su base hasta el tabique, otros golpazos fueron a la cabeza una y otra vez. A la última mención de la palabra cornudo, aquél desenfundó un puñal que guardaba entre sus ropas y asiendo con sus rudas manos el rostro de Ramón bañado en sangre, abrió su boca, atrapó su legua y de un solo tajo se la cortó limpiamente. Y cuando Mototu vio que Ramón aún respiraba con mucha dificultad, lo soltó, tomó su macana y lanzó los últimos nueve golpes como martillazos en pleno cráneo que crujió hondamente hasta que las fuerzas se les agotaron a ambos. Mototu reaccionó por unos segundos, asustado, pero el mal ya estaba hecho con sus propias manos. Aunque pensó en su propia seguridad, sabedor de que a él le iba a ir muy mal con sus jefes, optó por el camino más fácil: eliminar al testigo para que sus argumentos fueran los únicos que prevalecieran. En todo momento pensó que los muertos no hablan.

El esfuerzo final para entrar a la antesala de la muerte había sido demasiado, casi podría decirse que sobrehumano y Ramón cayó en agonía, –sacudiéndose su cuerpo bajo los estertores de la muerte inminente que al fin, se había apiadado de él–, quedando colgando de los grilletes que lastimaban sus coyunturas en manos y piernas hasta el dolor de una fractura, con el último entendimiento que le quedaba, escuchó a lo lejos unos cañonazos como la Obertura de Tchaikovsky, su autor favorito, por cada golpe seco que hizo crujir su cráneo cinco veces más, y en el umbral de su muerte, con cráneo y cuerpo hechos guiñapos, en tanto que la señorita Malele sentía que su alma se desgarraba ante tan sangriento espectáculo con lágrimas rodando abundantes por sus mejillas enrojecidas por su llanto, Ramón el rebelde, el nómada se despidió de la vida, batiendo sus alas en la libertad que estaba ganando en esos instantes dolorosos y cruciales y sólo alcanzó a entredecir: "Dios, recíbeme en tu Rei...", cerrando sus ojos para siempre.

NOVENA PARTE

Epílogo
A ritmo de Vals con arpas de ángel

Los flashazos eran intermitentes, no cesaban en el cerebro de Ramón, era la última actividad que manifestaba justamente en el umbral de la vida y la muerte. Sus ojos ya estaban cerrados pero aún sentía que la luz entraba como por una rendija. Era materialmente imposible que la vida brotara donde no había sostén material porque los órganos habían fallado. Sus pensamientos estaban cada minuto más en reposo. Toda tormenta tiene un principio, un desarrollo, un apogeo y luego desciende hacia su final, a éste último lo conocemos como la calma. Y ésta acaba llegando por muy fuerte que sea aquélla. Así vivimos la vida, como en ciclos que se abren y al final se acaban cerrando. Son procesos circulares finitos. Algo parecido le sucede al alma humana, que cuando enfrenta situaciones complicadas, se llena de caos, llega a la exacerbación, la crisis, el cenit y desciende a un estado de sosiego. De aquí proviene la catarsis.

No hay lección más grande para una persona que enfrentar estas experiencias emocionales, tal y como Ramón las había vivido, con un profundo gozo a pesar de vivir al borde de terrenos escarpados, de sinuosos caminos con precipicios y acantilados... para él era una forma certera de saberse vivo, a través del sufrimiento, del dolor y de la angustia. Significaba también para él un crecimiento aunque fuera por la vía más dura. En realidad, su vida así había sido y los episodios más difíciles que llegó a enfrentar fue lo que generó su madurez y su disciplina, la única manera de alcanzar sus metas.

El tesoro en casa, la fortuna en la misma tierra, el sueño no en el extranjero sino el sueño en el propio suelo, es lo que deja como enseñanza esta historia que tiene visos de ser verídica, y de la que sí podemos decir que "cualquier parecido con la realidad, NO es mera coincidencia". A final de cuentas, la historia de la humanidad está ligada a la migración a gran escala o a título individual. El ser humano es un viajero por excelencia y Ramón nunca se quedó atrás en esta actividad, era algo así como su deporte favorito.

Hay caminos que llevan a una persona a su destino en línea recta y llega sin mayores complicaciones, pero hay otros caminos que están salpicados de vicisitudes, de recovecos y de sinuosidades, son los que hacen que se retrase en llegar a su destino, y que a cambio forjan su carácter, le dan mayores enseñanzas y los vuelve maestros de la vida. ¿Cuándo un capitán de un barco se tornó experto si sólo navegaba en aguas tranquilas? Esto es de sobra conocido.

Estos son, sin duda, los caminos que vale la pena recorrer palmo a palmo, porque siempre habrá un aprendizaje. Ramón lo sabía y se decidió por una aventura que desde el principio le pareció descabellada, en la que logró enganchar con uno y mil argumentos a sus amigos más cercanos, y llegó al grado de que todos, -al igual que él-, creyeran en la veracidad de la historia que se desarrollaría al otro lado del mundo. La complicidad tiene sus enormes ventajas.

Las conclusiones de esa tarde que sería el día de la muerte de Ramón Santiago, eran verdaderamente monstruosas, pensando que quizá a final de cuentas sí le habían visto la cara de pendejo. Bailó al ritmo de unos chacales, qué digo, de unos buitres sin alma, bailó su danza grotesca que desde el aire dibujan sonrientes con sus aleteos, los pases que celebran anticipadamente su opíparo festín, que no es sino despojos malolientes de carne podrida porque su naturaleza es esa, el no poder degustar más que carroña…y como buenos carroñeros, tenían que esperar pacientemente a sus presas, dejar que solas dejen de tener signos vitales para, enseguida descender y devorar todo como un banquete. Es tan agudo su sentido del olfato que son capaces de percibir la peste de la carroña a 1.5 kilómetros de distancia con una agudeza increíble.

El sabor de la carne, sabor a muerte es lo que los hace felices. Y surge una pregunta evidente: ¿Son los buitres necesarios en la cadena alimenticia? Mi respuesta es sí, sólo que los buitres humanos son aún más sanguinarios y crueles porque teniendo de su lado la razón, no la usan sino para hacer el mal. De cualquier forma, su existencia se debe a que la naturaleza odia los vacíos y como consecuencia, estos se tienen que llenar como sea, incluso con seres de baja ralea para completar una cadena en la que cada eslabón tiene una utilidad fija. Su finalidad es devorar a otros cuya existencia afecta a la naturaleza, a pesar de que muchas veces a quienes hacen daño sean consideradas buenas personas. Sin embargo, todo es relativo en medio de una sociedad hecha un caos.

Por eso en la sociedad existen los diferentes oficios que llenan los vacíos que la naturaleza detesta, y aparecen los políticos, los banqueros, los policías, las enfermeras, los comerciantes, las artistas, los boleros, los taqueros y todo género de personas que tienen un trabajo, aunque en medio de ese caudal están también los delincuentes. Estos tienen una función muy específica en medio de la anarquía que llamamos sociedad. Mantener alerta a la misma porque sus actos condenables permiten marcos legales y la existencia de prisiones, aunque muchas veces sean menos los culpables los que las ocupen.

§

Casi al final de todo ese recorrido, con sonidos de guitarra flamenca, Ramón sentía que lo único que podía hacer ya era dormir todas las horas de corrido porque tal era su cansancio, su única sensación era una profunda modorra que apenas si lo sostenía erguido y sus párpados amenazaban con cerrarse. Sin embargo, también sentía que ese hueco del corazón se le iba llenando poco a poco tras profundas cavilaciones, demostraciones de cariño de su gente, su familia y sus grandes amistades, no era para menos, sentía que estaba rodeado de amor. Tras su segundo retorno del extranjero, eso no era para menos.

En medio de su sopor que lo amenazaba como un somnífero, de los viejos recuerdos de sus amigos, poco antes de emprender el fatídico tercer viaje, en diálogo con David Ch, emergían profundas reverberaciones y todas ellas le brincaban en los últimos segundos de conciencia corporal, de hecho eran ya sus últimos resplandores en la oscuridad que llenaba ya sus pensamientos.

Al dar los últimos pasos, justo a diez metros, en la antesala de la cima, con la cabeza en alto, respirando profundamente ese oxígeno a más de 5,200 mil metros de altura sobre el nivel del mar, mirando el paisaje azulado por la distancia que se desplegaba a sus pies montaña abajo, posando sus ojos con acuciosidad en el firmamento desde esa cumbre del Iztaccíhuatl a donde logró llegar por tercera vez, en esta ocasión acompañado por su amigo David, sólo atinó a preguntar, tras sentirse a salvo de cualquier otro peligro:

–Mi querido amigo, salvar la vida por sexta vez es como tener siete vidas de un gato, ¿no crees? Cómo me hizo esperar mi abrazo con la muerte, sinceramente yo no sé de qué fui hecho.

Y David, dubitativo, tras beber un sorbo de agua de su cantimplora, suspirando con parsimonia, esgrimió unas palabras que filosóficamente sintetizaban su concepto fiel respecto de su fraternal amigo Ramón Santiago.

–Mi hermano, tú estás hecho de polvo de héroes.

§

Y concluye la carta:

Reciban también algún consuelo al leer a detalle todo lo que vivió, tanto bueno como malo. Traten de olvidar y perdonar. Él vivió lo que tenía que vivir, nunca se quebró porque asumió su muerte con entereza, incluso él decidió el día y la hora de su muerte porque decía que le pudieron arrebatar todo menos la forma en que decidiría morir junto con su dignidad. A tal extremo hizo llegar lo que él consideraba rebeldía dentro de su ser.

Fue así como terminó su vida mi hermano de espíritu, Ramón Santiago, quien me contó toda *esta historia durante el tiempo que vivió en cautiverio, tratando de perseguir un tonto sueño, quien me pidió que usara todo mi poder para hacerle llegar a su familia este testimonio de amor y de rebeldía. Su vida fue como la concibió desde su infancia porque los últimos relatos recuerda que cuando era un adolescente hizo un pacto con Dios Todopoderoso y sólo le pidió una cosa: "Permíteme mi Bello Dios, tener una vida intensa aunque ésta sea corta". Y luego filosofaba en sus momentos de locura: "¿Te has puesto a pensar alguna vez* que, así como oyes que la vida pasa en silencio y con prisas, no sería mejor equivocarse de cuando en cuando a dejar de vivir? Los errores que cometas serán así, al menos la certeza de que viviste"

Sobre su muerte, con horror inenarrable, yo misma atestigüé la escena final que mucho lamento por lo dolorosa y sangrienta que fue. Nada pude hacer al respecto porque el asesino estaba fuera de sí, al ser provocado intencionalmente y éste, no poder contenerse. Su padre sabía dónde atacar, en el punto exacto con palabras tipo bisturí porque llegaron al alma de aquél. Sin embargo, Ramón sabía que sólo llegaría el remanso de la libertad a través de su muerte, por muy violenta que fuera y así, me compartió en su último día de vida que recordaba muy bien a un gran poeta mexicano que había escrito En Paz, un poema de vida y dolor cuando su Amada Inmóvil se fue de su lado y que al final Nervo le dijo a la vida:

Muy cerca de mi ocaso, yo te bendigo, Vida,
....
porque veo al final de mi rudo camino
que yo fui el arquitecto de mi propio destino;
....

"Amé, fui amado, el sol acarició mi faz.
¡Vida, nada me debes! ¡Vida, estamos en paz!

Su amiga, Johaira G. Malele
Monja adscrita a la Prisión No. 56 de la ciudad de Kano, Nigeria.

P. D. También les envío un mechón de su largo cabello que él me pidió se los entregara a ustedes junto con este cheque de caja *del Lloyds Banking Group, ignoro la cantidad porque la institución me lo entregó en sobre cerrado y sellado, por instrucciones de su padre.*

· ·

Recordando que hacía apenas medio mes habían hecho en honor a su padre un funeral con ataúd vacío, –como si hubieran sentido tangiblemente su fallecimiento–, terminó la última hoja del documento que acababa de leer de corrido durante las últimas veinte horas, Flor Adriana, la hija mayor de Ramón, con nacientes lágrimas en sus ojos enrojecidos por el esfuerzo, lanzó un profundo suspiro desde su diafragma y sin poder contenerse ni un segundo más, toda temblorosa se soltó en un llanto que retumbaba a su alrededor, inconsolable, incontenible, doloroso, dramático y profundo. Era un llanto que erizaba la piel a quien la escuchara, que podría conmover a las mismas piedras. Sus hermanas estaban a su lado leyendo también las últimas hojas que Flor les fue entregando. Al contagiarse entre todas del mismo dolor, se abrazaron fuertemente y los sollozos colectivos se empezaron a escuchar mucho más amargos. Cualquiera que las escuchara, entendería que estaban padeciendo el dolor más grande de que se tenga memoria.

Una de ellas rasgó accidentalmente el sobre medio estropeado del paquete y enseguida se asomó una cifra en dólares cobrables al portador: $12,000,000.00 de USD; el fardo de hojas completo junto con el sobre, que parecía ser una simple carta se convirtió en un relato de largo aliento que sólo podría tener un fin último, ser publicado para poder compartirlo y llorar con quienes tuvieran que llorar. ¿El sacrificio había valido la pena?

He aquí el testimonio.

FIN